Jennifer Estep
Spinnentanz

PIPER

Zu diesem Buch

Zwar hat sich die erfolgreiche Auftragsmörderin Gin Blanco offiziell zur Ruhe gesetzt, aber der Ärger reißt einfach nicht ab: Als zwei Punks versuchen, Gins Restaurant auszurauben, fallen Schüsse – doch ungewöhnlicherweise ist nicht »die Spinne« ihr Ziel, sondern ihr Protegé Violet Fox. Gin muss herausfinden, wer hinter dem Angriff steckt und warum. Wenn sexy Detective Caine sie nur nicht ständig ablenken würde! Als dann auch noch ein anderer Mann ins Spiel kommt, wird dem Steinelementar Gin trotz ihrer Eismagie richtig heiß …

Jennifer Estep ist Journalistin und New-York-Times-Bestsellerautorin. Sie schloss ihr Studium mit einem Bachelor in Englischer Literatur und Journalismus und einem Master in Professional Communications ab und lebt heute in Bluff City, Tennessee. Bei Piper erschienen bisher ihre SPIEGEL-Bestseller-Serie »Mythos Academy« sowie die Urban-Fantasy-Reihe »Elemental Assassin«. Weiteres zur Autorin: www.jenniferestep.com

Jennifer Estep

SPINNENTANZ

Elemental Assassin 2

Roman

Aus dem Amerikanischen
von Vanessa Lamatsch

Piper München Zürich

Entdecke die Welt der Piper Fantasy:

Piper-Fantasy.de

Von Jennifer Estep liegen bei Piper vor:
Frostkuss
Frostfluch
Frostherz
Frostglut
Frostnacht
Frostkiller
First Frost (Erzählung)
Halloween Frost (Erzählung)
Spartan Frost (Erzählung)
Spinnenkuss. Elemental Assassin 1
Spinnentanz. Elemental Assassin 2
Spinnenjagd. Elemental Assassin 3

FSC
www.fsc.org
MIX
Papier aus verantwortungsvollen Quellen
FSC® C083411

Deutsche Erstausgabe
1. Auflage Mai 2014
2. Auflage Januar 2015

Titel der amerikanischen Originalausgabe:
»Web of Lies«, Pocket Books, New York 2010

Umschlaggestaltung: Zero Werbeagentur, München
Umschlagabbildung: FinePic®, München
Satz: Satz für Satz. Barbara Reischmann, Leutkirch
Papier: Munken Print von Arctic Paper Munkedals AB, Schweden
Druck und Bindung: CPI books GmbH, Leck
Printed in Germany ISBN 978-3-492-26944-5

Wie immer ist dieses Buch meiner Mom und meiner Grandma gewidmet, die sich so gut um mich kümmern.

Und André, aus dem gleichen Grund.

Danke für euer Verständnis, wenn ich mal für meinen »Bücher-Kram« untertauchen muss. Eure Liebe und Unterstützung bedeuten mir mehr, als ihr jemals ahnen könnt.

Danksagung

Wieder einmal wäre dieses Buch ohne die Hilfe vieler, vieler Leute nicht möglich gewesen.

Ich danke Annelise Robey für ihre unerschütterliche Unterstützung sowie Megan McKeever und Lauren McKenna für ihren Einsatz und all ihre redaktionellen Ratschläge.

Ich danke Kathy Still, die meine Fragen zum Kohleabbau und mehr beantwortet hat – jeder Fehler geht allein auf mein Konto, nicht auf ihres.

Und schließlich noch einen großen Dank an all die Leser dort draußen. Zu wissen, dass euch meine Bücher Freude bereiten, macht die Arbeit daran lohnenswert.

Viel Spaß beim Lesen!

1

»Stehen bleiben! Keine Bewegung! Das ist ein Überfall.«

Wow. Gleich drei Klischees hintereinander. Hier mangelte es jemandem ganz eindeutig an Phantasie.

Aber die gebrüllten Drohungen hatten dafür gesorgt, dass ein kleiner Schrei erklang. Ich seufzte. Schreie waren immer schlecht fürs Geschäft. Das bedeutete, dass ich den Ärger, der gerade in mein Restaurant gestiefelt war, nicht ignorieren konnte – und mich auch nicht auf die schnelle, gewalttätige Weise darum kümmern konnte, die ich bevorzugt hätte. Ein Steinsilber-Messer ins Herz reichte normalerweise aus, um sich den meisten Ärger vom Leib zu halten. Dauerhaft. Aber nicht in meinem eigenen Laden.

Also hob ich meine grauen Augen von der Taschenbuchausgabe der *Odyssee*, in der ich gerade las, um zu sehen, was der ganze Aufruhr eigentlich sollte.

Zwei Männer Mitte zwanzig standen in der Mitte des Pork Pit und wirkten zwischen den blauen und pinkfarbenen Plastik-Sitznischen des Restaurants vollkommen fehl am Platz. Das dynamische Duo war in schwarze Trenchcoats gehüllt, die über dünne T-Shirts hingen und um zerrissene Jeans wehten. Keiner von beiden trug Mütze oder Handschuhe, und die Kälte des Herbstes hatte ihre Ohren und Finger leuchtend rot gefärbt. Ich fragte mich, wie lange sie wohl draußen gewartet hatten, um den nötigen Mut zu sammeln und die einfallslosen Forderungen zu stellen.

Wasser tropfte von ihren Stiefeln und bildete Pfützen auf den verblassten blauen und pinkfarbenen Schweineklauenspuren, die sich über den Boden des Restaurants zogen. Ich beäugte die Schuhe der Männer: teures schwarzes Leder, dick genug, um gegen die Novemberkälte zu bestehen. Keine Löcher, keine Risse, keine fehlenden Schnürbänder. Diese beiden waren nicht wie die üblichen verzweifelten Junkies auf der Suche nach schnellem Geld. Nein, sie hatten Kohle – jede Menge davon, wenn man den teuren Schuhen, den Marken-Shirts und den Designerjeans Glauben schenken durfte. Diese reichen Punks wollten mein Barbecue-Restaurant einfach nur ausrauben, weil es ihnen einen Kick verschaffte.

Es war die dümmste Entscheidung ihres Lebens.

»Niemand bewegt sich!«, sagte der eine Kerl, als hätten wir ihn beim ersten Mal nicht gehört.

Er war ein bulliger Mann mit stacheligem blondem Haar, das von irgendeinem glänzenden Gel gehalten wurde. Wahrscheinlich hatte in der Vergangenheit mal ein Riese in der Familie mitgemischt, zumindest schloss ich das nach einem Blick auf seine Körpergröße und die massigen Hände. Obwohl er schon über zwanzig sein musste, hatte er noch Babyspeck im Gesicht, was ihn aussehen ließ wie ein aufgeweichtes Marshmallow. Die braunen Augen des Kerls huschten durch das Restaurant und registrierten alles, von den Baked Beans, die auf dem Herd vor sich hin schmurgelten, über die zischende Fritteuse bis hin zur zerfledderten Ausgabe von *Eigentlich hätte es ein herrlicher Sommertag werden können*, die hinter der Registrierkasse an der Wand hing.

Dann richtete der Muskelprotz seine Aufmerksamkeit auf die Leute im Pork Pit, um sicherzustellen, dass alle seinen Befehlen Folge leisteten. Es waren nicht allzu viele Gäste da.

Montags lief das Geschäft oft mittelmäßig, und heute war es dank des kalten Windes und des peitschenden Regens noch schlimmer gewesen. Die einzigen anderen Leute im Restaurant neben mir und den Möchtegernräubern waren meine Zwergenköchin Sophia Deveraux und zwei Frauen im Collegealter in engen Jeans und Shirts. Insgesamt waren ihre Klamotten denen der Diebe nicht unähnlich.

Die Frauen saßen wie erstarrt mit weit aufgerissenen Augen an ihrem Tisch, ihre Steaksandwiches hielten sie noch in der Luft. Sophia stand neben dem Herd und beobachtete mit gelangweiltem Blick die Bohnen im Topf. Sie grunzte einmal und rührte dann mit einem Metalllöffel darin herum. Sophia ließ sich von so gut wie nichts aus der Ruhe bringen.

Der erste Kerl hob die Hand. In seinen roten aufgesprungenen Fingern glitzerte die Klinge eines kleinen Messers.

Mein Mund verzog sich zu einem harten dünnen Lächeln. Ich mochte Messer.

»Beruhige dich, Jake«, murmelte der zweite Kerl. »Es gibt keinen Grund zu brüllen.«

Ich sah ihn an. Während sein Kumpel blond und bullig war, präsentierte sich Räuber Nummer zwei klein und klapperdürr. Seine wenigen Haare standen aufgrund von offensichtlich unkontrollierbaren Wirbeln in alle Richtungen ab, nicht weil er irgendwelches Zeug hineingeschmiert hatte. Die Locken waren so leuchtend rot, dass er den Spitznamen »Karotte« geradezu herausforderte.

Karotte schob seine Hände in die Hosentaschen, trat von einem Fuß auf den anderen und starrte auf den Boden. Es war deutlich, dass er überall sein wollte, nur nicht hier. Im besten Fall war er ein widerwilliger Handlanger und hatte wahrscheinlich versucht, seinem Kumpel das Ganze auszureden.

Er hätte sich mehr anstrengen sollen.

»Keine Namen, *Lance*. Erinnerst du dich?«, knurrte Jake mit einem bösen Blick auf seinen Freund.

Lance' Körper zuckte bei der Nennung seines eigenen Namens zusammen, als hätte ihm jemand einen Taser an den Körper gedrückt. Sein Mund klappte entgeistert auf, aber er verkniff sich einen weiteren Kommentar.

Ich benutzte eine der Kreditkartenabrechnungen des Tages als Lesezeichen in der *Odyssee*. Dann schloss ich das Buch, richtete mich auf, glitt von meinem Hocker und trat um den langen Tresen herum, der sich an der hinteren Wand des Pork Pit entlangzog. Es war Zeit, den Müll rauszubringen.

Der erste Kerl, Jake, bemerkte aus dem Augenwinkel meine Bewegung. Doch statt mich anzugreifen, wie ich es erwartet hätte, bewegte sich der Halbriese nach links, um eine der jungen Frauen von der Bank zu reißen – das Latino-Fräulein mit Kurzhaarschnitt. Sie schrie, das Steaksandwich flog ihr aus der Hand und klatschte gegen das große Fenster zur Straße. Die Barbecuesoße, die an der Scheibe nach unten floss, sah aus wie zähflüssiges Blut.

»Lass sie in Ruhe, du Arschloch!«, schrie die andere Frau.

Sie sprang auf und stürzte sich auf Jake, der ihr mit dem Handrücken eine saftige Ohrfeige verpasste. Er mochte ja nur ein Halbriese sein, trotzdem lag genug Kraft in dem Schlag, dass die Frau von den Füßen gerissen und gegen einen Tisch geschleudert wurde. Sie rutschte über ihn hinweg und knallte auf den Boden – und zwar hart. Ein tiefes Stöhnen war zu hören.

Zu diesem Zeitpunkt begann Sophia Deveraux, sich ein wenig mehr für die aktuellen Vorgänge im Restaurant zu interessieren. Die Zwergin trat neben mich. Die silbernen Totenköpfe, die von dem schwarzen Lederhalsband hingen, klimperten wie ein Windspiel. Die Schädel passten zu dem Aufdruck auf ihrem schwarzen T-Shirt.

»Du rechts«, murmelte ich. »Ich übernehme links.«

Sophia grunzte und ging zum anderen Ende des Tresens, wo die Frau gelandet war.

»Lance!« Jake deutete mit dem Kinn auf die Verletzte und Sophia. »Pass auf die Nutten auf!«

Lance leckte sich über die Lippen. Sein Gesicht bot ein Bild des Jammers, aber er huschte zu der verletzten Frau, die sich auf Hände und Knie aufgerappelt hatte. Sie schob sich die blauschwarzen Strähnen aus dem Gesicht, und in ihren blauen Augen stand reiner Hass. Sie war eine Kämpferin.

Doch Lance bemerkte ihren giftigen Blick nicht. Er war zu sehr damit beschäftigt, Sophia anzustarren. Die Zwergin war schon ein Grufti gewesen, bevor Gruftis cool waren – ungefähr vor hundert Jahren, vielleicht aber auch länger. Zusätzlich zu dem Totenkopfhalsband und passendem T-Shirt trug Sophia Deveraux schwarze Jeans und Stiefel. Ihre Lippen waren in scharfem Kontrast zu dem schwarz glitzernden Lidschatten und der natürlichen Blässe ihres Gesichtes pink angemalt. Hellrosafarbene Strähnchen leuchteten in ihren kurzen schwarzen Locken.

Jake schien von diesem Anblick nicht beeindruckt. Er zog seine Geisel sogar noch näher an sich heran, drehte sie mit dem Rücken zu sich und drückte ihr das Messer an die Kehle. Jetzt hatte er einen menschlichen Schutzschild. Super.

Aber das war noch nicht das Schlimmste. Ein kleiner roter Funke glühte in den Tiefen seiner braunen Augen, als hätte dort jemand ein Streichholz angezündet. Magie wogte wie ein heißer Sommerwind durch das Restaurant. Die Macht traf meine Haut und ließ die Narben auf meinen Handflächen kribbeln. Flammen schossen zwischen Jakes Fingern heraus, rollten nach oben und sammelten sich um das Messer. In der plötzlichen Hitze fing die Klinge an, rot und orange zu glühen.

Sieh an, sieh an, Jake der Räuber steckte voller Überraschungen. Denn zusätzlich zu einem jämmerlichen Dieb war Jake, der Halbriese, auch ein Elementar – jemand, der eines der vier Elemente kontrollieren konnte. In seinem Fall Feuer.

Das Lächeln gefror mir im Gesicht. Jake war nicht der Einzige mit Superkräften – und vor allem war er nicht der Einzige, der gefährlich war. Sehr, sehr gefährlich. Ich legte den Kopf schräg und konzentrierte mich auf meine Steinmagie. Um mich herum murmelten die Ziegel des Pork Pit unruhig, weil sie die Gefühlsauswallungen der jungen Frauen genauso spürten wie meine finsteren Absichten.

»Ich sagte: *Niemand bewegt sich*, verdammt!«

Jakes vorher so laute Stimme war nicht mehr als ein raues Flüstern. Seine Augen glühten vollkommen rot, als hätte jemand zwei glitzernde Rubine in sein Babygesicht gesteckt. Der Schweiß rann ihm über die Schläfe, und sein Kopf bewegte sich zu einer Musik, die nur er hören konnte. Jake war auf irgendeine Weise high – ob nun von Alkohol, Drogen, Blut oder seiner eigenen Magie. Wahrscheinlich eine Mischung aus allem. Spielte auch keine große Rolle. In ungefähr einer Minute würde er tot sein. Höchstens zwei.

Das rote Glühen in Jakes Augen wurde heller, als er die Magie in seinem Inneren erneut rief. Die Flammen auf der silbernen Klinge flackerten höher und heißer, bis sie an der Kehle der jungen Frau leckten und sie zu verbrennen drohten. Tränen rannen über ihr herzförmiges Gesicht, und sie atmete schluchzend. Aber sie bewegte sich nicht. Kluges Mädchen.

Ich kniff die Augen zusammen. Es war eine Sache, das Pork Pit auszurauben, mein Barbecue-Restaurant, meinen Laden. Vom Glück verlassenen Elementaren, Vampirnutten und Pennern, die zugedröhnt von ihrer eigenen Magie waren und nach mehr lechzten, konnte man diese Dämlichkeit verzeihen. Aber niemand – niemand! – bedrohte meine zahlenden Gäste. Ich würde es genießen, mich höchstpersönlich um diesen

Dreckskerl zu kümmern. Sobald ich ihn von dem Mädchen getrennt hatte.

Also hob ich in einer beruhigenden Geste die Hände und bemühte mich, die kalte Wut in meinen Augen so gut wie möglich zu verstecken. »Ich bin die Besitzerin. Gin Blanco. Ich will keinen Ärger. Lass sie gehen, und ich mache die Registrierkasse auf. Ich werde nicht mal die Polizei rufen, wenn ihr weg seid.«

Hauptsächlich, weil es sowieso nichts bringen würde. Die Cops in der Südstaaten-Metropole Ashland waren korrupt bis ins letzte Glied. Die hoch geschätzten Mitarbeiter der Bullerei machten sich kaum die Mühe, zu Überfällen zu erscheinen, besonders in einem an das verlorene Southtown grenzenden Viertel. Und noch weniger taten sie etwas Hilfreiches, wie zum Beispiel die Täter hinterher zu schnappen.

Jake schnaubte. »Mach nur! Die Polizei kann mir nichts anhaben, Miststück. Weißt du, wer mein Vater ist?«

Ganz offensichtlich war Jake nicht nur ein Feuerelementar, sondern auch völlig unfähig, den Mund zu halten. Ein Wunder, dass er und sein idiotischer Freund überhaupt so lange überlebt hatten.

»Sag es Ihnen *nicht*!«, zischte Lance.

Jake schnaubte wieder und richtete die roten Augen auf seinen Kumpel. »Ich erzähle ihnen, was auch immer ich will. Also halt deine feige Klappe!«

»Lass sie einfach gehen, und ich mache die Kasse auf«, wiederholte ich mit fester Stimme, in der Hoffnung, dass sie Jakes Magierausch durchdrang und die Dumpfbacke mich verstand.

Er kniff die roten Augen zu Schlitzen zusammen. »Du wirst die Kasse sofort öffnen, oder das Mädchen stirbt – und du gleich mit!«

Er zog die junge Frau näher an sich heran, und die Flammen um das Messer glühten noch heller, sodass sie jetzt fast orange schimmerten. Die Steinsilber-Narben auf meinen Handflächen, die die Form von Spinnenrunen hatten, kribbelten beim Anstieg der Magie im Raum. Ich spannte mich an, weil ich fürchtete, er würde die Kleine direkt hier und jetzt erledigen. Ich konnte ihn umbringen – mühelos –, aber wahrscheinlich nicht, bevor er sie mit seiner Magie verletzt hatte. Das wollte ich nicht. Es würde auch nicht passieren. Nicht in meinem Restaurant. Nicht heute und niemals sonst.

»Jake, beruhige dich!«, flehte Lance seinen Freund an. »Niemand macht Ärger. Es läuft genauso, wie du gesagt hast. Schnell und einfach. Lass uns das Geld nehmen und verschwinden!«

Jake starrte mich an, und die Flammen in seinen Augen bewegten sich im selben Takt wie die Feuerzungen um das Messer. Reine bösartige Freude stand in seinen Blick geschrieben. Selbst wenn ich nicht gut darin gewesen wäre, Leute einzuschätzen, hätte mir diese Beobachtung verraten, dass Jake es genoss, seine Magie einzusetzen. Er liebte die Macht, die sie ihm verlieh, und das Gefühl, unbesiegbar zu sein. Und es verriet mir, dass er nicht damit zufrieden wäre, nur das Geld zu stehlen. Nein, Jake würde seine Feuermagie einsetzen, um jeden im Restaurant umzubringen. Einfach weil er es konnte, mit seiner Magie angeben und beweisen wollte, dass er ein echt harter Typ war. Außer ich tat etwas, um ihn aufzuhalten.

»Jake? Das Geld?«, fragte Lance wieder.

Nach einem Moment ließ das Flackern in den Augen des Feuerelementars ein wenig nach. Er senkte die brennende Klinge und ließ der jungen Frau damit endlich ein wenig Raum zum Atmen. »Geld. Jetzt!«

Ich öffnete die Registrierkasse, nahm alle zerknitterten Scheine heraus und streckte sie ihm entgegen. Jake musste die Geisel nur lange genug loslassen, um vorzutreten und sich das Geld zu schnappen, und ich hätte ihn.

Komm schon, du Drecksack. Komm und spiel mit Gin.

Aber sein Selbsterhaltungstrieb musste sich eingeschaltet haben, denn der bullige Halbriese schüttelte den Kopf. Lance verließ seinen Posten bei der verletzten Frau, schlich vorwärts, riss mir das Geld aus der Hand und trat schnell zurück. Ich machte mir nicht die Mühe, ihn mir zu schnappen, um ihn als Geisel einzusetzen. Kerle wie Jake hatten überhaupt kein Problem damit, ihre Freunde hängen zu lassen – oder auf der Spitze meiner Klinge aufgespießt zu sehen.

Jake leckte sich die dicken rissigen Lippen. »Wie viel? Wie viel ist es?«

Lance zählte schnell die grünen Scheine. »Ein bisschen über zweihundert.«

»Das war's? Du hältst mich hin, Miststück!«, knurrte Jake.

Ich zuckte mit den Achseln. »Montag ist kein guter Tag. Bei einer solchen Kälte gehen nicht viele Leute vor die Tür, nicht einmal für Grillfleisch.«

Der Feuerelementar starrte mich böse an, während er über meine Worte nachdachte. Ich lächelte ihn an. Er wusste nicht, was er sich eingebrockt hatte – oder mit *wem* er sich gerade anlegte.

»Lass uns verschwinden, Jake«, flehte Lance. »Es könnte jederzeit ein Cop vorbeikommen.«

Jake umfasste sein brennendes Messer fester. »Nein! Nicht, bis dieses Miststück mir verraten hat, was sie mit dem Rest des Geldes gemacht hat. Das ist das beliebteste Restaurant der Gegend. Es müssten mehr als zweihundert Dollar in dieser Kasse sein. Also, wo hast du es versteckt, Nutte? Trägst du einen Geldgürtel unter deiner hässlichen Schürze?«

Ich zuckte mit den Achseln. »Warum kommst du nicht her und findest es raus, du jämmerliches Stück Scheiße?«

Seine Augen wurden dunkler, roter, wütender, bis ich tatsächlich glaubte, die flackernden Flammen darin würden gleich nach außen schlagen. Jake gab ein wütendes Knurren von sich. Er stieß die junge Frau von sich und stürzte sich auf mich, das Messer ausgestreckt.

Mein Lächeln wurde breiter. Endlich. *Zeit zum Spielen ...*

Ich wartete, bis er in meiner Reichweite war, dann trat ich nach vorne und drehte meinen Körper. Ich rammte ihm den Ellbogen in den Solarplexus und trat ihm die Füße unter dem Körper weg. Jake keuchte, stolperte und fiel kopfüber zu Boden. Beim Aufkommen knallte er mit der Schläfe gegen einen der Tische, und das Blut aus der Platzwunde spritzte auf meine Jeans. Der Schlag reichte aus, um Jakes Konzentration zu unterbrechen und so dafür zu sorgen, dass er für einen Moment den Halt an seiner Magie verlor. Das kribbelnde Gefühl der Macht, das ihn umgeben hatte, verschwand, und die Flammen um das Messer in seiner Hand erloschen. Das heiße Metall zischte und rauchte, als es auf den kühlen Boden fiel.

Ich sah nach rechts. Die Frau, die Jake durch den Raum geschmissen hatte, rappelte sich auf und machte Anstalten, sich auf ihren Peiniger zu stürzen. Aber Sophia packte die Kleine um die Hüfte und zog sie weg. Die Frau wehrte sich kurz, aber die Grufti-Zwergin schüttelte den Kopf und machte einen Schritt, um sich vor sie zu stellen. Lance sah das, schluckte einmal und wich langsam zurück, jederzeit bereit, sich umzudrehen und davonzurennen. Aber Sophia war schneller. Die Zwergin rammte ihm die Faust in den Magen. Er fiel um, als wäre ihm ein Amboss auf den Kopf gefallen, sackte auf dem Boden zusammen und bewegte sich nicht mehr.

Einer erledigt. Damit war nur noch Jake übrig.

Ich wandte meine Aufmerksamkeit wieder ihm zu, der sich auf die Seite gerollt hatte. Blut lief ihm über die Schläfe. Der Halbriese entdeckte mich über ihm, richtete sich in einer schnellen Bewegung auf und hackte mit dem langsam abkühlenden Messer nach mir. Idiot. Die Klinge kam nicht einmal in meine Nähe. Nachdem Jake noch einmal nutzlos mit dem Messer in der Luft herumgefuchtelt hatte, ging ich in die Knie, umklammerte sein Handgelenk und bog es so lange nach hinten, bis er sich nicht mehr rühren konnte. Dann beäugte ich die Waffe in seiner bewegungsunfähigen Hand.

»Himmel«, sagte ich. »Besorg dir ein richtiges Messer. Damit könntest du ja nicht mal Kartoffeln schälen.« Dann zog ich ihm die Klinge aus den verkrampften Fingern und brach ihm das dicke Handgelenk.

Jake schrie schmerzerfüllt auf, aber der Lärm störte mich nicht. Schon seit Jahren nicht mehr. Ich drückte ihn auf den Rücken zurück und setzte mich rittlings auf seine Brust, sodass meine Knie ihn einklemmten und Druck auf seine Rippen ausübten. Riesen, selbst Halbriesen wie Jake, hassten es, wenn sie nicht richtig atmen konnten. So ging es eigentlich den meisten Leuten.

Ich verlagerte das Messer in meiner Hand, bereit, es ihm ins Herz zu rammen. Es war eine lächerliche Waffe, aber sie würde der Aufgabe gerecht werden. Die meisten Dinge taten das, wenn man genug Stärke in den Schlag legte und entschlossen war. Und ich war sehr stark und sehr entschlossen.

Ein leises unterdrücktes Schluchzen lenkte meine Aufmerksamkeit von Jake und seinen hohen jammernden Schreien ab. Ich hob den Blick. Das zweite Mädchen kauerte ein paar Schritte entfernt unter einem Tisch, die Beine an die Brust gedrückt, die Augen weit aufgerissen, während ihr Tränen über die geröteten Wangen rannen. Eine Situation, in der ich mich selbst schon einmal befunden hatte.

Vor ein paar Monaten hätten mir die junge Frau und ihre Tränen nichts ausgemacht. Ich hätte Jake und seinen Freund umgebracht, mir das Blut von den Händen gewaschen und Sophia gebeten, die Leichen verschwinden zu lassen, bevor ich das Pork Pit für den Abend schloss.

Denn das taten Profikiller nun einmal. Und ich war die Spinne gewesen, eine der besten Auftragsmörderinnen überhaupt.

Aber vor zwei Monaten, als mein Mentor brutal gefoltert und umgebracht worden war – und zwar im Pork Pit, an ziemlich genau der Stelle, an der ich gerade saß –, hatte ich so etwas wie eine Offenbarung gehabt. Der alte Mann, Fletcher Lane, hatte gewollt, dass ich mich zur Ruhe setzte, einen anderen Weg im Leben einschlug und ein bisschen im Tageslicht lebte, wie er es so gerne genannt hatte. Ich war Fletchers Rat gefolgt und hatte den Job als Auftragsmörderin an den Nagel gehängt, nachdem ich zuletzt Alexis James umgebracht hatte, die Luftmagierin, die ihn auf dem Gewissen hatte.

»Hmpf.« Sophia grunzte hinter mir.

Ich sah über die Schulter zu der Zwergin, die immer noch die andere Frau festhielt. Die bemühte sich vergeblich, die kurzen Finger von ihrer Hüfte zu lösen. Viel Spaß dabei. Sophia konnte richtig zupacken. Sobald sie einen einmal hatte, ließ sie nicht mehr los – niemals.

Meine grauen Augen trafen Sophias schwarze. In ihrem dunklen Blick blitzte Bedauern auf, und die Zwergin schüttelte den Kopf. Nein, teilte sie mir damit wortlos mit. Nicht vor Zeugen.

Sie hatte recht. Zeugen waren übel. Ich konnte Jake nicht die Eingeweide herausreißen, während zwei junge Frauen zusahen, und die Leiche hinterher verschwinden lassen. Nicht in meinem eigenen Restaurant. Nicht ohne meine Tarnung als Gin Blanco auffliegen zu lassen und aus der Stadt verschwinden zu müssen. Und das würde ich nicht tun. Nicht für ein solches Stück Dreck wie diesen Feuerelementar.

Aber das bedeutete noch lange nicht, dass ich Jake nicht absolut unmissverständlich klarmachen konnte, mit wem er es zu tun hatte.

Ich wartete, bis seine Schreie ein wenig leiser wurden, dann schob ich mit der Messerspitze sein Kinn nach oben und sah ihm tief in die Augen. Jeder Funke der rot brennenden Magie war verschwunden. Sein Blick war starr, und darin standen Panik, Angst und Schmerz.

»Falls du jemals wieder in mein Restaurant und mir oder meinen Gästen blöd kommst, dann werde ich dich auseinandernehmen wie einen Thanksgiving-Truthahn.«

Ich stach mit dem Messer zu, bis die Haut an seinem dicklichen Hals nachgab. Jake jaulte vor Schmerz auf und wollte seine feisten Finger auf die Wunde drücken. Ich schlug seine Hand zur Seite und ritzte ihm ein weiteres Mal die Haut auf. Der Geruch von warmem kupferhaltigem Blut stieg mir in die Nase. Noch etwas, das mich schon seit sehr langer Zeit nicht mehr störte.

»Jedes Mal, wenn du dich bewegst, schneide ich dich wieder. Jedes Mal tiefer. Nicke, wenn du verstanden hast.«

Hass blitzte in seinen Augen auf und verdrängte Panik und Angst – aber er nickte.

»Gut.«

Damit schlug ich ihm den Messerknauf gegen die Schläfe. Jakes Kopf kippte zur Seite. Bewusstlos. Genau wie sein Freund Lance.

Ich stand auf, wischte die Fingerabdrücke vom Messer und ließ die Waffe auf den Boden fallen. Der Halbriese bewegte sich nicht. Dann ging ich zu der Kleinen, die immer noch unter dem Tisch kauerte.

Als ich mich näherte, rutschte sie nach hinten gegen die Beine eines Stuhls, als wollte sie sich hinter dem Metall verstecken. Ihr Pulsschlag raste, das konnte ich an ihrer wild zuckenden Halsschlagader erkennen. Ich setzte mein freundlichstes, vertrauenswürdigstes, charmantestes Südstaaten-Lächeln auf und ging in die Hocke, bis unsere Gesichter auf gleicher Höhe waren.

»Komm schon, Süße«, sagte ich und streckte ihr meine Hand entgegen. »Es ist vorbei. Diese Männer können dir nichts mehr tun.«

Ihre schokoladenbraunen Augen huschten zu Jake auf dem Boden, dann wieder zu mir. Sie biss sich auf die Lippen, und ihre Zähne leuchteten im Kontrast zu ihrer kaffeebraunen Haut.

»Und ich werde dir auch nicht wehtun«, sagte ich leise. »Komm schon. Ich bin sicher, deine Freundin will wissen, wie es dir geht.«

»Cassidy?«, rief die andere junge Frau, die Sophia immer noch nicht losließ. »Geht es dir gut?«

Die Stimme ihrer Freundin durchdrang Cassidys ängstliche Benommenheit. Sie seufzte, nickte und hob den Arm, und ich ergriff ihre zitternde Hand. Cassidys Finger fühlten sich an der erhabenen Narbe in meiner Handfläche wie zerbrechliche Eiszapfen an. Ich zog sie auf die Beine. Sie beäugte mich mit nachvollziehbarer Vorsicht, also bewegte ich mich langsam, um sie nicht zu erschrecken.

»Es geht mir gut, Eva«, sagte Cassidy leise. »Nur ein bisschen durcheinander.«

Sophia ließ das andere Mädchen los, und ich trat zurück. Eva eilte vorwärts und schloss ihre Freundin fest in die Arme. Cassidy erwiderte die Umarmung, und die beiden wiegten sich in der Mitte des Restaurants hin und her.

Ich ging zu Sophia, die die zwei jungen Frauen mit ausdruckslosem bleichem Gesicht beobachtete. »Freundschaft. Ist sie nicht wunderbar?«, witzelte ich.

»Hmpf«, grunzte Sophia. Aber ein Mundwinkel der Grufti-Zwergin verzog sich zu einem winzigen Lächeln.

Die beiden Mädchen hielten sich noch eine Weile umschlungen, dann zog Eva ein Handy aus der Hosentasche.

»Du rufst die Polizei«, wies sie ihre Freundin an. »Ich muss mit Owen sprechen, um ihm zu sagen, dass es mir gut geht. Du weißt ja, wie er ist. Er wird total ausflippen, wenn er davon erfährt.«

Cassidy nickte mitfühlend und zog ihr eigenes Handy aus der Hosentasche. Die beiden Frauen wählten, statt mich, die Restaurantbesitzerin, zu bitten, den Anruf bei der Polizei zu erledigen. Nicht überraschend. Wenn man die Cops holen wollte, tat man es selbst. Man verließ sich nicht auf die Freundlichkeit von Fremden. Nicht in Ashland.

Ich runzelte die Stirn. Cops. Genau das, was ich brauchen konnte. Einige von Ashlands Gesetzeshütern, die mich, den ehemaligen Profikiller, eine Grufti-Zwergin, die in ihrer Freizeit gerne Leichen verschwinden ließ, und die zwei Kerle, die wir so mühelos ausgeschaltet hatten, besuchen kamen. Nicht die Art von Aufmerksamkeit, die ich auf mich ziehen wollte, selbst wenn ich mich inzwischen im Ruhestand befand. Allerdings konnte ich nichts dagegen unternehmen, ohne mich allzu verdächtig zu machen.

Sophia wanderte zurück zum Herd, um ihre Baked Beans umzurühren. Eva unterhielt sich mit leiser Stimme mit jemandem. Cassidy beendete ihren Anruf bei der Polizei und sank auf den erstbesten Stuhl.

Die junge Frau starrte auf Jake auf dem Boden, dann glitten ihre braunen Augen zu dem blutigen Messer. Ihre Unterlippe bebte, ihre Augen wurden stumpf, und ihre Hände zitterten. Sie bemühte sich, die Tränen zurückzuhalten. Etwas, zu dem auch ich mich ab und zu hatte zwingen müssen.

Ich ging zum Tresen und nahm mir einen Glasteller voller Black Forest Cookies – Schokokekse mit getrockneten Kirschen –, die ich am Morgen gebacken hatte.

»Hier.« Ich nahm die Glasglocke vom Teller und hielt ihn ihr entgegen. »Nimm einen Cookie. Da sind jede Menge Zucker, Butter und Schokolade drin. Das hilft gegen das Zittern.«

Cassidy schenkte mir ein mattes Lächeln, nahm einen der Schokoladenkekse und biss hinein. Die bittersüße Schokolade würde ihre Nerven beruhigen, und in ihren Augen stand für einen Moment Zufriedenheit statt Sorge.

Eva beendete ihr Gespräch und setzte sich neben ihre Freundin. Ihre Hände zitterten nicht, als sie ihr Handy zuklappte, und sie musterte Jake mit nachdenklichem Blick. Der einzige Hinweis darauf, dass Eva etwas zugestoßen war, war die rote Schwellung auf ihrer Wange, wo Jake sie mit dem Handrücken erwischt hatte. Die Kleine behielt einen kühlen Kopf und hatte ihre Gefühle unter Kontrolle. Aber das bedeutete nicht, dass sie nicht später zusammenbrechen würde.

Ich hielt ihr den Teller entgegen. »Du auch.«

Eva nahm sich einen Cookie, brach ihn in der Mitte durch und stopfte sich eine Hälfte auf einmal in den Mund. Scheu war sie also auch nicht.

Ich nahm mir ebenfalls eine der Kalorienbomben vom Teller. Nicht, weil ich den Zucker zur Beruhigung brauchte, sondern weil es einfach verdammt gute Cookies waren. Nach einem Monat des Experimentierens hatte ich das Rezept endlich zur Perfektion gebracht.

Ich betrachtete die zwei bewusstlosen Männer auf dem Boden. Lance lag mit ausgestreckten Armen und Beinen neben einer der Sitznischen, genau da, wo Sophia ihn liegen gelassen hatte. Aus den Wunden an Jakes Schläfe und Hals tropfte immer noch Blut, das den Boden rostbraun verfärbte.

Ich nahm mir noch einen Cookie vom Teller und sah Jake beim Bluten zu.

2

Zwanzig Minuten später tauchten zwei uniformierte Polizisten auf. Spät wie gewöhnlich. Hätten wir sie wirklich gebraucht, würden unsere Leichen jetzt in einer Blutlache auf dem Boden auskühlen. Die Cops stürmten durch die Eingangstür, um dann, überrascht von der friedlichen Szene, die sich vor ihnen auftat, abrupt anzuhalten.

Eva und Cassidy saßen an ihrem ursprünglichen Tisch. Cassidy mampfte ihren vierten Cookie und nahm gerade einen Schluck von der Milch, die ich ihr gegeben hatte. Eva hatte ihren Kopf auf den Arm gestützt. Mit ihrer freien Hand zerlegte sie einen Keks und aß ihn langsam, Stück für Stück. Anscheinend hatte der Schock sie letztendlich doch erwischt. Am Herd löffelte Sophia gebackene Bohnen in Marmeladengläser, um sie ihrer älteren Schwester Jo-Jo mit nach Hause zu bringen. Ich saß auf meinem üblichen Stuhl hinter der Registrierkasse, aß meinen dritten Cookie und las gerade, wie Odysseus einen Zyklopen geblendet hatte.

Der erste Polizist war etwa so groß wie ich, ungefähr eins siebzig. Er war sehnig mit nussbrauner Haut und dazu passenden lockigen Haaren, die unter der Mütze herausstanden, unter die er sie gestopft hatte. Dunkle Sommersprossen sprenkelten seine Wangen. Er hatte die Waffe gezogen und hielt sie an seiner Seite.

Im Gegensatz dazu war der zweite Beamte gute zwei Meter zehn mit einem geschorenen Kopf von der Größe einer Wassermelone und sehr gut dazu passenden riesigen Fäusten. Seine Haut war so dunkel, dass sie glänzte wie Onyx. Dasselbe galt für seine Augen. Sein Name war Xavier. Ich hatte ihn als Türsteher im Northern Aggression kennengelernt, einem schicken Nachtclub, den zu besuchen ich in letzter Zeit Gelegenheit gehabt hatte. Mir war nicht klar gewesen, dass er eigentlich bei der Polizei arbeitete.

Xavier erkannte mich ebenfalls und nickte mir zu. Ich erwiderte den Gruß. Er hatte seine Waffe nicht gezogen. Er brauchte sie nicht. Riesen konnten ein paar Kugeln in die Brust einstecken, bevor sie umfielen, und ein präzise gesetzter Schlag von Xaviers Faust konnte so gut wie jedem das Genick brechen. Seltsam allerdings, dass er als Bulle arbeitete. Die meisten Riesen in Ashland verdienten ihr Geld als Bodyguards. Wurde besser bezahlt, auch wenn der Job genauso gefährlich war.

»Wir wurden wegen eines Raubüberfalls benachrichtigt«, sagte der erste Cop. Seine Stimme war hoch und jammernd wie das Geräusch einer Motorsäge.

»Richtig. Diese zwei Kerle sind hier reinspaziert und haben versucht, mich auszurauben. Der da«, ich deutete auf Jake, »kam in den Laden und hat allen gesagt, niemand solle sich bewegen. Als ich die Registrierkasse öffnen wollte, hat er sich eines der Mädchen geschnappt und ihr ein Messer an die Kehle gehalten. Er ist ein Feuerelementar. Hat das Messer mit Flammen überzogen und die Geisel damit fast verbrannt. Aber glücklicherweise waren meine Köchin und ich in der Lage, die beiden zu überwältigen.«

Die Cops sahen zu den zwei Männern. Dann musterten sie erst mich und Sophia und schließlich die Zeuginnen.

»Ist es so abgelaufen?«, fragte der kleine Cop die beiden jungen Frauen.

Eva und Cassidy nickten. Sophia grunzte zustimmend.

»Genau so ist es abgelaufen«, sagte ich.

Der kleine Polizist konzentrierte sich auf Lance. »Und der andere Kerl da?«

»Sein Kumpel. Hat versucht, ihn zu beruhigen. Hat nicht geklappt.«

Der Polizist musterte noch einmal beide Männer, dann sah er mich an. »Und Sie haben den beiden das angetan? Womit? Mit einem Baseballschläger?«

»Nein«, antwortete ich. »Ich habe nur den einen erledigt, den großen. Meine Köchin hat sich um den anderen gekümmert. Keiner von uns hatte eine Waffe.«

Bei ihrer Körperstärke brauchte Sophia genauso wenig Waffen wie ein Riese. Und ich hielt es nicht für nötig, die fünf Steinsilber-Messer zu erwähnen, die in diesem Moment irgendwo unter meiner Kleidung verborgen waren. Oder die anderen Klingen, die an strategisch wichtigen Stellen im Restaurant versteckt lagen. Oder die Tatsache, dass ich einfach mit meiner Eismagie einen gezackten Eiszapfen hätte erzeugen können, um damit Jake die Kehle durchzuschneiden. Oder sogar meine Steinmagie hätte einsetzen können, um das gesamte Restaurant über ihm zum Einsturz zu bringen.

Der kleine Cop pfiff leise. »Haben sich den falschen Laden für einen Überfall ausgesucht, hm?«

Ich antwortete nicht. Schließlich konnte er an den Blutflecken auf dem Boden genau erkennen, wie falsch die Wahl gewesen war.

Die beiden Männer kamen langsam wieder zu Bewusstsein. Lance hielt sich den Bauch und wiegte sich langsam vor und zurück, als könnte das den Schmerz von Sophias Schlag lindern. Jake lag auf dem Rücken und blinzelte zur Decke, als würde er sie gar nicht wirklich sehen.

Der Riesen-Cop, Xavier, beugte sich vor, packte Lance

mit einer Hand am Schlafittchen und legte ihm mit der anderen Steinsilber-Handschellen an. »Du. Hiergeblieben, verstanden?«

Aber Lance war zu sehr damit beschäftigt, sich nicht zu übergeben, um etwas Dämliches zu tun, wie zum Beispiel zu fliehen.

Xavier ging auf ein Knie und beugte sich über Jake. Er starrte ihm ins Gesicht, dann runzelte er die Stirn und sah mit seinen schwarzen Augen zu mir auf. »Weißt du, wer das ist?«

»Nein. Sollte ich?«

Der Riese nickte. »Ja. Jake McAllister.«

Ich kniff die grauen Augen zusammen. »McAllister? Wie in Jonah McAllister? Der Rechtsanwalt?«

»Der und kein anderer«, brummte Xavier. »Jake hier ist sein Sohn. Das ist schon das dritte Mal seit Halloween, dass er in Schwierigkeiten steckt.«

Ich spürte den ersten Anflug von Kopfweh. Jonah McAllister war Ashlands teuerster und erfolgreichster Rechtsanwalt. Ein charismatischer Blender, der noch den gemeingefährlichsten, übelsten, psychopathischsten Kriminellen dastehen lassen konnte wie ein unschuldiges Schulmädchen – und die Jury vor Mitleid zum Weinen brachte. McAllister war es vollkommen egal, ob die Leute schuldig waren oder nicht, solange sie seine astronomischen Honorare zahlen konnten.

Die ganze Sache wurde noch dadurch verkompliziert, dass Jonah McAllister außerdem persönlicher Berater von Mab Monroe war. Ashland mochte ja die üblichen Gemeindedienste haben wie jede andere Stadt auch: Polizei und Feuerwehr, einen Stadtrat, einen Bürgermeister. Aber Mab war diejenige, die Ashland wirklich regierte, zusammen mit ihrem eigenen lukrativen mafiaähnlichen Hofstaat. Für die meisten Leute war sie die wohlhabendste Geschäftsfrau der Stadt, die ihren Reichtum großzügig und selbstlos dafür einsetzte, den weniger Glücklichen zu helfen. Aber diejenigen von uns, die sich auf der Schattenseite des Lebens bewegten, wussten, dass Mab alles tat, um ihren Willen durchzusetzen – vom Anordnen von Entführungen über das Bestechen von Beamten bis zur Ermordung von jedem, der ihr in die Quere kam.

Mab hatte Geld, aber ihre wahre Macht entsprang der Tatsache, dass sie ein Feuerelementar war, genau wie Jonah McAllister. Ein Elementar zu sein bedeutete für Mab, dass sie Feuer erschaffen, kontrollieren und auf so gut wie jede Art einsetzen konnte, die ihr einfiel. Jake McAllister konnte jedoch nur von der Macht träumen, die Mab besaß. Gerüchten zufolge hatte Mab mehr Magie, mehr Macht als jeder andere Elementar in den letzten fünfhundert Jahren. Wenn man betrachtete, wie sie die Stadt im Würgegriff hielt und die Unterwelt von Ashland als Königin anführte, war es eigentlich kein Gerücht mehr, sondern eine allgemein bekannte Tatsache. Jeder, der sich Mab Monroe in den Weg stellte, war bald darauf ein toter Mann.

Jonah McAllister war mehr als nur Mabs Anwalt – er war einer ihrer obersten Stellvertreter, zusammen mit Elliot Slater, dem Riesen, der sich um Mabs hauseigenen Sicherheitsdienst kümmerte und ihre Wünsche mit größter Brutalität durchsetzte. McAllisters Job war es, sich um diejenigen zu kümmern, die sich vor Gericht mit Mab anlegten. Er überschüttete sie mit genug Papierkram und Bürokratie, um einen Elefanten darin ertrinken zu lassen, sodass sie entweder sofort aufgaben oder eben dann, wenn allein schon die Kosten ihrer eigenen Anwälte sie in den Bankrott trieben.

Nein, Jonah McAllister wäre nicht begeistert, wenn er erfahren würde, dass ich seinen Sohn zusammengeschlagen hatte. Er und infolgedessen auch Mab Monroe konnten mir Probleme machen. Probleme, die ich jetzt schwerer lösen konnte – nachdem ich inzwischen einfach Gin Blanco war und nicht mehr nebenbei auch unter dem Namen »die Spinne« als Auftragsmörderin arbeitete.

»Bist du sicher, dass du ihn anzeigen willst?«, fragte Xavier. »Die meisten Leute wollen es nicht, nachdem sie herausgefunden haben, wer sein Daddy ist.«

Ich starrte Jake an, der immer noch an die Decke blinzelte. Dann huschte mein Blick zu Cassidy, die konzentriert auf ihre Schuhe starrte. Sie hatte Xaviers Frage gehört, und sie wusste genauso gut wie ich, was der Name McAllister bedeutete. Cassidy dachte, ich würde einknicken, und sie wollte mich nicht anschauen, wenn ich den Polizisten sagte, sie sollten Jake laufen lassen.

Vor meinem inneren Auge stieg das Bild heißer, hungriger Flammen auf, die an Cassidys schmaler Kehle leckten, zusammen mit ihrem tränenüberströmten Gesicht. Und das erinnerte mich an einen anderen Ort, eine andere Zeit, ein anderes verzweifeltes Mädchen, das inbrünstig gehofft hatte, ich würde es retten und davon überzeugen, dass alles in Ordnung war, obwohl ich genau wusste, dass es eine Lüge gewesen wäre. Dass niemals wieder irgendetwas in Ordnung sein würde.

Die Erinnerungen an meine kleine Schwester Bria und die schreckliche Nacht, in der unsere Mutter und unsere ältere Schwester Annabella ermordet worden waren, rumorte in den Tiefen meines Hirns wie ein dunkler Schatten, der nach oben drängte. Die Erinnerung vergrub ihre kalten Krallen in meinem Herzen. Feuer, Folter, Zerstörung, Tod. All das und mehr hatte in dieser einen schicksalshaften Nacht vor siebzehn Jahren stattgefunden. Ich ballte die Hände zu Fäusten und versteckte so die Narben in Form von Spinnenrunen, die in meine Handflächen gebrannt waren – Narben, die mich ständig an meine verlorene Familie erinnerten.

Nach ein paar Sekunden öffnete ich meine Hände wieder und bewegte meine Finger, um sie ein wenig zu entspannen.

Wieder konzentrierte ich mich auf Jake McAllister und erinnerte mich an seinen scharfen, hinterhältigen Blick. Zweihundert Dollar Tageseinnahmen hin oder her: Er war bereit gewesen, mich und jeden anderen im Restaurant zu töten – einfach, weil er es konnte. Zumindest theoretisch. Ich wollte verdammt sein, wenn ich ihn damit durchkommen ließ.

»Zum Teufel mit seinem Daddy«, sagte ich. »Er hat diesem Mädchen beinahe die Kehle aufgeschlitzt. Ich erstatte Anzeige.«

Xavier zuckte mit den Achseln. »Deine Entscheidung. Erwarte nur nicht, dass viel passiert.«

Er legte die Steinsilber-Handschellen um Jakes Gelenke und zog den Feuerelementar auf die Beine. Die plötzliche Bewegung riss Jake aus seiner Trance. Er sah über die Schulter zu dem Cop, dann wieder zu mir. Es dauerte ein paar Sekunden, bis die Situation in seinen dicken Schädel eingedrungen war.

»Du hast die Bullerei gerufen? Dafür wirst du zahlen, Miststück!«, brüllte er.

Er warf sich nach vorne, um sich aus Xaviers Griff zu befreien und sich auf mich zu stürzen. Aber Xavier hielt ihn mühelos mit einer Hand zurück. Es war schwer, einem Riesen zu entkommen.

Statt zu bleiben, wo ich war, trat ich um den Tresen herum und ging zu Jake. Dieses Mal ließ ich ihn deutlich erkennen, wie kalt, hart und ausdruckslos meine grauen Augen wirklich waren.

»Du bist derjenige, der zahlen wird, wenn Daddy rausfindet, dass du Restaurants ausraubst – oder es zumindest versuchst. Zu allem Überfluss hast du eine hundsmiserable Figur dabei abgegeben.«

»Miststück!«, brüllte er wieder. »Dafür wirst du sterben! Hörst du mich? Du bist tot!«

Jake warf sich wieder nach vorne, aber der Riesen-Cop riss ihn am Kragen zurück – und zwar nicht allzu sanft. Xavier zwinkerte mir zu, und ich lächelte. Langsam fing ich an, ihn zu mögen. Ich würde ihm beim nächsten Mal, wenn ich ihm als Türsteher des Northern Aggression begegnete, ein paar Scheine zustecken.

»Komm, Jake«, brummte Xavier. »Dann bringen wir dich jetzt in den Streifenwagen, damit du deinen alten Herrn anrufen kannst und er Kaution hinterlegt.«

Xavier schob Jake McAllister und seinen Freund Lance durch die Eingangstür des Pork Pit und auf die Rückbank des wartenden Wagens. Der andere Polizist, der Kleine, nahm die Aussagen von Cassidy und Eva auf. Er war gerade mit ihnen fertig, als sich die Eingangstür zum Restaurant erneut öffnete und ein weiterer Polizist den Raum betrat. Ein großer Mittdreißiger mit kurzen schwarzen Haaren, bronzefarbener Haut, die auf eine Latino-Abstammung hinwies, und Augen in der Farbe von rauchigem Whiskey.

Detective Donovan Caine.

Der Großteil der Polizisten in Ashland mochte ja für seine Gleichgültigkeit und seine Gier bekannt sein, aber Caine war die seltene Ausnahme von der Regel. Er kämpfte gegen die allgegenwärtige Korruption, die Bestechungen und Schmiergeldzahlungen, während die meisten in der Truppe einfach wegsahen. Außerdem versuchte er tatsächlich, Kriminelle zu fangen. Der Detective glaubte wirklich an all dieses gefühlsduselige »Schützen und Dienen«-Gedöns.

Zum ersten Mal hatte ich vor ein paar Monaten mit ihm zu tun gehabt, als ich Cliff Ingles, Caines korrupten Partner, ermordet hatte. Ingles hatte nicht nur im Dienst Schutzgeld und sexuelle Gefälligkeiten von Vampirnutten erpresst, sondern auch die Teenagertochter einer Prostituierten übel vergewaltigt und zusammengeschlagen. Selbst im Abschaum von Ashland war Ingles negativ aufgefallen, und ich hatte ihn gratis erledigt. Das war meine Art von ehrenamtlicher Gemeindearbeit.

Donovan Caine hatte nicht gewusst, was für ein Schwein sein Partner war, und hatte es sich zur Mission gemacht, den Mörder von Cliff Ingles zu fangen – mich. Natürlich war die Spur längst kalt, da ich professionell arbeitete. Aber das hielt Caine nicht davon ab, den Fall weiterzuverfolgen und noch wochenlang nach Informationen zu graben.

Dann waren wir uns vor zwei Monaten ein weiteres Mal über den Weg gelaufen – diesmal persönlich –, als man mir den Mord an einem Informanten namens Gordon Giles anzuhängen versuchte. Einige fiese Leute dachten, der Detective verfüge über Wissen, das ihr Ränkespiel auffliegen lassen könnte. Sie versuchten gerade, die Informationen aus ihm herauszuprügeln, als ich auftauchte, um ihn zu retten. Danach arbeitete Caine widerwillig mit mir zusammen, um den wahren Killer von Gordon Giles zu finden.

Während unserer Ermittlung hatten wir einen heißen One-Night-Stand – na ja, eigentlich eher ein One-Hour-Stand –, aber seitdem war nichts mehr passiert. Die Pfadfindermentalität des Detectives stellte das größte Problem zwischen uns dar. Ich fand seine moralischen Überzeugungen bewundernswert, aber auch ziemlich unpraktisch in einer Stadt, die so dreckig, gewalttätig und korrupt wie Ashland war. Er fand meinen Mangel an Gewissen und Reue über all die blutigen Taten, die ich in meinem ehemaligen Beruf begangen hatte, verstörend – um es vorsichtig auszudrücken.

Doch die Anziehung zwischen uns war heftig, und der gehetzte Sex, den wir in einer Abstellkammer hatten, war phantastisch. Seitdem hatte ich den Detective nur ein einziges Mal gesehen, auf der Beerdigung meines Mentors Fletcher Lane.

Caine kam, um mir sein Beileid auszusprechen und nach mir zu sehen. Ich hatte ihn direkt dort auf dem Friedhof geküsst. Danach war er vor mir geflohen wie ein verängstigter Hase.

Es war das letzte Mal gewesen, dass ich den Detective gesehen oder gesprochen hatte. Allerdings dachte ich oft an ihn. Öfter, als mir lieb war. Und jetzt stand er hier in meinem Laden, in meiner kleinen Ecke der Stadt.

Donovan Caine spürte offensichtlich meinen Blick und hob den Kopf. Unsere Blicke trafen sich, Gold auf Grau. Meine Brust zog sich zusammen, und die vertraute Hitze stieg in mir auf, um sich dann in meinem Unterleib zu sammeln. Ich beäugte den marineblauen Mantel des Detectives. Die Wolle lag eng um seine Schultern und verriet etwas über Form und Beschaffenheit des sehnigen harten Körpers darunter. Ich erinnerte mich daran, wie er sich angefühlt hatte. Wie sein Mund sich auf meinen gedrückt hatte, während unsere Zungen tanzten. Wie wir unsere Hände in der Kleidung des anderen vergraben hatten. Sein frischer, sauberer Geruch stieg mir in die Nase. Mir fiel ein, wie er meinen Namen wieder und wieder geflüstert hatte wie einen Fluch – oder die Antwort auf ein Gebet –, während er sich mit schnellen, harten, tiefen Stößen in mir versenkt hatte. Mmmm …

Der kleine Cop sah, dass ich den Detective anstarrte. Er ging hinüber, murmelte Caine etwas zu und deutete mit dem Kopf in meine Richtung. Wahrscheinlich identifizierte er mich als Besitzerin und Hauptzeugin. Die meisten Frauen – und der Großteil aller verlassenen Geliebten – wären jetzt losgestiefelt und hätten wissen wollen, was Caine hier trieb. Warum er nicht mal angerufen hatte. Stattdessen lehnte ich mich mit einem Ellbogen auf den Tresen und blieb locker, obwohl sich mein Magen bei seinem Anblick zusammenzog. Eine meiner Tugenden war Geduld. Schon immer gewesen. Der Detective würde noch früh genug zu mir kommen.

Weniger als eine Minute später beendete Caine sein leises Gespräch mit dem anderen Polizisten und bewegte sich in meine Richtung. Er hielt ungefähr einen halben Meter vor mir an. Seine goldenen Augen musterten meine fettverschmierte blaue Schürze, die abgetragene Jeans und mein langarmiges Shirt. Zwei scharlachrote Tomaten leuchteten auf dem schwarzen Stoff.

»Gin.«

»Detective.«

Wir standen einfach da und glotzten uns an. Zwischen uns lag eine Spannung, die heiße Leidenschaft ausstrahlte. Ich atmete durch. Der saubere seifige Duft des Detectives drang in mich ein und überlagerte den Geruch von Kreuzkümmel, rotem Pfeffer und anderen Gewürzen in der Luft.

Donovan wandte als Erster den Blick ab und räusperte sich. Er machte eine Bewegung mit dem Kopf, und ich folgte ihm ans andere Ende des Restaurants, wo uns niemand hören konnte.

»Willst du mir erzählen, was passiert ist?«, fragte er leise.

»Willst du mir verraten, was du hier tust?«, hielt ich dagegen. »Gewöhnlich beachten Detectives keine Überfälle in der Innenstadt, besonders keine vereitelten Überfälle.«

Donovan starrte mich an. »In Ordnung. Ich habe darum gebeten, über jeden Vorfall im Pork Pit informiert zu werden.«

»Warum? Hattest du Angst, dass ich in meinem eigenen Restaurant Leute umbringe? Du hast vielleicht die Schlagzeile nicht gelesen, aber ich bin im Ruhestand, Detective.«

Überrascht wanderten seine schwarzen Augenbrauen nach oben. »Im Ruhestand?«

Ich nickte. »Im Ruhestand. Jetzt verbringe ich meine Tage hier im Pork Pit und serviere das beste Grillfleisch, den köstlichsten Krautsalat und den leckersten Brombeer-Eistee von ganz Ashland.«

In seinen bernsteinfarbenen Augen blitzte etwas auf. Ein Gefühl. Vielleicht war es Erleichterung oder sogar Hoffnung. Auf jeden Fall verschwand es wieder, bevor ich es entschlüsseln konnte.

»Nun, das ist schön für dich«, sagte er.

Ich zuckte mit den Achseln. Es war weder gut noch schlecht, dass ich meinen Job als Profikiller an den Nagel gehängt hatte. Fletcher Lane hatte mich schon Monate vor seiner Ermordung gedrängt, mich aus dem Geschäft zurückzuziehen. Nach seinem Tod hatte ich beschlossen, den letzten Wunsch des alten Mannes in Erfüllung gehen zu lassen. Nicht mehr, nicht weniger. Aber als meine Augen über Caines Körper glitten, musste ich mich einfach fragen, ob meine Enthüllung wohl dafür sorgen würde, dass der Detective wieder in meinem Bett landete. Schaden konnte es auf keinen Fall.

Caine zog Block und Stift aus der Gesäßtasche. »Also, erzähl mir davon.«

Ich fasste die Geschehnisse der letzten Stunde zusammen. Nachdem ich geendet hatte, starrte Caine, den Stift noch auf den Block gedrückt, stur geradeaus. Offensichtlich dachte er über etwas nach. Dann hob er seinen goldenen Blick.

»Warum hast du sie nicht umgebracht?«, fragte er leise. »Wir wissen beide, dass du es gekonnt hättest.«

»Mühelos«, stimmte ich zu. »Aber eines der Mädchen kauerte direkt neben mir auf dem Boden.«

»Und du wolltest nicht, dass sie es sieht?«

Ich zuckte mit den Achseln. »Zeugen sind schlecht, Detective. Das habe ich dir schon öfter erklärt.«

Er schnaubte. »Und ich dachte schon, dir wäre neuerdings ein Herz gewachsen.«

In seinen Worten schwang Enttäuschung mit. Ich ignorierte das Sehnen, das dieser Klang in mir auslöste.

»Oh, ich hatte immer schon ein Herz, Detective«, antwortete ich locker. »Ich lasse mich dadurch nur nicht davon abhalten, das zu tun, was getan werden muss. Das zeugte von Schwäche, und ich bin nicht schwach. War es schon seit langer Zeit nicht mehr.«

»Nein, *schwach* bist du definitiv nicht.« Donovan beäugte mich. »Du magst ja im Ruhestand sein, aber eigentlich hast du dich nicht im Geringsten verändert, oder, Gin?«

»Das hängt von der Definition von ›verändert‹ ab. Werde ich mich plötzlich in ein blutendes Herz oder eine Vorstadt-Mom verwandeln, die zulässt, dass die Leute sie als Fußabtreter verwenden? Nein, und das will ich auch nicht. Ich habe meine Prioritäten neu gesetzt, und ich habe vor, mein Leben daran anzupassen. Aber wenn mich jemand unter Druck setzt oder mich angreift, wie diese zwei Clowns es versucht haben, werde ich mich wehren – und zwar dreimal so heftig. Ich habe seit meinem dreizehnten Lebensjahr als Profikiller gearbeitet, Detective. Ich werde nicht die gesamten letzten siebzehn Jahre vergessen, nur weil der Job jetzt Vergangenheit ist.«

»Ich verstehe.«

Dieses Mal war die Enttäuschung in seiner Stimme so scharf wie eines der Steinsilber-Messer in meinem Ärmel. Donovan Caine wollte mich immer noch, aber er legte auch Wert auf ein reines Gewissen. Ich war wohl nicht die Einzige, die sich ändern musste.

Caine räusperte sich. »Weißt du, wer der Blonde ist?«

»Jake McAllister, Jonah McAllisters Söhnchen. Der Riesen-Cop hat es mir erzählt – und hat mich dann gefragt, ob ich ihn trotzdem anzeigen will.«

Donovan sah zu dem Polizisten, der vor dem Fenster auf dem Gehweg stand. »Xavier? Er ist ein guter Kerl. Wahrscheinlich dachte er, er täte dir einen Gefallen, wenn er dir verrät, welche Verbindungen der Junge hat. Denn das wird Jonah

McAllister nicht gefallen. Er könnte dir eine Menge Ärger machen.«

»Wenn er das tut, kümmere ich mich so darum, wie ich es immer tue. Schnell. Effizient. Dauerhaft.«

»So, wie du es immer tust? Ich dachte, du versuchst dich zu ändern.«

»Das tue ich«, antwortete ich. »Aber weißer Abschaum bleibt weißer Abschaum, Detective. Niemand stürmt in mein Restaurant, versucht meinen Laden auszurauben und bedroht meine Kunden. Mir ist egal, wer sein Daddy ist.«

Wir starrten einander an. Nicht zum ersten Mal stellte ich mir vor, den Detective einfach zu mir zu ziehen, meine Lippen auf seine zu pressen und herauszufinden, ob der Sex so heiß, hart und gut sein würde wie beim letzten Mal. Auf einem der Tische hätten wir sicherlich mehr Platz als damals in diesem Abstellraum. Mmmm.

Aber ich würde nicht den ersten Schritt machen. Das hatte ich bereits mehrmals getan. Wenn der Detective mich wollte, dann konnte er mich das wissen lassen.

Aber er tat es nicht.

Stattdessen starrte Caine mich weiter an. Seine Augen glitten über mein Gesicht, als wollte er es sich einprägen. Als hätte er nicht vor, mich im Leben noch einmal wiederzusehen. Vielleicht war es ja so. Diese Vorstellung krampfte mir den Magen zusammen, aber ich hielt mein Gesicht ausdruckslos. Ich hatte nicht so lange überlebt, indem ich jedem meine Gefühle verriet. Und ich hatte nicht vor, jetzt noch damit anzufangen. Nicht einmal für ihn.

Schließlich streckte mir Donovan die Hand entgegen. Ich nahm sie. Seine Finger lagen hart, stark und trocken in meinen, und seine Hitze erwärmte meinen gesamten Körper. Dann ließ Donovan plötzlich meine Hand los, als hätte ich ihn verbrannt. Vielleicht empfand er es so, weil er mich so sehr wollte – die Frau, die seinen Partner getötet hatte. Ich hatte einmal gehört, wie der Detective sagte, dass man nicht mit dem Mörder seines Partners schlief. Aber er hatte es getan – zweimal –, und er hatte es genossen. Dafür hasste er sich immer noch.

»Pass auf dich auf, Gin.«

»Du auch, Detective. Du auch.«

Donovan Caine nickte ein letztes Mal. Dann drehte er sich auf dem Absatz um, ging zur Tür, verließ meinen Laden und ließ ihn ein wenig leerer und kälter zurück, als er vorher gewesen war.

3

Es verging kaum eine Minute, bevor die Eingangstür erneut aufschwang und die Glocke klingelte. Ich sah auf, in der Hoffnung, dass der Detective seine Meinung über, na ja, über *alles* geändert hatte.

Aber der Mann, der ins Pork Pit stiefelte, war weder Donovan noch ein anderer Cop. Dafür war sein Anzug viel zu schick. Der schwarze Stoff lag eng um seine Schultern und betonte einen Körper, der kompakt, kräftig und stark war. Von seinem Körperbau her hätte ich ihn für einen Zwerg gehalten. Aber mit über eins achtzig war er zu groß dafür. Er hatte dichte blauschwarze Haare, während seine Augen leuchtend violett waren. Eine dünne weiße Narbe zog sich schräg über sein Kinn und betonte die leicht schiefe Nase. Das waren die einzigen Unvollkommenheiten in seinem Aussehen, und auf irgendeine Art verliehen sie dem Gesicht sogar noch mehr Charakter, anstatt sein gutes Aussehen zu zerstören.

Er war eine eindrucksvolle Gestalt. Imponierend, selbstbewusst, streitbar, energisch. Jemand, der Aufmerksamkeit verlangte. Jemand, den man im Auge behalten musste. Besonders, da er mir seltsam bekannt vorkam.

Ich rechnete halb damit, dass dem Mann riesenhafte Wachen ins Pork Pit folgen würden. Die meisten Reichen von Ashland hatten zumindest ein paar davon im Schlepptau, und diesem Kerl sah man aufgrund seiner ganzen Erscheinung an, dass er wohlhabend war. Aber er war allein. Seine hellen Augen huschten durch das Innere des Restaurants und blieben kurz an den Blutflecken auf dem Boden hängen. Nach einem Moment glitt sein Blick weiter und landete auf den zwei jungen Frauen, die gerade ihre Taschen packten, um zu gehen.

»Eva«, sagte er mit einer Stimme, die wie Donner grollte. »Geht es dir gut?«

Die junge Frau schloss den Reißverschluss ihres Rucksacks. »Ich bin in Ordnung, Owen.«

Der Mann ging zu ihr. Er bewegte sich steif, aber mit entschlossenen Bewegungen wie ein Bulldozer, der sich seinen Weg durch Löwenzahn bahnt. »Erzähl mir, was passiert ist.«

»Ich habe doch gesagt, ich bin in Ordnung«, wiederholte sie irritiert, als hätten sie diese Diskussion schon oft geführt. »Außerdem hatte ich dir gesagt, dass es nicht nötig ist herzukommen. Du hörst nie auf mich.«

»Ich bin dein großer Bruder«, meinte er. »Ich muss auf dich aufpassen.«

Großer Bruder? Ja, jetzt konnte ich es sehen. Eva sah dem Mann um die dreißig tatsächlich ähnlich. Blauschwarze Haare, helle Augen, bleiche Haut. Sie war schön. Er auch auf eine kalte Art und Weise.

»Erzähl mir, was passiert ist«, drängte er wieder.

Sie verdrehte die Augen und gab eine kurze Zusammenfassung des versuchten Raubüberfalls. Während sie sprach, verschränkte der Mann die Arme vor der Brust. Bei dieser Bewegung spannten sich seine Oberarme an, und er begann, mit dem Zeigefinger der rechten Hand auf den gegenüberliegenden Ellbogen zu klopfen. Trotz der Bewegung war er vollkommen auf seine Schwester konzentriert, als wäre sie für ihn die wichtigste Person auf der Welt. Vielleicht war sie das auch. Er starrte auf die rote Schwellung auf ihrer Wange und ballte die

Hände dann zu Fäusten. In mir stieg die tiefe Überzeugung auf, dass er nur zu gern ein paar Minuten allein mit Jake McAllister verbracht hätte.

Als Eva mit ihrer Geschichte fertig war, wandte ihr großer Bruder seine Aufmerksamkeit mir zu. Zum ersten Mal fühlte ich das volle Gewicht seines Blickes. Scharf, gerissen, abschätzend. Wie aus meinen eigenen Augen.

Er trat vor und streckte die Hand aus. »Owen Grayson.«

Na, heute wurde es nun aber wirklich nicht langweilig. Zuerst entschied sich Jake McAllister, mein Restaurant mit seiner Gegenwart zu beehren, und jetzt kam Owen Grayson, um seine Schwester abzuholen. Ich hatte natürlich schon von ihm gehört. Grayson war einer der wohlhabendsten Geschäftsmänner der Stadt. Bergbau, Holz, Metall verarbeitendes Gewerbe. Er hatte seine Finger in vielen gewinnbringenden Geschäften. Grayson besaß dank des dezenten Anzugs und des kantigen Gesichts nicht ganz die auffällige und tödliche Ausstrahlung von Mab Monroe, die es genoss, mit ihrem Status anzugeben. Trotzdem erkannte ich Macht, wenn ich sie sah – ob nun Elementarmacht oder andere. Und Owen Grayson hatte eine Menge davon. Er war definitiv jemand, den man im Auge behalten sollte.

»Gin Blanco.«

»Gin?«, fragte er.

»Wie der Schnaps.«

Owen Graysons Augen glitzerten bei meinem trockenen Ton, trotzdem legte ich meine Hand in seine. Graysons Finger umschlossen meine Haut wie Efeuranken. Hart, kräftig und fast unzerstörbar. Er mochte vielleicht optisch nichts Zwergenhaftes an sich haben, aber ein bisschen Blut dieser Rasse musste in seinen Adern fließen. Eine andere Erklärung gab es nicht für so einen Griff. Grayson sah auf unsere Hände hinunter und runzelte die Stirn, als hätte ich ihm einen elektrischen

Schlag verpasst. Vielleicht war es ja so, denn ich hatte an meiner Handfläche ein kurzes Prickeln gespürt.

Die Empfindung verschwand, und ich griff fester zu, nur um ihm zu zeigen, dass man mich nicht so leicht ins Bockshorn jagen konnte. Ein kleines Lächeln umspielte seine Lippen, als fände er meine Zurschaustellung von Stärke amüsant. Ich starrte ihn kühl an, und Owen Grayson musste die Feindseligkeit in meinen grauen Augen erkannt haben, denn er ließ zuerst los.

Eva Grayson beobachtete uns interessiert, genau wie ihre Freundin Cassidy. Sophia Deveraux hatte sich bereits in die hinteren Räume des Pork Pit zurückgezogen, um das Restaurant für den Abend zu schließen.

Owen Grayson starrte mich noch einen Moment an, bevor er sich wieder seiner Schwester zuwandte. »Wenn schon sonst nichts, hat der heutige Abend zumindest meine Einschätzung von Southtown bestätigt. Von nun an wird dich während der Unterrichtszeit jemand begleiten.«

Eva verdrehte wieder die Augen. Es wirkte, als würde sie das in der Nähe ihres großen Bruders recht oft tun. »Nein. Keine Bodyguards mehr. Ich bin neunzehn Jahre alt, Owen. Ich geh aufs College. Ich kann auf mich selbst aufpassen.«

»Wie heute Abend?«

»Das war ein dämlicher Zufall, und das weißt du auch«, gab sie zurück. »Ich werde nicht zulassen, dass du das als Ausrede verwendest. Außerdem war ich die ganze Zeit über vollkommen sicher.«

»Die Schwellung auf deiner Wange spricht eine andere Sprache.«

Owen starrte seine Schwester böse an, aber der feindselige Blick perlte von ihr ab wie ein Wassertropfen von einer Lotosblüte. Es wirkte, als hätte sie Übung darin, ihn zu ignorieren. Stattdessen sah Eva ihren Bruder ruhig und abschätzend an.

»Du willst, dass ich einen Bodyguard bekomme? Dann heuere *sie* an.« Das Mädchen deutete mit dem Finger auf mich. »Weil sie nämlich mühelos einen Feuerelementar außer Gefecht gesetzt hat. Und sie kocht.«

Owens helle Augen glitten über meinen Körper. Wahrscheinlich fragte er sich, ob ich die Stärke, den Mut oder einfach nur das nötige Glück für den Job besaß.

Ich hatte in meinem Leben schon eine Menge Drecksarbeit gemacht, aber den Bodyguard für ein besserwisserisches Collegemädchen spielen? Ich mochte mich ja aus dem Auftragsmördergeschäft zurückgezogen haben, aber wahnsinnig war ich noch lange nicht geworden.

»Tut mir leid. Meine Tanzkarte ist bereits voll.«

Owen nickte. »Ungeachtet des Jobangebots haben Sie meiner Schwester das Leben gerettet. Ich schulde Ihnen was. Nennen Sie Ihren Preis.«

Jetzt war es an mir, die Augen zu verdrehen. »Ich will Ihr Geld nicht, und ich brauche es auch nicht.«

Seine veilchenblauen Augen huschten durch das Restaurant und begutachteten die verblassten Schweineklauenspuren auf dem Boden, die angeschlagenen Sitznischen, Tische und Stühle. Seine Miene spiegelte Ungläubigkeit, aber er war zu sehr Südstaaten-Gentleman, um mich der Lüge zu bezichtigen. Er hatte ja keine Ahnung, dass ich die Wahrheit sagte. Ich hatte eine Menge Geld auf der hohen Kante – eine *Menge* Geld –, das ich von meinen tödlichen Aufträgen zur Seite geräumt hatte. Und Fletcher hatte mir in seinem Testament noch mal eine ansehnliche Summe hinterlassen. Ich konnte jahrelang, sogar jahrzehntelang mit Hundertern um mich werfen, und es würde mir kein bisschen wehtun.

Doch statt mir noch einmal Geld anzubieten, griff Owen in seine Jacketttasche und zog eine kleine weiße Karte heraus. Ich nahm sie entgegen. Neben seinem Namen und einer Handynummer war ein silbernes Symbol auf der Karte eingestanzt. Graysons Rune. Ein großer schwerer Hammer, der Stärke, Macht und harte Arbeit symbolisierte.

»Falls Sie je etwas brauchen, bitte zögern Sie nicht, mich anzurufen, egal zu welcher Uhrzeit«, sagte er.

Meine Finger glitten über die Hammer-Rune, und ich prägte mir die Nummer ein. Es war vielleicht gar nicht so schlecht, wenn jemand wie Owen Grayson mir einen Gefallen schuldete. Außerdem würde Finnegan Lane, mein Ziehbruder und Komplize, mich umbringen, wenn ich ablehnte. »In Ordnung.«

Wir sahen uns erneut an. Kühl, abwägend und durchtrieben, auf beiden Seiten. Schließlich nickte mir Grayson einmal zu. Ich tat dasselbe, und damit hatten wir eine Abmachung.

Owen drehte sich zu den zwei Frauen um. »Kommt, Mädchen. Zeit, hier zu verschwinden.«

Er hielt ihnen die Tür auf, und sie gingen. Owen Grayson zögerte auf der Schwelle und sah über die Schulter zurück. Der Geschäftsmann starrte mich noch einen Moment an, bevor er in die Nacht hinaustrat.

Ich verschloss die Eingangstür und drehte das Schild auf *Geschlossen*. Es war erst kurz nach sieben, aber heute Abend würden uns keine weiteren Kunden mehr mit ihrem Besuch beehren. So nah an Southtown konnten die Leute Gewalt förmlich riechen, fast besser als Bluthunde. Außerdem hatte ich einfach noch keine Lust, Jake McAllisters Blut aufzuwischen.

Ich ging nach hinten und verabschiedete mich von Sophia. Die Grufti-Zwergin grunzte, sammelte die Gläser voller gebackener Bohnen ein und ging durch die Hintertür nach draußen, um zu ihrer Schwester Jo-Jo zu fahren. Ich stellte sicher, dass die Herde, die Fritteuse und alle Lichter ausgeschaltet waren, bevor ich ihr in die kleine Gasse folgte, die hinter dem Restaurant entlangführte.

Ich stand in den finsteren Schatten neben einem der Müllcontainer und sah mich um. Lauschte, suchte. Aber in der kalten ruhigen Nacht bewegte sich nichts, nicht einmal Ratten und Straßenkatzen auf der Suche nach verwertbarem Müll. Trotzdem ließ ich meine Finger über die harten Ziegel des Restaurants gleiten und setzte meine Elementarmagie ein, um auf den Stein zu lauschen.

Das langsame leise Murmeln des Mauerwerks sprach von satter Zufriedenheit – und spiegelte damit den Zustand der Kunden des Pork Pit nach einem heißen dicken, saftigen Grillsandwich wider. Mit der Zeit dringen Gefühle, Emotionen und Handlungen in die Erde ein, besonders in Stein. Dort verweilen sie fast unendlich lange, bis etwas anderes hinzukommt, um die Schwingungen zu ergänzen oder zu verändern. Meine Steinmagie ließ mich diese Schwingungen fühlen, analysieren, deuten und, wenn ich wollte, sogar anzapfen. Aber die kleine Aufwallung von Gewalt heute Abend hatte nicht lange genug angedauert und war nicht brutal genug gewesen, als dass die Ziegel die Schwingungen dauerhaft aufgenommen hätten. Gut.

Trotzdem lauschte ich noch einen Moment länger, während ich mich umsah, auf der Suche nach den verräterischen Umrissen eines Halbriesen oder einem Flackern von Feuer in der Dunkelheit. Aber Jake McAllister wartete nicht auf mich. Daddy holte ihn wahrscheinlich gerade erst auf Kaution aus dem Knast. Früher oder später würde Jake jedoch bei mir auftauchen. Ich hatte ihn besiegt, und das wusste er. Er wäre nicht zufrieden, bis er es mir heimgezahlt hatte. Ich hoffte inständig, dass er es wirklich versuchte. Das würde vielleicht die Langeweile bekämpfen, die seit zwei Monaten mein Leben beherrschte. Zumindest für ein paar Minuten. Kerle wie Jake McAllister hielten sich immer für härter, als sie eigentlich waren.

In der Gewissheit, dass mir der Feuerelementar heute nicht auflauern würde, zog ich die Hand von den kalten Ziegeln und machte mich auf den Weg nach Hause. Ich ging drei Blocks im Nieselregen, stapfte durch verschiedene Gassen und bog fünf Mal abrupt ab, bevor ich sicher davon ausgehen konnte, dass niemand mir folgte. Sicher, ich war eine Auftragsmörderin im Ruhestand, aber das bedeutete noch lange nicht, dass es da draußen keine Leute gab, die mich tot sehen wollten. Als »die Spinne« hatte ich in all den Jahren einen beachtlichen Anteil an einflussreichen Männern und Frauen getötet, und bei meiner Sicherheit ging ich kein Risiko ein – ob ich mich nun zur Ruhe gesetzt hatte oder nicht.

Zwanzig Minuten später fuhr ich in meinem Auto, einem massiven silbernen Benz, den ich mir vor Kurzem gekauft hatte, aus einem der Parkhäuser in der Nähe des Pork Pit und fuhr zu Fletchers Haus.

Auf den Straßen der Innenstadt herrschte nicht viel Verkehr. Die Banker, Geschäftsleute und Bürohengste waren schon vor einiger Zeit aus den schmalen Hochhäusern der Stadt in die Bequemlichkeit ihrer schicken Häuser in Northtown geflohen. Ihre Sekretärinnen und anderen Angestellten lebten in den Vororten, die sich um das Herz der Stadt drängten, während die Hausmeister, Putzfrauen und andere einfache Arbeiter in den rauen Straßen von Southtown zu Hause waren.

Ashland lag in drei Staaten gleichzeitig – Tennessee, Virginia und North Carolina. Die offiziellen Grenzlinien mochten es wirken lassen, als wäre Ashland eine zusammenhängende Stadt, aber in Wirklichkeit war die Metropole in zwei klare Teile aufgespalten: Northtown und Southtown. Ein Überbleibsel aus der Zeit des Bürgerkrieges, das sich irgendwie nie aufgelöst hatte. Der weitläufige Kreis der Innenstadt schien die zwei Teile zusammenzuhalten, aber insgesamt hatten sie kaum Ähnlichkeit miteinander. Die Arbeiter und Angestellten lebten in Southtown, zusammen mit Vampirnutten, Gangs, Junkies und anderem weißen Pack und Proleten. Die meisten von ihnen hausten in heruntergekommenen Reihenhäusern oder großen Wohnblöcken, die eher Atomschutzbunkern glichen. Das Pork Pit lag an den Randgebieten der Innenstadt, nahe der Grenze zu Southtown.

Während Southtown wie der Kaffeesatz in einer Tasse wirkte, war das nördliche Viertel wie das weiße Schaumgebäck auf einer Schokoladentorte. Man musste Geld haben, um hier zu leben. Gute Verbindungen zu Ashlands Elite und Blutlinien, die ein paar Hundert Jahre zurückreichten, schadeten auch nicht. Aber trotz ihres feinen Gehabes waren die Leute in Northtown kein Stück besser als die in Southtown. Gefährlich waren sie alle. Der einzige Unterschied lag darin, dass die Bewohner von Northtown einem noch Tee und Gurkensandwiches servierten, bevor sie dich beschissen. Die Southtown-Bewohner waren da viel direkter. Sie schlitzten einem die Kehle auf, klauten einem die Geldbörse und waren bereit, dasselbe dem Nächsten anzutun, bevor die Leiche auch nur auf dem Boden lag.

Es kostete mich zwanzig Minuten, um aus dem Innenstadtviertel in die Vororte zu fahren, die nordwestlich der Stadt lagen. Ich fuhr an bewachten Wohnanlagen mit putzigen Namen wie Davis Square und Peachtree Acres vorbei, bis ich schließlich eine zerfurchte Kiesstraße erreichte, die sich durch eine der Hügelketten schlängelte, welche die Stadt durchschnitten. Ich ertrug die Schlaglöcher und Huckel auf der Straße stoisch. Inzwischen war ich daran gewöhnt. Fletcher Lane hatte Wert auf Privatsphäre gelegt. Deswegen stand sein Haus neben einer Klippe, die so steil war, dass nicht einmal eine Bergziege sie erklimmen konnte.

Ich steuerte den Wagen durch die aufragenden Skelette der

Bäume, die das säumten, was bei Fletcher als Einfahrt gegolten hatte. Eine halbe Sekunde später ließ der Benz die kahlen ausladenden Äste hinter sich. Ich erreichte die Kuppe des Hügels, und das Haus wurde sichtbar.

Fletcher Lane hatte mir in seinem Letzten Willen und Testament nicht nur das Pork Pit vermacht, sondern auch sein Haus – ein dreistöckiges Schindelgebäude aus der Zeit vor dem Bürgerkrieg. Über die Jahre hatte es mehrere Um- und Ausbauten gegeben, von denen keiner zum nächsten passte. Grauer Stein, roter Lehm, braune Ziegel. Das Gesamtkonstrukt erinnerte mich immer an ein Nadelkissen, in das jemand die verschiedensten Werkzeuge gesteckt hatte, ohne einen Moment darüber nachzudenken, ob sie tatsächlich zusammengehörten.

Ich parkte das Auto und ließ meinen Blick über alles gleiten, was ich vom Vorgarten sehen konnte. Er erstreckte sich gute hundert Meter vor dem Haus, bevor er zu mehreren gezackten Klippen abfiel. Jenseits der Kante ragten die Appalachen dunkel in den Nachthimmel auf, der mit diamantenen Sternen und einem Halbmond als glänzender Krone geschmückt war. Eine wunderbare Aussicht, besonders nachts.

Ich stieg aus dem Wagen und ging hinter dem Benz in die Hocke, sodass er zwischen mir und dem weitläufigen Haus stand. Für einen unbeteiligten Beobachter sah es wahrscheinlich aus, als würde ich mir den Schuh zubinden. Man musste schon genau hinsehen, um das Glänzen meiner Magie in meinen grauen Augen zu erkennen oder zu bemerken, dass ich meine Hände auf den kalten feuchten Kies der Einfahrt drückte.

Das Geräusch der Bäume, des Windes und der kleinen umherhuschenden Tiere hallte durch den Stein. Sanfte, beruhigende Geräusche, die mir so vertraut waren wie ein Wiegenlied. Heute keine Besucher. Ich hatte auch keine erwartet, aber es schadete nie, auf Nummer sicher zu gehen. Ich war noch am Leben, trotz der verschwindend geringen Chancen und all der Risiken meines ehemaligen Berufes. Ich wollte jetzt nicht wegen irgendeines Anfängerfehlers sterben, wie zum Beispiel den Kies nicht zu überprüfen, bevor ich Fletchers Haus betrat.

Sobald ich mich versichert hatte, dass alles so war, wie es sein sollte, schnappte ich mir meine Tasche und lief die Auffahrt hinauf. Doch bevor ich den Schlüssel ins Schloss schob, ließ ich meine Finger sanft über den Stein gleiten, aus dem Tür und Türrahmen bestanden. Tiefschwarzer Granit, so hart und stabil, dass selbst ein Riese seine liebe Mühe hätte, ihn zu durchschlagen. Im Granit glitzerten kleine Steinsilber-Adern, die seine dunkle Schönheit zusätzlich betonten. Aber das magische Metall diente nicht nur der Verzierung. Steinsilber konnte jede Art von Elementarmagie aufsaugen, der es begegnete – ob nun Stein, Luft, Feuer oder Eis –, genau wie jede Magie von Ablegern dieser Elemente. Manche Leute waren keine echten Elementare und konnten dementsprechend kein Element der großen Vier, wie man sie nannte, anzapfen. Stattdessen waren sie mit Magie über andere Bereiche ausgestattet, wie Metall, Wasser, Elektrizität oder sogar Säure.

Doch das Steinsilber in der Tür würde eine Menge Macht aufsaugen, falls sich jemand entscheiden sollte, sich mit Magie Zugang zu verschaffen. Ich hatte ein Vermögen dafür ausgegeben, das Granit hier und an strategischen Stellen im Rest des Hauses einbauen zu lassen, zusammen mit Steinsilber-Gittern vor den Fenstern. Das Wissen, so meine Sicherheit zu gewährleisten, war es allerdings wert. Und ließ mich besser schlafen.

Das Brummen des Granits war tief und leise, genau wie beim Kies in der Einfahrt. Den ganzen Tag über hatte sich niemand in der Nähe der Tür aufgehalten. Gut. Ich hatte heute schon genug Aufregung gehabt.

Ich schloss auf und trat in die Diele. Das Innere des Hauses ähnelte einem Kaninchenbau, was nur zu gut zu dem ungewöhnlichen Äußeren des Hauses passte. Kleine Räume, kurze Flure, die plötzlich abbogen und sich in vollkommen neue Bereiche öffneten, seltsame Ecken hier und dort. Als Kind, als ich hier aufgewachsen war, hatte ich mir eine Karte zeichnen müssen, nur um von meinem Zimmer oben bis zur Eingangstür und zurück zu finden.

Ich warf meine Schlüssel in die Schale neben der Tür, kickte die Stiefel von den Füßen und wanderte nach hinten ins Haus, wo sich die Küche befand.

Fletcher Lane hatte fast sein gesamtes Leben in diesem Haus verbracht. Er wäre wahrscheinlich auch hier gestorben, wäre er nicht von einem Luftelementar ermordet worden. Der alte Mann hatte zeit seines Lebens eine Menge Zeug angesammelt. Möbel, Teller, Werkzeuge, seltsam geformte Metallstücke, Holzbretter, Gläser. Ich hatte es bis jetzt noch nicht übers Herz gebracht, etwas davon wegzuschmeißen. Die Luft roch immer noch ein wenig nach ihm – nach einer Mischung aus Zucker, Gewürzen und Essig.

Aber die Küche … die Küche gehörte mir. So war es immer gewesen, von dem Moment an, als ich als obdachloser Teenager in dieses Haus gekommen war. Und als ich mehrere Wochen nach Fletchers Beerdigung wieder eingezogen war, war es so geblieben. Ich trat in den Raum und schaltete das Licht an.

Die Küche war einer der größten Räume im Haus. Eine lange schmale Kücheninsel trennte den Kochbereich von einem Wohnzimmer mit einem Fernseher, Bücherstapeln, einem Sofa und ein paar Sesseln. Über der Arbeitsplatte hingen Kupfertöpfe und Pfannen von der Decke. An der hinteren Wand standen ein nagelneuer teurer Herd, ein Gefrierschrank und ein Kühlschrank, während sich an der Wand gegenüber mehrere Panoramafenster befanden. Außerdem gab es überall

Messerblöcke mit Steinsilber-Messern. Auf der Kücheninsel. Auf den Arbeitsflächen. Unter dem Gewürzregal. Hinter der Mikrowelle. Man konnte nie zu viele Messer herumliegen haben, wenn man so gern kochte wie ich – oder ein ehemaliger Profikiller war.

Ich goss mir ein Glas Limonade ein, dann legte ich die Hand um den Behälter und konzentrierte mich, um nach der kühlen Macht tief in mir zu greifen. Zusätzlich zu einem Steinelementar war mir auch noch die seltene Gabe geschenkt worden, ein weiteres Element zu beherrschen – Eis. Meine Eismagie war allerdings um einiges schwächer. Eigentlich konnte ich damit nur kleine Formen erzeugen, wie beispielsweise Eiswürfel. Ab und zu einen eisig glänzenden Dietrich. Ein Messer, wenn es denn nötig wurde. Das war eine Lektion, die ich vor ein paar Wochen im Kampf gegen Alexis James gelernt hatte. Der Luftelementar hätte mich umgebracht, hätte mich mit ihrer Magie bei lebendigem Leib gehäutet, wenn ich mit meiner Macht nicht einen zackigen Eiszapfen geformt und ihr damit die Kehle durchgeschnitten hätte.

Ich konzentrierte mich, und einen Moment später bildeten sich winzige schneeflockenförmige Eiskristalle auf meinen Handflächen und Fingerspitzen. Sie hefteten sich an das Glas und breiteten sich nach oben aus, krochen über den Rand und glitten in die Limonade. Dann hielt ich die Handfläche nach oben und griff wieder nach meiner Magie. Ein kaltes silbernes Licht flackerte in der Mitte der Spinnenrune auf meiner Handfläche. Nach einem Moment verdichtete sich das Flackern zu ein paar Eiswürfeln, die ich in das Getränk fallen ließ.

Ich trug meine Limonade ins Wohnzimmer, ließ mich auf einen der Sessel plumpsen und legte meine strumpfsockigen Füße auf den angeschlagenen Couchtisch. Wie immer glitten meine Augen zu einer Reihe von gerahmten Bildern, die ich auf dem Sims über dem Kamin aufgestellt hatte. Drei Buntstiftzeichnungen, die ich für einen meiner Collegekurse angefertigt hatte, und noch ein weiteres, jüngeres Bild.

Die ersten drei Zeichnungen zeigten eine Reihe von Runen – die Symbole meiner toten Familie. Eine Schneeflocke, die Rune der Snow-Familie und das Symbol meiner Mutter Eira, stand für eisige Ruhe. Eine gewundene Efeuranke für meine ältere Schwester Annabella. Sie symbolisierte Eleganz. Eine feine Schlüsselblume hatte meiner jüngeren Schwester Bria gehört als Symbol für ihre Schönheit.

Das vierte Bild zeigte ein Schwein, das einen Teller voller Essen in der Hand hielt. Es war eine exakte Kopie des mehrfarbigen Neonschildes, das über dem Eingang zum Pork Pit hing. Keine Rune, jedenfalls nicht im engeren Sinne, aber ich hatte das Bild zu Ehren von Fletcher Lane gezeichnet. Das Pork Pit war in den letzten siebzehn Jahren mein Zuhause gewesen, seit dem Mord an meiner Mutter und meiner älteren Schwester. Das Restaurant und Fletcher Lane waren für mich so eng miteinander verbunden, dass ich immer an ihn denken musste, wenn ich das Schwein sah.

Ich hob meine Limonade zu einem stillen Toast – auf die Familie, die ich vor so langer Zeit verloren hatte, und auf Fletcher, dessen Tod in meiner Brust immer noch wie ein brennender Stich pulsierte.

Aber die Zeichnungen auf dem Sims waren nicht die einzigen Runen im Haus. Ich hatte ebenfalls eine Rune. Eigentlich sogar zwei davon – eingebettet in mein Fleisch. Ich stellte die Limonade ab, öffnete meine Hände und sah auf die Steinsilber-Narben hinunter, die meine Handinnenflächen schmückten. Ein kleiner Kreis umgeben von acht dünnen Strahlen. Ein Symbol auf jeder Hand. Meine Rune, die Darstellung einer Spinne, die das Symbol für Geduld war. Die Rune hatte sich ursprünglich auf einem Medaillon befunden, einem unschuldigen Schmuckstück an einer Steinsilber-Kette – bis die Feuermagierin, die meine Familie ermordet hatte, mich gefoltert hatte, indem sie mit Klebeband meine Hände um das Schmuckstück fesselte und mich so dazu zwang, das Metall festzuhalten, während sie es überhitzte. Das Steinsilber war schließlich geschmolzen und in meine Hände eingedrungen und hatte mich auf ewig mit der Rune gezeichnet. Hatte mich für alle Ewigkeit auf mehr als eine Weise als »die Spinne« gekennzeichnet.

Und nicht nur ich hatte die Vergangenheit nicht vergessen können. Ich lehnte mich vor, nahm mir eine dicke Aktenmappe vom Couchtisch und zog ein Bild heraus. Eine Frau starrte zu mir auf. Eine wunderschöne Frau mit blonden Haaren, kornblumenblauen Augen und rosiger Haut. Aber ihre Augen waren kalt und hart, und der strenge Strich ihres Mundes lenkte von dem fein geschnittenen Gesicht ab. An einer Kette um ihren Hals hing eine Rune. Eine Schlüsselblume. Das Symbol für Schönheit.

Bria. Meine kleine Schwester.

Siebzehn Jahre lang hatte ich geglaubt, Bria wäre in dieser schrecklichen Nacht gestorben, zusammen mit meiner Mutter und meiner älteren Schwester. Hatte geglaubt, sie wäre von den fallenden Steinen unseres brennenden Hauses erschlagen worden. Dass ich ihren Tod verursacht hatte, indem ich das Haus mit meiner Steinmagie zum Einstürzen gebracht hatte, um meinen Foltermeistern zu entkommen und sie zu retten.

Aber Fletcher Lane hatte mir von jenseits des Grabes noch ein letztes Geschenk geschickt – Brias Foto. Den Beweis, dass sie immer noch irgendwo da draußen war. Das Bild war das einzig Nette in der ganzen Mappe. Der Rest beschäftigte sich mit dem Mord an meiner Familie. Polizeiberichte, Autopsiebilder und alle Spekulationen, die aufgrund des brutalen unerwarteten Mords an der Snow-Familie in der Presse erschienen waren.

»Warum hast du das getan, Fletcher?«, murmelte ich. »Warum hast du mir diese Informationen über meine Familie hinterlassen? Über ihre Ermordung? Warum das Bild von Bria? Wo ist sie? Wie hast du sie gefunden? Wann wolltest du mir von ihr erzählen?«

Schweigen.

Fletcher war an einem Ort, an dem ich ihn nicht mehr befragen konnte, und er würde niemals zurückkehren. Mir blieben nur diese Aktenmappe voller grausiger Informationen und ein einzelnes Bild von Bria. Nichts davon hatte mir dabei geholfen, meine kleine Schwester aufzuspüren.

Aber Brias Foto war nicht die einzige Überraschung gewesen, die die Akte enthielt. Da gab es auch noch ein einfaches Stück Papier, auf dem nur ein Name stand: Mab Monroe. Notiert in Fletchers enger, ordentlicher Handschrift und zweimal unterstrichen. Sonst war das Blatt leer. Ich verstand immer noch nicht, warum Fletcher ihren Namen aufgeschrieben und zu den restlichen Akten gesteckt hatte. War Mab Monroe der Feuerelementar, der meine Mutter und meine Schwester getötet hatte? Und falls ja, warum? Warum hatte sie es getan?

Mab Monroe mochte mächtig sein, aber über die Jahre hatte sie sich auch eine Menge Feinde geschaffen. Damals, als ich noch unter dem Namen »die Spinne« als Auftragsmörderin gearbeitet hatte, hatte Fletcher jedes Jahr mehrere Anfragen von Leuten erhalten, die Mab ausschalten wollten. Wir waren uns immer einig gewesen, dass es eine unmögliche Aufgabe darstellte. Dass Mab sich mit zu vielen Bodyguards umgab, dass sie dank ihrer Magie einfach zu stark war, um unauffällig von einer einzelnen Person ausgeschaltet zu werden. Aber das hatte Fletcher nicht davon abgehalten, alle Informationen über die Feuermagierin, ihre Lakaien und ihre Organisation zu sammeln. Mir war es immer so vorgekommen, als hätte Fletcher Lane einen geheimen Grund dafür gehabt, Mab Monroe den Tod zu wünschen. Ein Wunsch, den ich nie ganz verstanden hatte – außer es hatte etwas mit mir und dem Mord an meiner Familie zu tun.

Doch das waren alles nur haltlose Spekulationen. Ich kannte keinerlei Antworten, und ich trieb mich fast damit in den Wahnsinn, sie finden zu wollen. Wieder einmal warf ich frustriert und angewidert die Akte und Brias Bild auf den Couchtisch und stand auf.

Meine plötzliche Bewegung ließ die gerahmten Bilder auf dem Kaminsims klappern. Fletchers Zeichnung – das von dem Schwein mit den Tellern in der Hand – fiel um. Ich starrte es einen Moment an, dann seufzte ich.

Der alte Mann hatte die Informationen über die Ermordung meiner Familie nicht ohne Grund gesammelt. Er hatte ihn mir nur nicht verraten, bevor er ermordet worden war. Es war nicht sein Fehler, dass ich nicht klug genug war, um das Ganze zu entschlüsseln – oder Bria zu finden. Und beim letzten Punkt war ich mir nicht einmal sicher, ob ich das überhaupt wollte. Es hatte mich Jahre gekostet, die Ermordung meiner Familie hinter mir zu lassen. Ich wusste einfach nicht, ob ich wieder in die Vergangenheit abtauchen wollte – oder wie Bria reagieren würde, wenn sie mich sah und erfuhr, was ich in all den Jahren getan hatte.

Heute Abend würde ich auf keinen Fall eine Lösung finden. Heute Abend nicht und vielleicht nie. Mir Sorgen zu machen, würde die Rätsel nicht lösen, die Fletcher Lane hinterlassen hatte. Seufzend ging ich zum Kamin und ließ meine Finger über jede der vier Zeichnungen gleiten, wobei ich Fletchers Bild wieder aufstellte. Dann drehte ich mich um und ging ins Bad, um mir das Fett, den Dreck und das Blut des Tages abzuwaschen.

4

»Ich werde diesen Kerl töten«, sagte ich kalt. »Langsam. Schmerzhaft. Sodass es wirklich wehtut. Dass er es richtig *spürt.*«

Ich klatschte die Morgenausgabe der *Ashland Trumpet* auf die leere Stelle neben der Registrierkasse. Da war es, vorne auf dem Lokalteil. Eine Geschichte über den versuchten Raubüberfall auf das Pork Pit gestern Abend, zusammen mit einer Archivaufnahme des Restaurants von außen. Die Schlagzeile lautete »Besitzerin und Köchin verhindern Restaurant-Raub«, und die Story breitete sich in Schriftgröße 11 über der gesamten Seite aus.

Ich atmete tief durch, aber der Duft nach Fett und Gewürzen, der vom morgendlichen Kochen in der Luft hing, beruhigte mich nicht wie gewöhnlich. Ich starrte wieder auf die Zeitung und fragte mich, wieso ich es nicht verhindert hatte, dass das Pork Pit auf der Titelseite erschien.

Publicity war etwas, was ich überhaupt nicht brauchen konnte. Genau genommen sogar das Allerletzte, was ich brauchte. Ich hatte keine Werbung für meine Dienste gemacht, als ich noch als Profikiller gearbeitet hatte, und jetzt, wo ich im Ruhestand war, wollte ich meinen Aufenthaltsort auch nicht in die Welt hinausschreien. Nicht, dass irgendwer Grund zu der Vermutung hätte, dass Gin Blanco, Restaurantbesitzerin und Teilzeitstudentin am College, in Wirklichkeit der berüchtigte Killer »die Spinne« war. Aber trotzdem machte ich mir Sorgen. Paranoia war gut. Sie hatte mich bis heute am Leben gehalten. Es gab keinen Grund, sie jetzt abzulegen.

»Komm schon, Gin. So schlimm ist es nicht«, drängte sich eine tiefe Männerstimme in meine Grübelei. »Zumindest bist du zur Abwechslung mal die Heldin, nicht der Bösewicht. Wie oft passiert das schon?«

Ich warf Finnegan Lane, der mir gegenüber auf einem Barhocker saß und eine Tasse Malzkaffee trank, einen bösen Blick zu. Finnegan sah genau aus wie der glatte, Geld verschiebende Investmentbanker, der er war. Ein maßgeschneiderter grauer Anzug umschmeichelte seinen gut gebauten Körper, zusammen mit einem dazu passenden Wollmantel. Sein gestärktes, maßgeschneidertes grünes Hemd betonte seine Augen, die das tiefe Grün einer Limonadenflasche zeigten. Das lockige walnussfarbene Haar fiel ihm über den Kragen seines Mantels. Die dichten Locken waren auf eine ansprechende, schicke Art verwuschelt, die Finn mindestens zehn Minuten, zwei Spiegel und mehrere Ladungen Gel gekostet hatte.

Zusätzlich zu meinem Anlageberater war Finnegan Lane außerdem der Sohn meines Mentors Fletcher. Finn war für mich wie ein Bruder und einer der wenigen Leute, denen ich nach dem Tod des alten Mannes noch vertraute. Außerdem war Finn jetzt mein Mittelsmann, wie ich es nannte. Er war mit meiner Entscheidung, mich zur Ruhe zu setzen, nicht einverstanden, da ihn mein neuer Lebenswandel um seine lukrativen fünfzehn Prozent Vermittlungsgebühr brachte. Aber er verstand, warum ich es getan hatte: um Fletchers Wunsch zu würdigen. Außerdem hatte Finn jede Menge andere halblegale Eisen im Feuer, die ihn beschäftigt hielten – wenn er nicht gerade mit allem schlief, was einen Minirock trug, oder auf irgendeiner schicken Gala herumscharwenzelte, um in Kontakt mit seinen Kunden zu bleiben, die sogar noch verschlagener, korrupter und gefährlicher waren als er.

»Außerdem«, sprach Finn sachlich weiter, »kannst du den Reporter nicht umbringen. Niemand will ihn tot sehen, ergo wird niemand deine doch recht hohe Gage zahlen. Und umsonst zu arbeiten ist nichts anderes als ein Verbrechen.«

Finn nippte wieder an seinem Ersatzkaffee. Ich atmete noch mal tief durch und sog den Geruch des Malzkaffees tief in meine Lunge. Fletcher hatte zu seinen Lebzeiten das gleiche Gebräu getrunken, und der vertraute Duft beruhigte mich mehr als eine warme Umarmung. Finn hatte recht. Ich konnte den Reporter nicht dafür umbringen, dass er seinen Job gemacht hatte. Egal wie viel Ärger er mir mit seiner Story eingehandelt hatte.

»In Ordnung, dann bringe ich ihn eben nicht um«, meinte ich. »Was wäre, wenn du ihn stattdessen in den Bankrott treibst? Seine Hypothek platzen lässt oder etwas in der Art?«

»Seine Hypothek«, höhnte Finn. »In dieser Stadt gibt's die im Überfluss. Sie sind Kleinkram und der Mühe nicht wert.«

Er trank seinen Kaffee aus und starrte mich an. »Was ist mit dem Jungen? Dem Möchtegernräuber? Wusstest du, dass er Jonah McAllisters Sohn ist, als du ihm das Handgelenk gebrochen und ihm angedroht hast, ihn von den Eiern bis zum Hals aufzuschlitzen?«

»Eigentlich war es keine Drohung, sondern ein Versprechen.« Ich zuckte mit den Achseln. »Und nein. Aber es spielte zu diesem Zeitpunkt keine Rolle, wer sein Daddy ist, und genauso ist es geblieben.«

Finn drehte sich auf seinem Hocker und betrachtete das Restaurant. Es war kurz vor Mittag an einem Dienstag. Trotz der grauen Wolken am Himmel und des regnerisch-kalten Wetters hätte ich inzwischen mindestens zwanzig Gäste haben müssen, während mit jeder Minute mehr hungrige Mäuler hineindrängten, um sich ihre Portion Grillfleisch zu holen. Das Telefon hätte ununterbrochen klingeln müssen, weil die Leute Abholessen bestellten. Stattdessen saß ein einsames Mädchen in einer der Sitznischen ganz hinten im Restaurant, wo man sie von der Straße aus nicht sehen konnte.

Sonst besetzte niemand den langen Tresen oder die Tische. Keine einzige Person stand draußen und starrte durch die Fenster, und niemand hatte angerufen, um etwas zu bestellen. Nicht einmal meine Stammkunden für Dienstag. Zur Hölle, den ganzen Vormittag über hatte außer dem Mädchen keine Seele das Restaurant betreten, nicht einmal der Postbote. Er hatte die Briefe des Tages einfach nur durch den Schlitz in der Tür geworfen und war zum nächsten Haus auf seiner Liste weitergeeilt, als hätten wir die Lepra.

»Und du fragst dich, warum du keine Gäste hast«, murmelte Finn. »Jonah McAllister hat verlauten lassen, dass du Persona non grata bist. Und ich bin mir sicher, dass die Story in der Zeitung auch nicht gerade geholfen hat. Niemand will in einem Restaurant essen, in dem vielleicht das Blut noch nicht aufgewischt wurde.«

»Was glaubt McAllister, was er da tut?«, fragte ich. »Er kann die Leute doch nicht ewig fernhalten. Das Essen ist zu gut. Und selbst wenn er es könnte, würde ich immer noch nicht verhungern.«

»Dank all der Jahre mit meinen klugen Finanzratschlägen und unglaublichen Investitionskünsten«, erklärte Finn nicht allzu bescheiden.

Ich verdrehte die Augen. »Ja, dank deiner Fähigkeiten. Falls Jonah McAllister meint, dass ein paar Tage schlechten Geschäfts mich genügend unter Druck setzen, um die Anzeige gegen seinen jämmerlichen Sohn zurückzuziehen, sollte er es sich noch einmal überlegen.«

»Aber Jonah McAllister weiß doch nicht, mit wem er es zu tun hat«, antwortete Finn. »Wenn er wüsste, dass du eine Auftragsmörderin bist, würde er sich wahrscheinlich einfach ein paar von Mab Monroes Riesen ausleihen, um dich umzubringen und so davon abzuhalten, gegen seinen Sohn auszusagen.«

»Eine Auftragsmörderin *war*«, korrigierte ich ihn. »Und soll mir Jonah McAllister doch ein paar von Mabs Schlägern auf den Hals hetzen. Wir wissen doch beide genau, wie das enden würde.«

Finn schnaubte. »Ja, mit ihrem Blut auf deinem Restaurantboden.«

Ich grinste. »Komm schon. Du musst doch zugeben, dass ich gute Arbeit leiste.«

»Eher tödliche Arbeit. Du weißt doch, was ich in Bezug auf das Wort *gut* empfinde.« Er schüttelte sich.

Wie ich wandelte Finnegan Lane voller Überzeugung auf der zwielichtigen Seite des Lebens. Seine Weltanschauung war flexibler als ein Schlangenmensch. Bankvorschriften, verheiratete Frauen, Sittengesetzgebung – Finn trieb es mit allem und jedem, solange er dabei nicht erwischt wurde. Und selbst wenn das mal geschah, fand er immer einen Weg, sich aus dem gefährlichen Dreieck der Leidenschaft zu winden, in dem er gerade festhing. Finn war schlüpfriger als Fett in einer heißen Pfanne. Er ging jegliches Problem gerne auf Umwegen an, was gewöhnlich beinhaltete, dass er sich im Laufen die Hosen hochzog, während irgendein Waffen wedelnder Ehemann hinter ihm her war.

Und ich? Ich stellte mich meinen Problemen direkt mit dem Messer in der Hand. Ein weiterer Grund, warum Fletcher Lane mich zum Profikiller ausgebildet hatte und nicht seinen Sohn, obwohl Finn zwei Jahre älter war als ich.

Finn hielt seine leere Tasse vor sich und pfiff laut zwischen den Zähnen. Einen Moment später kam Sophia durch die Doppeltür, die in den hinteren Teil des Restaurants führte. Die Zwergin trug eine angeschlagene silberne Kaffeekanne in den Händen. Diejenige, die sie immer für Finn bereithielt. Genau wie für Fletcher, bevor er gestorben war. Wieder einmal trug Sophia ihr übliches Grufti-Outfit: schwarze Jeans, ein schwarzes T-Shirt und schwarze Stiefel. Heute baumelten niedliche Steinsilber-Herzen von ihrem Halsband. Sie klapperten und klimperten bei jedem Schritt wie Zimbeln.

»Sophia? Bitte, bitte?« Finn lächelte und streckte ihr seine leere Tasse entgegen.

Die Grufti-Zwergin grunzte, aber die äußersten Enden ihrer Lippen, die heute scharlachrot leuchteten, wanderten ein paar Millimeter aufwärts – ein Lächeln, wie es nur Sophia hinbekam. Finnegan Lane konnte jede Frau bezirzen, wenn er es darauf anlegte. Und er genoss es, die Weiblichkeit in seinem Umfeld in den Genuss seiner Fähigkeiten kommen zu lassen. Jung, alt, hübsch, zahnlos. Für Finn war das vollkommen egal. Er spielte einfach gerne die Rolle des altmodischen und charmanten Südstaaten-Gentlemans vor jedem Publikum, das sich eben gerade bot. Selbst die zähe, zuweilen ruppige Sophia Deveraux war nicht immun gegen sein entwaffnendes Lächeln. Allerdings hatte er auch zweiunddreißig Jahre Zeit gehabt, um sie mürbezumachen.

Finn nahm einen Schluck von seinem frischen Kaffee und zwinkerte Sophia verschmitzt zu. Sie schenkte ihm ein weiteres winziges Lächeln, dann ging sie zur Spüle und schüttete einen großen Topf mit Makkaroni ab, um einen italienischen Nudelsalat zu machen. Gewöhnlich hätte sie sich zur Mittagszeit hier kaum umdrehen können, weil die Kellnerinnen sich hinter dem Tresen stapelten, während sie darauf warteten, dass Sophia und ich ihre Bestellungen fertig machten. Aber heute waren wir nur zu zweit. Den Rest der Belegschaft hatte ich heimgeschickt, nachdem klar geworden war, dass sie heute nicht gebraucht würden.

»Was ist mit Owen Grayson?«, fragte Finn zwischen Schlucken von seinem dampfenden Kaffee. »Wie willst du seinen Gefallen einfordern?«

Graysons Besuch war in dem Artikel nicht erwähnt worden. Aber ich hatte Finn gestern Abend davon erzählt, als ich ihn angerufen hatte, um ihm von dem versuchten Raubüberfall zu berichten. Die Tatsache, dass Grayson mir jetzt einen Gefallen schuldete, hatte ihn mehr interessiert, als dass Sophia und ich den Überfall verhindert hatten.

»Gar nicht«, sagte ich. »Ich hätte Jake McAllister und seinem Freund exakt dasselbe angetan, wenn statt Eva Grayson nur ein paar Obdachlose hier gegessen hätten. Für mich ändert es gar nichts, dass ich sie vor dem Tod bewahrt habe.«

Finn schüttelte den Kopf. »Gin, Gin, Gin. Du musst wirklich lernen, solche Gelegenheiten beim Schopf zu packen.«

»Und was für eine *Gelegenheit* wäre das?«

Finn bedachte mich mit einem berechnenden Blick. »Ich hatte schon mit Owen Grayson zu tun. Er ist seiner Schwester vollkommen ergeben. Ihre Eltern sind früh gestorben, und er hat sie aufgezogen. Sozusagen ein echter Familienmensch. Ich nehme an, im Moment könntest du den Mond von ihm fordern, und er würde einen Weg finden, ihn dir zu liefern.«

»Dann ist es ja gut, dass ich den Mond gar nicht will.«

»Aber …«, setzte Finn an.

»Vergiss es«, sagte ich. »Ich bitte Owen Grayson um gar nichts. Ich will einfach nur Fletchers Barbecuesoße kochen, mein Restaurant führen, den Kopf unten halten und sicherstellen, dass Jake McAllister kriegt, was er verdient hat.«

»Selbst mit deiner Zeugenaussage und der Aussage der Mädchen wird das Ganze nie vor Gericht kommen«, betonte Finn. »Jonah McAllister wird sicherstellen, dass sein Junge keinen einzigen Tag im Gefängnis verbringt. Egal was er tun muss, um das zu erreichen.«

»Und was, wenn ich diesen Gefallen einfordern würde, den Owen Grayson mir schuldet?«, fragte ich. »Du weißt schon, wenn ich die *Gelegenheit* beim Schopfe packe, die sich mir bietet? Ihn bitten würde, dafür zu sorgen, dass die Anklage bestehen bleibt?«

Finn schnaubte. »Dann verschwendest du deinen Gefallen, und das weißt du auch. Selbst wenn du Owen Grayson dazu bringen könntest, dich zu unterstützen, würde Jake McAllister trotzdem nie eine Zelle von innen sehen, und zwar aus dem einzigen Grund, weil Jonah ebenfalls für Mab Monroe arbeitet. Selbst jemand wie Grayson wird sich zweimal überlegen, ob er sich mit Mab anlegt, besonders weil er an seine Schwester denken muss. Ich nehme an, dass Owen gerne dabei sein würde, während sie älter wird, statt einen feurigen, schmerzhaften Tod durch Mab Monroe oder einen ihrer Riesenlakaien zu erleiden.«

»Ich weiß. Aber es war trotzdem ein netter Gedanke. Die Vorstellung, dass Jake McAllister irgendwem als Gefängnisflittchen dient, verbreitet wohlige Wärme in mir.«

Finn schnaubte. »Du bist echt vollkommen gestört.«

Ich grinste. »Und deswegen liebst du mich.«

Finn schnaubte erneut, dann klimperte er wieder mit seinen Wimpern, um eine weitere Tasse Kaffee von Sophia zu bekommen. Nachdem die Zwergin ihm den Gefallen getan hatte, vergrub Finn seine Nase im Finanzteil der *Ashland Trumpet* und las einen Artikel von einer Reporterin namens Carmen Cole. Ich stemmte die Ellbogen auf den Tresen, starrte auf das Foto des Pork Pit in der Zeitung und brütete über der ungewollten Publicity. Vielleicht könnte der Reporter wenigstens einen kleinen Unfall erleiden. Etwas Schmerzhaftes, aber nicht gleich Tödliches …

Ein Schatten fiel über mich und nahm mir das Licht. »Ahem.« Ein Räuspern. Ein leises, höfliches Geräusch.

Ich sah auf. Meine einzige Kundin des Tages, das Mädchen, stand vor mir. Meine Augen huschten sofort zu den Tellern auf ihrem Tisch. Ich sah gerne, ob meine Gäste ihr Essen genossen hatten, und dafür gab es keinen besseren Beweis als einen leeren Teller.

Aber der Teller des Mädchens war noch voll. Sie hatte ihr überbackenes Sandwich, die Pommes frites und den dreifachen Schoko-Milchshake kaum angefasst. Eigentlich eine Schande. Denn dank Sophias Sauerteigbrot bot ich das beste überbackene Sandwich in Ashland an. Und der Milchshake? Eine Offenbarung für die Geschmacksnerven.

Das Mädchen räusperte sich wieder und streckte mir den Zettel entgegen, auf dem ihre Bestellung stand.

»War irgendetwas mit dem Essen nicht in Ordnung?«, fragte ich. »Weil es nicht so aussieht, als hätten Sie viel davon gegessen.«

»Oh, es war gut.« Sie trat von einem Fuß auf den anderen. »Ich war anscheinend nur nicht so hungrig, wie ich dachte.«

Ich runzelte die Stirn. Im Pork Pit wurde jeder hungrig. Kein echter Südstaatler konnte der Kombination aus Gewürzen und Arterien verklebendem Fett, die wie ein süßes Versprechen in der Luft hingen, widerstehen. Aber das Mädchen konnte kein Yankee sein. Nicht mit dieser warmen Sprechweise, die ihre Stimme so geschmeidig machte wie Erdbeermarmelade. Wahrscheinlich hatte sie einfach gedacht, mit dem Essen müsste etwas nicht stimmen, nachdem heute niemand mutig genug gewesen war, hereinzukommen und es zu bestellen. Ich hatte Jonah McAllister noch nie getroffen, aber ich konnte ihn jetzt schon nicht leiden.

Ich rechnete alles zusammen. »Das wären dann sieben Dollar siebenundneunzig.«

Das Mädchen grub in ihrem Geldbeutel herum und gab mir eine Kreditkarte. Ich zog die Augenbraue hoch.

»Tut mir leid«, murmelte sie. »Ich habe kein Bargeld dabei.«

Ich warf einen Blick auf den Namen auf der Karte. Violet Fox. Ich zog die Karte durch die Maschine, dann gab ich ihr den Zettel, den sie unterschreiben musste. Ihre Unterschrift war ein geschwungener femininer Wirbel.

Ich schob den Zettel unter die angeschlagene Registrierkasse und bedachte sie mit meiner üblichen Beehren-Sie-uns-bald-wieder-Routine. »Und einen schönen Tag.«

Dann wandte ich mich wieder der Zeitung zu.

Aber das Mädchen bewegte sich nicht. Sie stand einfach vor der Registrierkasse, als wollte sie noch etwas, wüsste aber nicht, wie sie danach fragen sollte. Ich entschied, sie dafür leiden zu lassen, dass sie mein überbackenes Käsesandwich verschmäht hatte. Zehn … zwanzig … Im Kopf zählte ich die Sekunden. Dreißig … vierzig …

»Ähm, das mag jetzt seltsam klingen, aber arbeitet hier auch ein alter Mann?«, fragte sie. »Vielleicht in der Küche oder so?«

Fletcher. Sie fragte nach Fletcher. Nicht ungewöhnlich. Der alte Mann und das Pork Pit waren über fünfzig Jahre lang eine Institution in Ashland gewesen. Fletcher Lane war nun schon zwei Monate tot, und immer noch kamen Leute herein, um sich nach ihm zu erkundigen. Wo er war. Wie es ihm ging. Wann er zurückkam. Ich starrte auf die Taschenbuchausgabe von *Eigentlich hätte es ein herrlicher Sommertag werden können*, die an einem Nagel an der Wand hinter der Kasse hing. Fletcher hatte dieses Buch gelesen, als er gestorben war, und das Blut des alten Mannes hatte die Seiten zu einem rostigen Braun verfärbt.

»Nein«, sagte ich leise. »Der alte Mann ist nicht mehr hier.«

»Sind Sie sicher?«, drängte sie. »Er könnte … er könnte sich auch anders nennen. Zinnsoldat, glaube ich.«

Zinnsoldat. Das fesselte meine Aufmerksamkeit. Genug, um eines der Steinsilber-Messer in meinen Ärmeln in meine Hand gleiten zu lassen. Jeder Auftragsmörder hat einen Namen, ein Erkennungszeichen, unter dem er seine Dienste anbietet und seinen potenziellen Kunden eine gewisse Vorstellung davon vermittelt, wie er mit seinen Opfern umgeht. Zinnsoldat war Fletchers Name gewesen. Weil er nie zuließ, dass sein Herz oder seine Gefühle einem Job im Weg standen. Aber sobald er mich unter seine Fittiche genommen und damit angefangen hatte, mich zum Profikiller auszubilden, hatte der alte Mann seine eigenen Aufträge zurückgefahren und sich schließlich ganz aus dem Geschäft zurückgezogen. Es hatte seit sehr langer Zeit niemand mehr nach dem Zinnsoldaten gefragt.

Bis auf dieses Mädchen.

Zum ersten Mal sah ich sie wirklich an. Mädchen war wahrscheinlich nicht ganz das richtige Wort für sie. Mit ihrem ausladenden Busen, den breiten Hüften und dem kurvenreichen Körper war sie eine erwachsene Frau. Aber noch jung. Achtzehn, vielleicht neunzehn. Wahrscheinlich war sie der Meinung, sie wäre zehn Kilo zu schwer, aber das zusätzliche Gewicht schmeichelte ihrem Gesicht und ihrem Vorbau.

Eine eckige schwarze Brille verlieh ihr die Ausstrahlung eines Bücherwurms. Sie trug ihre sandblonden Haare kurz geschnitten, und der Regen draußen hatte dafür gesorgt, dass sie sich kräuselten. Ihre dunkelbraunen Augen und die gebräunte Haut wiesen auf Vorfahren hin, die entweder Latino oder sogar Indianer gewesen waren. In den Bergen um Ashland lebten immer noch Cherokee, genau wie vor dem Bürgerkrieg, vor den Siedlern, vor, nun ja, vor eigentlich allem.

Ich musterte sie weiter. Sie trug Jeans, die vom Tragen verblasst waren, und einen schweren schwarzen Rollkragenpulli, der ihre Augen noch dunkler wirken ließ, als sie waren. Ausgetretene Turnschuhe, eine schwere Jacke, einfache Silberreifen an den Ohren. Nichts an ihr kostete mehr als fünfzig Dollar. Was nicht gerade darauf schließen ließ, dass sie fähig war, sich die Dienste eines Profikillers wie des Zinnsoldaten leisten zu können.

Das Wort »Zinnsoldat« hatte auch bei anderen Aufmerksamkeit erregt. Finn beäugte das Mädchen über seinen Finanzteil hinweg. Sophia sah vom Sellerie auf, den sie für ihren Nudelsalat geschnitten hatte.

»Zinnsoldat?«, fragte ich. »Das ist ein seltsamer Name.«

Dem Mädchen, Violet, huschte ein Lächeln über die Lippen, das unter meinem kalten grauen Blick jedoch sofort wieder erstarb. »Ja, das fand ich auch.«

»Es gibt hier niemanden mit diesem Namen. Und auch keinen alten Mann.«

Nicht mehr.

Außer Sicht unter dem Tresen ließ ich meinen Daumen über das Heft des Steinsilber-Dolchs in meiner Hand gleiten. Die Kleine mochte ja so gefährlich wirken wie ein nasses Kätzchen, aber das bedeutete noch lange nicht, dass sie nicht für jemand anderen arbeitete. Vielleicht jemanden, der diesen mysteriösen Zinnsoldaten anheuern wollte. Oder jemanden, der auf Rache aus war. Oder vielleicht sogar für die Cops. Eigentlich spielte es keine große Rolle, für wen sie arbeitete. Wenn das Mädchen auch nur einen falschen Atemzug machte, würde sie dort sterben, wo sie jetzt stand.

Violet kaute auf ihrer Unterlippe herum. Für einen Moment dachte ich, sie würde noch einmal nach Fletcher fragen. Aber nach einem Moment sanken ihre Schultern enttäuscht nach unten. »Spielt auch keine Rolle«, sagte sie müde. »Er hätte mir sowieso nicht helfen können. Tut mir leid, dass ich Sie belästigt habe.«

Sie wollte gehen. Ich warf einen kurzen Blick zu Finn, der nur mit den Achseln zuckte. Er wusste auch nicht, was er davon halten sollte. Sophia grunzte und wandte sich wieder ihrem Sellerie zu.

»Bei was hätte er Ihnen nicht helfen können?«, rief ich ihr hinterher.

Neugier. Etwas, was mir der alte Mann über die Jahre beigebracht hatte. Fletcher Lane hatte immer alles über jeden wissen wollen, und er hatte diese Eigenschaft an mich weitergegeben. Jetzt war es das Gefühl, das mich scheinbar immer wieder überwältigte, egal wie sehr ich versuchte, mich dagegen zu wehren.

Das Mädchen, Violet, drehte sich zu mir um. »Oh, ähm, na ja, es ist ziemlich persönlich ...«

Mehr bekam sie nicht heraus, bevor jemand anfing, auf uns zu schießen.

5

Eine Kugel schlug in eines der großen Fenster ein.

Das plötzliche, scharfe Geräusch erregte die Aufmerksamkeit des Mädchens. Sie riss den Kopf herum. »Was war das …«

Weiter kam Violet nicht, dann war ich bereits um den Tresen herumgesprungen und hatte mich auf die junge Frau geworfen, um sie zu Boden zu zwingen.

»Uff!«

Wir knallten hart auf den Boden. Das Mädchen würde einiges aushalten müssen, aber das war mir egal. Violet musste weiteratmen, bis ich herausgefunden hatte, was sie vom Zinnsoldaten wollte.

Um Finn machte ich mir keine Sorgen. Wie ich wusste auch er genau, was dieses spezielle Geräusch bedeutete. Er hatte es zu oft gehört, um es zu ignorieren. Irgendwie hatte er sich bereits unter einem der Tische in Sicherheit gebracht, mit mehreren Stühlen als zusätzlichem Schutzschild. Finnegan Lane besaß einen sehr gut entwickelten Selbsterhaltungstrieb.

Sophia stand am hinteren Tresen und schnitt weiter Sellerie. Sie sah beim Geräusch des Schusses nicht einmal auf. Zwerge waren sogar noch zäher als Riesen, und Sophia konnte ohne Weiteres ein paar Kugeln im Rücken wegstecken. Sie würden lange, bevor sie irgendetwas Lebenswichtiges erreichten, in ihren harten Muskeln stecken bleiben. Elementarmagie war so ungefähr das Einzige, was die dicke Haut eines Zwerges durchdringen konnte. Und selbst hier würden die meisten Elementare es gerade mal schaffen, sie wütend zu machen, ohne echten Schaden anzurichten.

Krach!

Krach! Krach!

Drei weitere Kugeln trafen das Fenster zur Straße. Ich sah auf und versuchte herauszufinden, von wo die Schüsse kamen. Doch vom Boden aus konnte ich so gut wie nichts erkennen. Ich konnte das Fenster sehen, aber nicht, wer oder was dahinter lag.

Meine Augen glitten zu den Projektilen. Dem Aussehen nach ein großes Kaliber, vielleicht fünfzig. Und wer immer da schoss, er wusste, was er tat. Trotz ihrer Größe schlugen die Kugeln eng nebeneinander in das Glas ein. Es waren Volltreffer, jeder einzelne.

Vier Kugeln hatten die Fensterscheiben zerstört und sich dort verfangen, was sie davon abhielt, ins Pork Pit durchzudringen. Trotzdem hatten die plötzlichen Einschläge die Fenster ruiniert. Makabre Muster erstreckten sich von den Einschusslöchern, als hätten mehrere Spinnen ihre fragilen Netze über das Glas gespannt.

Ich schüttelte einen Ärmel, und ein Messer rutschte in meine Hand, sodass das Heft auf der Narbe in meiner Handfläche auflag. Ich hoffte, dass der Bastard bald müde werden würde, durchs Fenster zu schießen, und beschloss, dass es Zeit war, ins Restaurant zu kommen und den Job persönlich zu Ende zu bringen. Ihn erwartete eine böse Überraschung. Eine, von der er sich nie wieder erholen würde.

Bei jedem Atemzug rechnete ich mit weiteren Kugeln. Oder damit, dass die Tür aufgerissen wurde und jemand in den Raum stürmte. Wahrscheinlich Jake McAllister, der versuchte, seine Drohung wahr zu machen und mich zu töten.

Doch stattdessen ... Stille.

In meinem Kopf zählte ich die Sekunden. Zehn ... zwanzig ... dreißig ... fünfundvierzig ...

Das Mädchen bewegte sich und versuchte, unter mir herauszukommen. Oder zumindest ihr Gesicht vom Boden zu heben. Ich rollte von ihr herunter, damit sie durchatmen konnte, ließ aber eine Hand auf ihrem Rücken liegen, um sie unten zu halten.

»Sei still«, zischte ich. »Er könnte darauf warten, dass wir aufstehen, um den nächsten Schuss zu setzen.«

Violet nickte, blieb auf dem Boden liegen und atmete tief durch den offenen Mund.

Nachdem neunzig Sekunden ohne weiteren Schuss vergangen waren, ging ich vorsichtig auf die Knie und sah nach draußen. Das gesprungene Glas erschwerte mir die Sicht, aber ich konnte vor dem Restaurant niemand mit einer Pistole in der Hand erkennen. Es stand auch kein Auto am Randstein. Und niemand rannte den Gehweg entlang.

Ich stand auf und untersuchte die Kugeln. Fünfziger Kaliber, jede einzelne, wahrscheinlich aus einem Gewehr. Nicht das, was ich von jemandem wie Jake McAllister erwartet hätte. Er erschien mir eher der Typ für Maschinengewehre. Auf jeden Fall etwas Auffälliges, Schickes, womit er beweisen konnte, was für ein harter Kerl er doch war.

Außerdem fiel mir auf, dass die Kugeln das Glas nicht im rechten Winkel getroffen hatten. Sie steckten in einem Winkel im Glas, der mir verriet, dass sie von weiter oben gekommen waren. Hmm. Ich ging zu einem Stück Fenster, das noch nicht gesprungen war, und spähte nach draußen.

Da. Auf der anderen Straßenseite flatterte an einem offenen Fenster im zweiten Stock des Wohngebäudes ein Vorhang. Kein ungewöhnliches Bild – im Sommer. Aber im Moment hatten wir November. Es waren vielleicht zehn Grad, und ein stetiger Nieselregen fiel vom Himmel. Niemand, der noch ganz bei Verstand war, würde an einem solchen Tag sein Fenster offen lassen, wenn es keinen guten Grund dafür gab. Wie zum Beispiel mich umzubringen.

Das ergab Sinn. Ich hatte nach dem Ende des Beschusses kein Auto wegfahren hören, und ich sah auf der Straße auch keine Reifenspuren, was bedeutete, dass die Schüsse nicht im Vorbeifahren abgefeuert worden waren. Jake McAllister (denn kein anderer konnte es meiner Meinung nach sein) hatte sich eine sichere Position gesucht, um vier Schüsse auf mein Restaurant abzugeben. Meine Augen fielen wieder auf den flatternden Vorhang. Es war Zeit zu überprüfen, ob der Vogel das Nest verlassen hatte oder nicht.

»Bleib hier«, wies ich Finn an.

»Wo gehst du hin?«, fragte er von seiner Position unter dem Tisch.

Ich umfasste meine Messer ein wenig fester. »Den Bastard finden, der mir gerade mein Panoramafenster versaut hat.«

Normalerweise hätte ich nicht die Eingangstür des Pork Pit benutzt. Nicht, nachdem jemand gerade auf das Restaurant geschossen hatte. Das forderte Ärger förmlich heraus und lud den Schützen ein, mir eine Kugel in die Brust zu jagen, sobald ich auf die Straße trat. Aber ich war wütend, und ich war ein Elementar. Also griff ich nach meiner Steinmagie, zog sie in meine Adern und ließ die kühle Macht über meine Haut gleiten. Es kostete die Magie weniger als eine halbe Sekunde, alles zu verhärten – Finger, Oberkörper, Zehen und alles dazwischen, sodass mein Körper eine einzige, steinharte Schale war. Solange ich meine Magie im Griff behielt, mich weiterhin darauf konzentrierte, würden sogar meine Haare eine Kugel aufhalten.

Dann riss ich die Tür auf und trat auf die Straße.

Ich blieb ein paar Sekunden einfach stehen, um den Wohnblock zu scannen. Nichts. Keine Läufer, keine geparkten Wagen, kein Aufblitzen eines Zielfernrohrs im Fenster auf der anderen Straßenseite.

Nach ungefähr dreißig Sekunden, als keine weiteren Kugeln durch die Luft sausten, hoben die Leute, die sich zur Zeit, als die Schüsse gefallen waren, auf der Straße aufgehalten hatten, langsam die Köpfe. Einer nach dem anderen kroch hinter den Autos oder Briefkästen hervor, hinter denen sie sich versteckt hatten, stand auf und eilte davon.

Nachdem derjenige, der geschossen hatte, das einfache Ziel, das ich ihm bot, nicht nutzte, marschierte ich über die Straße zum Wohnblock. Es war ein älteres Gebäude mit kleinen schmutzigen Fenstern und einer schäbigen Fassade, die seit ihrem Bau vor vielleicht vierzig Jahren nicht mehr renoviert oder gestrichen worden war. Ich drückte meine Hand gegen den Stein am Eingang und lauschte auf das Murmeln der kalten nassen Ziegel unter meinen Fingern. Ein Mischmasch aus Gefühlen begrüßte mich. Fröhlich lachende Kinder. Das Grummeln älterer Erwachsener. Besorgtes Gemurmel. Eine Mischung aus englischem und spanischem Geplapper. Alles zusammen ergab die normale Geräuschkulisse eines Wohngebäudes. Bis jetzt nichts Ungewöhnliches.

Ältere Gebäude verfügten in Ashland oft nur über schlechte Sicherheitsmaßnahmen, und bei diesem war es nicht anders. An der Glastür war nicht einmal ein Schloss, um Obdachlose auszusperren. Die Tür führte auf einen kleinen Flur mit einem Aufzug an einem Ende und Treppen an beiden Seiten. Ich ging die westliche Treppe nach oben, wobei ich mich im Schatten hielt. Das Gebäude roch nach einer Mischung aus Bleichmittel, Knoblauch und Urin.

Ich erreichte den ersten Stock und damit einen weiteren leeren Flur. Auf dem Weg über die Straße nach hier oben war meine Wut ein wenig abgekühlt. Meine Haut mochte ja so hart wie Stein sein, doch um meinen Tod zu bewirken, waren nur ein Moment, ein Zögern, eine Sekunde nötig, in denen mir meine Magie entglitt. Das hatte Fletcher Lane mir eingebläut. Jake McAllister mochte ein Trottel sein, aber das bedeutete noch lange nicht, dass er nicht Glück haben und mich umbringen konnte. Ich wollte ihm diese Chance nicht geben, also hielt ich an, lauschte und schätzte die Situation ein.

Ruhe. Die meisten Bewohner des Hauses waren bei der Arbeit, in dem Versuch, genug Geld für die nächste Miete aufzubringen. Ich umklammerte die Messer in meinen Händen fester und schlich vorwärts. Nachdem bei der Überquerung der Straße niemand auf mich geschossen hatte, bestand nur eine sehr geringe Chance, dass sich Jake McAllister noch in der Wohnung aufhielt. Trotzdem bewegte ich mich leise und vorsichtig. Drei Wohnungen in diesem Flur gingen zur Straße raus. Ich huschte an den ersten zwei Eingangstüren vorbei zur dritten – der, die ich wollte.

Vor der beige angestrichenen Wohnungstür hielt ich an, um ein weiteres Mal zu lauschen. Mehr Stille. Ich legte meine Hand auf den Stein des Türrahmens, aber sein Murmeln war leise und gedämpft. Aufgrund des Mangels an Gefühlen und Vibrationen vermutete ich, dass hier niemand lebte, was wahrscheinlich der Grund dafür war, dass sich Jake McAllister diese Wohnung ausgesucht hatte, um von hier aus auf mich zu schießen.

Ich schloss meine Finger um den Türknauf. Das kalte Metall kitzelte die Spinnenrune auf meiner Handfläche. Der Knauf drehte sich, und die Tür ging auf.

Mit der Stiefelspitze schob ich sie auf und achtete sorgfältig darauf, neben dem Türrahmen zu bleiben. Sie quietschte nicht einmal, als sie aufschwang. Ich blieb im Flur und zählte im Kopf die Sekunden. Zehn … zwanzig … dreißig …

Aus den anderen Apartments am Flur drangen Geräusche an mein Ohr. Ein Fernseher, aus dem die Geräusche eines Kindercartoons plärrten. Ein anderer, auf dem offensichtlich eine Seifenoper lief. Ein Paar, das sich darüber stritt, dass Ralph zu viel trank und deswegen seinen letzten Job verloren hatte.

Ich blieb drei Minuten lang vor der Tür stehen. Leer. Die Wohnung war leer. Wenn Jake McAllister drin gewesen wäre, um zu sehen oder zu hören, wie die Tür sich öffnete, wäre er inzwischen nachschauen gekommen. Die meisten Leute konnten nicht besonders gut warten. Sie bewegten sich zu früh, zu schnell – und dann starben sie. Eine Minute reichte schon aus, um die meisten nervös zu machen. Drei waren genug, um alle außer den professionellsten Auftragsmördern mit Adrenalin zu überschwemmen. Aber es gab einen guten Grund dafür, dass Fletcher mich »die Spinne« genannt hatte – weil ich unglaublich geduldig sein konnte. Weil ich die nötige Selbstkontrolle besaß. Weil ich diese langen, langen drei Minuten aussitzen konnte, wenn es bedeutete, meine Zielperson zu erwischen – oder nicht selbst zum Ziel zu werden.

Ich glitt in die Wohnung und schloss die Tür hinter mir.

Ich befand mich in einem kleinen Flur, von dem noch kleinere Räume abgingen, die mich an ein Labyrinth erinnerten. Mit den Messern in der Hand glitt ich von einem Raum zum anderen und kontrollierte sie alle mit vorsichtiger Genauigkeit.

Leer. Die Bude war vollkommen leer.

Keine Möbel, keine Küchengeräte, nicht einmal zusammengeknüllte Fast-Food-Tüten auf dem Linoleum. Und es roch nach nichts anderem als dem kalten Regen, der durch das immer noch offen stehende Fenster hineingeweht wurde. Es roch nach nichts. Kein Putzmittel, kein Essen, gar nichts. Ich runzelte die Stirn. Nicht gerade das, was ich erwartet hatte. Jake McAllister schien keine besonders geduldige Person zu sein – und schon gar nicht jemand, der hinter sich aufräumte. Wenn der Feuerelementar eine Weile lang hier oben gewesen wäre, hätte ich Anzeichen dafür finden müssen. Bierdosen, Zigaretten, eine leere Limoflasche, Verpackungen von Schokoriegeln. Stattdessen war da gar nichts. Ich entdeckte nicht mal Kakerlakenfallen in den Ecken.

Ich ließ meine Steinmagie los, sodass meine Haut wieder ihre normale Struktur annahm. Dann ging ich in den hinteren Teil des Apartments und zu dem offenen Fenster, von dem aus der Schütze auf das Pork Pit gefeuert hatte.

Und wieder fand ich nichts. Keine Becher, keinen anderen Müll, überhaupt keinen Hinweis darauf, dass sich heute oder in letzter Zeit jemand in der Wohnung aufgehalten hatte. Ich spähte unter das Fenster. Der Angreifer hatte sogar seine Patronenhülsen entfernt, die Überbleibsel jedes Schusses aufgehoben, den er abgefeuert hatte. Wiederum nichts, was ich von einem leichtsinnigen, nervösen Feuerelementar-Hitzkopf wie Jake McAllister erwartet hätte.

Um das Fenster zogen sich dreckige Ziegel, und ich drückte meine Hand dagegen. Der raue Stein biss mir in die Handfläche. Ich schloss die Augen und griff wieder nach meiner Magie, ließ die kühle Macht durch mich fließen und stimmte mich auf die kleinsten Schwingungen ein, die durch den Ziegel liefen.

Nichts. Nur Ruhe. Ich konzentrierte mich, tauchte tiefer und tiefer in den Stein ein, bis er sich anfühlte wie ein Teil von mir. Eine natürliche Erweiterung meines Selbst, das ich betrachten und analysieren konnte wie meine eigenen Fingernägel. Ich fühlte noch mehr Ruhe und … ein abwartendes Gefühl. Nicht unbedingt gelangweilt, aber auch nicht aufgeregt. Nur abwartend … auf den richtigen Moment. Das war ein Gefühl, ein Verhalten, das mir nur zu vertraut war.

Ich legte die Stirn in noch tiefere Falten, dann öffnete ich die Augen, ließ meine Hand sinken und trat von den Ziegeln zurück. Wieder musterte ich den Raum mit kritischem Blick, während ich alle Hinweise zu einem Gesamtbild verband.

In dieser Wohnung gab es nichts – keinen Müll, keine Patronenhülsen, keine Gefühle –, weil Jake McAllister nicht hier gewesen war. Er war nicht klug genug, nicht ruhig genug für etwas in dieser Art. Das hier war die Arbeit eines Profis.

Eines Auftragsmörders, genau wie ich einer gewesen war.

Ich kniff die grauen Augen zusammen. Also hatte Jake, oder wahrscheinlich eher Jonah McAllister, einen Profi angeheuert, um den Dreck seines Sohnes zu beseitigen. Jetzt war ich wirklich genervt.

Aber trotzdem ... Ich wurde das Gefühl einfach nicht los, dass ich etwas übersah. Etwas Wichtiges. Entscheidendes. Offensichtliches. Meine Deutung, mein Gefühl in Bezug auf die Schwingungen des Steins war korrekt. Das wusste ich. Selbst als kleines Kind hatte ich das Murmeln des Steins gehört, und meine Fähigkeit, es zu verstehen und zu deuten, war mit der Zeit nur stärker geworden. Und so würde es weitergehen, bis ich starb, hoffentlich im reifen Alter von ungefähr hundertfünfzig Jahren.

Laut den Schwingungen, die ich aufgefangen hatte, hatte der Schütze fast eine gute Stunde lang gewartet. Vielleicht sogar länger. Sophia kam früh, gewöhnlich so um neun, um das Brot des Tages anzusetzen. Ich tauchte normalerweise so gegen zehn auf, und offiziell öffnete das Restaurant um elf. Aber er hatte erst gefeuert, als es schon fast zwölf Uhr gewesen war.

Warum? Warum hatte der Killer so lange gewartet? Ich hatte mich den gesamten Vormittag über durch das Restaurant bewegt. Hatte gekocht, geputzt, die Tische und Sitznischen abgewischt, das Schild an der Tür umgedreht. Er hätte mich jederzeit erledigen können. Also warum hatte er erst kurz vor Mittag geschossen? Warum da?

Ich ging den Angriff im Geiste noch einmal durch. Ich hatte hinter dem Tresen gestanden, als der erste Schuss fiel. Das war ein schwerer Schuss, selbst für einen professionellen Auftragsmörder, egal wie gut er mit einem Gewehr umgehen konnte. Vielleicht hatte er auf Publikum gewartet. Vielleicht hatte er deswegen gezögert. Finn war im Restaurant gewesen. Er hatte rechts von mir auf einem Hocker gesessen. Das Mädchen war ebenfalls da gewesen. Sie hatte mehr oder minder direkt vor mir gestanden …

Und da ging mir auf, was ich übersehen hatte. Der Schütze, der Auftragsmörder, hatte nicht auf mich gezielt.

Er hatte auf das Mädchen geschossen.

6

Das Mädchen. Violet. Der Schütze hatte auf sie gezielt, nicht auf mich.

Nur das ergab Sinn. Der Auftragsmörder hätte jederzeit auf mich schießen können, wann immer ich am Fenster vorbeigegangen war. Aber das hatte er nicht getan. Stattdessen hatte er fast eine Stunde in dieser Wohnung gesessen und auf das Mädchen gewartet. Violet hatte an einem Tisch im hintersten Teil des Restaurants gesessen, wo sie vom Fenster aus nicht zu sehen gewesen war. Also hatte er abwarten müssen, bis sie mit ihrem Mittagessen fertig war. Und als sie gezahlt hatte und auf den Eingang zugegangen war, hatte er seinen Schuss gesetzt.

Ich verarbeitete diese neue Erkenntnis und wandte mich der nächsten Frage zu: Warum sollte er sie im Restaurant erschießen? Warum nicht warten, bis sie auf die Straße trat? Warum sie nicht einfach in irgendeiner Seitengasse erledigen?

Dann wurde es mir klar. Der Raubüberfall. Der Killer musste in der Zeitung den Artikel über den Überfall im Pork Pit gelesen haben.

Vielleicht hatte er sich ausgerechnet, dass der Mord an Violet, wenn er sie im Restaurant erledigte, wahrscheinlich mit Jake McAllister und dem Angriff von gestern Abend in Verbindung gebracht werden würde. Zweifellos hätten die Cops zuerst in dieselbe Richtung gedacht wie ich – dass Jake oder derjenige, den er angeheuert hatte, es auf mich abgesehen hatte, nicht auf das Mädchen. Dass ich das Ziel war. Dass Jake mich zum Schweigen bringen wollte, damit sich die Anklage gegen ihn in Luft auflöste. Mit all diesen Verbindungen hätte die Polizei sicherlich kaum noch in andere Richtungen ermittelt, keine anderen Theorien erwogen. Wie zum Beispiel, dass das Mädchen von Anfang an das Ziel gewesen war.

Und wenn es nicht klappte, Jake McAllister die gesamte Schuld in die Schuhe zu schieben, nun, dann gab es immer noch eine andere Möglichkeit. Das Pork Pit lag zwar nicht offiziell in Southtown, aber es war nur ein paar Blöcke davon entfernt. Das bedeutete, dass die Gegend hier ihren Anteil an Verbrechen abbekam. Drogendeals, Schießereien, Männer, die ihre Ehefrauen verprügelten. An jedem Wochentag ereignete sich mindestens einer dieser Vorfälle.

Aufgrund des naheliegenden üblen Viertels wäre der Tod des Mädchens vielleicht als zufällige Gewalttat abgetan worden, zumindest, wenn die Cops gerade wirklich faul waren. Irgendeine Gangstreitigkeit, deren Opfer sie unglücklicherweise geworden war. Letzte Woche waren kaum einen Kilometer vom Restaurant entfernt ein zehnjähriger Junge und seine kleine Schwester erschossen worden.

Aber auf keinen Fall hätte jemand es für einen gezielten Mordanschlag gehalten. Die besten Morde waren immer diejenigen, die aussahen wie etwas anderes. Insgesamt war es ein guter einfacher, geschickter Plan.

Vielleicht war der Auftragsmörder dem Mädchen gefolgt, auf der Suche nach genau so einer Gelegenheit. Vielleicht hatte er auch gewusst, dass sie heute ins Pork Pit wollte, um zu Mittag zu essen und nach jemandem mit dem Namen »Zinnsoldat« zu fragen. Auf jeden Fall hatte er in dem Moment, als sie das Restaurant betreten hatte, beschlossen, dass sie es nie wieder verlassen sollte. Es wäre ihm leichtgefallen, ungesehen in das Gebäude gegenüber zu schlüpfen, die leere Wohnung zu finden und das Schloss zu knacken. Und danach hatte er nur noch auf den richtigen Moment und den richtigen Winkel warten und den Abzug drücken müssen.

Ich starrte auf die angeschlagene Fassade des Pork Pit. Er hätte sie getroffen – vier Schüsse in die Brust. Wenn das Restaurant keine kugelsicheren Scheiben gehabt hätte.

Nein, das alles hier hatte überhaupt nichts mit Jake McAllister und mir zu tun. Das Mädchen – alles drehte sich um sie. Jemand wollte sie tot sehen.

Noch während ich grübelnd dort stand, öffnete sich die Eingangstür des Restaurants. Violet trat heraus und eilte davon.

»Scheiße«, knurrte ich und rannte aus der Wohnung.

Der Auftragsmörder war schon lange verschwunden, also machte ich mir nicht die Mühe, meine Haut noch einmal mit meiner Steinmagie zu verhärten. Außerdem war er ja sowieso nicht hinter mir her. Stattdessen raste ich die Treppe nach unten und aus dem Gebäude. Ich schlitterte nach links und rannte in die Richtung, die das Mädchen eingeschlagen hatte.

Sie musste gejoggt sein, denn sie war bereits gut einen Block vor mir. Dann hob sie den Arm, und neben ihr hielt ein Taxi am Rinnstein.

»Hey, du!«, brüllte ich. »Stopp!«

Sie beachtete mich nicht. Ich war zu weit entfernt, als dass meine Stimme den Verkehrslärm übertönt hätte. Und selbst wenn sie meinen Schrei gehört hätte, hätte sie ihn wahrscheinlich nicht auf sich bezogen. *Hey, du* ist nicht gerade die persönlichste Anrede. Also rannte ich schneller, bis ich meine Höchstgeschwindigkeit erreicht hatte. Wäre die Straße leer gewesen, hätte ich sie vielleicht noch erreicht. Aber alle fünf

Schritte musste ich nach rechts oder links springen, um jemandem auszuweichen.

Ich erreichte das Ende des Blocks. Auf der anderen Straßenseite war Violet gerade in ihr Taxi eingestiegen. Ich trat auf die Straße, die Augen unverwandt auf das gelbe Auto gerichtet …

Mööp! Mööp!

Und sprang eilig zurück, als ich angehupt wurde. Eine Sekunde später sauste ein Minivan an mir vorbei und über die rote Ampel. Die Fahrerin warf mir einen bösen Blick zu.

»Rot heißt stehen bleiben, du blöde Tussi!«, schrie ich.

Meinen Stinkefinger sah sie nicht mehr, denn sie war anscheinend zu sehr damit beschäftigt, auf ihr Handy einzuquasseln, um so vernünftige Dinge zu tun wie auf Ampeln oder Fußgänger zu achten. Und sie hatte mir meine einzige Chance genommen, das Mädchen zu erwischen. Vor mir hatte das Taxi sich bereits in den Verkehr eingereiht. Fünf Sekunden später bog es rechts ab und verschwand aus meinem Blickfeld.

Weg. Sie war weg.

Ich hatte keine Ahnung, wo Violet hinwollte, oder noch wichtiger, warum jemand versuchte, sie umzubringen. Einen Moment stand ich einfach nur da und verfluchte meine eigene Dummheit. Ich hätte in dem Moment, als das Mädchen nach dem Zinnsoldaten gefragt hatte, wissen müssen, dass etwas ernsthaft nicht stimmte. Dass es nicht nur ein Fehler oder Zufall oder Glück war. Sondern dass sich das Pork Pit auf irgendeine Art Ärger eingehandelt hatte.

Ärger, der mir gerade entkommen war.

»Scheiße«, knurrte ich wieder, bevor ich mich umdrehte und zum Restaurant zurückging.

Ich schob meine Messer wieder in die Ärmel und ging mit zügigen Schritten zurück zum Pork Pit. Es gab keinen Grund, noch mehr Aufmerksamkeit auf mich zu ziehen. Wenn ich so weitermachte, würde jemand vielleicht die Polizei anrufen, um eine verrückte Frau mit Messern in der Hand zu melden. Vor nicht allzu langer Zeit hatte ich bei einem meiner Aufträge ein paar Tage in der Ashland-Klinik verbracht. Ich hatte keinerlei Bedürfnis, diese Einrichtung noch einmal zu besuchen.

Ein paar Minuten später betrat ich meinen Laden. Sophia rührte gerade rote Paprika und Peperoni in ihren Nudelsalat. Finn saß wieder auf seinem Hocker, nippte an einer weiteren Tasse Malzkaffee und las den Rest des Finanzteils. Als wäre der Anschlag niemals passiert.

»Probleme?«, witzelte er.

Ich warf ihm einen schlecht gelaunten Blick zu.

»Ich frage nur, weil du a) nicht lächelst, während du mit dem Blut eines anderen überzogen bist, und b) ich gesehen habe, wie du aus dem Gebäude auf der anderen Straßenseite gerannt bist, als wären hungrige Vampire hinter dir her«, meinte er. »Ich gehe davon aus, dass Jake McAllister es geschafft hat, dir zu entkommen?«

Ich schüttelte den Kopf. »Es war nicht McAllister. Der Schütze hatte es nicht mal auf mich abgesehen. Er hat auf das Mädchen gezielt.«

Ich erläuterte Finn und Sophia meine Theorie, dass der Schütze ein Profi gewesen war, und teilte ihnen meine Schlussfolgerung mit, dass seine Zielperson das Mädchen gewesen war, nicht ich.

Finn pfiff leise. »Jemand hat einen Auftragsmörder angeheuert, um das Mädchen zu erledigen? Sie muss denjenigen wirklich wütend gemacht haben.«

»Hmm-mmm.« Hinter dem Tresen grunzte Sophia zustimmend.

»Mir ist im Moment vollkommen egal, *wie* wütend sie denjenigen gemacht hat«, blaffte ich. »Ich muss sie nur finden, bevor der Killer den nächsten Versuch startet.«

»Warum?«, fragte Finn. »Das ist ihr Problem, nicht deines.«

Ich starrte ihn an. »Weil sie hier reingekommen ist, um nach dem Zinnsoldaten zu fragen – sich nach Fletcher zu erkundigen – und eine Minute später jemand auf sie geschossen hat. Ich will wissen, warum. Warum sie hierhergekommen ist, in welcher Beziehung sie zu Fletcher steht. Einfach alles.«

Aber hauptsächlich wollte ich sicherstellen, dass der Fastanschlag oder der zukünftige Mord an Violet nicht mir, Finn oder den Deveraux-Schwestern angehängt wurde. Auf mich selbst aufzupassen, war fast das Erste gewesen, was Fletcher Lane mir beigebracht hatte.

»Also, was ist passiert, nachdem ich gegangen bin? Hat sie noch was gesagt, noch etwas getan?«

Finn schüttelte den Kopf. »Nein. Sie saß noch eine Weile auf dem Boden, um wieder zu Atem zu kommen. Dann ist sie aufgestanden und gegangen.«

Ich kniff die grauen Augen zusammen. »Und du hast nicht versucht, sie aufzuhalten?«

Finn zuckte nur mit den Achseln. »Ich dachte mir, solange sie nicht kreischt und die Cops ruft, wäre alles in Ordnung. Sophia und ich sind davon ausgegangen, Jake McAllister hätte auf dich geschossen, nicht jemand anders auf sie.«

Ich unterdrückte einen weiteren Fluch. Finn hatte recht. Es war nicht seine Schuld. Niemand war schuld. Ich brauchte Antworten, und das Mädchen war die Einzige, die sie mir liefern konnte. Aber inzwischen war sie Meilen entfernt. Wie also konnte ich sie aufspüren? Ich dachte eine Sekunde nach, dann ging ich zum Tresen.

»Oh-oh«, murmelte Finn. »Den Blick kenne ich.«

»Welchen Blick?«, fragte ich, während ich die Registrierkasse anhob.

»Diesen Blick, der dich aussehen lässt wie einen Bär im Winterschlaf, der gerade von jemandem mit einem Stock gepikt wurde. Der Blick, der verrät, dass du dich in etwas verbissen hast, obwohl es gar nicht dein Problem ist.«

Ich legte eine Hand aufs Herz und klimperte mit den Wimpern. »Du kennst mich einfach zu gut.«

»Aber wie willst du sie finden?«, fragte Finn. »Sie hat dir ja keine Visitenkarte dagelassen.«

Meine Finger glitten durch den dunklen Raum unter der Kasse. Da war es. Ich zog ein Stück Papier heraus. Die Kreditkartenabrechnung des Mädchens. Die, auf der ihr Name stand. Violet Fox. Nicht so gut wie eine Visitenkarte, aber immerhin ein Anfang.

»Oh, ich werde sie nicht finden«, sagte ich süß.

»Sag es nicht«, flehte er. »Bitte, sag es nicht.«

Ich streckte ihm die Abrechnung entgegen. »Ich werde sie nicht finden, weil du das für mich erledigen wirst.«

Finn seufzte nur und nahm noch einen Schluck von seinem Kaffee.

7

»Schon was rausgekriegt?«

Finn warf mir über die Schulter einen finsteren Blick zu. »Ich suche erst seit ein paar Stunden, Gin. Immer mit der Ruhe.«

Ich starrte ihn böse an und streckte ihm die Zunge heraus.

Er grinste. »Nicht rausstrecken, wenn du nicht vorhast, sie zu benutzen.«

Ich schnaubte. »Hättest du wohl gerne.«

»Immer.«

Nachdem ich Finn angewiesen hatte, Violet über ihre Kreditkartenabrechnung für mich zu finden, war er ins Büro gegangen, um seinen Laptop und ein paar andere Dinge zu holen und den anderen Kommastellenverschiebern zu sagen, dass er sich den Rest des Tages freinahm. Während er damit beschäftigt war, hatte ich einen Glaser beauftragt, morgen zu kommen und das Panoramafenster auszuwechseln. Dann hatte ich Sophia nach Hause geschickt, das Restaurant geschlossen und war zu Fletchers Haus gefahren. Das hatte zwei Stunden gedauert.

Seit Finn bei mir aufgetaucht war, lungerte er auf dem verblassten Sofa im Wohnzimmer herum, während ich in der Küche herumräumte. Dank all der Aufregung war ich im Restaurant nicht zum Mittagessen gekommen und hatte darüber hinaus das Gefühl, dass es ein langer Tag werden würde. Deswegen bereitete ich Hühnchensalat-Sandwiches auf dickem Honigweizenbrot zu, zusammen mit frischem Obstsalat.

Ich stellte das Essen auf ein Tablett, zusammen mit Besteck, Servietten und einer Kanne Himbeerlimonade. Dann griff ich nach meiner Eismagie. Das kalte silberne Licht flackerte auf meiner Handfläche, direkt unter der Spinnenrunen-Narbe, dann ließ ich mehrere Eiswürfel in die beiden Gläser fallen. Ich trug das Ganze ins Wohnzimmer und stellte es auf den Couchtisch.

Danach setzte ich mich im Schneidersitz auf einen Sessel und mampfte mein Sandwich. Der Hühnchensalat war mit Sellerie, Äpfeln, goldenen Rosinen, geriebener Zitronenschale und einer Mayonnaise aus saurer Sahne angemacht, während das Brot einen festen, knackigen Kontrast bildete. Zwischendrin nahm ich immer wieder eine Gabel von meinem Erdbeer-und-Kiwi-Obstsalat, den ich mit Zitronensaft, Vanille und einem kleinen Tropfen Honig verfeinert hatte.

Finn schnappte sich ebenfalls ein Sandwich und eine Schale Obstsalat, und wir aßen schweigend. Finns Laptop surrte leise, während er sich durch Billionen Byte-Daten arbeitete, um diejenigen zu finden, die Violet Fox gehörten.

Nachdem er sein erstes Sandwich verschlungen hatte, griff Finn nach dem nächsten. Dann zeigte er mit dem Kopf ans andere Ende des Couchtisches, wo die Akte lag, die Fletcher mir hinterlassen hatte – die mit den Informationen über meine ermordete Familie. Und über Bria, meine kleine Schwester, die allem Anschein nach noch lebte. Finn hatte den Ordner aus dem Weg geschoben, um auf dem alten Tisch Platz für seinen Laptop zu machen.

»Damit schon Glück gehabt?«, fragte er.

»Nein.«

Kurz nach Fletchers Beerdigung hatte ich Finn von der Akte

und den Geheimnissen darin erzählt, inklusive meines wahren Namens – Genevieve Snow. Ich hatte ihm erlaubt, sich die Dokumente anzusehen und seine eigenen Schlüsse zu ziehen. Auch über das, was in der Nacht geschehen war, in der meine Mutter Eira und meine ältere Schwester Annabella von einem Feuerelementar ermordet worden waren. Für einen Moment flackerten orangefarbene Flammen vor meinen Augen. Das Bild zweier verkohlter Leichen stieg in mir auf, und die Luft stank nach verbranntem Fleisch. Ich drängte die Erinnerung zurück.

»Du solltest mich helfen lassen«, sagte Finn. »Ich habe Kontakte, die dir fehlen.«

Ich schüttelte den Kopf. »Nein. Noch nicht. Ich weiß immer noch nicht genau, was ich davon halten soll.«

»Wovon?«

»Davon, dass der alte Mann all die Jahre genau wusste, wer ich war, und nie etwas gesagt hat. Davon, dass er all diese Informationen über meine Familie gesammelt hat.«

Die Spinnenrunen-Narben auf meinen Handflächen fingen an zu kribbeln, wie sie es immer taten, wenn ich an meine tote verlorene Familie dachte. Ein kleiner Kreis mit acht dünnen davon ausgehenden Linien. Das Symbol für Geduld. Ich rieb erst eine, dann die andere der Narben mit dem Finger, um das Brennen verschwinden zu lassen. Es funktionierte nicht. Tat es nie.

»Fletcher liebte es, die Geheimnisse von Leuten aufzudecken, Infos zu sammeln, Dossiers über sie anzulegen. Das machte ihn zu so einem guten Auftragsmörder und zu einem noch besseren Mittelsmann«, sagte ich. »Ich hätte nur nie geglaubt, dass er es auch mit *mir* macht.«

»Du bist wütend auf ihn.«

»Zur Hölle, ja, ich bin wütend«, blaffte ich. Ich stieß mich mit den Füßen vom Boden ab, und der Lehnsessel kippte nach hinten. »Fletcher verbringt Jahre damit, diese Akte anzulegen, und dann hinterlegt er sie bei Jo-Jo, statt sie mir zu geben. Warum? Was soll das?«

Ich war stocksauer, natürlich, aber am schlimmsten war: Ich fühlte mich verraten, als hätte Fletcher mich nur als Zielperson gesehen, die er ausspionieren musste. Als wäre ich gar nicht die Tochter, als die er mich angeblich immer gesehen hatte. Als hätte er mich gar nicht so geliebt, wie ich ihn geliebt hatte. Oder zumindest hatte er mir nicht genug vertraut, um mir zu verraten, was er tat.

Und ich war auch wütend auf mich selbst, weil ich keinen blassen Schimmer davon gehabt hatte. Weil ich nicht im Geringsten geahnt hatte, dass er Informationen über mich und meine ermordete Familie sammelte. Ich hätte niemals auch nur im Traum daran gedacht, dass Fletcher so etwas tun könnte – zumindest nicht über mich. Vielleicht hatte ich diese Möglichkeit nur einfach nicht in Betracht ziehen wollen. Egal wie, jetzt blieben mir nur Fragen und noch mehr Fragen.

»Vielleicht hatte er vor, es dir zu geben«, meinte Finn. »Bevor er gestorben ist.«

Wieder blitzte ein Bild vor meinem inneren Auge auf. Fletcher, der in der Lache seines eigenen Blutes im Pork Pit lag, seine Haut in Fetzen vom Körper gerissen. Sein Gesicht, seine Brust, die Arme und die Hände waren nichts mehr als eine offene Wunde aus Fleisch und Knochen. Ich schüttelte den Kopf, um das Bild loszuwerden. Auch das funktionierte nicht. Nie.

»Ich verstehe einfach nicht, was ich seines Erachtens mit diesen Informationen anfangen sollte. Mich an der Feuermagierin rächen? Es ist Jahre her, und ich weiß immer noch nicht, wer sie war oder warum sie meine Familie getötet hat. Ich habe sie nicht einmal gesehen, bevor einer ihrer Schläger mich eingefangen und mir die Augen verbunden hat. Ich habe nur ihr Lachen gehört, während sie mich gefoltert hat. Nach allem, was ich weiß, könnte das Miststück inzwischen schon längst tot sein.«

»Sie war stark genug, um deine Mutter und deine Schwester zu töten, zwei mächtige Eiselementare, und dir diese Steinsilber-Runen in die Handflächen zu brennen. Ich bezweifle, dass sie tot ist. Solche Leute sterben nicht so schnell«, sagte Finn. »Außerdem ist es erst siebzehn Jahre her. Die meisten Elementare leben bis weit über hundert.«

Ein kaltes Lächeln legte sich auf meine Lippen. »Du kannst einem Mädchen doch nicht übel nehmen, dass es träumt, oder?« Ich ließ meinen Blick über den Aktendeckel wandern, und mein Lächeln verwandelte sich in ein Stirnrunzeln. »Ich verstehe einfach nicht, warum Fletcher es getan hat. Ich war da. Ich habe es durchlebt. Nichts in dieser Akte verrät mir etwas, was ich nicht schon vorher wusste.«

»Bis darauf, dass deine Schwester noch lebt«, sagte Finn sanft.

Bria. Blonde Haare. Große blaue Augen. Das weiche, unschuldige Gesicht eines Kindes. Eine zierliche Schlüsselblumen-Rune an der Kette um ihren Hals. Sie war acht gewesen, als ich sie das letzte Mal gesehen hatte, in der Nacht, in der ich in dem Versteck, in das ich sie gebracht hatte, nur noch ihr Blut gefunden hatte. In der Nacht, von der ich geglaubt hatte, sie wäre damals gestorben.

»Wenn ich sie nicht finden kann, hilft mir das Wissen, dass sie noch lebt, überhaupt nichts. Dieses Foto kann überall aufgenommen worden sein, und Fletcher war nicht freundlich genug, einen Ortsnamen hinten draufzuschreiben.« Meine Kehle zog sich zusammen, und die nächsten Worte musste ich förmlich über meine Lippen zwingen. »Ich weiß … ich weiß nicht mal, ob ich sie finden will.«

»Warum nicht?«, fragte Finn. »Sie ist deine Schwester.«

»Sie *war* meine Schwester«, antwortete ich rau. »Ich habe

keine Ahnung, wie sie jetzt ist. Falls sie sich überhaupt an mich erinnert. Falls sie mich überhaupt sehen will. Zur Hölle, sie hält mich wahrscheinlich auch für tot, genau wie ich es bei ihr getan habe. Und dann ist da noch die unbedeutende Tatsache, was ich mit meinem Leben angefangen habe. Nenn mich verrückt, aber ich bezweifle, dass irgendwer eine Auftragsmörderin als große Schwester haben will.«

Finn schwieg einen Moment. Dann hob er den Kopf und starrte mich aus seinen großen grünen Augen an – Augen, die Fletchers so sehr ähnelten, dass es mir fast das Herz brach. »Du magst ja nicht seine leibliche Tochter gewesen sein, aber für Dad warst du genauso sein Fleisch und Blut wie ich. Du hast es selbst gesagt: Er liebte es, die Geheimnisse anderer Menschen aufzudecken. Wahrscheinlich hat er am Anfang nur in deiner Vergangenheit gegraben, um herauszufinden, wer du warst und ob er dir vertrauen konnte.«

»Und dann?«

Finn zuckte mit den Achseln. »Und dann wurdest du zu seiner Tochter, seinem Schützling, und er liebte dich. Vielleicht wollte Dad den Feuerelementar für dich finden. Vielleicht wollte er alles wiedergutmachen, was man dir und deiner Familie angetan hatte.«

Genau diese Möglichkeiten hatte ich auch schon erwogen. Denn genau so war Fletcher gewesen. Sein Motto war immer: Leben und leben lassen. Schließlich konnte ein Auftragsmörder kaum den moralisch Überlegenen spielen, der andere mit Vorwürfen überschüttete und sie maßregelte. Aber wenn man sich mit jemandem anlegte, der Fletcher wichtig war, dann konnte man sich genauso gut das eigene Herz mit einem rostigen Löffel aus der Brust pulen – bevor er es tat. Der alte Mann hatte das an mich weitergegeben: Loyalität, Liebe, wie auch immer man es nennen wollte … Das war das Einzige, was so wichtig war wie das Überleben selbst, und das Einzige, für das es sich lohnte zu sterben. Deswegen hatte ich auch Alexis James zur Strecke gebracht, das Elementarmiststück, das Fletcher getötet und Finn hatte foltern lassen, obwohl ich bei dem Versuch fast selbst draufgegangen wäre.

Ich rieb mir die Stirn. Das Steinsilber in meiner Handfläche fühlte sich so kalt und hart wie mein Herz an. »Ich weiß nicht, was Fletcher von mir wollte. Und ich werde es auch nie erfahren.«

»Du kriegst es schon noch raus«, sagte Finn. »Und ich werde dir dabei helfen.«

Er sprach wie ein wahrer Bruder, ob nun blutsverwandt oder nicht. Ich lächelte ihn an. »Ich weiß, dass du ...«

Klick-klick. Klick-klick.

Finns Laptop gab plötzlich ein Geräusch von sich, als wäre die Festplatte hängen geblieben. Ich zog die Augenbrauen hoch. Finn lehnte sich vor und drückte auf einen Knopf. Auf dem Bildschirm erschienen Reihen von Zahlen, zusammen mit etwas, was aussah wie das Foto auf einem Führerschein. Krause blonde Haare. Dunkle Augen. Braune Haut. Schwarze Brille.

»Da ist sie«, sagte Finn. »Violet Elizabeth Fox. Kreditkartenabrechnungen, Konten, Zeugniskopien. Jetzt kannst du alles über sie in Erfahrung bringen.«

Ich setzte mich zu ihm aufs Sofa und studierte die Informationen auf dem Bildschirm. Violet Elizabeth Fox, neunzehn Jahre alt, Eltern verstorben. Eine Einser-Schülerin mit vollem Stipendium, die am Ashland Community College einen Abschluss in Wirtschaft machte. Ausgaben von ein paar Hundert Dollar auf ihrer Kreditkarte, ein paar Tausender lagen auf einem Sparkonto. Alle zwei Wochen wurde ihrem Konto eine kleine Summe von irgendeinem Laden namens Country Daze gutgeschrieben. Wahrscheinlich irgendein Nebenjob. Nichts Ungewöhnliches und keine Hinweise darauf, warum sie ins

Pork Pit gekommen war, um nach dem Zinnsoldaten zu suchen.

»Violet Fox pendelt zum College«, sagte ich.

»Woher weißt du das?«, fragte Finn.

Ich tippte mit dem Finger auf den Bildschirm. »Weil sie eine Parkerlaubnis für das College hat. Und schau dir ihre Privatadresse an.«

»Ridgeline Hollow Road?«, fragte Finn. »Das ist oben in den Bergen.«

»Im Kohlerevier.«

Schon seit Jahrzehnten wurde in den Appalachen Kohle gewonnen. Dicke Flöze zogen sich durch die Berge im Norden von Ashland. Der Kohlebergbau war gefährliche dreckige, harte Arbeit, nichts für Klaustrophobiker oder Feiglinge. Aber er brachte genug ein, um Generationen von Männern und Frauen dazu zu bringen, Leib und Leben dafür zu riskieren, den fossilen Brennstoff aus der Erde zu holen. In manchen Familien war Kohlekumpel der einzige Beruf, den ihre Mitglieder je ausgeübt hatten. Für andere waren die Minen die letzten Ruhestätten ihrer Väter, Mütter, Brüder, Schwestern. Dunkle, stille Gruften, in die nie wieder ein Strahl Licht fallen würde.

Klick-klick. Klick-klick.

Der Computer klapperte wieder, und ein neues Fenster sprang auf und verdeckte die Infos, die wir bis jetzt angestarrt hatten.

»Was ist das?«, fragte ich.

Finn grinste. »Ich überwache Violet Fox' Kreditkarte, und sie hat sie gerade eingesetzt, um etwas im Buchladen auf dem Campus zu kaufen.«

»Was hat sie gekauft?«

Finn starrte auf den Monitor. »Zwei Eistee, zwei Schokoriegel und eine Ausgabe von *Der Heros in tausend Gestalten* von Joseph Campbell.«

»Zwei Getränke? Klingt, als würde sie sich mit jemandem treffen.« Ich stand vom Sofa auf. »Lass uns gehen.«

»Zum College?«, fragte Finn. »Was, wenn sie geht, bevor wir ankommen?«

Ich deutete auf die Uhr an der Wand. »Es ist noch nicht mal halb fünf. Der Buchladen liegt mitten auf dem Campus, und das Gebäude schließt nicht vor sechs. Violet wird wahrscheinlich bis dahin sitzen bleiben.«

»Wenn es ums College geht, bist du der Experte«, sagte Finn. »Nachdem du so viel von deiner Freizeit damit verbringst, Bücher von toten weißen Kerlen zu lesen und mit den Studenten in deinen Kursen ins Bett zu hüpfen.«

»Genau«, sagte ich. »Eifersucht steht dir übrigens nicht. Und jetzt heb deinen faulen Hintern vom Sofa. Es ist Zeit, dass du mir zeigst, wie schnell dein Aston Martin fahren kann.«

»Das ist sinnlos«, sagte Finn. »Sie kommt heute Abend nicht noch mal her.«

Wir hatten das College kurz nach fünf Uhr erreicht. Dann waren wir auf der Suche nach Violet durch die Gebäude gelaufen. Ich kannte die umliegenden Gebäude gut, genau wie den Rest des Campus, weil ich schon seit Jahren Kurse im Ashland Community College besuchte. Kuchendekoration, Yoga, Kohlezeichnen, Aquarellmalen. All diese Lehrgänge und noch mehr hatte ich belegt als Teil meiner Tarnidentität der ewigen Studentin und Aushilfsköchin im Pork Pit.

Dieses Semester hatte ich mich für einen Kurs in klassischer Literatur eingetragen, deswegen las ich auch gerade die *Odyssee*. Ich lernte gerne Neues und sah eigentlich keinen Grund, mit dem College aufzuhören, nur weil ich jetzt keine Leute mehr umbrachte. Außerdem wusste man ja nie, wann man neue Fähigkeiten nicht doch mal gebrauchen konnte. Besonders, wenn man meine Vergangenheit bedachte.

Außerdem dachte ich darüber nach, im nächsten Semester noch ein paar weitere Kurse zu belegen. Um ehrlich zu sein, stellte sich mein Ruhestand inzwischen als, nun, ziemlich langweilig heraus. Tagsüber arbeitete ich natürlich im Pork Pit, genau wie immer. Aber nachts wusste ich nicht so recht, was ich mit mir anfangen sollte, seitdem ich keine Akten mehr studierte, Zielpersonen beschattete und darüber nachdachte, wie ich jemanden am besten umbringen konnte. Ich konnte abends nur für eine gewisse Zeit den Kochkanal gucken, ohne durchzudrehen, und meistens endete es damit, dass ich mit leerem Blick den Fernseher anstarrte und mich fragte, ob halb zehn Uhr abends wohl zu früh war, um ins Bett zu gehen. Aber um es positiv zu sehen: Ich war inzwischen immer sehr ausgeruht.

Finn und ich hatten Violet auf unserer Suche auf dem Campus nicht gefunden, und auch im Studentenzentrum hatten wir kein Glück gehabt. Dort gab es viele kleine Räume, in die sich die jungen Leute zum Lernen zurückziehen konnten. Vielleicht hatten Violet und ihre eventuelle Begleitung auch beschlossen, in der Bibliothek, einem Computerlabor oder sogar dem Wohnheimzimmer von jemandem zu lernen. Es gab viele Möglichkeiten und keine Chance, einige davon auszuschließen. Also saßen wir jetzt an dem einen Ort, an den Violet früher oder später zurückkehren musste – dem Parkplatz.

»Vertrau mir«, sagte ich. »Sie wird herkommen und ihr Auto holen. Niemand, der noch ganz bei Trost ist, würde seinen Wagen über Nacht hier stehen lassen.«

»Kann ich mir vorstellen«, murmelte Finn und rutschte auf seinem Sitz herum.

Ich starrte aus dem Fenster. Das Ashland Community College lag in der Innenstadt, ein kleiner Kreis des geballten Wissens zwischen den Bürogebäuden aus Glas und Chrom, die in dieser Stadt als Wolkenkratzer durchgingen. Obwohl sich das

College über ein paar Blocks hinzog, waren die verschiedenen Gebäude mehr oder minder miteinander verbunden, mit verschiedenen grasbewachsenen Plätzen dazwischen. Alles in bester Lage in der Innenstadt, und die Grundstücke um das College herum waren schon vor langer Zeit bebaut worden. Das bedeutete, dass es nirgendwo um den Campus Parkgelegenheiten für Studenten gab. Stattdessen mussten diejenigen, die jeden Tag mit dem Auto zum College kamen, ihre Wagen auf verschiedenen Parkplätzen und in Parkgaragen am Rand der Innenstadt abstellen, um dann den restlichen Weg zu Fuß oder mit dem Rad zurückzulegen.

Der Parkplatz, auf dem wir uns befanden, lag am weitesten von den grünen Plätzen des Campus entfernt, direkt an der Grenze nach Southtown. Eine einzelne Lampe flackerte über unseren Köpfen und warf ein silbriges Licht auf die Autos. Eine vielleicht ein Meter hohe Betonabsperrung zog sich um einen Großteil des Parkplatzes, und mehrere Schilder warnten die Fahrer vor verschiedenen Schlaglöchern im aufgeplatzten Asphalt. Gesprayte Gangsymbol-Runen, unter anderem geballte Fäuste und grob gezeichnete Pistolen und Messer, zogen sich über den niedrigen Wall. Überall lagen Fast-Food-Tüten, Zigarettenkippen und benutzte Kondome.

Laut der Informationen, die Finn gesammelt hatte, fuhr Violet Fox einen alten Honda Accord. Die nichtssagende Limousine stand in der Mitte des Parkplatzes, auf einer Seite flankiert von einem riesigen Monstertruck in dreckigem Armeegrün, neben dem der Honda winzig wirkte. Mitten auf dem Heckfenster des Trucks prangte die Flagge der Konföderierten, darunter stand ein Gewehrständer. Wir hatten mehrere Reihen entfernt geparkt, neben einem VW-Käfer mit einer roten Motorhaube, die nicht zum Rest des weißen Autos passte.

»Hat sie ihre Kreditkarte noch mal eingesetzt?«

Finn griff auf den Rücksitz und drückte eine Taste an seinem Laptop. »Nicht, seitdem du vor fünf Minuten das letzte Mal gefragt hast. Wie lange wollen wir noch warten? Es ist fast halb sieben.«

»Alle Campusgebäude außer der Bibliothek schließen um sechs«, sagte ich. »Wenn sie nicht in der Bibliothek sitzt, um sich Wissen ins Hirn zu stopfen, müsste Violet gerade auf dem Weg hierher sein. Wir geben ihr noch ein paar Minuten. Vom Campus bis hierher sind es fast zwei Kilometer. Vom Studentenzentrum braucht man zwanzig Minuten, und das nur, wenn man schnell geht.«

Finn seufzte und rutschte tiefer in seinen Sitz. Ich kurbelte das Fenster nach unten. Es nieselte immer noch, und die Feuchtigkeit des Regens ließ die Nacht kälter und düsterer wirken, als sie eigentlich war. Selbst im bequemen Innenraum des Aston Martins konnte ich die Schwingungen des Betonwalls und des aufgeplatzten Asphaltes hören. Das scharfe, besorgte Murmeln sprach von Gewalt, Blut und Angst. Das hier war ein Ort, an dem Leute mit beunruhigender Regelmäßigkeit – selbst für eine Stadt wie Ashland – zusammengeschlagen, ausgeraubt und überfallen wurden.

Eine Gestalt drückte sich durch eine Lücke in der kleinen Mauer. Ein kleine kurvenreiche Gestalt mit einem Wischmopp blonder Haare, die durch die Feuchtigkeit des Regens in wilder Krause um ihren Kopf standen. Violet Fox. Sie trug eine dicke Daunenjacke, die allerdings nicht lang genug war, um sie anständig vor dem Regen zu schützen. Ihre Tasche hing quer über ihre Brust. Sie trat unter die flackernde Straßenlaterne, und in ihrer Hand glänzte ein kleiner Metallbehälter. Pfefferspray, wenn ich nicht ganz falschlag. Eine kluge, vernünftige Vorsichtsmaßnahme. Violet war offensichtlich ein Mädchen, das es gewohnt war, nachts hierherzukommen.

Aber sie war nicht allein. Bei ihr war eine junge Frau. Blauschwarze Haare, helle Augen, schlanke Figur, Designerjeans. Sie kannte ich ebenfalls. »Das ist Eva Grayson«, sagte ich.

Finns grüne Augen saugten sich förmlich an dem jugendlichen Körper fest. Dann lächelte er und richtete sich in seinem Sitz auf. »Wirklich? Owen Grayson hat mir nie verraten, wie toll seine Schwester aussieht.«

»Dann kennt er dich gut genug«, antwortete ich.

Während ich die zwei jungen Frauen beobachtete, sah ich, dass ihnen ein Mann meines Alters auf den Parkplatz folgte. Sein Kopf drehte sich von rechts nach links, und er blieb so dicht wie ein Schatten hinter Eva. Seine dicke Daunenjacke war nach oben gerutscht und gab den Blick auf die Glock in seinem hinteren Hosenbund frei. Sah aus, als hätte Owen Grayson seiner Schwester doch einen Bodyguard besorgt.

Violet und Eva hielten in der Mitte des Parkplatzes an und wechselten ein paar Worte. Dann winkte Violet und ging auf ihren alten Honda zu. Eva winkte ebenfalls. Der Mann griff nach ihrem Ellbogen, um sie vom Parkplatz zu führen, aber Eva warf ihm einen bösen Blick zu und schüttelte seine Hand ab. Beide drehten sich um, gingen wieder durch die Lücke in der Mauer und verschwanden aus meinem Blickfeld.

Da das Innenlicht im Aston Martin bereits ausgeschaltet war, öffnete ich die Tür des Wagens und schwang meine Beine nach draußen.

»So, jetzt ist sie allein.« Finn griff ebenfalls nach dem Türgriff, aber ich packte ihn am Arm.

»Warte«, sagte ich leise. »Lass uns erst mal nachsehen, wer sonst noch hier ist.«

»Du glaubst, der Schütze treibt sich hier rum?«, fragte er. »Den hätten wir inzwischen gesehen.«

Ich zuckte mit den Achseln. »Vielleicht. Hängt davon ab, wie gut er ist. Er hätte sich auf der anderen Seite des Parkplatzes anschleichen können. Ich will nur sagen, im Pork Pit hat er sie verfehlt, und auf dem Campus konnte er sie heute wahrscheinlich nicht erwischen. Zu viele Zeugen, zu viele Sicherheitsleute. Das ist seine letzte Chance, bevor sie für die Nacht nach Hause fährt.«

»Und du glaubst, er wird diese Chance ergreifen«, meinte Finn.

»Ich würde es tun.«

Also beobachteten wir weiter. Violet war keine Närrin. Sie näherte sich ihrem Auto vorsichtig, sah nach rechts und links, vor sich und hinter sich. Außerdem blieb sie in der Mitte der Fahrspur und ging nicht zwischen geparkten Autos hindurch. So konnte sie sicherstellen, dass sich niemand an sie heranschlich oder unter einem der Autos darauf wartete, ihr die Füße wegzuziehen. Kluges Mädchen.

Aber leider nicht klug genug. Violet griff in ihre Tasche, und ihre Schritte verlangsamten sich, als sie nach ihren Schlüsseln suchte. Anscheinend fand sie sie nicht sofort, denn sie hielt an, senkte den Kopf und spähte in ihre Tasche.

In diesem Moment sah ich, wie ein Schatten von der Ladefläche des Monstertrucks sprang und auf sie zuraste.

»Da ist er«, rief Finn und griff nach seiner Tür. »Er war die ganze Zeit auf dem Truck.«

Ich antwortete nicht. Ich hatte das Auto bereits verlassen und rannte auf das Mädchen zu.

8

Schon als ich losrannte, sah ich, wie sich der Schatten näher an Violet heranschlich und schließlich die Gestalt eines kleinen untersetzten Mannes annahm. Ein Zwerg. Ich war vielleicht noch sechzig Meter entfernt. Ich würde es nicht rechtzeitig schaffen. Ich würde zu spät kommen.

Wieder einmal.

Ich öffnete den Mund, um Violet eine Warnung zuzurufen, als etwas über den Asphalt schlitterte. Der Zwerg musste gegen eine leere Dose getreten sein. Das Mädchen erstarrte bei dem Geräusch, die Hände immer noch in ihrer Tasche. Dann rannte sie los. Sah nicht zurück, versuchte nicht, die Quelle des Geräusches ausfindig zu machen. Sie raste einfach davon.

Sie kam vielleicht zwanzig Schritte weit, bevor der Mann sie an ihren krausen blonden Haaren packte. Violet schrie vor Schmerzen auf, drehte sich um und schlug nach ihm, die Hände zu Klauen geformt. Er ließ es zu. Diese Art von Schlägen störte einen Zwerg nicht im Geringsten. Magie und Waffen waren das Einzige, was ihre Aufmerksamkeit erregen konnte. Violet zögerte kurz, um für einen Schrei Luft in die Lunge zu saugen. Und in diesem Moment schlug der Mann sie ins Gesicht – hart. Ich konnte das Knirschen der Knochen dreißig Meter entfernt hören.

Violet stöhnte, und der Mann schlug sie wieder. Ihr Kopf

wurde zur Seite gerissen, und sie fiel keuchend auf die Knie. Der Zwerg trat sie in den Magen. Der Schwung der Bewegung riss Violet vom Boden und schleuderte sie drei Meter weit nach hinten. Sie knallte auf die Motorhaube eines rostigen Pick-ups und glitt von dort zu Boden, ohne sich zu bewegen.

Der Zwerg ließ die Knöchel seiner Hände knacken und näherte sich ihr wieder. Er hob das Mädchen hoch und legte es auf die Motorhaube des Pick-ups. Die Bewegung riss Violet aus ihrer Betäubung. Sie stöhnte und sah ihren Angreifer an. Der Zwerg schob sich eine Hand in den vorderen Hosenbund. Diesmal würde er keine Schusswaffe verwenden. Er wollte Violet zu Tode prügeln – nachdem er sie vergewaltigt hatte.

Ich war nur noch fünfzehn Meter entfernt und näherte mich schnell. Ich versuchte nicht, ruhig zu sein – nicht mehr –, denn der Zwerg war ohnehin zu sehr darauf konzentriert, seinen Hosenstall zu öffnen, um das Geräusch meiner Turnschuhe auf dem nassen Zement zu hören.

Doch das tiefe brummende Röhren eines Autos, dessen Motor irgendwo hinter mir zum Leben erwachte, sorgte dafür, dass er sich umdrehte. Er entdeckte mich, schloss seinen Reißverschluss wieder, trat zurück. Und wartete. Wartete einfach ab. Violet lag auf der Motorhaube, ihre Hände unter dem Körper. Sie versuchte, die Kraft zu finden, um sich auf die Beine zu schieben und wegzulaufen. Blut bedeckte den Großteil ihres Gesichts, und der untere Teil ihrer Nase war nicht länger in gerader Linie mit dem oberen Teil verbunden. Ihre Brille saß schief auf ihrem zerschlagenen Gesicht.

Ich verlangsamte meine Schritte, als ich erkannte, dass der Zwerg sich jetzt auf mich konzentrierte. Als ich noch ungefähr drei Meter entfernt war, blieb ich stehen, ließ das Messer in meinem linken Ärmel in meine Hand rutschen und musterte den Mann vor mir.

Als Zwerg war er nicht ganz einen Meter fünfzig groß, aber seine Schultern waren breiter als ein Lehnsessel. Sein Bizeps sah aus, als wäre er aus Stahl geschmiedet und an ihm festgeschweißt worden. Er trug Jeans und ein schwarzes T-Shirt, und auf seinem linken Oberarm prangte eine große Tätowierung – eine angezündete Dynamitstange. Eine Rune. Eine, die ich schon mal irgendwo gesehen hatte, auch wenn ich sie im Moment nicht einordnen konnte. Spielte auch keine große Rolle. Wenn er tot war, konnte ich sie mir genauer ansehen.

»Das ist nicht dein Kampf, Lady«, fauchte er. »Das ist zwischen dem Mädchen und mir. Hau ab, bevor ich es auch mit dir treibe.«

»Oh, aber es ist mein Kampf«, antwortete ich kalt. Ich verschob das Messer in die korrekte Position in meiner linken Hand.

»Wieso das?«

»Weil du heute auf mein Restaurant geballert hast.«

Er kniff die blauen Augen zusammen. »Und? Was willst du dagegen tun?«

»Für den Anfang mal das.«

Ich warf die Klinge in seine Richtung. Der Zwerg zuckte nicht einmal zusammen, als das Messer ihn traf und in seinen rechten Brustmuskel eindrang. Verdammt. Ich hatte sein Herz um gute fünf Zentimeter verfehlt. Eher zehn. Ich war noch nicht allzu lange im Ruhestand, aber ich hatte auch nicht gerade jeden Tag trainiert. Sah aus, als wäre ich schon ein wenig eingerostet. Wer rastet, der rostet, Gin. Da ich nicht noch schlechter werden wollte (auch weil ich genau wusste, dass ich es mir nicht leisten konnte), schrieb ich mir im Geiste ein Memo, mein Training wieder aufzunehmen, wenn das hier vorbei war.

Der Zwerg starrte auf die Klinge in seiner Brust. Dann lächelte er, zog die Waffe heraus und ließ sie auf den Boden fallen. Er bewegte die Schultern und ließ ein weiteres Mal die Knöchel an seiner Hand knacken. Die Geräusche hallten wie Schüsse von den Barrieren um uns herum wider. »Ich werde es genießen, dich dafür zahlen zu lassen, Nutte.«

»Ja, ja«, sagte ich und griff nach dem Messer in meinem rechten Ärmel. »Lass uns tanzen.«

Der Zwerg stürzte sich auf mich. Ich wartete bis zum letzten Moment, dann trat ich zur Seite. Mein linker Fuß schoss vor und brachte ihn zum Stolpern. Aber damit hatte er gerechnet. Er rollte sich zu einem Ball zusammen, kullerte über den Boden und kam sofort wieder auf die Beine. Der Bastard war schnell. Und beweglich.

»Nett.«

Er lächelte. »Ich mache Yoga.«

Ich erwiderte das Lächeln. »Ich auch.«

Wieder stürzte er sich auf mich. Und dann kamen wir endlich zur Sache. Mein Widersacher schlug mit einer seiner harten Fäuste nach mir. Ich duckte mich unter seinen Schlägen hinweg, nicht aus Feigheit, sondern weil es nötig war. Auf keinen Fall würde ich zulassen, dass dieser Schmiedehammer mit meinem Gesicht kollidierte. Ich hatte mir schon oft genug Nase und verschiedene andere Körperteile gebrochen. Ich verspürte keinerlei Bedürfnis, diesen Schmerz heute Abend aufleben zu lassen.

Der Zwerg holte wieder aus, verlor aber auf einem Stück lockeren Asphalts den Halt und riss den Arm zu weit zurück. Ich unterlief seine Deckung und rammte ihm mein Steinsilber-Messer in die Brust. Der kupferne Geruch von Blut stieg in die Nachtluft auf und überdeckte für einen kurzen Moment den Duft von Regen. Aber er wich zurück, bevor ich ihm die Waffe tief ins Herz pressen konnte. Die Klinge rutschte über seine Rippen und verhakte sich. Ich grunzte und lehnte mich nach vorne, um das Messer tiefer in ihn hineinzuschieben, aber es war, als würde ich versuchen, gefrorenes Fleisch mit einer Gabel zu schneiden. Seine Brustmuskulatur war einfach zu massiv, als dass ich es hätte schaffen können, ihn schnell zu erledigen.

Er schlug mit einer Faust nach meiner Hand am Griff. Ich ließ die Waffe los. Ein solch schneller Schlag konnte mir in null Komma nichts das Handgelenk zerschmettern. Wieder schlug er nach mir. Ich duckte mich und zog das dritte Messer, das in meinem hinteren Hosenbund steckte.

»Messer? Mehr hast du nicht, Lady?«, höhnte er. »Du kannst die ganze Nacht an mir rumschnippeln, und ich stehe einfach hier und stecke es weg. Ich dagegen brauche nur einen Schlag, und dann gehörst du mir, Nutte.«

Er hatte recht. Wir hatten kaum angefangen, und schon jetzt raste mein Herz. Meine Lunge brannte noch nicht, aber es war nur eine Frage der Zeit. Ich besaß einfach nicht seine Ausdauer. Würde sie auch nie besitzen. Er schwitzte nicht einmal, und die Wunden, die ich ihm bis jetzt zugefügt hatte, waren für ihn nicht mehr als Papierschnitte. Ich musste einen Weg finden, das zu beenden. Jetzt.

Aus dem Augenwinkel sah ich, wie ein großer dunkler Schatten über den Parkplatz kroch. Dann hielt der Umriss an. Und wartete.

Ich schlug mit meinem Messer nach dem Zwerg, um ihn auf eine Limousine zuzutreiben.

Er lachte, wich zurück und winkte mich mit dem Finger heran. »Komm schon, Miststück«, sagte er. »Ich werde gerade erst warm.«

Ich lächelte: »Ich auch.« Dann stemmte ich meine Hände auf die Motorhaube und stieß mich ab. Er hatte nicht damit gerechnet, dass ich die Taktik ändern würde, und zögerte für eine Sekunde. Mehr brauchte ich nicht. Meine Füße trafen den Zwerg so fest gegen die Brust, dass er nach hinten stolperte. Sein Schuh verfing sich in einem Loch im Boden, und er fiel auf den Hintern.

In diesem Moment überfuhr Finn ihn mit dem Truck.

Während ich gegen den Zwerg gekämpft hatte, hatte mein Bruder sich nützlich gemacht. Er hatte die Tür des Monstertrucks neben Violets Auto aufgebrochen, war eingestiegen und hatte den Wagen kurzgeschlossen. Dann hatte er das Ungetüm in Position gebracht und darauf gewartet, dass ich ihn bemerkte.

Der Zwerg wurde unter den riesigen Rädern des Trucks begraben. Aber Finn war noch nicht fertig. Er legte den Rückwärtsgang ein und fuhr noch einmal über den kleinwüchsigen Körper. Insgesamt überrollte er den Mann noch dreimal, bevor ich die Hand hob, um ihn zu stoppen. Finn ließ den Wagen nach vorne rollen. Er blieb im Fahrerhaus, um zu warten, ob ich ihn noch einmal brauchte. Ich sammelte meine Messer ein und ging über den Asphalt zu dem Zwerg.

Die Räder hatten den untersetzten starken Körper des Mannes geplättet, sodass er an einen blutigen Pfannkuchen erinnerte. Dreckige Reifenspuren zogen sich über seine Brust, seine Arme und Beine lagen zerschmettert und nutzlos auf dem Boden. Aber Finn hatte seinen Kopf nicht getroffen, und der Zwerg lebte noch. Seine blauen Augen brannten vor Schmerz und Hass, als er beobachtete, wie ich näher kam.

»Willst du mir erzählen, für wen du arbeitest, bevor ich dich umbringe?«

Er spuckte Blut auf meine Jeans.

»Ich deute das als Nein.«

Ich lehnte mich vor und schnitt ihm die Kehle durch. Seine Augen traten aus den Höhlen, und er gurgelte einmal, zweimal, dreimal, bevor sein Kopf zur Seite rollte und das Licht in seinen Augen erlosch. Ich ließ ihm eine Minute Zeit, um auszubluten, dann drückte ich meine Finger gegen seinen aufgeschlitzten Hals, um auf Nummer sicher zu gehen. Kein Puls.

Er war so tot, wie er nur sein konnte. Ich wischte mir die blutige Hand am Hosenbein ab und winkte Finn zu.

Der machte den Motor aus, stieg aus dem Truck und kam zu mir. Seine grünen Augen glitten über die Leiche des Zwerges. »Du musstest ihm trotzdem noch die Kehle durchschneiden? Ziemlich zähes Kerlchen, hm?«

»Er ist ein Zwerg«, antwortete ich. »So sind sie nun mal. Und jetzt gib mir dein Handy.«

Finn grub in seiner Hosentasche herum und gab mir ein schmales silbernes Mobiltelefon. Ich benutzte es, um ein Foto von dem zerstörten Gesicht des Zwerges zu machen, dann von der Tätowierung an seinem Oberarm, diejenige, die an eine Dynamitstange erinnerte. Sie war von den Truckrädern überfahren worden, aber trotzdem war noch genug Haut übrig, um eine Vorstellung von der ungefähren Form der Rune zu bekommen. Ich gab Finn das Telefon zurück, dann durchsuchte ich die vorderen Hosentaschen des Zwergs. Kein Geldbeutel, kein Geld, kein Ausweis. Wahrscheinlich in den hinteren Hosentaschen, aber ich hatte nicht vor, ihn vom Zement zu schälen, um danach zu suchen. Das war mehr Dreck, als ich heute Abend ertragen wollte.

»Hol das Auto«, sagte ich zu Finn. »Wir müssen das Mädchen zu Jo-Jo bringen.«

Er nickte und trottete davon, um seinen Aston Martin zu holen. Ich ging zu Violet.

Irgendwann während meines Kampfes mit dem Zwerg war sie von der Motorhaube des Pick-ups gerutscht. Sie saß an den Reifen gelehnt da, und ihre Finger steckten in ihrer Tasche, als hätte sie versucht, ihr Handy herauszuziehen und die Cops zu rufen. Ich ging in die Hocke, sodass unsere Augen auf derselben Höhe waren.

»Du bist jetzt in Sicherheit«, sagte ich sanft. »Er wird dir nicht mehr wehtun.«

Violets Gesicht sah schrecklich aus. Ihre Nase war quer durch ihr Gesicht geschoben worden, während ihr Unterkiefer in die andere Richtung stand. Ihre Haut sah aus wie Putz, den man ungeschickt über etwas Gesichtsähnliches gespachtelt hatte. Blut bedeckte wie eine Maske die untere Hälfte ihrer demolierten Gesichtszüge, und dicke Tropfen davon rannen an ihrem Hals hinunter auf ihren Jackenkragen. Ihre Brille war in der Mitte zerbrochen, und die Reste baumelten wie blutige Ohrringe an ihren Wangen.

Schmerz stand in ihren braunen Augen, und für einen Moment glaubte ich, sie hätte mich nicht gehört. Aber dann drehte Violet den Kopf und starrte mich an. Sie kniff die Augen zusammen, und in ihrem betäubten Blick flackerte Erkennen. »Sie …«, murmelte sie.

»Versuch nicht zu reden, Süße«, sagte ich. »Wir werden dich zusammenflicken, und dann kannst du uns erzählen, warum jemand dich tot sehen will und woher du vom Zinnsoldaten weißt. Okay?«

Doch Violet antwortete nicht. Sie war bereits in Ohnmacht gefallen.

Finn fuhr das Auto heran, und wir hievten das Mädchen auf den Rücksitz. Ich nahm ihr die zerbrochene Brille ab und gab sie Finn zur Aufbewahrung. Dann schnitt ich mit einem meiner Messer einen Streifen Stoff vom Saum meines Shirts. Ich wickelte die Baumwolle um das Gesicht des Mädchens, um das Blut aufzufangen, das aus ihrer gebrochenen Nase tropfte. Sie bewegte sich nicht.

»Sie wird den gesamten Rücksitz versauen«, murmelte Finn. »Weißt du, wie viel ich für diesen Wagen bezahlt habe?«

»Zu viel«, antwortete ich. »Und mach dir keine Sorgen um deine teuren Ledersitze. Ich bin mir sicher, Sophia kann das Blut entfernen.«

»Wirst du sie anrufen, um die Leiche des Zwerges verschwinden zu lassen?«, fragte Finn.

»Natürlich. Wir wollen die Studenten doch nicht erschrecken, indem wir den Pfannkuchen hier liegen lassen.«

Ich griff wieder nach Finns Handy und drückte die Kurzwahltaste 7. Nach dem dritten Klingeln hob sie ab.

»Hmpf?« Sophia Deveraux gab ihr übliches grüßendes Grunzen von sich. Die Zwergin belastete ihre Stimmbänder nicht gerne mit Nebensächlichkeiten wie Unterhaltungen.

»Hier ist Gin. Auf einem der Parkplätze in der Nähe des Ashland Community College gibt es etwas, was dich interessieren könnte.«

»Hmm.« Das war ihr interessiertes Grunzen.

Ich wartete einen Moment darauf, ob sie noch was sagen würde.

»Anzahl?«, fragte Sophia, womit sie sich nach der Menge der Leichen erkundigte, die sie für mich verschwinden lassen sollte.

Die Stimme der Grufti-Zwergin klang, als hätte sie die letzten fünfzig Jahre damit verbracht, Kette zu rauchen und sich einen Selbstgebrannten nach dem nächsten hinter die Binde zu kippen. Ich wusste nicht, warum Sophias Stimme so klang – besonders, nachdem ich niemals gesehen hatte, dass sie rauchte oder etwas Stärkeres trank als Eistee. Ein weiteres Geheimnis, von dem ich mir gar nicht so sicher war, ob ich es lüften wollte. Denn ich hatte das Gefühl, dass in Sophias Vergangenheit etwas wirklich Dunkles lauerte. Irgendeine Art von schrecklichem Unfall, Trauma oder sogar Folter. Das war so ungefähr das Einzige, wovon ich mir vorstellen konnte, dass es ihre Stimmbänder so hätte ruinieren können.

Außerdem fragte ich mich, warum Jo-Jo ihre Schwester nie geheilt hatte. Vielleicht hatte sie es gewollt, aber Sophia hatte sie nicht gelassen. Vielleicht war es auch schon zu spät gewesen, als Jo-Jo sie erreicht hatte. Was auch immer es war – was auch immer der Grufti-Zwergin *passiert* war –, ich wusste, dass es nicht gut gewesen sein konnte.

»Nur einer, aber es könnte sein, dass du ein paar Probleme damit hast, ihn vom Boden zu kratzen«, antwortete ich. »Ein wirklich riesiger Truck hat eine gewisse Rolle gespielt. Glaubst du, du kommst damit klar?«

»Hmpf.« Diesmal war Sophias Grunzen kehliger. Ich hatte sie beleidigt.

»Also, wir vertrauen dir«, meinte ich locker. »Bist du bei Jo-Jo?«

»Hmm-mmm.« Das hieß Ja.

»Sag ihr, sie soll sich bereit machen. Finn und ich bringen jemanden vorbei, der ihre Hilfe braucht. Dringend. Wir sind in ein paar Minuten da.«

Sophia legte ohne ein weiteres Wort auf. Ich folgte ihrem Beispiel.

Finn fuhr vom Parkplatz. Er achtete sorgfältig darauf, die geplättete Leiche des Zwerges zu umfahren.

»Du hättest auch einfach drüberfahren können«, sagte ich. »Er ist schon tot, und es ist ja nicht so, als hättest du es nicht schon mal getan.«

»Schon, aber ich will nicht, dass die nächsten zwei Wochen lang Zwergenteile an meinen Reifen kleben.« Finn rümpfte die Nase. »Das hier ist ein Aston Martin, Gin. Man überfährt in einem Aston Martin keine Leichen.«

»Erzähl das mal James Bond.«

Er warf mir einen bösen Blick zu, bevor er auf die Straße einbog.

Es kostete Finn ungefähr zwanzig Minuten, um zu Jo-Jos Haus zu fahren. Jolene »Jo-Jo« Deveraux war Sophias große Schwester – eine zweihundertsiebenundvierzig Jahre alte Zwergin und ein Luftelementar mit Macht, Reichtum, Status und sozialen Verbindungen. Deswegen hatte sich Jo-Jo auch in einem schicken Vorort namens Tara Heights angesiedelt. Schon nach ein paar Kilometern ließen wir den Dreck der Innenstadt hinter uns und durchfuhren eine elegante Gegend mit sorgfältig gepflegten Bäumen und weitläufigen Häusern, die von gepflasterten Gehwegen und Gärten gesäumt wurden, welche groß genug waren, um darin Football zu spielen.

Schließlich lenkte Finn das Auto in eine Straße namens Magnolia Lane, und ein paar Minuten später kam Jo-Jos Haus in Sicht, ein dreistöckiges Haus im Südstaatenstil, das direkt *Fackeln im Sturm* entsprungen zu sein schien. Das weitläufige weiße Gebäude stand auf der Spitze eines kleinen Hügels und wartete mit hohen runden Säulen auf, die den Rest des Gebäudes stützten wie ein hochlehniger Stuhl eine alte Lady.

Finn parkte und half mir dabei, die immer noch bewusstlose Violet vom Rücksitz zu ziehen und die drei Treppen nach oben auf die Veranda zu tragen, die sich um das geräumige Haus zog. Dicke Ranken von Efeu und Kopou kletterten dort an einem Rankgitter nach oben, zusammen mit den dornenbewehrten Trieben mehrerer blattloser Rosenbüsche. Auf der Veranda hing nicht mehr als eine einzelne Blüte. Draußen auf dem weiten Gras wurde der Regen intensiver. Die Luft roch nach Metall, toten Blättern und nasser Erde.

Ich übergab Violet an Finn, um das Fliegengitter vor der schwereren Eingangstür zu öffnen. Dann hob ich den Türklopfer an und ließ ihn fallen. Er hatte die Form einer bauschigen Wolke – Jo-Jos persönliche Luftelementar-Rune.

Ich hatte die Wolke gerade erst auf das Holz knallen lassen, als die Tür auch schon aufgerissen wurde und eine Frau ihren Kopf nach draußen steckte. Jo-Jo Deveraux sah aus, als hätte sie vorgehabt, den Abend zu Hause zu verbringen. Sie trug ein kurzärmliges pink gestreiftes Hauskleid über ihrem untersetzten, aber muskulösen Körper, während ihre blondierten Haare in Lockenwicklern steckten. Ihr Gesicht war mit irgendeiner blauen Schönheitsmaske überzogen, und zwischen ihren Zehen steckten Wattebäusche. Sie musste sich gerade die Nägel lackiert haben, denn der hellrosa Nagellack glänzte, als wäre er noch feucht.

»Wurde auch langsam Zeit, dass ihr kommt«, sagte die Zwergin in den mittleren Jahren. »Ich tigere schon seit fünf Minuten immer wieder zur Eingangstür.«

»Warum? Gab es heute Abend keine Partys oder Dinnereinladungen im Reigen deiner sozialen Verpflichtungen?«, fragte ich, während ich Hauskleid und Lockenwickler musterte.

»Oh, es gäbe schon ein paar Partys«, erklärte Jo-Jo mit einer Stimme, die süßer klang als Kleehonig. »Aber diese alten Knochen sind nicht mehr, was sie mal waren. Sie schmerzen bei Regen. Außerdem brauche selbst ich ab und zu mal eine Auszeit vom ewigen Kreislauf des Blödsinns.«

»Ahem.« Finn räusperte sich, um mir damit zu sagen, dass ich endlich zum Punkt kommen sollte, weil er es leid war, Violet aufrecht zu halten. Jo-Jos helle Augen huschten zu dem Mädchen. Bis auf die schwarze Pupille in ihrer Mitte waren die Augen der Zwergin fast farblos wie zwei trübe Stücke Quarz.

»Herrjemine und Pantherdreck«, sagte sie leise. »Was ist ihr denn zugestoßen?«

»Sie stand am falschen Ende einer Zwergenfaust – zweimal«, sagte ich, während ich wieder einen Teil von Violets Gewicht übernahm. »Glaubst du, du kannst sie heilen?«

Jo-Jo musterte das Mädchen noch einen Moment, dann nickte sie. »Liebes, ich kann so gut wie alles außer dem Tod heilen. Aber das hier wird dennoch nicht nett.«

9

Jo-Jo trat zur Seite, damit Finn und ich die bewusstlose Violet ins Haus schleppen konnten. Der süße Duft von Jo-Jos Chantilly-Parfüm stieg mir in die Nase, als wir durch den schmalen Flur gingen. Dreißig Meter später öffnete sich der enge Korridor zu einem riesigen Raum, der die gesamte hintere Hälfte des Hauses einnahm.

Gepolsterte Sessel. Haartrockner. Regale voller Haarspray, Nagellack, Make-up, Scheren, Lockenwickler und Glätteisen. An einer Wand zog sich ein langer Spiegel entlang. Überall lagen Stapel von Schönheitsmagazinen. An den Wänden Fotos von verschiedensten Frisuren. All das und mehr konnte man in Jo-Jos Schönheitssalon finden, dem Ort, an dem die Luftmagierin ihre Magie als selbst erklärte Drama-Mama einsetzte. Sie war die Frau, die der endlosen Eitelkeit der Südstaaten-Frauen Ashlands den Hintern puderte.

Ob Debütantin, Teilnehmerin eines Schönheitswettbewerbs oder gelangweilte Vorzeigefrau: Jo-Jo kümmerte sich auf verschiedenste Weise um alle. Dauerwelle legen, Haare schneiden und färben, Maniküre, Pediküre. Wenn es irgendetwas mit Schönheit zu tun hatte oder damit, die Haare von Frauen zweimal so hoch, breit und hart werden zu lassen als von Natur aus vorgesehen, erledigte Jo-Jo das in ihrem Salon. Und noch mehr. Luftmagie war auch wunderbar dazu geeignet, ungewollte Falten verschwinden zu lassen oder den Busen – zumindest vorübergehend – wieder an die Stelle zu verschieben, wo er vor zehn Jahren gewesen war.

Natürlich ließ Jo-Jo mit ihrer Elementarmagie nicht nur die Zeichen der Zeit verschwinden. Die Zwergin war außerdem eine der besten Heilerinnen von Ashland. Zur Hölle, im ganzen Süden. Nur wenige Leute wussten von ihrer Begabung in dieser Richtung. Aber Fletcher war einer von Jo-Jos ältesten Freunden gewesen, und ich hatte sie, zusammen mit Sophia, sozusagen geerbt, als ich sein Auftragsmördergeschäft übernahm. Eine Schwester, um mich zu heilen, die andere, um die Leichen verschwinden zu lassen, die ich produzierte. Eine nette Regelung. Trotz der durchaus saftigen Rechnungen der Schwestern.

»Setzt sie in einen der Stühle«, wies Jo-Jo uns an, bevor sie zum Waschbecken ging, um sich die Hände zu schrubben.

Finn und ich schleppten Violet zu einem der Friseursessel. Dann nahm sich Finn eine Flasche Nagelkleber vom Tresen, zog Violets zerbrochene Brille aus der Jackentasche und benutzte die klebrige Flüssigkeit, um die zwei Hälften wieder zu verbinden. Ich zog Violet die Tasche von der Schulter, setzte mich auf einen anderen Stuhl und fing an, den Beutel zu durchwühlen. Geldbeutel, Schlüssel, Pfefferminzbonbons, Kleingeld, Augentropfen, Rouge. Nichts Ungewöhnliches oder Aufregendes.

In einer Ecke erklang ein leises Winseln. Ich sah auf und entdeckte Rosco, Jo-Jos fetten, faulen Basset, der sich in seinem Bettchen neben der Tür zusammengerollt hatte. Der alte Hund beäugte die Tasche in meiner Hand und wedelte einmal hoffnungsvoll mit dem Schwanz.

»Tut mir leid, Hund«, meinte ich. »Da drin ist nichts für dich.«

Rosco schnaubte enttäuscht, dann ließ er den braunschwarzen Kopf wieder auf seinen Bauch fallen und schlief ein. Seine Lieblingsbeschäftigung, mal abgesehen vom Fressen.

Jo-Jo zog einen Stuhl vor Violet, schaltete ein Licht an und löste vorsichtig meinen improvisierten Verband von dem Gesicht der jungen Frau. Unter dem grellen Licht wirkten die Verletzungen noch schlimmer. Das Gesicht war bereits aufgeschwollen und hatte somit ungefähr die doppelte Größe angenommen. Schwarze, grüne und purpurfarbene Flecken umlagerten die verschobene Nase und zogen sich über die Wangen – zumindest über das, was ich unter dem getrockneten Blut erkennen konnte.

»Herrjemine«, murmelte die Zwergin wieder. »Du sagst, er hat sie nur zweimal geschlagen?«

»Ja«, sagte Finn, der damit beschäftigt war, die Brille zusammenzuhalten, bis der Kleber trocknete. »Aber er hat sich wirklich angestrengt.«

Jo-Jo schüttelte den Kopf. »Nun, lasst uns hoffen, dass das arme Mädchen noch eine Weile bewusstlos bleibt. Denn alles in ihrem Gesicht wieder dorthin zu schieben, wo es hingehört, wird mindestens genauso wehtun wie die ursprüngliche Verletzung. Es gibt keinen Grund, sie noch mehr zu traumatisieren.«

Jo-Jo musterte Violets Gesicht noch eine Minute, bevor sie sich an die Arbeit machte. Dann holte sie tief Luft und hielt ihre Hand vor das zerstörte Gesicht des Mädchens. Ihre Handfläche schwebte direkt über Violets Haut. Eine Sekunde später fingen die Augen der Zwergin an, weißlich zu leuchten, als würden helle Wolken über ihre Iris huschen. Ein ähnliches milchfarbenes Glühen erschien in ihrer geöffneten Handfläche. Jo-Jo rief noch mehr Macht, bis die Luft im Salon so davon knisterte, dass ich das Gefühl hatte, gleich einen Schlag zu bekommen. Ich schob meinen Sessel zurück, um mich ein wenig weiter von der Zwergin zu entfernen.

Jeweils zwei der vier Elemente waren absolute Gegensätze, während sie sich in anderen Kombinationen ergänzten. Feuer und Eis zusammen harmonierten nicht miteinander, Feuer und Luft hingegen schon, genau wie Stein der natürliche Freund von Eis war. Außerdem gab es von jedem Element mehrere Ableger, wie Metall für Stein, Wasser für Eis und Elektrizität für Luft, und manche Leute konnten diese Ableger anzapfen. Jo-Jo Deveraux war ein Luftelementar, was bedeutete, dass ihre Magie das exakte Gegenteil meiner kühlen Stein- und Eismagie war. Ich fühlte mich immer reizbar und unruhig, wenn jemand in meiner Nähe so viel Macht aus einem gegensätzlichen Element einsetzte. Jo-Jos Magie fühlte sich für mich einfach falsch an. So war es bei jedem Luft- oder Feuerelementar. Meine Stein- und Eismagie erschienen sicher auch ihnen fremd.

Aber das Schlimmste waren die Spinnenrunen auf meinen Handflächen. Während Jo-Jo noch mehr ihrer Macht rief, fing das Steinsilber in meiner Haut zu brennen und zu jucken an. Steinsilber, ein sehr seltenes Metall, besaß die ungewöhnliche Fähigkeit, jede Art von Magie aufzunehmen und zu speichern. Viele Elementare trugen Runen aus Steinsilber und nutzten sie, um kleine Mengen ihrer Macht darin aufzubewahren, bis sie sie brauchten. Meine Mutter, Eira, hatte ihre Schneeflocken-Rune so eingesetzt. Doch auch das hatte sie am Ende nicht vor dem Tod gerettet.

Steinsilber nahm Magie nicht nur auf – es hungerte regelrecht danach, als wäre das Metall hohl und eifrig darauf bedacht, sich mit Elementarmagie zu füllen, um zu einem Ganzen zu werden. Ich konnte das Drängen des Steinsilbers nach mehr Magie, mehr Macht fühlen, obwohl die Haut an meinen Handflächen schon lange über das Metall gewachsen war, tief in meinem Fleisch verborgen lag. Ich schloss meine Finger um Violets Tasche und hoffte, dass das Kunstleder meine Hände vor dem brennenden Gefühl schützen würde. Es funktionierte nicht. Was nicht weiter überraschend war. Also saß ich einfach da und beobachtete Jo-Jo bei der Arbeit.

Die Zwergin führte ihre Hand langsam über das Gesicht von Violet. Luftelementare waren phantastische Heiler, weil sie fähig waren, die natürlichen Gase in der Luft anzuzapfen und zu verwenden – inklusive Sauerstoff. Im Moment setzte Jo-Jo ihre Magie ein, um das Element in Violets Körper zu zwingen, es unter der Haut ihres Gesichtes zirkulieren zu lassen und die Luftmoleküle einzusetzen, um zu heilen, was so grausam gebrochen worden war.

Wieder und wieder führte Jo-Jo ihre Hand über Violets Gesicht. Bei jedem Mal wurde die Nase des Mädchens ein wenig gerader, ihr Unterkiefer weniger schief. Die Schwellung ging zurück, und die scheußlichen dunklen Flecken auf Violets Wangen verblassten allmählich. Jo-Jo bei der Arbeit zu beobachten, erinnerte mich immer an ein Buch, das ich als Kind besessen hatte. Ein Daumenkino. Wenn man sich die einzelnen Seiten ansah, schien sich die gezeichnete Figur nicht zu bewegen. Aber wenn man schnell genug durch die Seiten blätterte, ging sie von einer Seite des Papiers zur anderen.

Zehn Minuten später senkte Jo-Jo ihre Hand. Ihre Augen verloren ihr milchiges magisches Glühen, genauso wie ihre Handfläche. »So«, sagte die Zwergin leise. »Das war's.«

»Er hat sie auch einmal getreten«, sagte ich. »In den Bauch.«

Jo-Jo nickte. »Er hat ihr die Nieren gequetscht, aber darum habe ich mich schon gekümmert.«

Die Zwergin stand auf, machte einen Waschlappen nass und entfernte damit das getrocknete Blut von Violets Gesicht. Das Mädchen rührte sich nicht. Sie hatte während der gesamten Zeit keinen Mucks von sich gegeben. Das war nicht weiter verwunderlich. Ihr Körper hatte ein ernsthaftes Trauma erfahren. Wahrscheinlich würde sie mindestens eine Stunde lang schlafen, vielleicht sogar länger. Eine magische Heilung war sehr anstrengend, weil der Körper damit kämpfte, sich daran anzupassen, dass er auf wundersame Weise nach einer schweren Verletzung wieder geheilt war. Und so viel Magie, wie Jo-Jo eingesetzt hatte, würde selbst den stärksten Elementar erschöpfen.

Deswegen bemühte ich mich immer, mich nicht zu sehr auf meine magische Kraft zu verlassen und sie nicht für allzu große Dinge einzusetzen. Mir gefiel es nicht, hinterher schwach und hilflos zurückzubleiben, auch wenn ich mich inzwischen aus dem Auftragsmördergeschäft zurückgezogen hatte.

Jo-Jo beendete die Säuberung von Violet und warf den blutigen Lappen in den Müll. Finn schob ihr die reparierte Brille aufs Gesicht. Dann lehnte er sich zurück und musterte sie anerkennend. »Sie sieht nicht übel aus, oder?«, fragte er bewundernd.

»Sie ist bewusstlos, Finn. Zeig zumindest den Anstand, die anzüglichen Blicke erst einzusetzen, wenn sie wieder wach ist«, meinte ich.

Finn verschränkte die Hände hinter dem Kopf und grinste. »Ich werde mich sehr bemühen.«

Wieder wusch sich Jo-Jo die Hände. Sie nahm sich ein Handtuch, um sie abzutrocknen, dann drehte sie sich zu mir um. »Also«, sagte sie lang gezogen. »Willst du mir vielleicht verraten, wer dieses Mädchen ist und warum jemand sie derartig brutal zusammengeschlagen hat?«

Ich erzählte Jo-Jo alles, was in den letzten vierundzwanzig Stunden passiert war, angefangen damit, wie Sophia und ich Jake McAllisters versuchten Raubüberfall auf das Pork Pit vereitelt hatten, über Violets Frage nach dem Zinnsoldaten bis hin dazu, wie Finn und ich sie aufgespürt und vor dem Zwergenkiller gerettet hatten.

»Deswegen ist Sophia so schnell verschwunden«, murmelte Jo-Jo. »Ich fand es schon seltsam, dass sie vor dem Ende gegangen ist.«

Ich zog eine Augenbraue hoch.

»Wir haben einen Western geschaut. *Zwei glorreiche Halunken* mit Clint Eastwood. Sophia geht nie vor dem großen Showdown am Ende«, erklärte Jo-Jo. »Ihre Lieblingsstelle ist der Tod von Lee Van Cleef.«

Sophia Deveraux, die Grufti-Zwergin, war eine leidenschaftliche Cineastin. Western, Actionstreifen, Mafiafilme. Sie liebte sie alle. Je gewalttätiger, desto besser.

»Auf jeden Fall«, sagte ich, um meine Geschichte zu Ende zu bringen, »haben wir die Leiche des Zwerges liegen gelassen, damit Sophia sich darum kümmert, und das Mädchen hierhergebracht. Sobald sie wach ist, werde ich ihr ein paar Fragen über Fletcher stellen und darüber, wo sie den Namen ›Zinnsoldat‹ gehört hat.«

Jo-Jo starrte das Mädchen an. Ein Stirnrunzeln erzeugte Risse in der blauen Maske auf ihrem Gesicht. Sie hatte sich noch nicht die Mühe gemacht, sie abzuwaschen, und so war sie festgetrocknet. »Sie wirkt auf mich … vertraut. Wie heißt sie, hast du gesagt?«

»Violet Elizabeth Fox.« Ich zog den Führerschein des Mädchens aus ihrem Geldbeutel und gab ihn Jo-Jo.

Die Zwergin musterte die eingeschweißte Ausweiskarte. Ihr Stirnrunzeln vertiefte sich, und blaue Krümel rieselten von ihren Wangen auf das rosafarbene Hauskleid. »Sie lebt oben auf der Ridgeline Hollow Road.«

»Kennst du sie?«, fragte Finn.

Jo-Jo schüttelte den Kopf. »Nein, aber ich bin mir ziemlich sicher, dass ich den grummelnden alten Mistkerl kenne, der ihr Großvater ist.«

10

Finn und ich sahen uns an. »Großvater?«, fragten wir gleichzeitig.

Jo-Jo nickte. »Warren T. Fox von den Ridgeline Hollow Foxes. Das Mädchen hier sieht ein bisschen aus wie er. Jetzt, wo das Blut weg ist, erkenne ich die Ähnlichkeit.«

»Und wer ist Warren T. Fox?«, fragte ich.

»Er war mal mit Fletcher befreundet«, sagte die Zwergin. »Aber sie haben sich vor langer Zeit zerstritten. Seitdem haben sie, soweit ich weiß, nicht mehr miteinander geredet.«

Jo-Jo starrte Violet an, die immer noch bewusstlos im Sessel hing. In den fahlen Augen der Zwergin stand ein Gefühl. Bedauern. Ich fragte mich, warum. Jo-Jo schüttelte den Kopf. Noch mehr Krümel rieselten zu Boden.

»Kommt«, sagte die Zwergin. »Lasst uns dafür sorgen, dass das Mädchen es bequem hat, dann erzähle ich, was ich weiß.«

Da Jo-Jo stärker war als Finn oder ich, hob sie Violet hoch, trug das Mädchen ins Wohnzimmer und legte sie auf ein dick gepolstertes Sofa. Ich zog Violet die blutige Jacke und die Schuhe aus, dann deckte Jo-Jo sie mit einer warmen Decke zu. Danach stapfte die Zwergin in ein Bad im Erdgeschoss, um sich die blaue Kruste vom Gesicht zu waschen. Ich dagegen ging durch eine Tür in die Küche.

Die meisten Leute gingen direkt in Jo-Jos Salon, wenn sie ihr Haus betraten, aber mein Lieblingsraum war seit jeher die Küche. Ein langer, schmaler Raum mit einem schweren rechteckigen Holztisch in der Mitte, umgeben von mehreren hohen Stühlen. An drei Wänden standen verschiedene Elektrogeräte in hellen Pastelltönen, während sich an der vierten Seite der Durchgang zum Wohnzimmer öffnete, in dem Violet im Moment schlief. Überall fanden sich runenartige Wolken, von den Sets auf dem Tisch über die Handtücher neben der Spüle bis zu dem Fresko an der Decke. Als ich jünger gewesen war, hatte ich teilweise stundenlang auf dem Rücken gelegen und auf das Bild an der Decke gestarrt, während ich mir vorstellte, die Wolken würden sich wirklich bewegen. Es war eine der wenigen kindlichen Spielereien, die ich mir nach dem Tod meiner Mutter und meiner älteren Schwester noch erlaubt hatte.

Finn stand bereits in der Küche und goss sich eine Tasse Malzkaffee ein. Jo-Jo hatte früher immer eine Kanne für Fletcher bereitgehalten. Und jetzt, wo es den alten Mann nicht mehr gab, trank Finn seinen Anteil – und noch mehr.

Ich atmete tief durch und genoss den warmen, beruhigenden Duft, der mich immer an Fletcher Lane erinnerte. Dann ging ich zum Kühlschrank, machte ihn auf und spähte in den Innenraum.

»Woran denkst du? Sandwiches?«, fragte Finn hoffnungsvoll.

»Nein. Ich habe Lust auf etwas Süßes.«

Ich nahm die Butter aus dem Kühlschrank, dann durchsuchte ich die Schränke. Schnell fand ich Mehl, Haferflocken, getrocknete Aprikosen, goldene Rosinen, braunen Zucker und Vanille. Ich holte alles heraus, zusammen mit ein paar kleinen Schüsseln, einer Pfanne, einem Spatel und einer Rührschüssel. Finn setzte sich an den Küchentisch und trank seinen Kaffee, während ich arbeitete. Als Jo-Jo in die Küche kam, schob ich bereits die Form in den Ofen.

»Was machst du?«, fragte die Zwergin und goss sich ebenfalls eine Tasse Ersatzkaffee ein.

»Aprikosenriegel«, antwortete ich und wischte mir die Hände an einem Handtuch ab, das mit Wolken übersät war. »Sie sind in ein paar Minuten fertig. Du solltest gerade noch genug Zeit haben, um uns alles über Fletcher und Warren T. Fox zu erzählen.«

Jo-Jo nickte, trug ihre Tasse zum Tisch und setzte sich neben Finn. Ich lehnte mich gegen den Kühlschrank, um den Backofen im Auge behalten zu können. Ich wollte nicht riskieren, dass die Aprikosenriegel zu dunkel wurden.

»Fletcher und Warren sind zusammen in Ridgeline Hollow aufgewachsen«, erklärte Jo-Jo. »Beste Freunde, die wie Pech und Schwefel zusammenhielten. Fast wie Brüder. Immer zusammen, von Sonnenaufgang bis Sonnenuntergang. Sophia und ich kannten ihre Eltern. Auch ihre Großeltern.«

Finn schüttelte den Kopf. »Dad hat mir gegenüber nie jemanden mit dem Namen Warren Fox erwähnt. Nie. Besonders niemanden, der sein bester Kindheitsfreund gewesen sein soll. Was ist passiert?«

»Ein Mädchen«, sagte Jo-Jo. »Sie haben sich beide in dasselbe Mädchen verguckt. Stella. Sie war ein hübsches Ding, das dort im Tal lebte. Stella wusste, dass Fletcher und Warren beide in sie verliebt waren. Sie ging einmal mit dem einen, dann wieder mit dem anderen aus. Sie hat sie gegeneinander ausgespielt. Und es dauerte nicht lange, bis sich die beiden jungen Männer um sie stritten.«

»Und, wer hat sie am Ende bekommen?«

Auf Jo-Jos Lippen erschien ein trockenes Lächeln. »Keiner von ihnen. Sie ist mit einem Jungen aus der Stadt durchgebrannt. Aber zu diesem Zeitpunkt war es für die Freundschaft zwischen Fletcher und Warren schon zu spät. Fletcher kaufte sich einen Laden in der Innenstadt und machte das Pork Pit auf. Warren blieb, wo er war, in den Hügeln und übernahm den Gemischtwarenladen seiner Familie.«

Ich sah Finn an. Mit seinen walnussbraunen Haaren, den grünen Augen und dem charmanten Lächeln war er das Abziehbild seines Vaters im selben Alter – und unglaublich gut aussehend. Ich fragte mich, wie Warren T. Fox wohl in seiner Jugend ausgesehen hatte, um neben Fletcher Lane überhaupt bestehen zu können.

»Warrens Laden heißt ›Country Daze‹?« Finn nahm noch einen Schluck von seinem Malzkaffee. »Denn von dort bekommt Violet Fox alle zwei Wochen ihren Gehaltsscheck.«

Jo-Jo nickte. »Mit dem Mädchen befindet sich der Laden jetzt seit vier Generationen im Familienbesitz.«

Meine grauen Augen huschten zu Violet, die weiterhin auf dem Sofa schlief. »Wenn Warren und Fletcher sich vor all den Jahren zerstritten haben, warum sollte dann jetzt seine Enkelin auftauchen und nach Fletcher suchen?«

Jo-Jo zuckte mit den Achseln. »Ich weiß es nicht. Aber wenn sie oder Warren in Schwierigkeiten stecken, wie ihr beide offensichtlich denkt, würde Warren auf keinen Fall Fletcher um Hilfe bitten. Für ihn ist Stolz fast das Wichtigste im Leben. Deswegen haben sich die beiden auch nie versöhnt. Stella hat sie beide gedemütigt, und Fletchers Gegenwart hätte Warren ständig daran erinnert.«

Ich griff nach einem der wolkenförmigen Topflappen, öffnete den Backofen und holte die Aprikosenriegel heraus. Der Geruch von warmen Früchten und geschmolzener Butter erfüllte die Küche. Das war eine Kombination, von der ich nie genug bekommen konnte, besonders an einem kalten grauen Abend wie heute. Ich nahm einen weiteren Topflappen, legte ihn auf den Tisch und stellte das Blech darauf. Finns Finger glitten auf den Rand des Blechs zu, aber ich schlug seine Hand zur Seite.

»Ich bin noch nicht fertig«, sagte ich.

»Komm schon, Gin«, jammerte er. »Ich will doch nur mal kosten.«

»Du wirst warten müssen wie der Rest von uns auch.«

Jo-Jo kicherte amüsiert über unser Gezänk. Ich ging zu den Schränken und suchte vier Schalen, vier Löffel und ein paar Messer heraus. Außerdem schnappte ich mir eine Riesenpackung Vanilleeis aus dem Gefrierschrank. Nachdem die Aprikosenriegel gerade genug abgekühlt waren, um nicht sofort auseinanderzufallen, schnitt ich große Stücke vom Blech, ließ sie in die Schale fallen und häufte auf jede Portion zwei großzügige Löffel Eis.

Jo-Jo nahm den ersten Löffel von der Mischung und seufzte. »Himmlisch. Einfach nur süß und himmlisch.«

Finn stimmte ihr nicht zu. Er war zu sehr damit beschäftigt, sich den Aprikosenriegel in den Mund zu stopfen.

Ich nahm einen Löffel. Die Eiscreme bildete einen kühlen, weichen Kontrast zu der warmen schweren Süße der Aprikosenriegel, und beides verschmolz in meinem Mund zu einer Symphonie der Geschmäcker. Jo-Jo hatte recht. Ich hatte mich mal wieder selbst übertroffen.

Wir kratzten gerade die Reste unseres Desserts aus der Schüssel, als die Eingangstür zum Haus mit einem Knall aufflog. Schwere, vertraute Schritte erklangen, und einen Moment später betrat Sophia Deveraux die Küche. Ihre schwarzen Grufti-Klamotten wirkten zwischen den pastellfarbenen Schranktüren irgendwie fehl am Platz, als hätte sich plötzlich eine Sturmwolke vor die Sonne geschoben.

»Willst du was Süßes?«, fragte ich und stand auf, um ihr eine Schale mit Aprikosenriegeln und Eis fertig zu machen.

»Hmm-mmm.« Sophia grunzte ein Ja und setzte sich neben Jo-Jo.

Finn wartete, bis Sophia halb mit ihrem Eis fertig war, bevor er ihr die unvermeidliche Frage stellte. »Irgendwelche Probleme beim Abkratzen der Leiche?«

Sophias ausdruckslose schwarze Augen suchten seinen Blick. »Nuh-uh.« Das bedeutete im Wortschatz der Grufti-Zwergin Nein.

Ich schaute auf Sophias Kleidung, konnte aber weder auf dem T-Shirt noch auf ihrer Jeans Blutflecken entdecken. Gewöhnlich war ich gut darin, so etwas zu erkennen, selbst auf schwarzem Stoff. Aber Sophias Kleidung war wie immer makellos. Um ehrlich zu sein, hatte ich keine Ahnung, wie Sophia Deveraux die Leichen verschwinden ließ, die ich an sie übergab. Ich wusste nicht, ob sie sie begrub, verbrannte, zerquetschte oder in einer Tiefkühltruhe lagerte. Zur Hölle, ich wusste nicht mal, wo sie die Überreste hinbrachte.

Aber unsere grummelnde Grufti-Zwergin konnte Beweismittel verschwinden lassen, als hätten sie nie existiert. DNA, Haare, Fasern, Blut. Nichts blieb übrig, wenn sie einen Tatort reinigte. Ich fragte mich oft, ob Sophia dieselbe Luftmagie hatte wie Jo-Jo und diese einsetzte, um die Beweise zu vernichten. Luftmagie konnte nicht nur Falten verschwinden lassen, sie war auch wunderbar dafür geeignet, Dinge aufzulösen – wie Fleisch – oder Blut wie mit einem Sandstrahler vom Boden zu entfernen. Aber ich hatte nie gesehen, dass Sophia irgendeine Art von magischer Kraft eingesetzt hätte, ob nun Luftmagie oder etwas anderes. Und ich hatte auch nie irgendeine Art von Macht um sie herum gespürt. Ein weiteres Rätsel, das ich nie hatte lüften können, zusammen mit der Frage, warum Sophias Stimme so zerstört und rau war. Sie war erst einhundertdreizehn Jahre alt, viel zu jung, als dass ihr Körper schon Verfallserscheinungen aufweisen könnte. Zwerge konnten mühelos fünfhundert oder sogar älter werden. Sophia Deveraux redete nicht darüber, aber ich dachte trotzdem darüber nach.

Sie aß den letzten Löffel Eis, schob ihre Schale von sich und sah zu Jo-Jo. »Film?«

»Ich habe ihn angehalten«, meinte Jo-Jo. »Wenn du fertigschauen willst, der Fernseher ist noch an.«

Sophia nickte, stand auf und ging in den nächsten Raum. Ich schnappte mir ihre Schüssel, um sie auszuspülen, griff nach dem Wasserhahn …

Und jemand schrie.

Ich wirbelte herum, während schon eines meiner Steinsilber-Messer in meine rechte Hand glitt. Es folgte ein weiterer Schrei, gefolgt von panischer Bewegung. Sophia seufzte und verließ das Wohnzimmer wieder. Einen Moment später hastete Violet ins Blickfeld.

Das Mädchen sah nicht besonders mitgenommen aus, trotz ihres Martyriums. Der einzige Hinweis darauf, dass ihr etwas zugestoßen war, war das Blut, das ihren Pullover durchtränkt hatte. Und die Tatsache, dass ihre schwarze Brille ein wenig schief saß. Finn hatte sie nicht ganz hinbekommen. Oder vielleicht hatte Jo-Jo auch dafür gesorgt, dass die Nase des Mädchens jetzt gerader war als vorher. Manchmal schloss Jo-Jo in ihre Leistung auch noch eine kleine Nasenkorrektur ein, wenn sie ihre Heilmagie benutzte. Sozusagen eine kostenlose Zusatzleistung.

Violet starrte uns vier überrascht an. Dann erblickte sie die Küchenmesser auf dem Tisch. Sie sprang vorwärts, griff sich eines und fuchtelte damit in der Luft vor unseren Gesichtern herum. »Wer seid ihr?«, rief sie atemlos.

11

Ich schob mein Steinsilber-Messer zurück in meinen Ärmel und ließ Wasser in die dreckige Schüssel laufen, bevor ich mich zu der Studentin umdrehte.

»Süße«, sagte ich kühl. »Das ist ein Buttermesser. Damit könntest du dir nicht mal die Nägel schneiden. Leg es weg, bevor ich es dir abnehme.«

»Wer seid ihr?«, fragte Violet zittrig, ihre jämmerliche Waffe immer noch fest umklammert. Sie trat zurück, bis ihr Rücken an den Kühlschrank stieß. Wäre die Tür offen gewesen, hätte sie sich wahrscheinlich im kalten Innenraum verkrochen wie eine Schildkröte, die sich in ihren Panzer zurückzieht. »Wo bin ich? Was wollt ihr von mir?«

Ich seufzte und sah zu Finn. Er war viel besser im Nettsein. Er trat vor, die Arme weit ausgebreitet. Ein charmantes Lächeln enthüllte seine perfekt weißen Zähne.

»Du bist an einem sicheren Ort«, sagte er in einem besänftigenden Tonfall, der wahrscheinlich sogar einen wütenden Grizzly beruhigt hätte. »Wir werden dir nichts tun. Wir haben dich vor dem Zwerg auf dem College-Parkplatz gerettet. Erinnerst du dich?«

Violets braune Augen verdunkelten sich, und sie berührte ihre Nase, als wollte sie sehen, ob sie noch in einem Stück war. Das Mädchen erinnerte sich in der Tat. Das Wissen über das, was ihr zugestoßen war, verunstaltete Violets Gesichtszüge genauso, wie die Gewalttätigkeit des Zwerges es getan hatte. Jo-Jo mochte ja alle körperlichen Schäden des Angriffes geheilt haben, aber von dem emotionalen Trauma würde sich Violet nicht allzu schnell erholen. Falls überhaupt. Noch etwas, was mir nur zu vertraut war.

Violet ähnelte mir natürlich kein bisschen, aber für einen Moment war es, als sähe ich mich selbst mit dreizehn vor mir stehen, direkt nachdem der Feuerelementar meine Familie ermordet hatte. Meine Augen hatten damals denselben gehetzten, verletzten Ausdruck gezeigt wie die der jungen Frau jetzt. Ich drängte die Erinnerung zurück.

Finn schob sich ein bisschen näher an sie heran und ließ sein Lächeln noch strahlender werden. »Wir wollen dir nichts Böses. Wir wollen dir nur ein paar Fragen über deinen Großvater stellen. Sein Name ist Warren, richtig? Warren T. Fox?«

Zweifel legten sich auf ihr Gesicht. »Warum wollt ihr etwas über meinen Großvater wissen?«

»Weil dein Großvater ein alter Freund meines Vaters war.« Finn sprach weiter vollkommen ruhig. »Sein Name war Fletcher Lane. Du warst heute im Pork Pit, um nach ihm zu fragen. Du hast dich nach dem Zinnsoldaten erkundigt, erinnerst du dich?«

Violets Panik ließ ein wenig nach, und sie musterte Finn um einiges interessierter.

»Komm schon«, sagte Finn. »Wenn wir dir etwas hätten antun wollen, hätten wir es bereits getan. Wir wollen nur reden. Versprochen.«

Das war dieselbe schmeichelnde Stimme, mit der er so viele Frauen dazu gebracht hatte, ihre Röcke für ihn zu heben. Und das beinhaltete auch mich selbst in meinen jüngeren, unvernünftigeren Tagen.

Du hättest es viel bequemer, wenn du die nassen Klamotten aus-

ziehst. Lass mich dir mit dem Reißverschluss des Kleides helfen. Ups, habe ich dir gerade Kaffee über die Hose geschüttet? Ist wohl besser, wenn du sie ausziehst.

Und es funktionierte. Violet hatte gar keine Chance gegen den puren, überwältigenden, ein wenig schleimigen Charme von Finnegan Lane. Sie schaute auf ihr Messer, dann musterte sie jeden von uns ein weiteres Mal, diesmal ohne den Schleier der Angst in ihrem Blick. Finn starrte sie am längsten an.

»Du siehst genau aus wie dein Dad«, sagte sie. »Oder zumindest wie das alte Foto, das mein Großvater von ihm hat. Dieselben Augen, dieselben Haare, dasselbe nette Lächeln.«

Finn grinste ein wenig breiter. Er liebte es zu hören, wie gut aussehend er war.

Violet nickte Jo-Jo zu. »Und Sie habe ich ein- oder zweimal im Laden gesehen, oder?«

»Das hast du, Liebes. Dein Großvater verkauft den besten selbst gemachten Honig in der gesamten Stadt. Ich halte immer an und hole welchen, wenn ich in der Gegend bin«, sagte Jo-Jo. »Also, warum verwendest du dieses Messer jetzt nicht für etwas Sinnvolles und nimmst dir was zu essen, während wir uns unterhalten?«

Nach einem Moment nickte Violet, trat vor und legte das Messer wieder auf den Tisch. Finn nahm sie sanft am Arm, schenkte ihr ein weiteres Lächeln und führte sie zu einem der Stühle. Ich bereitete ihr eine Schale mit Aprikosenriegeln und Eis zu und drückte ihr einen Löffel in die Hand.

Violet starrte mich an. »Und Sie«, murmelte sie. »Ich habe mich heute im Restaurant mit Ihnen unterhalten. Und auf dem Parkplatz, nachdem … nachdem …«

»Nachdem ich den Mann umgebracht habe, der dich angegriffen hat.«

Violet schnappte nach Luft. Jo-Jo streckte den Arm aus, tätschelte ihr die Hand und warf mir einen scharfen Blick zu.

Ich seufzte. Ich war eine ehemalige Auftragsmörderin, kein Babysitter. Es war nicht mein Job, die Geschehnisse des heutigen Abends schönzureden – oder die Probleme zu ignorieren, in denen das Mädchen steckte. Aber ich war geduldig genug, um zu warten, bis Violet ihre Schüssel süßer Nervennahrung fertiggegessen hatte, bevor ich anfing, ihr Fragen zu stellen. Außerdem waren noch jede Menge weiterer Aprikosenriegel da. Es wäre eine Schande gewesen, sie verkommen zu lassen.

»Warum bist du heute auf der Suche nach dem Zinnsoldaten ins Pork Pit gekommen?«, fragte ich. »Wer hat dir diesen Namen genannt?«

Violet spielte mit ihrem Löffel herum, dann schob sie ihn und die leere Schale zur Seite. Sie atmete tief durch. Offensichtlich war ihr bewusst, dass es Zeit war, zum Punkt zu kommen. »Sie werden mich für dumm halten. Für kindisch.«

»Oh, das bezweifle ich«, sagte ich langsam.

Violet zog bei meinem sarkastischen Tonfall verwirrt die Augenbrauen hoch. Jo-Jo tätschelte wieder ihre Hand, um sie zu ermuntern, ihre Geschichte zu erzählen. Violet schüttelte den Kopf und sagte: »Als ich ein Kind war, hat mein Großvater mir immer Geschichten über den Zinnsoldaten erzählt. Er hat gesagt, er würde Leuten helfen, die sich selbst nicht helfen können. Dass er ein Barbecue-Restaurant namens Pork Pit führt und dass man nur hineingehen und ihn um einen Gefallen bitten muss, und schon würde er alle Probleme verschwinden lassen. Ich hielt es für die wunderbarste aller Geschichten, sozusagen ein Südstaaten-Märchen.«

Warren Fox mochte sich ja mit Fletcher zerstritten haben, aber offensichtlich hatte er noch häufig an seinen ehemaligen Freund gedacht. Zumindest oft genug, um seiner Enkelin von dem alten Mann und seinem Beruf zu erzählen, wenn auch auf umständliche Weise. Obwohl ich eigentlich Leute zu ermorden nicht als echte Hilfe im altruistischen Sinn betrachten würde …

»O ja. Fletcher hat über die Jahre vielen Leuten geholfen«, sagte Jo-Jo und unterbrach damit meine Gedanken. »In dieser Hinsicht war er ein wundervoller Mann.«

Ich starrte erst Jo-Jo an, dann Sophia, die zustimmend grunzte. Selbst Finn nickte wissend. Über die Jahre hatte ich ein paar Aufträge pro bono erledigt. Genauso wie Fletcher. Aber Leuten »helfen«? Auf regelmäßiger Basis? Wann hatte der alte Mann das getan? Und noch wichtiger: warum?

»Also ist er echt?«, fragte Violet. »Der Zinnsoldat?«

»Sicher ist er echt, Liebes«, antwortete Jo-Jo. »Sein Name war Fletcher Lane. Er war Finns Vater.«

Violet wirkte tief enttäuscht. »War?«

Finn nickte. »Er ist vor ein paar Monaten gestorben. Aber darum musst du dir im Moment keine Gedanken machen. Erzähl uns den Rest deiner Geschichte.«

Wieder holte Violet Luft. »Auf jeden Fall hatte ich seit Jahren nicht an den Zinnsoldaten gedacht – bis heute Morgen.«

»Was ist heute Morgen passiert?« Finn schenkte Violet noch ein aufmunterndes Lächeln.

Violet zog den Kopf ein wenig ein und erwiderte das Lächeln, als wäre sie nicht an männliche Aufmerksamkeit gewöhnt. So war es wahrscheinlich auch. Mädchen mit Brille und so.

»Ich studiere Wirtschaft am Ashland Community College. Eva Grayson ist meine beste Freundin. Sie war gestern im Pork Pit. Heute hat sie über den Raubüberfall gesprochen und darüber, wie die Frau hinter dem Tresen die Angreifer aufgehalten hat.«

Sophia schnaubte.

»Nun, ich hatte Hilfe«, sagte ich, um die Grufti-Zwergin zu beschwichtigen. »Also hast du mit Eva gesprochen und dich an diese Geschichte erinnert, die dein Großvater dir vom Zinnsoldaten erzählt hat. Okay, das nehme ich dir ab. Aber warum brauchst du überhaupt die Hilfe des Zinnsoldaten?«

Violet kaute an einem Fingernagel. »Das ist eine lange Geschichte.«

»Wie gut, dass wir jede Menge Zeit haben.«

Ich erwähnte nicht, dass sie nirgendwohin gehen würde, bis ich mir sicher sein konnte, dass sie keine Bedrohung für mich, Finn, die Deveraux-Schwestern oder das Restaurant darstellte. Jake McAllister würde mir schon genügend Probleme bereiten. Ich brauchte keine weiteren.

Violet nickte. »In Ordnung. Mein Großvater, Warren Fox, besitzt ein Geschäft auf der Ridgeline Hollow Road, das Country Daze heißt. Es ist ein altmodischer Gemischtwarenladen mit Limo in der Glasflasche, Fässern voller Süßigkeiten und Lebensmitteln aus der Umgebung, so etwas in der Art. Außerdem liegt er direkt neben einer der großen Kohleminen – Dawson Nummer drei. Diese Mine hat als unterirdischer Stollen entlang eines großen Kohleflözes angefangen. Aber vor ein paar Jahren gab es keine Kohle mehr, also lag die Mine brach. Der Besitzer, Tobias Dawson, bedrängt meinen Großvater seit Jahren, den Laden, das Land und die Schürfrechte an ihn zu verkaufen, damit er die Mine vergrößern und nach weiteren Flözen suchen kann. Aber der Laden und das Land außen herum sind seit Generationen im Familienbesitz. Großvater hat immer abgelehnt und erklärt, er würde lieber sterben, als zu sehen, wie die Berge zerstört werden.«

Tobias Dawson. Diesen Namen kannte ich. Dawson war einer der größten Minenunternehmer in Ashland. Ein Zwerg, der jahrelang selbst als Kumpel Kohle aus der Erde gegraben hatte, bevor er genug gespart hatte, um sein eigenes Unternehmen zu gründen. Seitdem war ihm der Erfolg förmlich zugeflogen. Er war durch und durch ein echter Bergarbeiter, immer auf der Suche nach dem nächsten großen Kohleflöz in den Bergen. Wenn Dawson etwas wollte, bekam er es gewöhnlich – egal wer dabei draufging. Dawson hatte außerdem geschäftlich viel mit Mab Monroe zu tun. Ich erinnerte mich daran, dass ich seinen Namen in der Akte gesehen hatte, die Fletcher über die Königin der Feuerelementare angelegt hatte.

Dawsons Name rief mir auch wieder in Erinnerung, wo ich das Symbol schon einmal gesehen hatte, das Violets Angreifer auf den Oberarm tätowiert getragen hatte. Wenn ich nicht vollkommen falschlag, war die angezündete Dynamitstange die Rune von Dawsons Bergbauunternehmen.

Violet fuhr mit ihrer Geschichte fort. »In der Vergangenheit hat Dawson sich damit zufriedengegeben, einfach abzuwarten. Er ist schließlich ein Zwerg und kaum älter als zweihundert Jahre. Er wird Großvater auf jeden Fall überleben und mich auch. Aber inzwischen lässt er kein Nein mehr als Antwort gelten. Er hat ein paar Leute losgeschickt, um uns zu belästigen. Sie haben die Fenster des Ladens zerschlagen, Kunden bedroht, unsere Lieferanten belästigt. Was auch immer einem so einfällt, er wird das und noch mehr in den letzten zwei Monaten getan haben. Alles in dem Versuch, uns aus dem Geschäft zu drängen. Großvater hat es bis jetzt geschafft, sich gegen Dawsons Männer zu wehren, aber ich mache mir Sorgen um ihn. Dawson hat Großvater mehr oder minder angedroht, dass er uns beide umbringen wird, wenn Großvater nicht an ihn verkauft. Aber Großvater hat natürlich wieder Nein gesagt.«

Ich machte mir nicht die Mühe, Violet zu fragen, warum sie wegen Dawson nicht zur Polizei gegangen waren. Der zwergische Bergbauunternehmer hatte mehr als genug Geld, um die Bullerei zu schmieren, damit sie jegliches Interesse an dem Fall verlor. Außerdem konnte er jederzeit seine Verbindungen zu Mab Monroe einsetzen, damit ihre korrupten Bullen sich zurückzogen und ihn weiter seine Einschüchterungstaktik fahren ließen. Die einzige Person, die den Foxes vielleicht zuhören würde, wäre Donovan Caine. Aber selbst er konnte sich nicht allein mit Tobias Dawson anlegen. Nicht, wenn er sein Leben liebte.

»Deswegen hat der Zwerg dich heute Abend angegriffen«, murmelte ich. »Dein Großvater hat nicht nachgegeben, also hat Dawson beschlossen, ihm einen Anreiz für den Verkauf zu liefern – deine Leiche.«

Violet schüttelte den Kopf. »Das hätte auch nicht funktioniert. Wenn überhaupt, dann hätte Großvater nur seine Schrotflinte geholt und wäre zur Mine gefahren, um die Sache mit Dawson direkt zu klären.«

»Wo er ihn dann vollkommen gerechtfertigt und vor diversen Zeugen in Notwehr hätte töten können«, wies Finn hin. »Egal wie, Dawson hätte bekommen, was er wollte – du und dein Großvater wären aus dem Weg geräumt worden.«

Ein Zittern lief über Violets Körper, und sie schlang die Arme um den Oberkörper. Für eine Weile sprach niemand.

Dann sah mich Jo-Jo mit ihren fahlen, fast farblosen Augen an. »Gin?«

Gin. Der Name, den ich angenommen hatte. So ein kurzes einfaches Wort. Aber diese einzelne Silbe war voller versteckter Bedeutungen. Ich wusste, was Jo-Jo mich fragte. Ob ich Violet und ihrem Großvater Warren T. Fox helfen würde. Denn ohne jemanden, der sich auf ihre Seite stellte und der genauso kalt, skrupellos und gefährlich war wie Tobias Dawson, würden die Foxes nicht mehr lange auf dieser Erde weilen. Schon heute läge Violet vergewaltigt, tot und kalt auf diesem Parkplatz, wenn ich nicht neugierig geworden wäre und mich eingemischt hätte.

Ich rieb mir die Stirn. Ich konnte das im Moment nicht brauchen. Eigentlich hatte ich mich in den Ruhestand zurückgezogen, und deswegen sollte ich meine Nase nicht in die Angelegenheiten anderer Leute stecken. Besonders nicht *umsonst*.

Dann war da noch Jake McAllister und sein Rechtsanwalt-Vater Jonah mit den guten Beziehungen. Ich hatte keinen Zweifel daran, dass der jüngere McAllister versuchen würde, seine Drohung wahr zu machen und mich umzubringen.

Und schließlich war da noch diese Aktenmappe voller Informationen, die mir Fletcher hinterlassen hatte – alles, was es über meine ermordete Mutter und meine ältere Schwester zu wissen gab. Das Foto von Bria bewies, dass sie noch am Leben war, irgendwo dort draußen.

Ich musste mir darüber klar werden, wie ich mit all dem umgehen wollte. Wie ich mich um das Problem Jake McAllister kümmern konnte, ohne den Verdacht auf mich zu lenken. Was ich wegen seines Vaters unternehmen sollte. Wie ich meine kleine Schwester Bria finden konnte. Musste mich entscheiden, ob ich das überhaupt tun wollte oder nicht. Fletcher hatte mir all diese Fragen hinterlassen, auf die ich Antworten finden musste. Ich konnte nicht in den Appalachen herumtanzen, um einem alten Knacker und seiner Enkelin dabei zu helfen, mit einem so gefährlichen und potenziell tödlichen Gegner wie Dawson fertigzuwerden.

Aber meine Entscheidung war bereits gefallen. Sie hatte in dem Moment festgestanden, als meine Neugier mich dazu getrieben hatte, Violet aufzuspüren und herauszufinden, in welcher Art von Schwierigkeiten sie steckte. Festzustellen, warum sie mit dem Zinnsoldaten sprechen wollte. Neugier. Sie würde mich eines Tages umbringen. Wahrscheinlich schon sehr, sehr bald.

»Sophia«, sagte ich. »Du musst ein paar Tage für mich auf das Pork Pit aufpassen. Vielleicht auch bei ein paar anderen Sachen helfen, falls es nötig werden sollte.«

Die Grufti-Zwergin nickte. Ein winziges Lächeln erhellte ihre harten, bleichen Gesichtszüge. Es gab nichts, was Sophia mehr mochte, als sich um *andere Dinge* zu kümmern, die ich ihr lieferte.

»Finn, ich brauche alle Informationen über Dawson, sein Bergbau-Unternehmen und warum er das Land der Foxes unbedingt besitzen will.«

Finn nickte.

»Jo-Jo, wahrscheinlich brauche ich auch Heilsalben.«

Die ältere Zwergin nickte ebenfalls.

Violet sah zwischen uns hin und her. »Ich verstehe nicht. Ich dachte, Finns Vater, der Zinnsoldat, wäre tot? Wie sollte etwas von dem, was du gerade gesagt hast, mir und meinem Großvater helfen?«

»Weil, Süße«, sagte ich, »ich vielleicht nicht der Zinnsoldat bin und sicherlich kein Ritter aus dem Märchen – aber das Beste, was du kriegen kannst.«

12

Sobald sie sich meiner professionellen Hilfe versichert hatte, wollte Violet nach Hause, um sicherzustellen, dass es ihrem Großvater gut ging.

»Vergiss es«, sagte ich. »Du fährst heute Abend nicht nach Hause. Du musst hierbleiben und dich ausruhen. Du hast ein ernsthaftes Trauma durchlitten. Auch wenn du magisch geheilt wurdest, brauchst du ein wenig Erholung.«

Inzwischen lagen dunkle Schatten unter Violets Augen, und sie bewegte sich langsam, als koste sie jede Bewegung eine Menge Kraft. Sie würde jeden Moment vor lauter Erschöpfung in Ohnmacht fallen. Ich sagte nicht, dass ich wollte, dass Violet hierblieb, damit Jo-Jo und Sophia Deveraux auf sie aufpassen konnten. Die Zwerginnen würden sicherstellen, dass sie nichts Dummes tat, wie ihrem Großvater von dem Angriff zu erzählen und so dafür zu sorgen, dass er sich auf die Jagd nach Dawson machte.

»Aber was, wenn Dawson auch meinem Großvater jemanden auf den Hals hetzt?«, fragte Violet.

»Das wird er nicht«, antwortete ich. »Du hast es selbst gesagt. Dein Großvater und seine Schrotflinte kommen mit Dawsons Männern klar. Deswegen hat der Zwerg stattdessen dich als Opfer ausgewählt. Mit Drohungen gegen deinen Großvater wird er nichts erreichen.«

»Aber woher weißt du das?«, drängte sie wieder.

Ich schenkte ihr einen ausdruckslosen Blick. »Weil ich eine Menge Erfahrung mit solchen Dingen habe. Dawson wartet wahrscheinlich darauf, dass sein Telefon klingelt und sein Mann ihm sagt, dass du tot bist. Wenn ihm klar wird, dass etwas schiefgelaufen ist, wird Dawson zu sehr damit beschäftigt sein herauszufinden, was mit seinem Zwerg passiert ist, um sich um deinen Großvater zu kümmern. Zumindest heute Abend. Vertrau mir. Dir bleibt genug Zeit für deinen Schönheitsschlaf.«

Violet öffnete den Mund, um mir noch mal zu widersprechen, aber ich kam ihr zuvor. »Du kannst deinen Großvater anrufen. Hören, wie es ihm geht, und ihm sagen, dass du morgen kommst. Aber wenn du meine Hilfe willst, bleibst du heute Abend hier. *Capisce?*«

Violet war offensichtlich nicht nur eine Einser-Schülerin, sondern auch ein schlaues Köpfchen, denn unter meinem kalten Blick brach ihr Widerstand in null Komma nichts zusammen. »In Ordnung«, murmelte sie. »Ich werde meinen Großvater anrufen.«

»Gut«, antwortete ich, dann schob ich ihre Dessertschale wieder zu ihr hin. »Und jetzt nimm noch ein bisschen von dem Süßkram.«

Violet aß noch ein paar Aprikosenriegel mit Eis, während sich der Rest von uns in die Planung stürzte. Jo-Jo und Sophia versprachen mir, auf das Mädchen aufzupassen, bis Finn und ich am nächsten Morgen zurückkamen. Zusammen würden wir Violet nach Hause bringen, Warren Fox kennenlernen und herausfinden, was wir tun konnten, um Dawson zum Rückzug zu bewegen.

Jo-Jo brachte Violet in einem ihrer Gästezimmer im ersten Stock unter, während Finn Sophia dazu überredete, nach draußen in den Regen zu gehen und zu sehen, was sie gegen das Blut auf den Ledersitzen seines kostbaren Aston Martins unternehmen konnte. Sobald Jo-Jo mit Violet fertig war, führte mich die Zwergin in ihren Salon, wo sie mir eine Plastikdose gab. Auf dem Deckel war die Wolkenrune abgebildet, Jo-Jos Symbol. Ich fuhr die hellblaue Form mit dem Fingernagel nach.

Luftelementare wie Jo-Jo konnten nicht nur mit ihren Händen heilen, sondern auch verschiedenste Produkte mit ihrer Heilmagie aufladen, wie zum Beispiel die Salbe, die sie mir gerade gegeben hatte. Die Creme heilte natürlich nicht so gut wie Jo-Jo persönlich, aber sie konnte mich am Leben halten, bis ich sie erreichte. Außerdem gab sie mir mehrere kleinere Tiegel inklusive eines Behälters, der aussah wie eine Puderdose, und eines zweiten in Form eines Lippenstifts.

»Danke«, sagte ich. »Ich habe das Gefühl, ich werde das alles brauchen, wenn ich mich mit Tobias Dawson anlege.«

Jo-Jos heller Blick verdunkelte sich und wurde abwesend. »Vielleicht. Obwohl ich nicht glaube, dass diese Salben viel helfen werden. Dieses Mal nicht.«

Ihre Stimme klang abwesend, als wäre sie weit entfernt und stände nicht direkt vor mir. Zusätzlich zu ihrer Heilmagie konnte Jo-Jo manchmal einen Blick in die Zukunft werfen. So war es bei den meisten Luftelementaren. Sie war in der Lage, Schwingungen und Vibrationen im Wind zu lesen wie ich den Stein, den ich berührte. Doch während mir mein Element von der Vergangenheit berichtete, sprach ihres oft von der Zukunft. Ein weiterer Gegensatz der zwei Elemente.

Einen Moment später nahmen Jo-Jos Augen wieder ihre normale Färbung an, und sie starrte mich an. »Also, werden wir darüber sprechen?«

»Über was sprechen?«, fragte ich, während ich Puderdose und Lippenstift in meine Hosentasche schob.

»Über die Aktenmappe, die ich dir gegeben habe. Diejenige, an der Fletcher so lange gearbeitet hat.«

Ich verzog das Gesicht. Jo-Jo war diejenige, die mir vor zwei Monaten, kurz nach Fletchers Beerdigung, die Akte über meine ermordete Familie ausgehändigt hatte. Die Zwergin hatte mir gesagt, ich könne jederzeit mit ihr über alles reden, wenn ich bereit dazu war. Noch etwas, was ich bis jetzt nicht getan hatte.

»Was gibt es da zu besprechen?« Ich zuckte mit den Achseln. »Aus irgendeinem Grund wusste Fletcher die ganze Zeit, wer ich wirklich bin. Trotzdem hat er nie mit mir darüber gesprochen. Stattdessen hat er seine Freizeit damit verbracht, alle Informationen über meine tote Familie zu sammeln, als wäre ich eine seiner Zielpersonen. Als wäre ich nicht mehr als ein Mordanschlag, den er durchziehen wollte. Der alte Mann gibt dir die Akte, dann wird er ermordet, bevor er mir davon erzählen kann – oder mir sagen, was zur Hölle ich seines Erachtens mit dem ganzen Zeug anfangen soll. Ich versteh wirklich nicht, worüber wir da reden sollen.«

Jo-Jo starrte mich an. »Zum Beispiel über deine Schwester.«

Ich schnaubte. »O ja, meine kleine Schwester Bria, von der ich seit Neustem weiß, dass sie noch lebt, obwohl ich sie siebzehn Jahre lang für tot gehalten habe.«

»Ich verstehe, dass du verletzt bist und das Gefühl hast, dass Fletcher dich betrogen hätte. Aber die Familie ist das Wichtigste, Gin«, sagte die Zwergin sanft. »Ob es nun die Familie ist, in die du geboren wurdest, oder diejenige, die du dir selbst geschaffen hast. Bria ist von deinem Blut, deine Schwester, und sie lebt. Du kannst das nicht einfach ignorieren.«

»Fletcher hat mir ein Foto von ihr hinterlassen, aber nicht verraten, wie ich sie finden kann. Wo sie ist, wie sie jetzt ist. Ein bisschen schlampig von ihm, diese Infos auszulassen, oder?«, blaffte ich.

»Fletcher Lane hat nie etwas getan, was nicht auch so gedacht war«, erklärte Jo-Jo. »Er hat dir dieses Foto aus einem bestimmten Grund hinterlassen. Eines Tages wirst du es verstehen.«

Der Ton in ihrer Stimme sorgte dafür, dass die Zahnräder in meinem Kopf knirschten – genauso wie meine Zähne. Meine grauen Augen bohrten sich in ihre hellen. »Du weißt es, richtig? Du weißt, warum er diese Informationen zusammengetragen hat.«

Jo-Jo legte den Kopf schräg. »Ich habe eine ungefähre Vorstellung.«

»Willst du es mir sagen?«, fragte ich sarkastisch.

Die Zwergin schüttelte den Kopf. »Das steht mir nicht zu. Das ist ein Problem zwischen dir und Fletcher.«

»Er ist *tot.*«

»Das heißt noch lange nicht, dass er nicht mehr mit dir sprechen kann«, erklärte Jo-Jo. »Du musst nur bereit sein, ihm auch zuzuhören.«

Ich öffnete gerade den Mund, um ihr mitzuteilen, dass es ziemlich schwer war, sich mit jemandem zu unterhalten, der zwei Meter unter der Erde lag, aber in diesem Moment schlenderte Finn in den Salon. Er ließ seine Autoschlüssel um den Finger wirbeln.

»Bist du bereit?«, fragte er.

Ich sah ihn an. »Sophia hat das Blut bereits aus dem Aston Martin raus? Wie zur Hölle hat sie das geschafft?«

»Seife, Wasser und ein bisschen zwergisches Muskelschmalz«, antwortete Finn. »Diese Frau ist ein Genie. Es sieht aus wie an dem Tag, an dem ich ihn bekommen habe, und riecht auch so.«

Die Leistungsfähigkeit von Seife und Wasser hatte ihre Grenzen, und ich ging nicht davon aus, dass man damit Blut aus Leder entfernen konnte. Ich sah Jo-Jo an, die mir ein unschuldiges Grinsen schenkte, das ich ihr keine Sekunde abnahm. Ich liebte die zwei Zwergen-Schwestern, aber je länger ich Jo-Jo und Sophia Deveraux kannte, desto klarer wurde mir, dass ich eigentlich nichts über sie wusste. Zumindest nichts, was wirklich eine Rolle spielte – wie zum Beispiel die Wahrheit. Genauso wie ich anscheinend den wahren Fletcher Lane nicht gekannt hatte.

»Bist du bereit?«, fragte Finn wieder.

Ich starrte Jo-Jo noch einen Moment an, dann drehte ich mich zu ihm um. »Ja. Lass uns verschwinden.«

Finn setzte mich an Fletchers Haus ab, versprach, sich am nächsten Morgen im Pork Pit mit mir zu treffen, und fuhr dann zu seiner eigenen Wohnung in die Stadt. Ich kontrollierte den Kies in der Einfahrt und den Granit der Eingangstür und lauschte mit meiner Steinmagie nach Störungen. Aber die Kiesel gaben nur ihr übliches leises Murmeln von sich. Heute keine Besucher.

Trotzdem kontrollierte ich die Mauern und den Boden. Selbst im Ruhestand konnte ich es mir nicht leisten, in meiner Wachsamkeit nachzulassen. Besonders nicht jetzt, wo dieser Mist mit Jake McAllister lief. Denn Jake war wirklich sauer gewesen, als die Cops ihn gestern Abend weggebracht hatten. Ich zweifelte nicht daran, dass er intensiv darüber nachdachte, wie er mir wehtun und mich zwingen konnte, die Anzeige gegen ihn fallen zu lassen. Schließlich war er bereit gewesen, mich für die läppischen zweihundert Dollar in der Kasse bei lebendigem Leib mit seiner Feuermagie zu rösten. Von da aus war es nicht mehr allzu weit zu Folter und geplantem Mord. Ob Jake wirklich einen Versuch starten würde, stand noch nicht ganz fest. Aber ich wäre auf jeden Fall bereit.

Es war noch nicht allzu spät, aber es war ein anstrengender Tag gewesen. Also ging ich unter die Dusche, zog einen Pyjama an und kroch ins Bett. Fast sofort schlief ich ein, und irgendwann später begann der Traum …

Ich stand im Pork Pit und schnitt Zwiebeln für die gebackenen Bohnen des nächsten Tages. Trotz des brennenden Geruchs tränten meine Augen nicht. Ich weinte nie. Nicht mehr. Nicht, seitdem meine Familie ermordet worden war. Aber das bedeutete nicht, dass ich mir keine Sorgen machen musste. Meine Augen huschten zu der Uhr an der Wand: 22:05 Uhr. Eine Minute später als beim letzten Mal, als ich aufgeschaut hatte. Die Angst krampfte meinen Magen zusammen, bis er sich so hart anfühlte wie die Ziegelsteine der Restaurantmauern um mich herum.

»Er kommt zu spät«, sagte ich leise.

»Sei keine solche Schwarzseherin, Gin«, höhnte eine Teenagerstimme hinter mir. »Er kommt immer zurück.«

Ich unterbrach meine Arbeit und drehte mich zu Finnegan Lane um. Mit fünfzehn war Finn zwei Jahre älter als ich, mit wuscheligen braunen Haaren und Augen, deren Farbe mich an Gras erinnerte. Er war groß mit einer Brust, die bereits in die Breite ging. Ganz anders als meine langen, schlaksigen Arme und Beine.

Finn saß auf einem Hocker vor der Registrierkasse und trank die letzten Tropfen des dreifachen Schoko-Milchshakes, den ich ihm gemacht hatte. Er mochte mich nicht besonders, da wir in Konkurrenz um die Zeit, Aufmerksamkeit und Liebe seines verwitweten Vaters standen. Ich hatte gehofft, dass meine kleine Bestechung zumindest dafür sorgen würde, dass er mich tolerierte, während wir auf Fletcher warteten. Es hatte funktioniert. Finn war zu sehr damit beschäftigt gewesen, die süße Flüssigkeit aufzusaugen, um mich zu verhöhnen. Zur Abwechslung.

Es war drei Monate her, seit Fletcher mich aufgenommen

hatte, und mein Leben war so normal geworden, wie es nur sein konnte. Tagsüber ging ich unter dem Namen Gin Blanco zur Schule und holte auf, was ich verpasst hatte, während ich auf der Straße lebte und mich vor dem Feuerelementar versteckte, der meine Familie ermordet hatte. Nach der Schule ging ich direkt ins Pork Pit, um Fletcher beim Kochen und Putzen zu helfen und mir so meinen Lebensunterhalt zu verdienen. Er mochte mir ja ein Dach über dem Kopf geben, aber ich war entschlossen, so viel zu arbeiten wie nur möglich. Es war kein glamouröses Leben und nicht die angenehme Bequemlichkeit, die ich vorher gekannt hatte, aber zumindest verschaffte es mir die Illusion von Sicherheit. Und das wusste ich inzwischen mehr zu schätzen als je zuvor.

Nur eine Sache beunruhigte mich – Fletchers spätabendliche Ausflüge. Ungefähr einmal im Monat verschwand er. Manchmal für ein paar Stunden, manchmal für ein paar Tage. Er sagte nie, wo er hinging oder was er tat, und ich fragte auch nicht nach. Aber ich erkannte Blut, wenn ich es sah, und Fletcher war oft damit überzogen. Mit frischem, klebrigem, nassem Blut. Er hatte Spritzer davon auf seiner Kleidung, als hätte er gerade jemanden abgestochen. Noch etwas, über das ich Bescheid wusste, obwohl ich erst dreizehn Jahre alt war.

Meine Augen glitten wieder zur Uhr. 22:07 Uhr. Fletcher war verschwunden, sobald ich am Nachmittag aufgetaucht war. Er hatte erklärt, er wäre um sieben zurück, also vor mehr als drei Stunden. So sehr hatte er sich noch nie verspätet. Was sollte ich tun, wenn er nicht zurückkam? Wo sollte ich hin? Wahrscheinlich zurück auf die Straße, wieder darauf angewiesen, um Essen, Kleidung und Unterkunft zu betteln. Mein Magen verkrampfte sich noch ein bisschen mehr …

Die Eingangstür zum Restaurant wurde aufgerissen, und die Glocke bimmelte. Mein Herz machte einen Sprung. Einen

Moment später warf ein Paar langer Arme Fletcher Lane in den Raum. Er flog durch die Luft, knallte auf einen Tisch, rutschte darüber und landete hart auf dem Boden. Er stöhnte und keuchte. Sein Blut spritzte über das saubere Linoleum, das ich erst am Nachmittag geputzt hatte.

Ein Mann trat ins Pork Pit, schloss die Tür hinter sich und drehte sich um. Selbst über das Rauschen in meinen Ohren konnte ich hören, wie die Tür verriegelt wurde. Er hatte uns eingeschlossen.

»Dad!«, schrie Finn und wollte zu seinem verletzten Vater eilen, aber der Mann trat vor Fletchers Körper und schlug Finn ins Gesicht. Der Teenager flog durch den Raum. Auch er knallte gegen einen Tisch, kippte um, fiel auf den Boden und blieb bewegungslos liegen. Ich stand mit weit aufgerissenen Augen hinter dem Tresen und konnte nicht glauben, dass das wirklich passierte. Nicht jetzt. Nicht schon wieder. Bitte, bitte, nicht noch mal!

»Du hättest den Job annehmen sollen, Lane«, sagte der Fremde gedehnt.

Es war ein Riese, fast sechzig Zentimeter größer als ich, mit einer breiten, muskulösen Brust, die mich an eine quer gestellte Parkbank erinnerte. Seine schwarzen Haare zogen sich um seinen Kopf wie ein Kranz, während an seinem eckigen Kinn ein Ziegenbart wuchs.

»Ich habe dir gesagt, Douglas«, keuchte Fletcher, »... ich töte ... keine Kinder. Niemals.«

»Du hättest eine Ausnahme machen sollen. Denn jetzt bist du derjenige, der sterben wird.«

Douglas rammte seinen Fuß in Fletchers Seite. Fletcher stöhnte erneut und hustete Blut. Ich keuchte. Der Riese riss den Kopf hoch, und sein Blick landete auf meinem nichtexistenten Busen.

»Was haben wir denn da?« Er schmatzte. »Hallo,

hübsches Mädchen. Wir werden Spaß haben, wenn ich hier fertig bin.«

»Lass sie in Ruhe«, sagte Fletcher. »Sie ist nur ein Kind.«

Fletcher versuchte, auf die Beine zu kommen, aber Douglas lehnte sich vor und rammte ihm die Faust ins Gesicht. Sogar am anderen Ende des Raums hörte ich das Knirschen seiner Kieferknochen, dann fiel er mit einem schmerzerfüllten Stöhnen zurück auf den Boden. Finn hatte sich immer noch nicht wieder bewegt. Ich schlug mir eine Hand über den Mund, um nicht zu schreien.

»Weißt du«, sagte Douglas, während er seine Ärmel hochrollte. »Ich werde es genießen, dich zu Tode zu prügeln, Lane. Es ist schon eine Weile her, seit ich mir meine Hände mal so richtig schön schmutzig gemacht habe.«

Mein Magen machte einen Sprung, und für einen Moment fürchtete ich, ich müsste mich übergeben. Meine Mutter, meine ältere Schwester Annabella, meine jüngere Schwester Bria. In den letzten paar Monaten hatte ich jeden verloren, der mir je etwas bedeutet hatte. Ich konnte nicht auch noch Fletcher entbehren. Das ging einfach nicht. Er war die einzige Person gewesen, die in letzter Zeit freundlich zu mir gewesen war, mir Mitgefühl entgegengebracht hatte. Er war der Einzige, den es noch interessierte, ob ich am Leben war oder starb.

Aber was konnte ich tun? Douglas würde nicht aufhören, bis entweder Fletcher tot war – oder er selbst. Das hatte er gesagt, und Fletcher konnte sich nicht wehren. Nicht im Moment.

In diesem Augenblick wurde mir klar, was ich tun musste, wenn ich Fletcher retten wollte – wenn ich mich selbst und die zerbrechliche, sichere Blase von Normalität und Sicherheit bewahren wollte, die ich mir im Pork Pit aufgebaut hatte.

Meine grauen Augen senkten sich auf das Messer, das ich immer noch umklammerte. Das Messer, mit dem ich gerade

Zwiebeln geschnitten hatte. Eine seltsame Ruhe überkam mich, also umfasste ich den Griff fester, bis sich der rostfreie Stahl an die Spinnenrunen-Narben in meiner Handfläche drückten. »Lass ihn in Ruhe«, sagte ich, während ich das Messer unter den Tresen senkte, sodass der Riese es nicht sehen konnte.

Douglas stoppte sein Ärmelaufrollen kurz und sah mich ungläubig an. »Was hast du gesagt, kleines Mädchen?«

Ich holte tief Luft. »Ich sagte, lass ihn in Ruhe, du fetter, hässlicher, stiergesichtiger Mistkerl.«

Douglas kniff die Augen zusammen. »Na, du bist ja mal streitlustig. Eine Schande, dass du so früh sterben wirst – und unter solchen Schmerzen.«

Der Riese trat über Fletcher hinweg und kam auf mich zu. Fletcher streckte die Hand aus, um ihn aufzuhalten, aber er war zu schwach und zu schwer verletzt, um den größeren, stärkeren Mann festzuhalten. Ich blieb, wo ich war, hinter dem Tresen, und zog meinen rechten Arm nach hinten, um das Messer zu verstecken. Douglas trat um den Tresen und griff nach mir.

Seine linke Hand packte meine Schulter und riss mich zu ihm hin. Etwas in meinem Arm knirschte, und Schmerzen explodierten in meinem Körper. Der große Mann zog bereits die rechte Faust zurück, um mich zu schlagen. Irgendwie drängte ich den Schmerz zurück, nahm einen Atemzug, warf mich nach vorne und rammte ihm das Messer so fest in die Brust, wie ich nur konnte.

Vielleicht hatte ich besser gezielt als erwartet, denn Douglas' braune Augen traten vor Überraschung und Schmerz fast aus ihren Höhlen, auch wenn er nicht umfiel. Er stolperte nur nach hinten. Ich umklammerte weiter das Messer, und es glitt wieder aus seiner Brust. Blut überzog meine Finger wie heißes Fett und verbrannte mir die Haut. Ich wollte die Waffe fallen lassen. Oh, wie gern ich sie fallen lassen wollte.

Vielleicht hätte ich das sogar getan, wenn Douglas nicht angefangen hätte zu lachen.

»Dummes Miststück«, sagte er. »Glaubst du, so eine kleine Stichwunde kann mich aufhalten? Ich werde es genießen, dich dafür zahlen zu lassen.«

Wieder kam er mit erhobener Faust auf mich zu, aber ich zögerte nicht. Bevor er mich schlagen konnte, warf ich mich nach vorne und stach wieder auf ihn ein. Ich fühlte, wie die Klinge von etwas in seiner Brust abglitt. Einer Rippe oder irgendeinem anderen Knochen. Am liebsten hätte ich mich übergeben.

Douglas schrie und vergrub seine riesigen Finger in meinen Haaren. Er riss meinen Kopf zurück, bis ich glaubte, mein Genick würde brechen. Aus dem Augenwinkel sah ich das Glitzern von gelblichen Reißzähnen in seinem Mund. Ein Vampir. Er war ein Riese und ein Vampir. Einer, der mein Blut trinken wollte, um sein eigenes zu ersetzen.

Panik überwältigte mich. Bevor er seine Zähne in meinem Fleisch vergraben konnte, riss ich das Messer wieder aus seiner breiten Brust und rammte es ihm noch mal in den Körper.

Und noch mal.

Und noch mal.

Wieder und wieder stach ich auf ihn ein, bis Blut, Tränen und Rotz mein Gesicht überzogen wie eine zweite Haut. Jemand schrie. Ich. Douglas ließ meine Haare los und glitt zu Boden, aber ich konnte nicht aufhören, auf ihn einzustechen. Er trat nach mir und traf mein Bein. Mein Knie gab nach, und ich stolperte nach hinten, um mich an der Ecke der Registrierkasse abzufangen. Meine Schulter brannte vor Schmerz, genau wie es meine Handflächen getan hatten, als der Feuerelementar, der meine Familie getötet hatte, mich gefoltert und mir mein eigenes Spinnenrunen-Medaillon in die Haut gebrannt hatte. Der Riesenvampir drehte sich auf den Bauch und kroch um den Tresen. Ein kleiner Teil von mir verstand, dass er nicht mehr gegen mich kämpfte, dass er tatsächlich versuchte, vor mir zu fliehen.

Aber ich stürzte mich trotzdem wieder auf ihn.

Ich warf mich auf seinen Rücken und rammte ihm das Messer zwischen den Schulterblättern in den Körper. Mit meinem gesamten Gewicht dahinter glitt die Waffe bis zum Griff in seinen Brustkorb ein. Dieses Mal schrie Douglas nicht. Irgendetwas in seinem Körper schien nachzugeben, und er hörte auf, sich zu bewegen. Ich hob das Messer und wollte erneut zustechen …

Raue Hände legten sich auf meine Schultern. Ich wehrte mich gegen sie, aber sie waren stärker und drückten meine Arme fest an meine Seiten. Die Person zog mich an ihre Brust, der Geruch nach Malzkaffee überschwemmte mich und verdrängte den kupferartigen Geruch von frischem Blut.

»Es ist vorbei, Gin.« Fletcher flüsterte direkt in mein Ohr. »Es ist vorbei. Er ist tot. Du kannst aufhören, auf ihn einzustechen.«

Fletchers sanfte Worte beruhigten mich. Er hielt mich immer noch im Arm. Das Messer glitt aus meiner verkrampften Hand und fiel klappernd zu Boden …

Das Geräusch mochte nur in meiner Vorstellung erklungen sein, trotzdem weckte es mich. So plötzlich, dass ich schon auf den Beinen war, bevor mir klar wurde, dass es nur ein Traum gewesen war. Eine weitere meiner schrecklichen Erinnerungen, die nach Beachtung verlangte. Für einen Moment spürte ich wieder diese hysterische Wut in mir, diesen tief verwurzelten Überlebenswillen, dem Preis und Konsequenzen seiner Handlungen egal waren. Der Instinkt, der einen so großen Teil meines Lebens bestimmt hatte.

Ich seufzte und rieb mir den Schlaf aus den Augen. Mein Psychologie-Professor am College hätte mir jetzt erklärt, dass die Träume – diese Blicke in meine Vergangenheit – meiner Psyche die Möglichkeit gaben, mit den Traumata umzugehen und sie zu heilen. Quatsch. Für mich waren diese Träume und Erinnerungen ermüdende Prüfungen wie Marleys Geist, der gegenüber Scrooge mit seinen Ketten rasselte. Ich hatte all das bereits einmal durchlebt. Ich konnte wirklich keine nächtliche Wiederholung in Technicolor brauchen.

Und im Moment wollte ich mich definitiv nicht damit beschäftigen.

Also kletterte ich wieder ins Bett, kuschelte mich in die warme Stelle unter der Decke und zwang mich dazu, mich zu entspannen. Meinen Körper in die Matratze sinken zu lassen. Den Kiefer zu entspannen, die Fäuste zu öffnen und die Nacht zu vergessen, in der ich im Pork Pit auf brutalste Art einen Mann ermordet hatte. Einen von vielen.

Doch trotz all meiner Anstrengungen dauerte es sehr lange, bis ich wieder einschlief.

13

»Langsam nervt es«, sagte ich.

Kurz vor Mittag am nächsten Tag stand ich innen vor dem Fenster des Pork Pit. Wieder einmal war das Restaurant so leer wie eine Kirche am Samstagabend, bis auf Sophia Deveraux, die am hinteren Tresen aus Essig, Zucker, Mayonnaise und schwarzem Pfeffer das Dressing für den Krautsalat mixte. Die Grufti-Zwergin hatte ihre Kleidung heute ein wenig aufgehellt. Statt ihres üblichen schwarzen T-Shirts trug sie ein blutrotes, das mit weißen Sargmotiven verziert war. Um ihren Hals zog sich eine Kette aus Granaten, deren Rautenmuster aus Glitzerstrass bestand.

Meine Augen glitten über die leeren Sitznischen, die unbesetzten Tische, die unbenutzten Stühle. Normalerweise war Mittwoch ein anstrengender Tag, weil die Leute endlich ihre Portion Grillfleisch wollten. Aber nicht heute. Ich hatte gewusst, dass Jonah McAllister als Mab Monroes Nummer zwei fungierte und dass er auch ohne diese Verbindung ein aalglatter mächtiger, korrupter Anwalt war. Aber anscheinend war er einflussreicher, als ich vermutet hatte. Sonst hätte er es nie geschafft, die Leute zwei Tage hintereinander vom Restaurant fernzuhalten. Ich fragte mich, wie lang der Anwalt diesen Druck aufrechterhalten konnte – und was ich dagegen unternehmen sollte. Außer den Bastard umzubringen.

Was mir letztendlich aber nur noch mehr Probleme bereiten würde.

»Hast du alle nach Hause geschickt und ihnen gesagt, dass sie trotzdem ihren Lohn erhalten?«, fragte ich. »Ist deswegen niemand außer dir hier?«

»Hmm-mmm.« Sophias Version eines gegrunzten Jas.

Die Grufti-Zwergin fing an, das Dressing unter einen Haufen von grünem und purpurnem Salat mit Karotten zu rühren, obwohl niemand da war, der das Ganze essen würde. Eigentlich eine Schande.

Finn sollte erst in ein paar Minuten auftauchen, also entschied ich mich, mir während der Wartezeit selbst etwas zu essen zu gönnen. Sonst würde heute ja doch keiner nach Barbecue verlangen. Ich machte mir ein Rindfleischsandwich mit gebackenen Bohnen und ein wenig Krautsalat, dazu nahm ich mir einen gekühlten Brombeer-Eistee. Dann setzte ich mich mit meinem Essen in der Mitte des Restaurants an einen Tisch, um Finn sofort zu sehen, wenn er die Straße entlang kam, und trotzdem gleichzeitig mit Sophia reden zu können.

Ich hatte zur Hälfte aufgegessen, als die Glocke über der Eingangstür anschlug. Ich sah auf, in der Erwartung, Finn zu entdecken. Der Mann, der den Laden betreten hatte, trug einen makellosen Geschäftsanzug und polierte Lederschuhe, aber damit endete auch schon jede Ähnlichkeit mit Finn.

Sein stahlgraues Haar trug er seitlich gescheitelt. Über seiner Stirn wellte sich eine Schmalzlocke wie ein Sahnehäubchen. Den grauen Haaren zufolge hätte ich ihn vielleicht auf um die sechzig geschätzt, aber sein Gesicht war das eines viel jüngeren Mannes – glatt, sauber rasiert und auf seltsame Art frei von jeglichen Falten, selbst in den Winkeln seiner braunen Augen. Ich schätzte, dass dafür Luftmagie und die teuersten Cremes verantwortlich waren, die man sich vorstellen konnte. Debütantinnen und Vorzeigehausfrauen waren nämlich nicht die Einzigen in Ashland, die mit Eitelkeit geschlagen waren. Allerdings hatte sich der Kerl hier nicht die Haare gefärbt. Wahrscheinlich ging er davon aus, dass er mit dem silbernen Kopf distinguierter wirkte.

Trotz seiner jugendlichen Vitalität strahlte er den Charme eines schmierigen Vertreters aus. Wenn man ihm die Hand schüttelte, musste man sich hinterher wahrscheinlich den Schleim abwischen. Und sich fragen, wo denn der eigene Geldbeutel abgeblieben war. Ich erkannte ihn aus den vielen Zeitungsberichten wieder und aus den Bildern in Fletchers Akte über Mab Monroe und ihre Lakaien. Gerade hatte Jonah McAllister, Ashlands raffiniertester Anwalt und persönlicher Berater von Mab selbst, mein Restaurant betreten.

Und er war nicht allein.

Am Rockzipfel seines Vaters stiefelte Jake McAllister durch die Tür. Rockstar-Jeans, Designer-Shirt, schwere Stiefel, ein schwarzer Ledermantel, der bis auf den Boden reichte. Wieder ein Rabauken-Outfit.

Danach betraten zwei Riesen-Bodyguards das Pork Pit und verstopften förmlich den Eingang. Diese Schlägertypen waren wahrscheinlich von Mab Monroe ausgeliehen, über ihren zweiten Stellvertreter, den Vollstrecker Elliot Slater, der selbst ein Riese war. Selbst wenn Kundschaft mein Restaurant hätte besuchen wollen, mit diesen beiden Kolossen vor der Tür hätten sie es gar nicht betreten können.

Ich starrte die Riesen an, ihre gigantischen insektenartigen Augen und die schwarzen Anzüge, für deren Herstellung wahrscheinlich ein ganzes Baumwollfeld draufgegangen war. Ich konnte keine verräterischen Beulen unter ihren Armen entdecken. Zumindest musste ich mir keine Sorgen darüber machen, dass sie mich erschießen würden, wenn die Sache schlecht lief. Sie hätten sowieso mehr Spaß daran, mich totzuprügeln. Dafür waren Riesen berüchtigt, die für Slater arbeiteten.

Und wenn es nach dem Hass und der Magie ging, die in Jake McAllisters Blick brannte, würden sie ihre Chance bekommen.

Jonah McAllister stand in der Mitte des Pork Pit. Doch statt mich oder Sophia anzusehen, glitt sein Blick über die blauen und pinkfarbenen Sitznischen, die verblassten Schweineklauenspuren auf dem Boden, die sauberen Tische und die uralte Registrierkasse. Seine Augen ähnelten denen seines Sohnes – ausdruckslos, braun, hart, aber ohne das Glühen von Magie. Die Feuermagie musste Jake von seiner Mutter geerbt haben. Wenn ich mich richtig an Fletchers Akte erinnerte, war sie vor mehreren Jahren gestorben.

Jonah McAllister sagte nichts. Ich hätte mich genauso gut gar nicht im Raum aufhalten können. Seine Arroganz nervte mich. Wenn er dieses Spielchen so spielen wollte, würde ich mich nur zu gern beteiligen. Ich streute noch etwas schwarzen Pfeffer über meinen Krautsalat, stach meine Gabel tief in den farbenfrohen Haufen und nahm einen weiteren Bissen. Süß und sauer. Ja, genauso lief der heutige Tag ab.

Endlich, nach ungefähr zwei Minuten intensiver Musterung, wandte Jonah McAllister den Kopf in meine Richtung. Er bedachte mich mit demselben Blick, mit dem er den Rest des Restaurants gemustert hatte. Einem langsamen, nachdenklichen Blick, der meinen Wert bis auf den letzten Pfennig abwog, maß und berechnete.

»Ich nehme an, Sie sind Gin Blanco, die Besitzerin dieses wunderbaren Etablissements«, sagte McAllister in vollem, tiefem Bariton, der in einem engen Gerichtssaal wahrscheinlich widerhallte wie Donner.

Ich kaute meinen Krautsalat fertig, schluckte und legte den Kopf schräg. »Das bin ich. Machen Sie sich nicht die Mühe, sich vorzustellen. Ich weiß bereits, wer Sie sind, Mr. McAllister.«

Jonah nickte mir zu und deutete auf den Stuhl auf der anderen Seite des Tisches. »Dürfte ich Ihre Gastfreundschaft in Anspruch nehmen?«

Meine Lippen zuckten. Himmel, er trug den Charme wirklich dick auf wie Butter auf Brot. »Sicher.«

McAllister öffnete den Knopf seines Jacketts und setzte sich. Jake machte Anstalten, sich zu uns zu gesellen, aber sofort richtete sein Vater die kalten Augen auf den Sohn. »Ans Fenster, Jake. Jetzt.«

Jake zuckte zusammen wie ein Hund, der schon so oft geschlagen worden war, dass der Besitzer nicht einmal mehr die Stimme heben musste, um ihn zu verängstigen. Aber er tat, was sein Vater gesagt hatte, und schob sich in eine der Sitznischen am Panoramafenster – an denselben Tisch, an dem vor zwei Tagen Eva Grayson und ihre Freundin Cassidy gesessen hatten.

Die zwei Riesen blieben, wo sie waren: an der Eingangstür, mit hängenden Armen und steif wie Flaggenmaste am vierten Juli. Nach dem Interesse, das sie zeigten, hätten sie auch Statuen sein können, auch wenn ihre hellen hervortretenden Augen dauerhaft auf mich gerichtet waren. Trotzdem, sehr schlampig von ihnen, so weit weg zu stehen. Ich hätte mühelos eines meiner Steinsilber-Messer greifen und Jonah McAllister damit die Kehle durchschneiden können, bevor die Wachen auch nur zwei Schritte weit gekommen wären.

Jetzt richtete Jonah McAllister seine volle Aufmerksamkeit auf mich. Ein dünnes Lächeln erschien auf seinen Lippen, obwohl sein Gesicht so heftig mit Luftmagie bearbeitet worden war, dass dabei keinerlei Regung entstand. Und das falsche Lächeln half nicht dabei, den abschätzigen Ausdruck in seinen Augen zu überspielen. Trotzdem hatte der Anwalt eine gewisse Ausstrahlung … das Auftreten eines Mannes, der es gewohnt ist, Befehle zu geben. Das sorgte wahrscheinlich dafür, dass einige Leute ihm sogar das Leben ihres Erstgeborenen versprachen, um einen Moment seiner Zeit für sich zu gewinnen. In mir erzeugte sein harter Blick jedoch nur das Bedürfnis zu lachen. McAllister war ein Witz im Vergleich zu den Leuten, mit denen ich mich als Spinne auseinandergesetzt hatte.

»Nun, Miss Blanco«, sagte er glatt. »Auf ein Wort.«

»Sicher«, antwortete ich. »Lassen Sie uns reden.«

»Ich weiß von den Differenzen, die Sie miteinander haben, aber Sie müssen verstehen, dass mein Sohn einfach nicht er selbst war. Oder, Jake?«

Jake McAllister starrte auf den Boden. »Nein«, murmelte er, während er mit dem Fuß gegen die Sitzbank gegenüber trat.

Jonah nickte bei der erwarteten Antwort, egal wie mürrisch und widerwillig sie gegeben worden war. »Wie Sie sehen können, schämt mein Sohn sich sehr für seinen Anteil an den Vorfällen von Montag. Ich bin in der Hoffnung hierhergekommen, diese Situation ohne weitere Einmischung von Polizei oder Gerichten aufklären zu können. Was sagen Sie?«

Für einen Moment starrte ich ihn nur an. Der Mann hatte Eier aus Steinsilber, das musste ich ihm lassen. Es war wirklich dreist, einfach in meinen Laden zu marschieren und zu versuchen, seinen Sohn durch ein »klärendes Gespräch« vor einem längeren Gefängnisaufenthalt zu bewahren. Ich dachte darüber nach, ihn eine Weile hinzuhalten und das dämliche Landei zu spielen, für das er mich offensichtlich hielt. Sollte der Anwalt doch versuchen, mich zu manipulieren, wie er es mit all den Geschworenen und den Leuten tat, die versuchten, sich gegen Mab Monroe aufzulehnen. Wenn schon nichts anderes, würde es sicherlich eine tolle Show geben. Aber ich hatte heute andere Dinge zu erledigen und mich um andere Probleme zu kümmern … nämlich herauszufinden, warum Tobias Dawson Violet tot sehen wollte. Ich hatte weder Zeit noch Lust dazu, mich widerstandslos zu ergeben. Außerdem hatte ich die Rolle des Opfers noch nie besonders überzeugend gespielt.

»Lassen Sie mich offen sprechen«, antwortete ich. »Sie erwarten, dass ich die Anzeige gegen Ihren Sohn zurückziehe, richtig? Meine Aussage zurücknehme, mich weigere, gegen ihn auszusagen, und so weiter und so fort. Darum geht es hier bei Ihren öligen Worten und Ihrer aufgesetzten Freundlichkeit, korrekt?«

Jonah McAllister runzelte die Stirn, offensichtlich erstaunt von meinen unverblümten Worten. Er kniff die Augen zusammen. Ich erwiderte seinen Blick ungerührt. Irgendetwas in meinen grauen Augen musste zu ihm gesprochen haben, denn sein Lächeln verschwand. Es war offensichtlich an der Zeit, die Taktik zu ändern.

»In Ordnung«, sagte Jonah McAllister. »Sie möchten also für den Ärger entschädigt werden. Das kann ich nachvollziehen.«

Er griff in sein Jackett und zog ein dünnes schwarzes Scheckbuch und einen dazu passenden Mont-Blanc-Füller heraus. »Wie viel wollen Sie?«

Ich lachte. Das Glucksen drang aus meiner Kehle wie Abgase aus einem Auspuff. Tief und schwarz. Wieder einmal verhärtete sich McAllisters Mund zu einer harten Linie, selbst wenn sich der Rest seines Gesichts nicht regte. Der Anwalt schätzte es nicht, ausgelacht zu werden. Zu dumm. Denn mit seinem unverhohlenen Bestechungsversuch hatte er eine kitzlige Stelle getroffen, ob er es nun beabsichtigt hatte oder nicht.

»Tut mir leid«, murmelte ich. »Ich hatte nicht damit gerechnet, dass Sie Ihr Scheckbuch mitbringen, und noch weniger damit, dass Sie es zücken würden. Sie haben unbestritten einen gewissen Stil, Mr. McAllister, wenn Sie versuchen, mich in meinem eigenen Restaurant zu bestechen.«

»Ich versuche nur den Ärger aufzuklären, Miss Blanco«, antwortete McAllister glatt. »Es ist nicht das erste Mal, dass ich so etwas für meinen Sohn regeln muss, und ich bin mir sicher, dass es auch nicht das letzte Mal sein wird, egal auf wie viele Reformschulen ich ihn über die Jahre schon geschickt habe. Also, warum beantworten Sie nicht meine Frage, und dann können wir diese kleine Farce beenden.«

Ich zog eine Augenbraue hoch. »Und welche Farce wäre das?«

McAllister erlaubte sich ein Lachen. Tief und sarkastisch, genauso wie meines vorher. »Die lächerliche Idee, dass Sie in Ashland oder anderswo vor Gericht gegen meinen Sohn aussagen werden. Die absurde Vorstellung, dass ich *erlauben* würde, dass so etwas geschieht.«

»Es ist keine Farce, Mr. McAllister«, sagte ich. »Ich habe fest vor, Ihren Sohn zu belasten – und es gibt nichts, was Sie mir anbieten könnten, um mich umzustimmen. Sicherlich kein Geld.«

Jonah McAllister lehnte sich vor. Jetzt brannten seine braunen Augen, wenn auch nicht aufgrund von Feuermagie. Stattdessen legte der Anwalt seinen gesamten Charme in den Blick. »Kommen Sie schon, Miss Blanco. Es ist unnötig, vor mir die rechtschaffene Bürgerin zu spielen. Ich habe mich über Sie erkundigt. Sie sind eine Waise und eine ziellose Herumtreiberin. Sie hatten das Glück, dieses Restaurant zu erben, nachdem der Besitzer, ein entfernter Cousin, der Sie aufgenommen hat, vor ein paar Monaten ermordet wurde. Zur Hölle, Sie können sich nicht mal entscheiden, worin Sie Ihren Abschluss am College machen wollen, an dem Sie so viele Kurse belegen.«

Schön zu erfahren, dass die Tarnidentität von Gin Blanco, die ich mir über die Jahre so mühevoll aufgebaut hatte, selbst intensiven Nachforschungen von jemandem wie Jonah McAllister standhielt. Doch das verhinderte nicht den schmerzhaften Stich in meiner Brust, den ich empfand, denn seine Worte waren wahrer, als er glaubte. Ich war eine Herumtreiberin gewesen, irgendwie ziellos, bis zu Fletchers Ermordung. Dieser grausame Vorfall und seine Folgen hatten dafür gesorgt, dass ich mir mein Leben genauer betrachtet hatte – und anfing, es zu ändern. Die Veränderungen waren noch lange nicht abgeschlossen. Aber ich wollte verdammt sein, wenn ich zuließ, dass Jonah McAllister etwas bedrohte, was mir gehörte.

McAllister deutete mein Schweigen als Nachdenken über seinen Vorschlag und beschloss, das Angebot zu erhöhen. »Außerdem bin ich mir sicher, dass ich irgendetwas besitze, was Sie interessieren könnte.«

Ich schüttelte den Kopf. »Sie haben nichts, was ich will, McAllister. Gar nichts. Und warum lassen Sie jetzt nicht mal die Fassade des besorgten Vaters fallen, der nur das Beste für seinen Sohn will? Wir wissen doch beide, dass der kleine Jakie in jeder Hinsicht eine Enttäuschung ist. Hat er Ihnen erzählt, dass er zwei Mädchen nur für den Kick töten wollte?«

»Halt die Klappe, Nutte«, knurrte Jake aus seiner Sitzecke. »Oder ich zünde dir den Arsch an.«

Ich starrte ihn an. »Du machst mir keine Angst, Jakie. Ich dachte, unsere Begegnung neulich hätte dir das bewiesen, selbst wenn du damals von deiner eigenen Feuermagie so high warst, dass du kaum grade laufen konntest.«

In Jakes Augen brannte noch mehr Hass, und das rote Glühen echten Feuers erfüllte seinen Blick. Jake öffnete den Mund, aber sein Vater hob seine gepflegte Hand. Sie war genauso faltenfrei wie sein altersloses Gesicht.

»Wenn Sie wissen, wer ich bin, Miss Blanco, dann wissen Sie auch, für wen ich arbeite«, sagte Jonah glatt. Ein erneuter Wechsel der Taktik. Jetzt kamen die schweren Geschütze.

»Mab Monroe«, antwortete ich. »Jeder weiß das.«

»Dann wissen Sie, welche Verbindungen ich habe, welche Macht, welchen Einfluss. Wenn Sie es unbedingt wollen, kann ich dafür sorgen, dass das Leben für Sie sehr schwierig wird. Sie werden herausfinden, dass es sehr anstrengend sein kann, das angeblich Richtige zu tun.«

Ich kniff die Augen zusammen, sparte mir aber eine Antwort.

»Haben Sie sich nicht gefragt, warum Sie in den letzten zwei Tagen keinerlei Gäste hatten?«, fragte Jonah leise.

»Nein«, antwortete ich. »Ich bin davon ausgegangen, dass Sie dafür verantwortlich sind und den Leuten gesagt haben, sie sollten sich vom Pork Pit fernhalten. Wie lange genau glauben Sie, das aufrechterhalten zu können?«

»So lange, wie es eben dauert, bis Sie Ihre Niederlage eingestehen«, antwortete er. »Sollte es nötig werden, werde ich die Leute jeden Tag an Ihrem Restaurant vorbeilotsen, bis Sie pleitegehen. Ich habe das Geld, die Zeit, die Möglichkeit und die Motivation dafür. Vielleicht sollten Sie darüber einmal nachdenken, bevor Sie mein großzügiges Angebot so einfach in den Wind schlagen. Ich versuche, diese Angelegenheit zivilisiert zu regeln. Glauben Sie mir, wenn ich Ihnen versichere, dass Ihnen die Alternative nicht gefallen wird.«

Der Bastard wagte es tatsächlich, mir zu drohen. Versuchte, mich unter Druck zu setzen, wie er es über die Jahre bei so vielen Leuten getan hatte. Es hätte vielleicht funktioniert, wenn ich noch dreizehn gewesen wäre und noch auf der Straße gelebt hätte – wenn ich immer noch Genevieve Snow gewesen wäre. Aber egal wie sehr ich mich veränderte, egal wie sehr ich mich bemühte, anders zu werden und meinen ehemaligen Beruf hinter mir zu lassen, ein Teil von mir würde immer die Spinne bleiben, ein Profikiller, so scharf wie die Steinsilber-Messer an ihrem Körper. Ich war schon seit langer

Zeit nicht mehr klein, schwach oder verängstigt. Und im Moment war ich es sicherlich auch nicht.

»Machen Sie so weiter, solange Sie wollen«, sagte ich ruhig. »Tun Sie, was nötig ist, um die Leute davon abzuhalten, im Pork Pit essen zu gehen. Ich werde trotzdem jeden Tag hier sein und meine Gäste erwarten, mit dem Besten, was meine Küche zu bieten hat. Ich würde mein Essen lieber an die Ratten auf der Straße verteilen, als wegen einem Schleimbeutel wie Ihnen mein Restaurant auch nur eine *Stunde* lang zu schließen. Habe ich mich klar genug ausgedrückt?«

Jeglicher Charme verschwand aus Jonah McAllisters Blick, als würde Wasser von einer Scheibe abperlen. »Kristallklar. Zu dumm, Miss Blanco. Zu dumm für Sie.«

»Ich habe dir doch gesagt, dass wir die Nutte einfach hätten umbringen sollen«, blaffte Jake. »Komm schon, Dad. Lass mich sie erledigen, gleich hier und jetzt. Und dieses Zwergenflittchen hinter dem Tresen gleich mit.«

Bei seinen Worten erfüllte mich kalte Wut. Es war eine Sache, in mein Restaurant – Fletchers Restaurant – zu kommen und mich zu bedrohen. Ich hatte von diesem Vater-Sohn-Gespann nichts anderes erwartet. Ich wusste, dass ich es selbst heraufbeschworen hatte, als ich dafür sorgte, dass Jake McAllister verhaftet wurde. Aber ich wollte verdammt sein, wenn ich zuließ, dass dieser Feuerelementar-Schwachkopf schlecht über meine Familie redete – oder sie auf irgendeine Weise bedrohte. Und Sophia Deveraux gehörte zu meiner Familie, genau wie Jo-Jo und Finn.

Fletcher Lane war ungefähr eineinhalb Meter von dem Tisch entfernt ermordet worden, an dem wir saßen. Er war schrecklich und auf brutalste Weise von einem sadistischen Luftelementar gefoltert worden. So etwas würde meiner Familie niemals wieder passieren. Nicht, solange ich noch einen Funken Leben in mir hatte. Besonders nicht hier drin.

Es war Zeit, Jake McAllister wissen zu lassen, dass ich keine Angst vor ihm und seinen lächerlichen Drohungen hatte – und wozu ich fähig war, wenn es hart auf hart kam.

»Du warst nicht Manns genug, mich allein zu erledigen, Jakie«, blaffte ich. »Und jetzt? Jetzt willst du Daddy und seine Wachen dazu bringen, dir zu helfen? Jämmerlich.«

Anscheinend konnte Jake McAllister keine Kritik vertragen, denn er sprang auf die Füße. Feuer brannte in seinen Augen, und orangerote Flammen knisterten um seine geballten Fäuste. Er stürzte sich auf mich.

Für einen Moment saß ich einfach nur da und dachte über meine Möglichkeiten nach. Wahrscheinlich hätte ich das besser getan, *bevor* ich mein Maul aufgerissen und die McAllisters herausgefordert hatte. Aber jemand musste dieses tyrannische Grinsen von Jake McAllisters Gesicht wischen, und das wollte ich sein. Ich hatte es auf jeden Fall geschafft, denn jetzt stand in Jakes Augen heiße Wut. Wenn ich zuließ, dass er mich in die Finger bekam, würde er mir alle Knochen brechen. Und wahrscheinlich nicht aufhören, auf mich einzuschlagen, bis ich tot war. Dumm war, dass Jonahs Bodyguards die Tür zum Restaurant blockierten. Jetzt gab es nur noch eine Möglichkeit. Mich verteidigen und Jake dazu bringen, dass er das nächste Mal zweimal darüber nachdachte, bevor er sich mit mir anlegte. Das war sowieso das Einzige, was ich gut konnte.

Kurz bevor Jake mich schlagen konnte, stand ich auf, schnappte mir blitzschnell meinen Teller vom Tisch und rammte ihm das Ganze so fest ins Gesicht wie nur möglich. Soße lief ihm in die Augen, und die Nelken, der rote Pfeffer und die anderen Gewürze darin brachten ihn zum Schreien. Er stolperte nach hinten, stieß gegen einen Stuhl und landete auf dem Hintern – hart. Jake fluchte und versuchte, sich den Dreck vom Gesicht zu wischen. Damit war er zu sehr beschäftigt, um seine Magie weiter festzuhalten, und die Flammen um seine Fäuste verloschen.

Ich drehte mich zu Jonah McAllister und den zwei Wachen um und wartete ab. Im Augenwinkel sah ich, dass Sophia um den Tresen trat. Die Zwergin hielt einen Metalllöffel in der Hand. Bei ihrer Stärke hätte es genauso gut ein Baseballschläger sein können. Sophia würde mir den Rücken freihalten, genauso wie vor zwei Tagen. Dafür hatte man Familie.

Jonah McAllister sah sie ebenfalls, und ihm wurde klar, dass es jetzt drei gegen zwei und nicht mehr vier gegen eins stand. Er sah durch das Panoramafenster nach draußen. Auf der Straße wanderten immer wieder Leute auf dem Weg zum Mittagessen oder zur Arbeit vorbei. Mehr als einer warf im Vorbeigehen einen kurzen Blick ins Pork Pit. Einige wurden sogar langsamer, um anständig zu starren.

Ich konnte förmlich sehen, wie sich die Zahnräder im Kopf des Anwalts drehten, während er abwog, ob es besser war, seinen Riesen-Bodyguards zu befehlen, uns umzubringen, oder ob die potenziellen Zeugen ihm danach nur noch mehr Schwierigkeiten bereiten würden. Seine Chefin, Mab Monroe, mochte ja Ashland beherrschen, doch ich ging davon aus, dass sie verlangte, dass ihre Lakaien sich um ihren eigenen Kram kümmerten – ohne sie mit reinzuziehen oder sich selbst in allzu offensichtliche Schwierigkeiten zu manövrieren.

Jake schleuderte einen Ballen Krautsalat zur Seite und kämpfte sich auf die Beine. Aber noch bevor sich der Feuerelementar wieder auf mich stürzen konnte, schüttelte Jonah McAllister unmerklich den Kopf. Einer der Riesen trat vor und legte eine beruhigende Hand auf Jakes Schulter, um ihn festzuhalten. Dabei stoppte er dessen Angriff so abrupt ab, dass sich der Sohn des Anwalts fast den Hals brach. Die Haut um seine Augen war vom würzigen Essen gerötet, aber das war nichts gegen die Funken heißer Magie in seinem hasserfüllten Blick.

»Komm schon, Dad«, sagte Jake, während er um den Riesen herum zu seinem Vater schielte. »Lass uns die Nutte erledigen! Sie wird nicht mitspielen.«

Jonah McAllister sah erst zu seinem Sohn, dann zu mir. Er stand auf und knöpfte mit einer Hand sein Jackett zu. »Was habe ich dir erklärt, Jake? Darüber, Leute zu ruinieren?«

»Dass es mehr Spaß macht, je länger es dauert.«

Jonah nickte. »Genau. Wir werden sehen, wie Miss Blanco mein Angebot nach ein paar Tagen ohne Gäste bewertet, wenn sie trotzdem ihre Rechnungen zahlen muss. Bis dahin, Miss Blanco.«

Also hatte Jonah McAllister beschlossen, sich auf seine Spezialität zurückzuziehen: Leute durch legale Mittel unter Druck zu setzen.

»Bis dahin, Mr. McAllister.« Mein Blick huschte zu Jake. »Und dass du deinen Daddy mit reingezogen hast, ändert nichts an meiner Drohung. Komm mir oder meinem Restaurant noch einmal zu nahe, und ich breche dir mehr als nur dein Handgelenk. Hast du das verstanden?«

Jake kämpfte gegen den Griff des Riesen an. »Du bist tot, Nutte! Tot! Hast du mich verstanden? Tot!«

Jonah warf seinem Sohn einen angewiderten Blick zu und stolzierte aus dem Pork Pit. Die Riesen nahmen den immer noch tobenden Jake in ihre Mitte, packten ihn unter den Armen und schleppten ihn nach draußen.

Seine rauen Schreie hallten durch die gesamte Straße – genau wie seine Drohungen. Vorgestern Abend hatte ich Jake nur dadurch beleidigt, dass ich ihn besiegt hatte. Jetzt hatte ich ihn vor seinem Vater gedemütigt. Das würde mir der Feuerelementar nicht durchgehen lassen. Nicht, wenn er wollte, dass sein alter Herr wenigstens so tat, als würde er ihn respektieren.

Ob nun Daddys Befehl zum Trotz oder nicht, Jake McAllister würde mir eher früher als später auflauern mit all seiner Wut und seiner Feuermagie. Und wenn er das tat, würde ich den Mistkerl von oben bis unten aufschlitzen – ein für alle Mal. Egal wie viele Probleme das nach sich ziehen würde.

14

Sobald Jake McAllisters Schreie verklungen waren, schaute ich über die Schulter zu Sophia. »Hattest du auch Spaß?«

»Hmpf.« Die Zwergin bedachte mich mit ihrem üblichen Grunzen und wanderte Richtung Mopp und Eimer in der Ecke.

»Lass das Essen liegen, wo es ist«, sagte ich. »Das ist mein Dreck. Ich mache später sauber. Außerdem werden wir heute keine Gäste mehr bekommen. Geh nach Hause, Sophia. Ruh dich aus. Du hast es dir verdient.«

Sophias schwarze Augen suchten meinen Blick. Wieder grunzte sie, dann holte sie den Mopp trotzdem. Ich seufzte. Jeder x-beliebige Ziegel war geschwätziger und zugänglicher als die Grufti-Zwergin. Also ging ich auf die Knie, hob den zerbrochenen Teller auf und sammelte die Essensreste vom Boden. Ich hatte gerade alles weggeworfen und mir die Hände gewaschen, als die Glocke über der Tür wieder klingelte. Ich wirbelte herum, ein Steinsilber-Messer bereits in der Hand.

Aber diesmal war es nur Finn. Seine grünen Augen glitten zu Sophia und dem Dreck, den sie gerade vom Boden wischte. »Habe ich was verpasst?«

»Jau«, antwortete ich. »Jake McAllister hat gerade vorbeigeschaut – und er hat seinen Daddy mitgebracht.«

Finn blinzelte. »Jonah McAllister war hier? Was wollte er? Was hat er gesagt?«

Ich zuckte mit den Achseln. »Ich soll die Anzeige gegen seinen Sohn zurückziehen, oder es passiert was. Von da an ging es bergab. Versuchte Bestechung, Gewaltdrohungen, das Versprechen meiner Ermordung. Das Ashland-Spezial.«

Finn seufzte. »Und lass mich raten: Du hast den McAllisters präzise mitgeteilt, was sie mit ihren Drohungen anstellen können.«

Ich grinste. »Du kennst mich so gut.«

Finn schüttelte den Kopf. »Gin, willst du wirklich eine Fehde mit den McAllisters anfangen? Ich dachte, du willst einfach nur deinen Ruhestand genießen und ein nettes, einfaches, sauberes Leben leben.«

»Nein, ich will keinen Krieg mit den McAllisters anfangen.«

Finn zog ungläubig eine Augenbraue hoch. »Komm schon, Gin. Gib es einfach zu. Du drehst den Bösen gerne eine lange Nase und zeigst dabei allen, wie stark du bist. So warst du schon immer. Deswegen hast du die McAllisters heute so auflaufen lassen.«

»Okay, okay«, murmelte ich. »Dann ist mein Ruhestand eben etwas langweiliger, als ich ihn mir vorgestellt habe. Vielleicht war es ein gutes Gefühl, Jake auf die Füße zu treten, als er den Fehler gemacht hat, meinen Laden zu überfallen. Vielleicht war es auch ein gutes Gefühl, das Gleiche heute mit seinem Vater zu machen. Aber wenn ich Jake am Montag damit hätte durchkommen lassen, hätte ich heute ein Dutzend Jake McAllisters im Laden, die mich für ein paar schnelle Scheine ausrauben wollten. Du weißt es. In Ashland überlebt nur der Zäheste. So war es schon immer. Sobald sich herumspricht, dass du schwach oder ein einfaches Opfer bist, bist du erledigt. Egal, in welchem Geschäftsfeld du arbeitest.«

Finn bewegte zustimmend die Schultern.

»Außerdem, wenn ich jetzt gegenüber den McAllisters nachgebe, werden sie denken, dass sie mich in der Tasche haben … dass ich heute tatsächlich Angst vor ihnen hatte. Jake würde anfangen, ständig hier rumzuhängen und mich herumzukommandieren. Er würde das Restaurant als sein eigenes kleines Lehen sehen, mir mein Geld wegnehmen und meine Kunden terrorisieren. Und das könnte ich einfach nicht ertragen. Nicht in Fletchers Restaurant. Nicht, wenn er so lange so hart daran gearbeitet hat, niemandem Schutzgeld bezahlen zu müssen.« Ich seufzte. »Außerdem ist es jetzt sowieso zu spät. Ich habe Jake McAllister wieder wütend gemacht und ihn vor seinem Vater gedemütigt. Das wird er nicht vergessen. Er wird mich umbringen – oder es zumindest versuchen. Das muss er, oder sein Vater wird ihn nie wieder respektieren. Falls das überhaupt je der Fall war.«

»Und was willst du unternehmen?«, fragte Finn. »Bring Jake um, und Jonah McAllister macht dich fertig. Wenn es so weit kommt, schaltet er vielleicht sogar Mab Monroe ein.«

Vor ein paar Wochen hatte mich jemand in einem größeren Komplott gegen Mab Monroe als Sündenbock benutzt und versucht, mir einen Mord anzuhängen. Einen, den ich ausnahmsweise einmal nicht begangen hatte. Die Intrige war darauf ausgerichtet gewesen, der Feuermagierin die Macht über Ashland zu entreißen. Ich war zwischen die Fronten geraten, was bedeutete, dass ich bereits mehr mit dem Feuerelementar zu tun gehabt hatte, als ich je wollte.

Ich dachte an das Stück Papier in der Akte, die Fletcher über den Mord an meiner Familie angelegt hatte. Das Papier, auf dem Mabs Name stand. Vielleicht hatte ich schon immer mit der Feuermagierin zu tun gehabt – und es nur nicht gewusst.

»Um Jake McAllister werde ich mich kümmern, wenn er auftaucht.«

Finn öffnete wieder den Mund, aber ich hob eine Hand, um ihn zu unterbrechen.

»Genug geredet«, sagte ich. »Wir müssen uns heute um andere Leute kümmern, erinnerst du dich? Warren T. Fox. Also lass uns Violet holen und schauen, was Großvater zu sagen hat.«

Finn und ich überließen es Sophia, das Restaurant sauber zu machen, und fuhren zu Jo-Jo, um Violet abzuholen. Finn hatte bereits angerufen, um zu sagen, dass wir unterwegs waren, und die beiden warteten auf der vorderen Veranda auf uns. Beide saßen in Schaukelstühlen, die bei jeder Bewegung knirschten und knackten. Jo-Jo hatte Roscos Körbchen nach draußen gezogen, und der fette, faule Basset lag vor den Füßen der Zwergin und döste in einem Sonnenfleck auf dem Holzboden der Veranda.

Sophia musste Violet ein paar Kleider geliehen haben, denn das Mädchen trug schwarze Jeans und ein dazu passendes schwarzes T-Shirt mit einem riesigen roten Kussmund darauf. Trotz Violets weiblicher Figur hingen die Kleider um ihren Körper. Sophia Deveraux war um einiges muskulöser als Violet.

Jo-Jo trug eines ihrer vielen rosafarbenen Kleider mit Blumenmuster und eine Perlenkette, an der jede einzelne Perle die Größe eines Riesenzahns hatte. Ihr blondiertes weißblondes Haar war zu dem üblichen Helm aus Locken aufgetürmt, und ihr Gesicht war perfekt geschminkt. Wie gewöhnlich waren die Füße der Zwergin nackt trotz der Novemberkälte in der Luft. Jo-Jo hasste es, Socken zu tragen. Sie behauptete immer, davon würden ihre Füße schmerzen.

Finn und ich traten auf die Veranda. Violet stand auf, aber Jo-Jo schaukelte weiter.

»Gut geschlafen?«, fragte ich.

»So gut wie eben zu erwarten. Aber dank Jo-Jo habe ich mich wirklich wie zu Hause gefühlt.«

»Darin ist Jo-Jo gut. Wir sollten jetzt los.«

»Grüß Warren von mir«, sagte Jo-Jo zu Violet. »Und sag ihm, dass ich bald komme, um mir mehr Honig zu holen.«

Violet nickte. »Danke. Für alles.«

Jo-Jo lächelte sie an. »Kein Problem. Komm irgendwann mal wieder, und dann machen wir was mit deinen Haaren, Liebes.«

Violet runzelte die Stirn und fuhr sich mit der Hand durch die krausen blonden Locken. »Was stimmt nicht mit meinen Haaren?«

Jo-Jo durchbohrte sie mit einem Blick. »Nichts, was eine heiße Ölpackung und eine gute Spülung nicht ändern könnten.«

Violet wirkte nur noch verwirrter, aber ich nahm sie am Arm und zog sie von der Veranda, bevor sie über ihre gespaltenen Spitzen nachdenken konnte. Finn folgte uns, und wir gingen zu seinem Wagen. Nachdem wir heute in die Berge fahren wollten, hatte Finn sich entschieden, seinen ach so stabilen Cadillac Escalade zu nehmen statt den Aston Martin.

Violet stoppte vor dem Geländewagen und sah uns an. »Was ist mit meinem Auto? Habt ihr es gestern irgendwo anders abgestellt?«

Finn und ich wechselten einen Blick. Wir hatten nicht einmal daran gedacht, Violets Wagen an einen sicheren Ort zu bringen.

»Wir mussten ihn auf dem Parkplatz stehen lassen«, sagte ich. »Wir haben uns mehr darum gekümmert, dich zusammenzuflicken, als darum, was wir mit deinem Auto machen sollen.«

Violet wurde bleich. »Ihr meint – ihr meint, ihr habt ihn einfach auf diesem Parkplatz in Southtown stehen lassen? Über Nacht?«

Ihre Sorge war mehr als begründet. Ein Auto in dieser Gegend stehen zu lassen schrie förmlich nach Ärger. Inzwischen war von dem Wagen wahrscheinlich nichts übrig geblieben außer dem Zigarettenanzünder. Zur Hölle, den hatte wahrscheinlich auch jemand mitgenommen. Barrakudas konnten ein Skelett nicht sauberer abnagen als das weiße Pack und die Gangmitglieder in Southtown einen fahrbaren Untersatz.

»Vielleicht ist aber auch alles in Ordnung«, antwortete Finn hoffnungsvoll. »Es ist nur ein Honda. Und schon mehrere Jahre alt. Es ist ja nicht so, als hätten wir meinen Aston Martin da stehen gelassen.« Bei dem Gedanken lief ihm ein sichtbarer Schauer über den Rücken.

Violet kaute auf ihrer Unterlippe herum.

»Du bist versichert, oder?«, fragte ich.

Violet nickte.

»Dann kannst du dir später Sorgen um dein Auto machen. Im Moment sollten wir deinen Großvater besuchen. Du willst doch immer noch, dass wir euch beiden helfen, richtig?«

Violet nickte wieder. »Natürlich. Wie ich schon sagte, der Zinnsoldat war meine einzige Hoffnung. Und jetzt bist du es.«

Einzige Hoffnung? Das erinnerte mich schrecklich an *Krieg der Sterne*. Ich verzog das Gesicht. Aber ich erklärte Violet nicht, wie unangebracht ihr Vertrauen in mich war, wie naiv, eigentlich sogar lächerlich. Dass ich gewöhnlich den Leuten nur den Tod, aber keine Hoffnung brachte. Dass sie nur einer meiner seltenen Pro-Bono-Einsätze war, der mehr meiner eigenen Neugier entsprang als irgendetwas anderem.

»Kommt schon«, sagte ich und öffnete die Tür des Geländewagens. »Lasst uns fahren.«

Finn lenkte den Wagen aus Jo-Jos Vorort und Richtung Norden. Nach Violets Wegbeschreibung ließen wir die vorgelagerten Viertel hinter uns und kreuzten durch die Mitte von Northtown, wo die Reichen, Reicheren und richtig Reichen lebten.

In Northtown hatte man keine Villen, sondern Anwesen. Hätte es die Auffahrten, Eisentore und geschmackvollen Ziegelmauern nicht gegeben, hätte man glauben können, die Gegend wäre unbewohnt. Denn niemand mit echtem Reichtum, Magie oder Macht ließ sich so weit herab, dass man sein Haus von der Straße aus sehen konnte.

Wir fuhren weiter, immer in Richtung Norden. Die Landschaft wurde steiniger und rauer, als die niedrigen Hügel der Tiefebene in kantige Felsgrate und fichtenbewachsene Berge übergingen. Neben der Straße erschienen Häuser, auch wenn sie um einiges weniger beeindruckend waren als die versteckten Paläste auf den Anwesen von Northtown. Die Straße verengte sich von vier Spuren auf zwei und bewegte sich in einer nicht enden wollenden Folge von Kurven, in denen den meisten Leuten wahrscheinlich schlecht wurde, die Berge hinauf. Statt der schicken Limousinen und der verchromten Jeeps kamen uns jetzt eher Müll- und Kohlelaster entgegen.

Nach ungefähr einer halben Stunde zeigte Violet durch die Windschutzscheibe nach vorn. »Da ist es, direkt vor der Kreuzung.«

Finn wurde langsamer, fuhr auf einen kiesbestreuten Parkplatz und hielt an. Ich spähte aus dem Fenster auf das Gebäude vor uns. Das zweistöckige Holzhaus war vielleicht vor langer Zeit mal ein Wohnhaus gewesen oder vielleicht eine Jagdhütte. Obwohl es offensichtlich schon alt war, war es in frischem Weiß gestrichen mit Fensterläden in hellem Grün. Zwei kleinere, dazu passende Außengebäude kauerten neben dem Haupthaus und waren durch kurze überdachte Laufgänge damit verbunden.

Hölzerne Stufen führten auf eine Veranda, die sogar noch breiter war als Jo-Jos. Der Vorbau erstreckte sich über die volle Länge aller drei Gebäude. Rechts und links neben dem Eingang standen Schaukelstühle mit Fässern dazwischen, auf denen

Brettspiele aufgebaut waren. Das Blechschild über der Tür glänzte in der Sonne wie eine frisch geprägte Münze. »Country Daze« stand da in großen Buchstaben, die farblich zu den Fensterläden passten. Die Dächer der drei Bauten waren ebenfalls aus Blech, sodass wahrscheinlich jeder gleichmäßige Regenschauer im Inneren wie eine klassische Sonate klang.

Der Parkplatz – wenn man die Schotterpiste denn so nennen wollte – zog sich wie ein Halbmond um den Laden. Zur Rechten stand ein Stoppschild, und die Straße davor bildete ein T, sodass man rechts oder links abbiegen musste. Eines der Straßenschilder verwies zurück auf die Fernstraße und verkündete, dass dieser Streifen Asphalt zu einer Aussichtsstraße gehörte, die wahrscheinlich nur als Touristenfalle erdacht worden war. Auf dem anderen Schild waren nur ein Pfeil und die Worte »Dawson Nr. 3« zu sehen. Weniger als zwei Kilometer entfernt. Interessant. Wahrscheinlich würde ich mich doch einmal in der Mine umsehen müssen, wenn ich den berühmten Warren T. Fox kennengelernt hatte.

Wir stiegen aus dem Wagen. Der Kies unter meinen Füßen erzählte vom Geräusch des Verkehrs und der Reifen, die ständig über ihn hinwegrollten. Es war ein tiefes Grollen, das mir verriet, dass die Steine schon viele Leute und Autos erlebt hatten. Nichts Düsteres, nur die normalen Geräusche des Lebens.

Ein Lächeln erschien auf Violets Gesicht und ließ ihre Augen weich werden, sodass einige der Schatten des gestrigen Abends verflogen.

»Du liebst diesen Laden wirklich, oder?«, fragte ich.

Sie nickte. »Meine Eltern sind gestorben, als ich zehn war. Mein Großvater hat mich großgezogen. Seit damals helfe ich ihm im Laden. Er ist ein Zuhause für mich, verstehst du?«

Violet und ich waren uns ähnlicher, als ihr bewusst war, denn ich verstand vollkommen. Ich empfand genauso, nur in

Bezug auf das Pork Pit. Deswegen hatte ich so dumm und (für meine Verhältnisse) so defensiv reagiert, als Jonah McAllister heute im Restaurant erschienen war – weil er nicht nur mein Geschäft bedrohte, meinen Lebensunterhalt, sondern gleichzeitig auch mein Zuhause. Einen Teil meines Herzens. Das letzte Stück von Fletcher, das ich noch besaß, da der alte Mann tot war und mir nichts als Rätsel hinterlassen hatte.

Violet wollte vor mir Richtung Laden gehen, aber ich nahm sie am Arm. »Bleib hinter mir.«

»Warum?«, fragte sie.

»Mach es einfach, in Ordnung?«

Finn starrte mich über die Motorhaube seines Geländewagens an. »Glaubst du, da drin wartet Ärger, Gin?«

Ich zuckte mit den Achseln. »Ich weiß es nicht. Aber wenn dieses Geschäft so beliebt ist, warum stehen hier nicht mehr Autos? Es ist Mittagszeit. Die Leute sollten sich hier drängeln, um sich ein Sandwich oder ein kaltes Getränk zu holen.«

Finns grüne Augen huschten über den gekiesten Parkplatz. Außer uns gab es nur ein einziges Auto hier, eine anonyme blaue Limousine. Seine Augen glitten weiter zur Straße. Lebhafter Verkehr ergoss sich über die Kreuzung, aber keiner der Fahrer sah nur Richtung Laden, und erst recht keiner bog auf den Parkplatz ein. Finns Miene verfinsterte sich.

»Es ist ziemlich ruhig, seitdem Dawson seine Leute losgeschickt hat, um uns zu belästigen«, erklärte Violet. »Die Leute halten sich von Orten fern, an denen es Ärger geben könnte. Manchmal können wir uns schon glücklich schätzen, wenn wir in acht Stunden fünf Kunden haben. Wahrscheinlich ist es einfach ein ruhiger Tag.«

»Komm«, sagte ich. »Lass es uns rausfinden.«

Ich ging voraus mit Finn hinter mir und Violet als Nachhut. Während wir den Parkplatz überquerten, ließ ich eines meiner Steinsilber-Messer in meine Hand gleiten. Wenn da drin Ärger wartete, würde ich ihm als Erste ins Auge blicken – und ich wollte darauf vorbereitet sein, mich auch darum zu kümmern.

Die Verandastufen quietschten nicht unter meinem Gewicht. Dafür waren sie zu glatt und ausgetreten. Ich ging hinauf, öffnete die Eingangstür und trat nach drinnen.

Das Country Daze war genauso, wie ich es erwartet hatte. Verkratzter alter Holzboden. Aufsteller mit Touristen-T-Shirts, Schlüsselbändern und anderem Nippes. Eine seltsame Ansammlung von Werkzeugen und Outdoor-Ausrüstung. Fässer voller Kandiszucker, Bonbons und einzeln verpackter Pralinen. Ein paar Kühlschränke mit altmodischen Limoflaschen aus Glas. Noch ein paar Geräte mit Sandwiches und anderen Snacks. Tische voller Honig, Erdbeermarmelade und Apfelkraut. Ein Drehständer mit billigen Sonnenbrillen. Eine schöne Auslage mit Quilts, Körben und anderen handgefertigten Gegenständen.

In der Mitte des Ladens bildete eine solide Theke mit Silberschmuck ein Viereck. Dahinter stand ein alter Mann, dessen eine Hand auf einer Schrotflinte mit zerkratztem Schaft lag.

Die wenigen weißen Haare, die er noch hatte, standen über seiner Stirn nach oben, als hätte mein Erscheinen ihn erschreckt. Seine Augen waren dunkel und glänzend, als wären ihm zwei Karamellbonbons ins Gesicht gesteckt worden. Er war vom Alter gebeugt, aber immer noch ungefähr so groß wie ich. Früher war er größer gewesen. Seine Haut erschien in einem dunklen verbrannten Braun, das vermuten ließ, dass er Indianer unter seinen Vorfahren hatte, in diesem Teil der Berge wahrscheinlich Cherokee. Tiefe Falten zogen sich um seinen zusammengekniffenen Mund, als würde er oft finster dreinblicken.

Doch am verstörendsten war, dass er ein blaues Arbeitshemd trug, das direkt aus Fletchers Schrank hätte stammen können. In seinem Blick lag dieselbe feurige Entschlossenheit, wie Fletcher sie immer gezeigt hatte, und ich konnte an seiner stolzen Haltung erkennen, dass dieser Laden sein Leben und sein Königreich war. Er bedeutete ihm mindestens so viel, wie Fletcher das Pork Pit bedeutet hatte. Körperlich ähnelte der Mann vor mir meinem verstorbenen Mentor nicht im Geringsten, aber in mancher Hinsicht war er trotzdem ein Spiegelbild von ihm. Das verstörte mich – und sorgte dafür, dass ich ihm gegenüber eine Zuneigung empfand, die er sich noch nicht verdient hatte.

Es war nicht nötig, dass Violet mir sagte, dass das ihr Großvater war. Warren T. Fox, ein schrulliger alter Kauz, der einen wahrscheinlich genauso schnell verfluchte, wie er einen ansah. Ich kannte solche Typen. Ich war von einem aufgezogen worden.

Aber er war nicht allein. Vor ihm stand ein anderer Mann, den mir ebenfalls niemand vorstellen musste. Jemand, den ich bereits viel zu gut kannte.

Detective Donovan Caine.

15

Jetzt wusste ich, wem die Limousine draußen gehörte. Sie schrie förmlich: »Ich bin eine Polizistenkarre!« Mir war allerdings nicht klar gewesen, dass sie *meinem Cop* gehörte.

Beide Männer drehten sich um, als sie meine Schritte auf dem abgetretenen Boden hörten. Warren T. Fox runzelte die Stirn. In Donovan Caines goldenen Augen leuchtete Überraschung auf.

»Gin?«, fragte der Detective. »Was machst du hier?«

»Du kennst sie?«, fragte Warren Fox. Seine Stimme war hoch, dünn und näselnd wie das Pfeifen einer zerbrochenen Flöte.

»Ja«, sagte Caine leise. »Könnte man sagen.«

Immerhin kannte er mich gut genug, um mit mir zu schlafen. Gut genug, um dasselbe noch mal tun zu wollen. Trotz der Tatsache, dass ich seinen ehemaligen Partner umgebracht hatte.

Ich öffnete meinen Mund zu einer Antwort, als hinter mir Finn und Violet den Laden betraten. Das Mädchen trat um mich herum, ging direkt zu ihrem Großvater, lehnte sich über die Theke und umarmte ihn.

Für einen Moment wurde die Miene des alten Mannes sanft, und in seinen Augen glänzte Feuchtigkeit. Dann löste er sich von der jungen Frau und wurde wieder grimmig. »Wo warst du?«, blaffte er. »Ich habe mir schreckliche Sorgen um dich gemacht.«

Violet seufzte. »Ich habe dich gestern Abend angerufen, Grandpa, erinnerst du dich? Ich habe dir gesagt, dass ich bei Eva bleibe.«

Der alte Mann kniff die Augen zusammen. »Ja, du hast angerufen, und du klangst ziemlich seltsam. Aber ich habe mir keine echten Sorgen gemacht, bis Eva heute Morgen hier angerufen hat. Sie meinte, ihr hattet euch zum Frühstück verabredet und du wärst nicht aufgetaucht.«

Violet verzog ihr Gesicht zu einem Ausdruck, der deutlich *Erwischt* sagte.

»Ich habe auf deinem Handy angerufen, um die Sache zu klären«, sprach Warren weiter. »Keine Antwort.«

»Der Akku war leer«, antwortete Violet mit leiser, verzweifelter Stimme.

Ich verstand nicht, warum sie immer noch versuchte, an ihrer Geschichte festzuhalten. Die Wahrheit würde in einer, höchstens zwei Minuten sowieso herauskommen. Wahrscheinlich wollte Violet ihrem Großvater einfach nur die hässlichen Details des Überfalls ersparen. Die meisten Leute neigten dazu, schlimme Dinge auszublenden. Manchmal wünschte ich mir, ich könnte das auch, statt ständig über die Vergangenheit nachzugrübeln, wie es für mich typisch war.

»Ich habe im College angerufen, dann wieder bei Eva und bei allen anderen Freundinnen, an die ich mich noch erinnern konnte. Niemand hatte dich seit gestern Abend gesehen«, sagte Warren barsch. »Weißt du eigentlich, was für Sorgen ich mir gemacht habe? Bei allem, was gerade los ist? Also habe ich Donovan angerufen, um dich vermisst zu melden.«

Ich beäugte Caine. Deswegen also war der Detective hier. Und nachdem Warren ihn beim Vornamen nannte, kannten sich die beiden offensichtlich. Der Detective bemerkte meinen Blick und zuckte mit den Schultern.

Violet wand sich wieder, und Warren öffnete den Mund, um seine Enkelin wegen der Sorgen, die er sich gemacht hatte, noch ein wenig auszuschimpfen. Aber ich kam ihm zuvor.

»Es reicht. Violet ist gestern Abend nicht nach Hause gekommen, weil jemand versucht hat, sie umzubringen.«

Das brachte ihn zum Schweigen. Warrens Kinnlade fiel nach unten, und er starrte mich einfach nur an. Genau wie Donovan Caine. Violet trat von einem Fuß auf den anderen. Finn lehnte sich an einen der Kühlschränke. In seinen grünen Augen stand Belustigung.

»Und jetzt, wo mir Ihre Aufmerksamkeit sicher ist, werde ich Ihnen auch erzählen, was passiert ist.«

Wir landeten auf der breiten Veranda vor dem Laden. Ich saß auf dem Geländer, an eine der Säulen gelehnt, die das Blechdach hielten. Finn setzte sich auf der anderen Seite der Treppe ebenfalls auf das Geländer. Donovan Caine hockte auf den Stufen zwischen uns, während Warren T. Fox und Violet zwei der altmodischen Schaukelstühle für sich beanspruchten.

»Und damit wissen Sie alles«, sagte ich am Ende meiner Geschichte. »Deswegen ist Violet gestern Abend nicht heimgekommen. Weil sie damit beschäftigt war, sich von einem Luftelementar das Gesicht richten zu lassen. Der Elementar heißt übrigens Jo-Jo Deveraux. Sie kennen sie vielleicht.«

Warren starrte mich mit nachdenklich zusammengekniffenen Augen an. Sein Blick huschte zu Finn, dann wieder zu mir. Er dachte über etwas nach – oder eher über jemanden. Fletcher Lane.

»Nur, um mir Klarheit zu verschaffen, Gin«, meinte Donovan Caine. »Violet ist ins Restaurant gekommen, um nach einem Kerl zu suchen, der sich selbst ›der Zinnsoldat‹ nannte.

Dann hat jemand auf das Pork Pit geschossen, du hast den Schützen verfolgt und festgestellt, dass er auf Violet gezielt hat. Also hast du ihre Kreditkarteninfo dazu benutzt, ihre persönlichen Daten auszuspionieren und sie am Ashland Community College zu finden.«

»Das war eigentlich eher ich, Detective«, sagte Finn. »Gin kann sich in Körper reinhacken, ich in Computer.«

Ich warf ihm einen genervten Blick zu. Ich hatte Warren und Violet nicht zu ausführlich erzählt, was ich früher getan hatte, aber ich war mir sicher, dass der alte Knacker es schon erraten hatte. Schließlich hatte er Fletcher gekannt.

Donovan schüttelte den Kopf und ignorierte Finns Bemerkung. »Ihr beide fahrt zum College und seht, wie ein Zwerg Violet angreift. Gin schaltete sich ein, und dann schafft ihr sie zu einer Heilerin, die ihr gut kennt. Habe ich das richtig verstanden?«

»Mehr oder weniger«, antwortete Finn. »Obwohl du den Teil ausgelassen hast, bei dem ich Gin dabei geholfen habe, den Angreifer fertigzumachen.«

»Du und ein Monstertruck«, stichelte ich. »Vergiss nicht, dass ich die gesamte Drecksarbeit gemacht habe.«

Finn grinste mich an.

Bei diesem Anblick gab Warren Fox ein tiefes, kehliges Geräusch von sich wie ein heruntergeschlucktes Husten. Er starrte Finn an. »Wenn du so lächelst, bist du das Abziehbild deines Vaters.«

Finn wirkte plötzlich nicht mehr ganz so fröhlich. »Das sagen mir die Leute immer wieder. Er ist tot, wissen Sie das? Vor zwei Monaten gestorben.«

Warren ließ seinen Stuhl nach hinten schwingen und nickte. »Ich weiß. Ich habe die Todesanzeige in der Zeitung gesehen.« Der alte Mann starrte ihn noch einen Moment an, dann wandte er sich mir zu. »Und du bist Fletchers Mädchen, oder? Diejenige, die er vor all diesen Jahren von der Straße gesammelt hat?«

Ich runzelte die Stirn. »Ja, das bin ich. Woher wissen Sie davon?«

Warrens gebeugte Schultern wippten auf und ab. »Fletcher und ich mögen uns ja zerstritten haben, aber ich habe ihn trotzdem im Auge behalten.«

Danach schwiegen alle. Aber Donovan Caine sah mich an. In seinen goldenen Augen stand ein fragender Ausdruck. Trotz der Tatsache, dass wir miteinander geschlafen hatten, wusste der Detective nicht, dass ich einmal auf der Straße gelebt hatte – oder dass meine Familie brutal von einem Feuerelementar ermordet worden war, als ich gerade mal dreizehn Jahre alt war. Dass dieses sadistische Miststück mich gefoltert hatte und es mir nur knapp gelungen war, mit dem Leben davonzukommen. Ich war mir nicht einmal sicher, ob ich wollte, dass er das erfuhr. Mitleid war das Letzte, was ich mir von dem Detective wünschte – oder von irgendwem anderen.

Violet streckte den Arm aus, legte ihre junge glatte Hand über die altersfleckigen Finger von Warren und stoppte so die Bewegung seines Schaukelstuhls. »Gin ist hergekommen, um uns zu helfen, Großvater.«

»Ach wirklich?«, murmelte Warren.

Donovan runzelte die Stirn. »Wobei helfen, Warren?«

Der alte Mann setzte seinen Stuhl wieder in Bewegung. »Es ist nichts. Nur dieser Mistkerl Dawson.«

Das Stirnrunzeln des Detectives vertiefte sich. »Tobias Dawson? Der zwergische Minenbesitzer?«

»Er will das Land, auf dem der Laden steht«, erklärte Violet leise. »Er hat es schon immer gewollt, aber in den letzten zwei Monaten bedrängt er uns.«

»Es ist nichts«, murmelte Warren wieder. »Nur das übliche Getöse und ein paar Drohungen. Er weiß, dass er Land und Laden niemals bekommen wird, bevor ich nicht im Grab liege.«

»Oder bis die Vergewaltigung und Ermordung Ihrer Enkeltochter Sie ins Grab treibt«, fügte Finn hinzu. »Was auch immer Dawson in der Vergangenheit getan hat, inzwischen scheint er mit härteren Bandagen zu kämpfen – und mit Violet anzufangen.«

Die Hand der Studentin wanderte nach oben zu ihrem Gesicht, und ihre Nase zuckte, als erinnere sie sich an die Schmerzen des gestrigen Abends. Das Mädchen fröstelte.

Donovan bemerkte Violets Reaktion, und ein trauriger, schmerzerfüllter Ausdruck erschien in seinen Augen. Als Detective hatte Donovan schon viele Opfer gesehen. Er wusste, wie übel Violet verletzt worden war und dass sie einen Teil ihrer Unschuld unwiederbringlich verloren hatte. Wut und Hilflosigkeit zeichneten sein kantiges Gesicht. Denn er wusste auch, wie schwer es war, Opfern wie Violet Gerechtigkeit zu verschaffen. Besonders in Ashland.

Warren bemerkte Violets Zittern ebenfalls. Sein runzliges Gesicht wurde hart, und Wut blitzte in seinen Augen auf. Er streckte den Arm aus und tätschelte seiner Enkelin die Hand. »Denk nicht dran, Liebes«, sagte er. »Denk nie wieder an das, was gestern Nacht geschehen ist. Denn Dawson und seine Männer werden dir nie wieder auch nur ein Haar krümmen. Das verspreche ich. Egal was ich tun muss, um sie aufzuhalten.« Die letzten Worte murmelte er nur noch.

»Du hättest mir davon erzählen müssen«, schaltete Donovan Caine sich ein. »Ich könnte dir bei Dawson helfen. Ihn dazu bringen, sich zurückzuziehen.«

Finn schnaubte ungläubig. Der Detective warf ihm einen bösen Blick zu.

»O bitte«, höhnte Finn. »Der größte Teil von Ashlands Bullerei könnte nicht mal einen Welpen dazu bringen, sein

Spielzeug herzugeben, und noch weniger können Sie jemanden wie Dawson unter Druck setzen. Sie wissen, dass er mit Mab Monroe befreundet ist, oder? Ihr harter Bullenblick wird Dawson nicht mal Blähungen verursachen und ihn schon gar nicht zum Rückzug bewegen.«

»Und was schlagen Sie dann vor?«, blaffte der Detective.

»Nun«, meldete ich mich zu Wort. »Es gibt einen guten Grund dafür, dass ich heute hierhergekommen bin.«

Donovan richtete seine goldenen Augen auf mich, und in seinem Blick lag Enttäuschung. »Um Warren deine Dienste anzubieten, richtig? Du willst dich auf deine spezielle Art um Dawson kümmern?«

»Etwas in der Art.«

Abscheu verdunkelte Caines Gesicht. »Einmal ein Auftragsmörder, immer ein Auftragsmörder.«

Violet gab ein leises Keuchen von sich.

Warren starrte mich an. »Also tust du das, was Fletcher getan hat. Was der Zinnsoldat getan hat.«

»Habe ich mal. Ich befinde mich im Ruhestand.«

Warren musterte mich mit seinen glänzenden braunen Augen. »Und welchen Namen hat er dir gegeben?«

Ich erwiderte seinen Blick ausdruckslos. »Die Spinne.« Die Runennarben auf meinen Händen juckten bei der Erwähnung meines ehemaligen Namens. Ich verzog den Mund. »Vielleicht haben Sie schon von mir gehört.«

Warren nickte mir zu. »In der Tat.«

Wieder schwiegen wir alle. Eine Windböe kam aus den Bergen und wirbelte Staub auf dem Parkplatz auf. Dann ließ ihre Kraft nach, und die Miniatur-Tornados über dem staubigen Erdboden legten sich wieder.

»Ich möchte dir dafür danken, dass du das Leben meiner Enkelin gerettet hast«, sagte Warren schließlich. »Aber warum bist du wirklich hierhergekommen? Warum willst du deinen Kopf für zwei Leute riskieren, die du gar nicht kennst? Warum willst du dich mit jemandem wie Dawson anlegen? Der Zwerg ist niemand, bei dem man sich unbeliebt machen möchte.«

»Genau«, schaltete Donovan sich ein. »Ich dachte, du hättest dich zur Ruhe gesetzt.«

Ich starrte den Detective an. Unsere Blicke trafen sich, und die vertraute Wärme stieg in mir auf. Auch in Donovans Augen leuchtete Leidenschaft, obwohl er versuchte, sich kühl und desinteressiert zu geben.

Ich hielt dem Blick des Detectives noch einen Moment stand, dann richtete ich meine Aufmerksamkeit auf Warren T. Fox. Er hielt seinen Schaukelstuhl an. Sein faltiges Gesicht war ausdruckslos, als wäre ihm meine Antwort vollkommen egal, aber gleichzeitig umklammerten seine Finger die Armlehnen des Stuhls. Warren brauchte mich, und er wusste es – selbst wenn Donovan Caine es nicht verstand.

»Sie haben recht«, sagte ich leise. »Ich kenne Sie und Ihre Enkelin nicht. Sie sind mir nicht wichtig. Warum bin ich hier? Weil Sie Ihrer Enkelin früher Geschichten vom Zinnsoldaten erzählt haben und darüber, wie er den Leuten bei ihren Problemen geholfen hat. Sie und Fletcher Lane mögen ja seit Jahrzehnten nicht miteinander gesprochen haben, aber trotzdem war er Ihnen wichtig genug, um Violet diese Geschichte zu erzählen. Also bin ich wegen Fletcher hier. Weil Sie und er beide vor langer Zeit wie Brüder waren. Weil Fletcher, wenn er noch am Leben wäre, genau hier säße, ob Sie es nun wollten oder nicht.«

Natürlich gab es noch weitere Gründe. Viele weitere. Wie die Tatsache, dass ich mich den Foxes seltsam verbunden fühlte. Dass Violet und Warren zusammen aussahen wie eine freundlichere, unschuldigere Version von Fletcher und mir selbst. Sie stellten dar, was wir unter anderen Umständen vielleicht hätten sein können. Vielleicht war es verrückt, aber ich wollte, dass die Foxes genauso blieben, wie sie jetzt waren. Dass sie weiter liebten und kämpften. Dass sie das, was von ihrer Unschuld noch übrig war, bewahren konnten. Besonders Violet.

Wieder verzog ich den Mund. »Außerdem ist mein Ruhestand ziemlich langweilig. Gestern Nacht war mehr los als seit Ewigkeiten. Und es macht mich neugierig, warum jemand wie Dawson Ihr Land so dringend in die Finger bekommen will, dass er bereit ist, dafür zu töten. Solche Tyrannen mag ich nicht besonders.«

»Von der neugierigen Sorte, hm?«, fragte Warren.

Ich lächelte. »Das hat mir Fletcher beigebracht. Also, was sagst du? Soll ich mich mal umschauen und sehen, was ich rausfinden kann? Oder sollen Finn und ich in den Wagen steigen und zurück zum Pork Pit fahren?« Ich wechselte bewusst zum Du, denn er hatte mich auch von Anfang an geduzt. »Deine Wahl, Warren.«

Der alte Mann starrte mich wieder mit diesem nachdenklichen Blick an. Als wüsste er etwas über mich, was ich selbst nicht ahnte. Aber Warren bekam keine Chance zu antworten.

Auf der Straße bremste ein schwarzer SUV. Statt vorbeizufahren, wie alle Autos und Lastwagen es bis jetzt getan hatten, fuhr er auf den Parkplatz. Für einen Moment glaubte ich schon, die Foxes dürften gleich den ersten Kunden des Tages begrüßen. Dann entdeckte ich die weiße Schrift auf der Autotür: Dawson-Minengesellschaft. Der i-Punkt in Mine war so verändert, dass er einer Rune ähnelte – einer angezündeten Dynamitstange. Dieselbe Rune hatte der Zwerg, der Violet angegriffen hatte, als Tätowierung auf dem Arm getragen.

Finn bemerkte den Schriftzug und die Rune ebenfalls und warf mir einen Blick zu. »Ärger«, sagte er leise.

»Glaubst du?«, fragte ich, während ich bereits nach einem meiner Messer griff.

16

Der SUV hielt an, und mehrere Männer strömten heraus. Einer nach dem anderen erschienen sie wie Clowns, die man in einen Zirkuswagen gesperrt hatte und die jetzt ihre einzige Möglichkeit zur Flucht nutzten. Insgesamt fünf Männer: zwei Riesen, zwei kleinere, untersetzte Kerle und ein Zwerg. Die Riesen und die beiden anderen trugen Arbeitskleidung, dreckige Overalls, schwere Stiefel, dicke Handschuhe. Der Zwerg war ein wenig besser gekleidet. Saubere Jeans, Stiefel, ein schwarzes T-Shirt und eine enge schwarze Jacke, die aussah, als würde sie wie bei Hulk an den Ärmeln aufreißen, wenn er zu tief einatmete.

Der Zwerg kam auf die Veranda zu, und der Rest der Männer reihte sich hinter ihm auf. Finn und ich wechselten einen schnellen Blick, und er machte eine Geste. Ich nickte und glitt in den Schatten. Finn trat nach rechts. Donovan Caine blieb auf den Verandastufen, allerdings stand er auf. Warren und Violet saßen weiter in ihren Schaukelstühlen. Violets Gesicht wurde bleich, und sie verschränkte die Arme über dem Bauch, als versuche sie, sich nicht zu übergeben. Die Falten um Warrens Mund vertieften sich, und sein Blick wurde noch finsterer.

Der Zwerg hielt am Fuße der Treppe an. Er schob die Daumen in die Gürtelschlaufen seiner Jeans und stellte einen Fuß auf die unterste Stufe. Schwarze Schlangenlederstiefel umschlossen seine Füße mit einem Flammenmuster auf dem Schaft und Steinsilber an der Spitze. Auf dem Kopf trug der Zwerg einen breitrandigen Cowboyhut, der ihn größer aussehen ließ als seine ein Meter fünfzig, und an der Lederkrawatte um seinen Hals steckte ein Türkis, der fast so groß war wie meine Faust. Hier spielte jemand gerne den Cowboy.

Die Haare des Zwerges fielen in einer sandblonden lockigen Mähne bis auf seine Schultern. Seine Nase wirkte eher wie ein knolliger Pickel, und ein breiter Schnurrbart zog sich um seine Lippen. Seine Augen leuchteten in durchdringendem Blau aus dem gebräunten Gesicht.

»Warren«, brummte der Zwerg.

»Tobias«, erwiderte der alte Mann.

Die beiden Männer sahen sich direkt in die Augen, wie es alte Feinde tun. Starrten sich mit zusammengekniffenen Augen an. Keiner war bereit, nachzugeben, den Blick abzuwenden oder verdammt noch mal auch nur als Erster zu blinzeln.

Während Tobias Dawson und Warren T. Fox ihren Starrwettbewerb austrugen, huschte mein Blick zu den Männern, die hinter dem Zwerg standen. Die kleineren beiden waren Menschen, wenn auch anscheinend mit Riesenblut in den Adern, wenn man sich ihre aufgeblasenen Muskeln und riesigen Fäuste ansah. Sie konnte ich problemlos mit meinen Messern erledigen. Die Riesen dahinter stellten da schon eine größere Herausforderung dar – besonders, wenn man bedachte, dass ihre Fäuste ungefähr so groß wie mein Kopf waren. Bei ihnen würde ich springen und mich ducken müssen, wie ich es letzte Nacht bei dem Zwergen-Killer getan hatte. Trotzdem nichts, womit ich nicht umgehen konnte.

Meine grauen Augen landeten wieder auf Dawson. Er stellte das echte Problem dar, die wahre Herausforderung. Ich fühlte, dass Macht von ihm ausging. Es war, als würde jemand feines Sandpapier über meine Haut ziehen. Magie. Der blonde schnurrbarttragende Zwerg besaß Elementarmagie.

Nachdem ich selbst ein Elementar war, konnte ich natürlich spüren, wenn andere ihre Macht einsetzten. Aber es gab auch Leute wie Dawson, aus denen ständig Magie austrat, wenn man es denn so nennen konnte. Selbst wenn diese Elementare ihre Magie nicht aktiv einsetzten, floss trotzdem immer ein wenig aus ihnen heraus wie Wasser aus einem undichten Hahn. *Tropf, tropf, tropf.* Dieses magische Leck war leicht zu spüren. Aber es gab auch Elementare wie mich, deren Magie vollkommen in ihnen verschlossen war. Kein Leck, kein Tropfen, kein Überlauf. Niemand konnte meine Kraft spüren, außer ich setzte sie direkt ein oder ich hatte es mit jemandem zu tun, der ein besonderes Talent dafür hatte, Elementarmagie aufzuspüren.

Dawsons Magie erinnerte mich an meine eigene, aber ich konnte nicht sagen, ob der Zwerg nun Stein- oder Eismagie besaß. Hätte ich raten müssen, hätte ich auf Stein getippt. Hätte es sich um Eismagie gehandelt, hätte er ein kühleres Gefühl vermittelt. Doch egal was es nun war, ich fühlte es. Wenn die Sache hier schieflief, würde ich mich zuerst auf den Zwerg stürzen, dann erst auf seine Lakaien. Mit seiner Gabe in Verbindung mit der angeborenen Stärke und Zähigkeit eines Zwerges stellte Dawson definitiv die größte Bedrohung dar.

Ich rieb mit dem Daumen über das Heft des Steinsilber-Messers, das ich bereits gezückt hatte. Das Metall lag wie immer kühl und beruhigend in meiner Hand, obwohl ich in letzter Zeit nicht viel mit meinen Messern trainiert hatte. Trotzdem war es wie ein alter vertrauter Freund, der sich an mich lehnte.

Donovan Caine räusperte sich. Tobias riss den Blick von Warren und starrte den Detective an. Der Zwerg musterte Donovan von oben bis unten, tat ihn als unwichtig ab und konzentrierte sich wieder auf Warren. »Hast du mal über mein letztes Angebot nachgedacht?«, fragte der Zwerg mit einem Akzent, aus dem das Ländliche geradezu troff.

Warren kniff die Augen zusammen. »Ich werde dir dasselbe sagen, was ich nun mehr oder minder seit zwei Monaten sage. Ich bin nicht daran interessiert, dir auch nur eine Limonade zu verkaufen und noch weniger meinen Laden. Dass du jeden Tag hier auftauchst und mich wieder fragst, wird meine Meinung nicht ändern. Und es ist auch egal, wie viel Geld du mir bietest.«

Tobias lehnte sich vor und spuckte aus. Tabaksaft färbte die Bodendielen vor Warrens Füßen in ein hässliches Braun. »Das ist wirklich eine verdammte Schande, besonders, wenn man bedenkt, was für ein großzügiges Angebot ich dir gemacht habe. Warum entscheidest du dich nicht für die klügste Lösung und verkaufst, alter Mann?«

»Weil dieser Laden, dieses Land, seit mehr als dreihundert Jahren im Besitz meiner Familie ist«, antwortete Warren genervt. »Und ich nicht zulassen werde, dass jemand wie du kommt und es in eine offene Halde verwandelt, wie du es mit dem Rest des Berges bereits getan hast.«

Tobias seufzte. Ein lang gezogenes *Seht-ihr-womit-ich-mich-herumschlagen-muss*-Seufzen, das so künstlich klang wie Jonah McAllisters Schmeicheleien im Pork Pit. »Du weißt, dass es eigentlich kein offener Tagebau ist, Warren. Es nennt sich Gipfelbergbau, und es ist nicht illegal. Wir holen die Kohle nur einfach auf dem schnellsten Weg aus der Erde.«

»Und hinterlasst dabei allen anderen euren Dreck«, blaffte Warren. »Wie ich schon sagte, ich habe überhaupt kein Interesse daran, dich das mit meinem Land machen zu lassen. Mein gesamter Garten hat sich durch dich und deinen Tagebau bereits in ein stinkendes Loch verwandelt.«

Tobias' Miene verhärtete sich, und sein Schnurrbart zitterte vor kaum unterdrückter Wut. »Ich bin es leid zu warten, alter Mann. Du kannst entweder jetzt verkaufen und gutes Geld für dein Land bekommen. Oder ...«

»Oder was?«, schnauzte Warren und unterbrach damit die Drohung des Zwerges. »Schickst du ein paar deiner Jungs rüber, um mir einzuheizen? Das hast du schon mehrmals versucht, und es hat nicht funktioniert. Ein paar Schrotladungen in ihre Ärsche, und sie rannten davon.«

Tobias funkelte seine Männer über die Schulter böse an, und sie traten von einem Fuß auf den anderen, während sie verlegen auf den Boden starrten.

Ich dagegen musterte Warren mit neuem Respekt. Violet hatte mir erzählt, dass Warren Dawsons Lakaien eigenhändig vertrieben hatte. Aber mir war nicht klar gewesen, dass der alte Kauz ihnen Schrot ins Fell gejagt hatte. Tapfer von ihm – wenn auch dämlich. Denn Warrens Schrotflinte und seine schiere Sturheit waren wahrscheinlich dafür verantwortlich, dass der Zwerg sich dazu entschlossen hatte, sich stattdessen Violet vorzuknöpfen.

Tobias drehte sich wieder zu uns um und spuckte die nächste Ladung Tabaksaft auf die Veranda. »Ich sage ja nur, dass es eine verdammte Schande wäre, wenn dir etwas passieren sollte – oder deiner süßen Enkelin.«

Der Zwerg bedachte Violet mit einem anzüglichen Blick, wobei er ihre Brüste anstarrte, als wollte er sein Gesicht dazwischen vergraben. Die Riesen und die anderen Männer hinter ihm folgten seinem Beispiel. Violets Gesicht wurde noch bleicher, aber dann verschränkte sie die Arme vor dem Oberkörper und schob ihr Kinn vor. Sie war genauso wenig kleinzukriegen wie ihr Großvater.

»Übrigens, Miss Violet«, sagte Tobias mit scharfer Stimme. »Sie haben nicht zufällig meinen Bruder Trace irgendwo gesehen? Kleiner Kerl, sieht mir ziemlich ähnlich, mit einer Dynamit-Tätowierung auf dem Arm. Er fährt einen alten Monstertruck.«

Ich kniff die Augen zusammen. Dawson hatte einen Bruder namens Trace? Der die Tätowierung einer brennenden Dynamitstange auf dem Arm trug? Das musste der Zwerg sein, den Finn letzte Nacht auf dem Parkplatz platt gefahren hatte. Derjenige, dessen Leiche Sophia entsorgt hatte.

Violet riss die Augen hinter der schwarzen Brille auf. Auch sie hatte gerade verstanden, dass Trace der Zwerg gewesen war, der sie angegriffen hatte, wusste aber nicht, wie sie auf Tobias Dawsons Anspielungen und Drohungen reagieren sollte. Aber Finnegan Lane, immer der Südstaaten-Gentleman, trat vor und schritt ein.

»Southtown ist ein gefährliches Pflaster«, sagte Finn sanft. »Wer weiß schon, was ihm an einem solchen Ort zugestoßen sein mag? Könnte alles sein. In diesem Teil von Ashland leben viele Kriminelle. Junkies, Vampirnutten, Zuhälter. Es ist für niemanden sicher, allein über diese Straßen zu wandern.«

Tobias bedachte Finn mit einem harten Blick. »Ich habe nicht mit dir geredet, Junge. Und was zur Hölle weißt du überhaupt darüber?«

Finn lächelte. »Ich bin dort aufgewachsen.«

Der Zwerg starrte Finn mit einer Mischung aus offener Feindseligkeit und Misstrauen an. Die Riesen und Menschen schienen die Missbilligung ihres Chefs zu spüren. Sie traten ein wenig nach vorne, als wollten sie an ihm vorbei auf die Veranda stürmen. Tobias spannte sich an, bereit, den Befehl zu geben. Ich ließ ein zweites Messer in meine andere Hand gleiten. Das würde nicht gut ausgehen.

Doch bevor der Zwerg seinen Männern den Befehl zum Angriff geben konnte, um sich ein für alle Mal um Warren T. Fox zu kümmern, trat Donovan Caine von der Veranda und öffnete seine Jacke. Neben dem dunklen Schatten seiner Waffe glänzte in der Mittagssonne seine Dienstmarke am Gürtel.

Tobias musterte Marke und Pistole. Die hellblauen Augen des Zwerges huschten zu der Limousine vor dem Laden. Auch er erkannte ein Polizistenauto, wenn er eines sah. »Wer sind Sie?«

»Detective Donovan Caine. Ich bin ein alter Freund der Familie.«

Finn grinste wieder und deutete mit dem Finger auf den Detective. »Vielleicht haben Sie von ihm gehört. Er war derjenige, der Alexis James getötet hat, die irre Luftmagierin, die Halo Industries und damit ihre eigene Firma beklaut hat. Das war vor ungefähr zwei Monaten. War in allen Nachrichten. Sie haben ihm sogar einen Orden verliehen.«

Donovan verzog bei Finns höhnischem Loblied das Gesicht. Der Detective wusste, was wirklich passiert war. Ich war diejenige, die Alexis James und ihre Handlanger im Ashland-Steinbruch getötet hatte. Er hatte nur das Lob und die Auszeichnung dafür eingeheimst.

Tobias Dawson war in der Tat klar, wen er vor sich hatte. Das Wissen blitzte in seinen eiskalten Augen auf. Aber Caines Zugehörigkeit zur Polizei von Ashland sorgte dafür, dass der Zwerg seine Möglichkeiten noch einmal überdachte. Ashland mochte ja eine gefährliche Stadt sein, und die Cops waren so korrupt wie nur was – aber trotzdem dachten die Leute nach, bevor sie ein Mitglied der Bullerei ausschalteten. Man musste Bestechung und Schmiergelder bedenken und natürlich auch die Befehlsketten. Ganz abgesehen davon, dass Caine für die Stadt eine Art Volksheld war – ein ehrlicher Polizist zwischen lauter korrupten Kollegen. Caines Tod würde eine Menge Fragen aufwerfen, selbst für jemanden, der so gute Verbindungen hatte wie Dawson.

Die Augen des Zwerges glitten von Donovan zu Finn, dann

zu Warren. Mich oder Violet beachtete er nicht im Geringsten. Anscheinend stellten wir armen Frauen in seinen Augen keinerlei Bedrohung dar. Sexistischer Mistkerl. Trotzdem konnte Tobias so gut zählen wie jeder andere auch. Wir waren zu fünft, er und seine Männer ebenfalls. Gleichstand, selbst wenn wir mit zwei Frauen und einem alten Mann geschlagen waren. Aber den letztendlichen Ausschlag gab Donovan Caines Dienstmarke – für den Moment.

Wieder starrte der Zwerg Warren an. »Ich gebe dir drei Tage, um mein letztes Angebot zu überdenken. Und das ist wirklich mein letztes Angebot. Ich würde vorschlagen, dass du dir ein paar Gedanken machst, bevor ich zurückkomme und dir dabei helfe.«

Damit spuckte der Zwerg noch einmal Tabaksaft vor sich, drehte sich auf dem Absatz seiner Schlangenlederstiefel um und stiefelte zurück zum SUV. Dabei machte er eine Kreisbewegung mit der Hand. Sammeln und verschwinden. Einer nach dem anderen drehten seine vier Lakaien sich ebenfalls um und reihten sich wieder hinter ihm ein.

Donovan Caine blieb mit harter Miene und kalten Augen genau dort stehen, wo er war, bis der Wagen wieder auf die Straße gefahren war. An der Kreuzung bog der Fahrer nach rechts ab, dann verschwand der SUV aus unserem Blickfeld. Sobald das Auto nicht mehr zu sehen war, atmete der Detective tief durch und fuhr sich mit einer Hand durch die schwarzen Haare.

»Na, das hat ja mal Spaß gemacht«, verkündete Finn fröhlich.

Wir blieben noch eine Weile auf der Veranda, aber Dawson und seine Leute kamen nicht wieder. Ich steckte meine Steinsilber-Messer erst zurück in meine Ärmel, als ich mir wirklich sicher war, dass sie nicht noch mal auftauchen würden. Dann trat ich von der Veranda und ging zu der Stelle, an der Dawson gestanden hatte, um ein besseres Gefühl für seine Magie zu bekommen. Der Kies unter meinen Füßen summte mit genug Macht, dass meine Haut kribbelte und die Spinnenrunen-Narben auf meinen Handflächen juckten. Also war der Zwerg ein Steinelementar. Jemand, der das Element kontrollieren und beeinflussen konnte. Und er war stark in seiner Magie, so wie ich auch.

Ich fragte mich, ob der Zwerg noch weitere magische oder andere Talente besaß, von denen ich wissen sollte, bevor ich ihn umbrachte. Dawson hatte sich gerade von einem anspruchsvollen Ziel in ein schwieriges verwandelt. Ich würde ihn schnell und geschickt ausschalten müssen, bevor ihm überhaupt klar wurde, was geschah. Andernfalls wäre ich diejenige, die ins Gras biss.

»Was tust du da?«, fragte Donovan Caine, während er mich dabei beobachtete, wie ich mich auf der Stelle, auf der der Zwerg gestanden hatte, im Kreis drehte.

»Nichts.«

Der Detective wusste, dass ich Magie besaß ... dass ich ein Eiselementar war. Aber von meiner viel größeren Steinmagie hatte ich ihm nie erzählt. Ich ging mit meiner Magie nicht hausieren, und schließlich war ich mir immer noch nicht sicher, wie genau meine Beziehung zu Donovan Caine jetzt aussah – oder ob wir je eine haben würden.

Violet hatte die Arme immer noch über der Brust verschränkt. Die Stärke, die sie für Tobias Dawson ausgestrahlt hatte, war verschwunden. Jetzt wirkte ihr Gesicht bleich und verschwitzt trotz der Kälte in der Luft. »Du hast nichts gemacht, Gin. Warum hast du nichts gemacht? Warum hast du Dawson nicht gesagt, er soll abhauen und uns in Ruhe lassen?«

»Weil ich nicht wollte, dass er mir zu viel Aufmerksamkeit schenkt«, erklärte ich. »Nicht hier und heute. Das hätte es später nur schwieriger gemacht, an ihn heranzukommen. Der Zwerg hat mich kaum angesehen. Er wird sich nicht daran erinnern, wie ich aussehe, wenn ich mich ihm nähere.«

»Du meinst, wenn du ihn umbringst«, sagte Donovan Caine mit kalter Stimme.

»Ja«, sagte ich. »Wenn ich ihn umbringe.«

Donovan starrte mich an. Seine Augen glänzten in seinem angespannten Gesicht wie warmes Gold. Nach ein paar Sekunden schüttelte er den Kopf. »Du weißt, dass ich das nicht zulassen kann. Ich kann nicht akzeptieren, dass du Dawson tötest.«

Ich seufzte. Obwohl der Detective und ich schon zusammengearbeitet hatten, waren wir wieder ganz am Anfang. Er klammerte sich an seine ach so hehren moralischen Ideale und verhinderte damit, dass ich tat, was getan werden musste.

»Ich sehe eigentlich nicht, dass Sie die Wahl haben, Detective«, schaltete Finn sich ein. »Denn Dawson wird nicht aufhören, die Foxes zu belästigen, bis er im Besitz dieses Landes ist. Was bedeutet, dass er nicht aufhören wird, bis beide tot sind. Dieser Mistkerl hat seinen Bruder letzte Nacht geschickt, um Violet zu vergewaltigen und zu ermorden. Ein neunzehnjähriges Mädchen, das wahrscheinlich in seinem gesamten Leben noch niemandem wehgetan hat. Und Sie stehen hier und versuchen ihn zu beschützen, wo Sie sich doch eigentlich Sorgen um eine junge Frau und ihren Großvater machen sollten. Was stimmt nicht mit Ihnen?«

Donovan richtete seinen hitzigen Blick auf Finn, der stoisch zurückstarrte. Beide Männer hatten die Hände zu Fäusten geballt. Finn stand natürlich auf meiner Seite, wie es sich für einen Bruder gehörte, und seine Logik war unanfechtbar. Doch es gab nur einen Weg, den Detective dazu zu bringen, der Ermordung Dawsons zuzustimmen – nämlich mit einem kleinen Schritt nach dem anderen. Was bedeutete, dass es an mir hing, Donovan Caine langsam in die Richtung zu schieben, in der ich ihn haben wollte.

»Finn?«, fragte ich.

»Ja?«

»Hast du deinen Laptop dabei?«

Er schnaubte. »Verlasse ich ohne ihn je das Haus?«

Frage beantwortet. Manchmal konnte ich mir nicht vorstellen, wie Finn es schaffte, sich lange genug von seinem Computer zu lösen, um jedem verfügbaren Wesen mit Brüsten nachzusteigen.

»Hol ihn her. Ich möchte, dass du alles über Dawson herausfindest, was du finden kannst. Gewohnheiten, Hobbys, Geschäftsinteressen. Alles, was vielleicht helfen könnte.«

Finn nickte und ging zu seinem Geländewagen.

»Und was wirst du tun?«, fragte Caine leise.

Ich schenkte ihm ein breites Lächeln. »Nicht ich, Detective. *Wir*. Wir werden uns die Kohlemine des Zwerges ansehen und versuchen herauszufinden, warum Dawson plötzlich so scharf auf das Land ist, auf dem Warrens Laden steht. Was sagst du dazu, Detective? Bereit, heute Nacht einen kleinen Einbruch zu starten?«

Donovan zog eine Grimasse und wandte den Blick ab.

»Also wirst du uns helfen?«, fragte Violet in meine Richtung.

Ich sah sie an. »Ich helfe euch jetzt schon ein Weilchen, Violet. Aber ja, ich werde mich für euch um Dawson kümmern.«

»Warum?«, fragte Warren Fox. »Ich kenne die Höhe der Summen, die Fletcher Lane für seine Dienste berechnet hat – und das war vor Jahren. Ich kann dir auf keinen Fall auch nur ansatzweise so viel zahlen.«

»Mach dir keine Sorgen um das Geld«, sagte ich. »Gib mir einfach nur ein paar Gläser Honig, die ich Jo-Jo bringen kann, und dann sind wir quitt.«

»Du wirst ihnen nicht mal Geld abnehmen?«, fragte Donovan misstrauisch. »Warum? Um ihr Land für dich selbst zu beanspruchen?«

Ich zog eine Augenbraue hoch. »Und was sollte ich mit einem Laden hier im Kohleland anfangen? Ich habe bereits ein Barbecue-Restaurant zu führen. Das reicht mir völlig. Also nein, ich will ihr Land nicht. Glaub es oder nicht, Detective, ab und zu arbeite ich umsonst. Pro bono, sozusagen, wenn die Situation es erfordert.«

»Aber warum?«, drängte Caine. »Warum willst du Dawson so dringend töten?«

Mein Blick huschte zu Violet. Das Bild ihres zerstörten Gesichts blitzte vor meinem inneren Auge auf, und ich hörte ihr verzweifeltes Schluchzen in meinem Kopf. Trotz der Tatsache, dass Jo-Jo Deveraux sie geheilt hatte, hatte Violet gestern einen Teil ihrer Unschuld verloren. Einen kleinen, glücklichen Teil von sich, den sie niemals zurückgewinnen konnte. Genau wie ich in der Nacht, als meine Familie ermordet worden war – als alles und jeder, den ich geliebt hatte, in wenigen Stunden verbrannt war.

Vielleicht wollte ich dafür sorgen, dass Violet nicht endete wie ich – hart, kalt, der Welt entrückt bis auf ein paar wenige, die mir noch etwas bedeuteten. Vielleicht wollte ich mich in ihrem Namen rächen, weil es mir so schwerfiel, Rache für mich selbst zu üben. Vielleicht wollte ich nur, dass sie in dem sicheren Wissen, dass Dawson den Würmern als Futter diente, ein wenig ruhiger schlief.

Ich konnte den genauen Grund selbst nicht benennen, und dem Detective konnte ich nichts von all dem erzählen. Ich wollte ihm diesen Teil von mir nicht preisgeben. Außerdem hätte er mir sowieso nicht geglaubt. Also entschied ich mich für meine übliche flapsige Antwort.

»Weil Dawson nichts als ein reicher verzogener Tyrann ist,

der gerne Cowboy spielt«, sagte ich. »Weil mir langweilig ist. Aber hauptsächlich, weil es mir einen Riesenspaß machen wird, ihn aus diesem lächerlichen Hut und den hässlichen Stiefeln zu prügeln, bevor ich ihm die Kehle durchschneide.«

17

Es folgten keine weiteren Kommentare über die Art meines Dienstleistungsangebotes oder meine finsteren Absichten, also machten wir uns an die Arbeit.

Finn hatte seinen Laptop aus dem Geländewagen geholt und baute ihn auf der Theke im Country Daze auf. Violet suchte ein bisschen herum, bis sie ein Verlängerungskabel fand, mit dem er seinen Akku aufladen konnte. Finn bedankte sich mit einem anzüglichen Zwinkern und einem charmanten Grinsen. Seine Magie begann, sich vor unser aller Augen zu entfalten. Violet lächelte, zog den Kopf ein und lehnte sich vor, um noch etwas für ihn zu suchen.

Hinter Violet kniff Warren die dunklen Augen zusammen, verschränkte die Arme vor der schmalen Brust und warf einen langen Blick auf die Schrotflinte hinter der Theke. Finn räusperte sich und richtete seine Aufmerksamkeit auf den Laptop. Er mochte ja Frauen um den Finger wickeln können, aber bei den dazugehörigen männlichen Verwandten hatte seine Magie nie so recht gewirkt. Besonders, wenn sie so beschützerisch und misstrauisch waren wie Warren.

Donovan Caine stiefelte mit dem Handy am Ohr in den Gängen des Ladens auf und ab. Der Detective hatte Finn widerwillig angeboten, bei der Beschaffung von Hintergrundinformationen über Dawson zu helfen, auch wenn er absolut klargestellt hatte, dass er meinen Plan, den Zwerg umzubringen, unter keinen Umständen guthieß. Trotzdem war es ein kleiner Schritt in meine Richtung. Denn ich würde den Zwerg umbringen, ob es Donovan nun gefiel oder nicht.

Während die anderen arbeiteten, starrte ich aus dem Panoramafenster des Ladens und beobachtete die Kreuzung. Dawson mochte ja gesagt haben, dass er erst in drei Tagen zurückkehren würde, aber ich hätte ihm durchaus zugetraut, dass er heute noch mal auftauchte – mit noch mehr Männern. Weswegen ich auch die Vorsichtsmaßnahme ergriff, mein Handy herauszuziehen und Sophia Deveraux im Pork Pit anzurufen. Das Telefon klingelte nur zweimal, bevor sie abhob. Trotz meiner gegenteiligen Anweisungen war die Grufti-Zwergin immer noch im Restaurant.

»Hmpf?« Sophia meldete sich mit ihrem üblichen monotonen Grunzen.

»Hier ist Gin. Das hier wird etwas schwieriger, als ich ursprünglich dachte. Du müsstest das Restaurant für heute schließen und herkommen. Wenn du schon dabei bist, kannst du genauso gut ein Schild an die Tür hängen, dass wir die ganze Woche schließen.«

»Probleme?«, krächzte Sophia.

Ich warf Violet einen kurzen Blick zu, die Finn gerade eine kalte Flasche Limonade reichte, und zu Warren, der ihn immer noch böse anstarrte. »Eher ein paar Sorgen. Ich muss ein wenig Aufklärungsarbeit in Bezug auf Dawson leisten, will Violet und ihren Großvater in der Zwischenzeit aber nicht allein im Laden lassen. Damit will ich vermeiden, dass Dawson und seine Männer sich an mir vorbeischleichen und etwas Dämliches tun, wie etwa den Laden mit den Foxes drin abfackeln. Also würdest du zusammen mit Finn Bodyguarddienst schieben. Kommst du damit klar?«

»Anzahl?«

»Er hatte zwei Riesen dabei und zwei andere Kerle, die aussahen wie Halbriesen. Ich weiß nicht genau, wie viele Männer Dawson zur Verfügung hat, aber wahrscheinlich könnte er seine gesamten Arbeiter zwangsverpflichten, wenn er es wirklich will.«

Sophia dachte ein paar Sekunden über die Chancen nach.

»Hmm-mmm.« Das war ein Ja.

»Gut«, sagte ich. »Wir warten auf dich.«

Wir legten auf, und ich schob mein Handy wieder in die Hosentasche. Die Bodendielen knarzten, und Warren T. Fox erschien an meiner Seite. Auch er starrte aus dem Fenster. Zwei Autos rauschten vorbei und verlangsamten gerade genug, um an der Kreuzung links abzubiegen, bevor sie Richtung Schnellstraße fuhren.

Wir sprachen nicht. Schweigen war etwas, was mich noch nie gestört hatte. Warren schien es auch nicht zu stören. Aber wir mussten in die Gänge kommen. Denn die Foxes konnten sich nicht ewig in ihrem Laden verstecken, und ich wollte sicherstellen, dass sie in Sicherheit waren, wenn ich zum Schnüffeln in Richtung Mine aufbrach.

»Wo ist dein Haus?«, fragte ich. »Lebt Violet noch bei dir?«

Warren nickte. »Das tut sie. Das Haus steht am anderen Ende des Parkplatzes, hinter einem kleinen Wäldchen, direkt neben einem kleinen Fluss. Von der Straße aus kann man es nicht sehen.«

Also wollte Dawson nicht nur das Land, auf dem der Laden stand, er wollte auch das Haus des alten Mannes. In den Südstaaten war das sogar noch schlimmer, als nur das Land zu wollen. Ein weiterer Grund für mich, den Zwerg möglichst bald um die Ecke zu bringen.

»Demnächst möchte ich es mir mal anschauen. Um zu gewährleisten, dass es so sicher ist, wie es nur sein kann.«

Nicht, dass ein bisschen Holz, Nägel und eine Tür es schaffen konnten, einen Riesen wirklich aufzuhalten, aber jedes bisschen half. Selbst ein paar Sekunden Verzögerung konnten den Unterschied machen, ob die Foxes entkamen oder nicht, ob sie lebten oder starben.

Warren nickte, und wieder verfielen wir in Schweigen.

»Ich nehme an, ich sollte dir danken«, meinte Warren schließlich mürrisch. »Weil du mir helfen willst.«

»Du musst mir nicht danken. Tu einfach nur, was ich sage, und alles wird gut.«

Warren starrte mich an. »Du ähnelst ihm sehr, weißt du? Fletcher, meine ich.«

Ich antwortete nicht. Noch vor kurzer Zeit hätte diese Aussage mir sehr geschmeichelt. Jetzt war ich mir nicht mehr so sicher, ob ich sein wollte wie Fletcher Lane mit seinen Geheimnissen und Plänen, die er im Verborgenen hütete. Ich konnte immer noch nicht glauben, dass er all diese Jahre gewusst hatte, wer ich wirklich war; dass er eine Akte über die Ermordung meiner Familie angelegt hatte; dass er gewusst hatte, dass Bria noch lebte und wo sie sich aufhielt – und dass er mir von alldem nichts erzählt hatte.

Warum hatte Fletcher das vor mir geheim gehalten? Warum hatte er es versteckt? Ich hatte geglaubt, Fletcher besser zu kennen als jeder andere. Ich war schließlich sein Lehrling gewesen. Diejenige, die er in all seine Berufsgeheimnisse eingeweiht hatte. Jetzt fragte ich mich, ob ich überhaupt etwas über ihn gewusst hatte – außer dem, was er mich wissen lassen wollte.

»Du bist hart. Wie er es war«, fuhr Warren fort. »Fähig, deine Gefühle zur Seite zu schieben und zu tun, was getan werden muss, komme, was wolle. Das habe ich immer an ihm bewundert. Fletcher war immer stärker als ich. Selbst als Stella uns beide verlassen hat, habe ich ihn nicht schwach gesehen. Er hat nie gewankt. Nicht ein einziges Mal, keine einzige

Sekunde. Niemand hätte je geahnt, dass etwas mit ihm nicht stimmte.«

Stella, die Frau, die sie beide geliebt hatten. Diejenige, die ihre Freundschaft zerstört hatte, um dann mit einem anderen Mann durchzubrennen.

Warren verfiel wieder in Schweigen, und seine glänzenden Augen trübten sich von den Erinnerungen. Nach einer Minute schüttelte er den Kopf und kehrte in die Gegenwart zurück. »Auf jeden Fall weiß ich, dass ich deine Hilfe nicht verdient habe. Ich weiß sie aber trotzdem zu schätzen, besonders wegen Violet. Wärst du nicht gewesen, wäre sie gestern gestorben.«

Ich zuckte mit den Achseln. »Dasselbe hätte ich für jeden anderen auch getan.«

Warren schüttelte den Kopf. »Nein, das glaube ich nicht. Du verstehst, dass es Leute gibt, die den Tod einfach verdienen. Das ist eine Erkenntnis, die Donovan bis jetzt noch nicht gewonnen hat. Sein Vater war genauso. Er hat vor ein paar Jahren versucht, mir mit Dawson zu helfen, aber es war nicht von Dauer.«

»Daher kennst du Donovan? Du kanntest sogar seinen Vater?«

Warren nickte. »Daniel Caine, ein guter Mann. Genauso wie Donovan. Aber er ist nicht der Richtige für dich.«

Er war aufmerksamer, als ich gedacht hatte, aber trotzdem zog ich eine Augenbraue nach oben. »Was meinst du damit?«

Warren warf einen Blick über die Schulter, aber Donovan telefonierte immer noch am Handy, also wandte er sich wieder mir zu. »Ich meine, dass du und Donovan auf verschiedenen Seiten steht. So war es immer, und so wird es auch immer sein. Er wird sich nicht ändern, und er wird niemals akzeptieren, was du bist und was du getan hast. Das liegt einfach nicht in seiner Natur, egal wie sehr er es sich vielleicht auch wünscht.«

»Und das erzählst du mir, weil …«

»Weil Donovan ein guter Mann ist und du auf deine eigene Art eine gute Frau. Das solltest du zumindest sein, wenn Fletcher dich richtig erzogen hat«, erklärte Warren. »Zumindest bist du gut in dem, was du tust.«

»Die Beste. Ich war die Beste bei dem, was ich früher getan habe«, berichtigte ich ihn. »Aber jetzt bin ich im Ruhestand.«

Warren schnaubte. »Genau. Aber bedenke meine Worte: Binde dich nicht zu eng an Donovan Caine. Denn es wird nicht so enden, wie du es dir wünschst.«

Seine Augen glühten nicht vor Macht, und ich spürte keinerlei Magie in ihm. Das bedeutete, dass Warren T. Fox nicht die prophetische Begabung eines Luftelementars besaß. Aber ob Warren nun über eine außergewöhnliche Sehergabe verfügte oder nicht, er war klug genug, den Konflikt zwischen Donovan und mir auf den ersten Blick zu erkennen.

Finn murmelte etwas, was Violet zum Kichern brachte. Warrens Kopf schoss bei dem Geräusch herum. Dann schlurfte er davon, um Finn wieder böse anzustarren und das Flirten mit seiner Enkelin zu unterbinden. Diesmal hätte ich ihm den Rat geben können, sich die Mühe zu sparen. Es gab nichts, was Warren tun konnte, um zu verhindern, was zwischen den beiden geschah, außer vielleicht Finn mit seiner Schrotflinte zu erschießen. Mit dem anderen Geschlecht zu flirten war für ihn so selbstverständlich und notwendig wie atmen.

Ich schaute an dem Trio vorbei zu Donovan Caine, der über die Holzdielen tigerte. Der Detective bemerkte meinen Blick, runzelte die Stirn und wandte mir den Rücken zu. Um mich wieder einmal auszuschließen.

Ich seufzte. Warren T. Fox war offensichtlich cleverer, als er aussah. Ich hatte das drängende Gefühl, dass er mit Donovan und mir recht hatte. Der Detective würde nicht zulassen, dass zwischen uns etwas entstand. Egal wie gut der Sex auch gewesen war, egal wie heiß die Leidenschaft zwischen uns kochte. Meine grauen Augen glitten über den schlanken Körper des Mannes.

Eigentlich eine Schande.

Nachdem ich Warren zu seinem Haus gefolgt war, alles so gut wie möglich gesichert hatte und zum Laden zurückgekehrt war, war es später Nachmittag. Mein Magen knurrte und erinnerte mich daran, dass seit dem halben Grill-Sandwich, das ich zu Mittag gegessen hatte, viel Zeit vergangen war. Also durchsuchte ich die Kühlschränke im Eingangsbereich des Country Daze und entschied mich für ein verpacktes Mortadella-Sandwich mit Käse und eine Flasche Limonade. Eine Tüte Chips und ein Schokoriegel aus den Ständern an der Kasse vervollständigten das Gourmet-Menü. Ich legte meine Beute neben die Kasse.

»Du musst dafür nicht zahlen«, protestierte Violet.

Ich knallte einen Zehner auf die Theke. »Sicher tue ich das. Behalt das Wechselgeld.«

Ich trug mein Abendessen auf die Veranda und setzte mich in einen der Schaukelstühle. Ein Fass gab einen wunderbaren Tisch ab. Dann aß ich. Für meinen Geschmack war die Limonade verwässert, und das Brot war schon hart, aber genug Mayonnaise machte es essbar. Nicht unbedingt das beste Essen, das ich je hatte, aber es würde ausreichen. Ich wäre nur ungern in Dawsons Büro eingebrochen, während mein Magen knurrte und mich an die Wachen verriet, die er vielleicht aufgestellt hatte.

Ich hatte gerade meinen Schokoriegel geöffnet, als Donovan auf die Veranda trat. Der Detective zögerte, dann kam er zu mir.

»Ist es okay, wenn ich dir Gesellschaft leiste?«, fragte er leise.

»Sicher.« Ich vergrub meine Zähne in der Schokolade. Knackige dunkle Schokolade mit bitteren Mandeln darin. Definitiv der beste Teil meines Essens.

Der Detective starrte über die Kreuzung hinweg. Ein leerer Kohlelaster rumpelte vorbei, hielt an und bog Richtung Mine ab.

»Ich habe ein paar Infos über Dawson«, sagte Donovan. »Und sie verheißen nichts Gutes. Nach allen Berichten ist er ein richtiger Scheißkerl. Fast die gesamten Minen hier in der Gegend gehören ihm, und er zahlt seinen Angestellten kaum den Mindestlohn. Ein paar von ihnen haben vor ein paar Monaten versucht, eine Gewerkschaft zu gründen. Jeder Einzelne hatte kurz darauf einen Minenunfall. Deckeneinstürze, Fehlfunktionen der Maschinen, sogar eine Totalverschüttung.«

»Hattest du etwas anderes erwartet? Du hast doch gesehen, wie Dawson die Foxes bedroht hat. Er ist kein netter Mensch.«

Donovan fuhr sich mit einer Hand durch die schwarzen Haare. »Aber das bedeutet noch lange nicht, dass es in Ordnung ist, ihn einfach umzubringen.«

»Und nur weil Dawson Geld hat, bedeutet das nicht, dass es in Ordnung ist, Leute zu verängstigen, um zu bekommen, was er will«, hielt ich dagegen. »Also, was ist schlimmer – dass ich Dawson umbringe, weil er die Foxes bedroht hat? Oder die Tatsache, dass er seinen Bruder losgeschickt hat, um Violet zu vergewaltigen und umzubringen, nur weil er ihrem Großvater eine Botschaft schicken wollte?«

Caine stieß die Luft aus. »Ich weiß es nicht. Ich weiß es einfach nicht. Aber vor zwei Monaten hätte ich dich noch verhaftet, wenn ich mitbekommen hätte, dass du planst, jemanden zu töten. Hätte dir, ohne zu zögern, Handschellen angelegt und dich zum Verhör aufs Revier geschleppt.«

»Und jetzt?«

Donovan starrte auf die Straße, obwohl ich das Gefühl

hatte, dass er sie nicht wirklich sah. »Jetzt denke ich darüber nach, dir dabei zu helfen.«

»Kein Grund, so niedergeschlagen zu klingen, Detective. Dawson loszuwerden ist richtig.«

Er schüttelte den Kopf. »Nein. Es ist das, was du willst. Ich mache nur mit.«

»Warum?«, fragte ich. »Warum machst du mit, wenn es dein Gewissen so sehr belastet?«

Donovan starrte mich an, und in seinen Augen flackerten die verschiedensten Gefühle. Schuld. Verlangen. Überdruss. Resignation. »Das weiß ich ebenfalls nicht.«

Reifen knirschten über den Kies, und ein Cabrio bog auf den Parkplatz ein. Der Wagen war so schwarz, wie er nur sein konnte, mit langer Karosserie und hohen Flossen. Trotz seiner makellosen Schönheit erinnerte mich dieses Auto immer an einen Leichenwagen. Das Dach war geschlossen, aber ich musste den Innenraum nicht sehen, um zu wissen, wer der Fahrer war. Sophia Deveraux war angekommen. Ich stand auf.

Donovan verspannte sich. »Ärger?«

»Entspann dich, Detective. Ich habe eine Freundin angerufen, um Finn dabei zu helfen, auf die Foxes aufzupassen, während du und ich uns in Dawsons Mine schleichen.«

Sophia öffnete die Fahrertür und stieg aus.

Der Detective runzelte die Stirn. »Ist das nicht die Köchin aus dem Pork Pit? Die gearbeitet hat, als Jake McAllister versucht hat, das Restaurant zu überfallen?«

»Genau«, antwortete ich. »In ihrer Freizeit ist sie ein harter Typ, genau wie ich.«

Aber Sophia war nicht allein. Auch die Beifahrertür öffnete sich, und eine riesige Wolke gebleichter weißblonder Locken erschien im Türausschnitt, teilweise verborgen unter einem dünnen pinkfarbenen Kopftuch. Sophia hatte ihre große Schwester mitgebracht.

Jo-Jo sagte etwas zu Sophia, das ich nicht verstehen konnte, und die Grufti-Zwergin grunzte eine Antwort. Dann warfen beide Frauen ihre Türen zu und kamen auf uns zu. Sie hielten am Fuß der Treppe an. Sophia warf Donovan einen ausdruckslosen, gelangweilten Blick zu, aber Jo-Jos Augen leuchteten beim Anblick des gut aussehenden Detectives auf. Sie war nicht nur eine Society-Dame, sie flirtete auch gerne, genau wie Finn.

»Also«, fragte Jo-Jo, als sie Donovan einmal von oben bis unten und wieder zurück gemustert hatte. »Wer ist das denn?«

Ich startete die Vorstellung. »Jo-Jo Deveraux, das ist Donovan Caine vom Ashland Police Department. Donovan, Jo-Jo. Und die Grufti-Braut ist Sophia, Jo-Jos Schwester.«

Jo-Jo streckte die Hand aus, als wartete sie darauf, dass Donovan einen Handkuss darauf drückte. Unübersehbare Enttäuschung huschte über ihr Gesicht, als er ihre Finger stattdessen einfach schüttelte.

»Ich habe Sophia gebeten, auf Warren und Violet aufzupassen, während wir uns in Dawsons Mine umsehen«, erklärte ich dem Detective.

»Und ich bin zur moralischen Unterstützung mitgekommen«, meldete sich Jo-Jo zu Wort und klimperte mit den Wimpern.

Donovan Caine beäugte das Kleid mit dem Rosenmuster, die Perlenkette, die hochhackigen Sandalen und die manikürten Nägel der Zwergin. Wahrscheinlich dachte er, sie wäre in einem Kampf keine große Hilfe. Aber Jo-Jo war fast so stark wie Sophia – und sie verfügte über Luftmagie, um ihre natürliche Stärke noch zu unterstützen. Selbst ich war mir nicht sicher, ob ich Jo-Jo in einem Kampf besiegen könnte.

»Kommt«, sagte ich. »Lasst uns zu den anderen nach drinnen gehen.«

18

Finn suchte immer noch Informationen über Tobias Dawson, also ließ ich ihn und die Foxes in Sophias und Jo-Jos Obhut. Violet war glücklich, die ältere Zwergin wiederzusehen, und fing an, sie mit Fragen über die spezielle Behandlung ihrer Haare zu überschütten.

Zu meiner Überraschung war auch Warren glücklich. Jo-Jo musste ihn und seine Eltern besser gekannt haben, als sie hatte durchblicken lassen, denn er und die Zwergin fingen an, über all die Leute zu tratschen, die sie hier oben in Ridgeline Hollow kannten. Allerdings war Jo-Jo Deveraux mehr als zweihundertfünfzig Jahre alt. Ich konnte mir nicht mal vorstellen, wie vielen Leuten sie in ihrem Leben schon begegnet war. Es musste schwer sein, sie alle im Kopf zu behalten, aber irgendwie schaffte sie es. Bei Warren schien sie besonders mitteilsam.

Damit blieb der Wachdienst an Sophia hängen. Ich zeigte ihr die verschiedenen Zugangswege zu Laden und Haus. Sobald wir fertig waren, steckte sich die Grufti-Zwergin Kopfhörer in die Ohren und nahm ihren Platz auf der vorderen Veranda ein, um nach Tobias Dawson und seinen Männern Ausschau zu halten.

Ich drehte noch eine kurze Runde durch den Laden und schnappte mir ein paar Dinge, die ich für potenziell nützlich hielt. Taschenlampen, ein Seil, Handschuhe, ein Fernstecher.

Um alles zu bezahlen, legte ich einen Hunderter auf die Theke. Dann ließen Donovan Caine und ich die anderen im Laden zurück und stiegen in seine Polizistenkarre.

Der Detective ließ sich auf den Fahrersitz sinken, während ich auf der Beifahrerseite einstieg. Anders als die meisten Autos der Bullerei, in denen ich schon gesessen hatte, war dieses hier fast makellos sauber. Keine Fast-Food-Verpackungen, keine leeren Dosen, kein irgendwie gearteter Müll im Innenraum. Das Auto roch sogar wie Caine – sauber und ein wenig nach Seife. Oder vielleicht kam dieser Geruch auch von dem Duftbäumchen am Innenspiegel. Egal was es war, ich atmete tief durch und genoss die Frische. Mmmm.

Donovan startete den Wagen und sah mich an. »Wohin?«

Ich warf einen Blick auf die Ausdrucke, die Finn mir gegeben hatte. Er hatte noch nicht viel über Dawson herausbekommen, aber mehrere Karten von der Mine des Zwerges gefunden – inklusive einer, die das Gebäude zeigte, in dem sein Büro untergebracht war.

»Bis zum Stoppschild und dann nach links, als wolltest du zurück auf die Schnellstraße«, sagte ich. »Es gibt einen alten Zufahrtsweg, der über den Berg führt und von dem aus man die Mine sehen kann. Da oben können wir anhalten und schauen, was sich unten so tut, bevor wir losziehen.«

Donovan nickte und lenkte die Limousine vom Parkplatz. Er hielt an der Kreuzung an und bog ab. Wir schwiegen, während sich sein Wagen die kurvige Straße nach oben arbeitete.

Es war eine malerische Straße, überraschenderweise genau wie das Touristenschild an der Kreuzung behauptete, mit dichtem Wald auf beiden Seiten. Noch vor ein paar Wochen hätte das Herbstlaub ein spektakuläres Bild geboten. Aber wir befanden uns in höheren Lagen, was bedeutete, dass die Ahornbäume, Eichen und Pappeln den Großteil ihrer farbenprächtigen Blätter bereits abgeworfen hatten. Trotzdem fand ich die gebogenen Äste auf ihre eigene Weise schön. Bänder aus Holz, die sich zu kunstvollen Formen verbanden.

Durch die kahlen Äste hindurch entdeckte ich den kleinen Fluss, den Warren Fox erwähnt hatte – den, der hinter seinem Haus und am Country Daze vorbeifloss. Ich war mir allerdings nicht sicher, ob ich ihn noch als *klein* bezeichnet hätte. An manchen Stellen erstreckte sich das rauschende Wasser fast über zehn Meter Breite und plätscherte über ungewöhnliche Steinformationen. Kiesbedeckte Parkbuchten auf beiden Seiten der Straße markierten beliebte Angelstellen.

Ich warf einen kurzen Blick auf die Karte. »Dahinten nach rechts.«

Donovan nickte und folgte meiner Anweisung.

Der glatte Asphalt verwandelte sich in rissigen Beton, als sich der Wagen noch weiter in Richtung Berggrat kämpfte. Dann ersetzte Kies den Beton, und die Straße wurde zu zwei ausgefahrenen Rillen. Trotz des unebenen Geländes fuhr Donovan zügig weiter. Wir holperten fast eine Meile weit die Fahrrillen entlang, bis die Schotterstraße an einer kleinen Lichtung endete. Der Detective stoppte den Wagen, und wir stiegen aus.

Hier oben war die Luft noch kühler als beim Country Daze, und inzwischen nieselte es. Ich klappte den Kragen meiner schwarzen Fleecejacke nach oben, warf mir die Seilrolle über die Schulter und stellte sicher, dass ich den Rest meiner Ausrüstung hatte. Donovan griff auf die Rückbank und zog eine blaue Regenjacke mit der Aufschrift »Ashland Police Department« heraus. Er bot mir die Jacke an, aber ich schüttelte den Kopf.

»Behalt sie«, sagte ich. »Du bist eindeutig der Rechtschaffenere von uns beiden.«

Der Detective schlüpfte in die Jacke. Ich stopfte die Karten, die Finn mir gegeben hatte, in die Gesäßtasche meiner Jeans, damit sie nicht feucht wurden.

»Hier entlang«, erklärte ich Donovan.

Dann verließen wir die Lichtung. Der Nieselregen hatte bereits dafür gesorgt, dass der Boden aus gefallenen Blättern und Unkraut rutschig war, also bewegte ich mich vorsichtig und langsam. Heute Abend konnte ich wirklich keinen verknacksten Knöchel brauchen. Donovan folgte meinem Beispiel.

Auf einem Schild am Ende der Lichtung stand: »Betreten verboten! – Dawson-Minengesellschaft«, aber ich ignorierte es. Widerrechtliches Betreten würde heute Abend noch das geringste meiner Verbrechen sein. Wir gingen ein paar Minuten schweigend durch den feuchten Wald, bis wir die Abbruchkante des Bergkammes erreichten. Ich ging hinter einer hohen Kiefer in die Hocke, und Donovan duckte sich neben mir. Trotz des Regens stieg mir der saubere, seifige Geruch des Detectives in die Nase. Mmmm. Der Duft brachte mich dazu, mich umdrehen zu wollen, um meine Lippen auf seine zu drücken und dann in seinen Armen auf den Waldboden zu sinken. Sicher, der Boden wäre ziemlich feucht, aber ich war mir sicher, dass Donovan und mir trotzdem heiß werden würde – und das ziemlich schnell.

Unglücklicherweise war ich nicht für einen Quickie mit dem Detective hierhergekommen, egal wie verlockend der Gedanke auch sein mochte. Also hob ich das Fernglas, das ich mitgebracht hatte, an die Augen. Unter mir fiel der Hang ein Stück ab, bevor sich der Boden glättete. Das von Menschenhand ausgehobene Tal vor uns wurde von einem Bergkamm umschlossen, der ein grobes U bildete. Wir befanden uns am unteren Ende, während sich große Abraumberge an den Enden des Us auftürmten und es so möglich machten, den Grat zu erreichen.

Auf dem Boden des Talbeckens standen verschiedenste

Maschinen. Bagger, Bulldozer und andere Baugeräte, mit denen man Erde bewegen konnte – und zwar eine Menge davon. Einige waren große komplizierte Monstermaschinen aus Metall mit mehr Armen, Kränen und Schaufeln daran, als ich je gesehen hatte. Ein paar von ihnen waren größer als ein normales Haus. Ich hatte keine Ahnung, wie sie hießen oder wozu man sie einsetzte. Es gab auch große Kipplaster mit Ladeflächen und Rädern, die sogar noch größer waren als die des Monstertrucks, mit dem Finn Trace Dawson überfahren hatte.

Uns gegenüber öffnete sich die unterirdische Mine. Ein eckiges schwarzes Loch in der Bergseite, gestützt von Betonpfeilern. Schienen führten in den breiten Eingang. Wahrscheinlich waren sie früher einmal verwendet worden, um Männer und Ausrüstung müheloser unter die Erde zu schaffen. Jetzt wirkten sie von mangelnder Benutzung stumpf und rostig. Ich entdeckte Stellen, an denen das Metall entfernt und nicht mehr ersetzt worden war. Mir fiel ein, dass Violet erzählt hatte, dass die Kohle in der Mine zu Ende gegangen war und dass der Bergbau nun schon seit einiger Zeit stilllag. Es war leicht zu sehen, dass Dawson sich inzwischen darauf konzentrierte, den Berg Schicht für Schicht abzutragen. Dafür standen all diese Geräte hier – um die Kohle und die Erde wegzuschaffen, anstatt sie aus dem Boden zu holen.

Weitere Schienen zogen sich um den Rand des Talkessels und verschwanden aus unserem Blickfeld. Laut Finns Karte führten sie zu einem anderen Gelände, auf dem unter anderem die Kohle gelagert und verarbeitet wurde. Dank der Kurse, die ich am Ashland Community College belegt hatte, war ich zwar relativ breit gebildet, aber Kohlebergbau gehörte nicht zu den Themen, über die ich mich bis jetzt informiert hatte.

Doch selbst von so weit oben konnte ich den Stein des Berges hören. Er knurrte, fauchte, fluchte und brummte. Der Untergrund war unglaublich wütend über die grausamen Schäden, die ihm angetan worden waren. Früher einmal musste das hier eine wildromantische Gegend gewesen sein mit steilen Hängen, Bäumen und überall Felsnasen, die aus der Erde standen. Die Schwingungen des Steins sorgten dafür, dass ich nach meiner Magie greifen wollte, um die Mine und den gesamten Rest des Berges einfach in sich zusammenfallen zu lassen – damit die Männer und Maschinen, die sich so grausam am Stein vergangen hatten, darunter begraben wurden. Aber so viel Macht besaß ich nicht, und das hätte auch Warren und Violet nicht geholfen. Also biss ich die Zähne zusammen und schob das Gefühl zur Seite.

Es war nach sechs und wurde bereits dunkel. Ich gab den Fernstecher an Donovan weiter, damit der Detective beobachten konnte, wie die Arbeiter von ihren Baumaschinen kletterten und das künstliche Tal nach und nach verließen. Ich ließ meinen Blick über das Gebiet schweifen und prägte mir die topografischen Eigenheiten des Areals ein. Zwischen den riesigen Geräten war es nur zu einfach, die Orientierung zu verlieren, besonders nachdem das regnerische Zwielicht jetzt in finstere Nacht überging.

»Ich sehe nicht viel. Nur riesige Maschinen«, sagte Donovan.

»Schau zur linken Ecke des Tals. Da unten.« Ich deutete auf ein kleines weißes Gebäude, das wie ein fahler Mond in der Dämmerung leuchtete. »Dort befinden sich einige der Büroräume inklusive Dawsons Büro. Zumindest laut der Karte, die mir Finn besorgt hat.«

»Was erwartest du dort zu finden?«, fragte Caine, während er das Gebäude durch den Fernstecher musterte. »Ich bezweifle, dass Dawson belastende Beweise einfach offen herumliegen lässt.«

Ich zuckte mit den Achseln und stand auf. Dann schlug ich

mir die feuchten Blätter von den Knien. »Vielleicht, vielleicht auch nicht. Dawson ist der große Boss hier, erinnerst du dich? Das ist sein Berg. Vielleicht ist er ja tatsächlich sorglos genug, einiges einfach offen herumliegen zu lassen.«

»Und wenn nicht?«

Wieder hob ich die Schultern, bevor ich ein Ende meines Seils um den Stamm einer nahestehenden Kiefer schlang. Nachdem ich sichergestellt hatte, dass es gut verknotet war, warf ich den Rest über die Kante vor uns. »Dann habe ich zumindest mein Fitnesstraining für heute absolviert.«

Ich griff in meine Hosentasche und hielt ihm ein Paar Handschuhe entgegen. Es waren Gartenhandschuhe, weiß mit braunen Flicken, aber sie würden dafür sorgen, dass wir uns keine Verbrennungen holten, wenn wir uns am Seil entlang nach unten hangelten – und in Dawsons Büro auch keine Fingerabdrücke hinterließen.

»Also, kommst du mit oder nicht?«

Donovan fluchte leise. Dann nahm der Detective die Handschuhe entgegen und zog sie an.

Aus irgendeinem Grund war dieser Teil des Berges, über den wir uns nun langsam abseilten, von der Zerstörung verschont geblieben, was bedeutete, dass der Grat immer noch mit Steinen und knorrigem Bewuchs übersät war. Es war ein steiler, glitschiger Abstieg, der durch den Regen noch erschwert wurde. Wir bewegten uns vorsichtig, während wir das Seil als Stütze benutzten, um unseren Weg nach unten zu finden, und waren gleichzeitig so schnell wie möglich – trotzdem kostete es uns eine Viertelstunde, den Boden des künstlichen Tals zu erreichen.

Wir kauerten uns hinter einen Felsen und spähten über die Fläche, die sich vor uns erstreckte. Das leere ausgeraubte Gefühl des Berges erinnerte mich an den Ashland-Steinbruch nicht weit von hier. Den Ort, an dem Alexis James vor zwei Monaten den Tod gefunden hatte.

Donovan schaute wieder durch den Feldstecher. »Es scheint, als wären alle bereits nach Hause gegangen«, murmelte er. »Ich glaube nicht mal, dass es Wachen gibt.«

»Warum sollten sie auch welche aufstellen?«, fragte ich. »Niemand hier in der Gegend wäre so dämlich, Dawson zu bestehlen. Besonders nicht, da er so gut mit Mab Monroe befreundet ist. Außerdem, selbst wenn jemand etwas stehlen würde … wäre es nicht etwas auffällig, mit einem geklauten Bulldozer durch die Stadt zu fahren?«

Caine schnaubte amüsiert über das Bild und widersprach nicht.

»Komm«, sagte ich. »Lass es uns hinter uns bringen.«

Wir schoben uns hinter dem Felsen hervor und gingen vorwärts. Die metallenen Geräte warfen jede Menge dunkle, seltsam geformte Schatten, die durch den Nieselregen und die tief hängenden Wolken am Himmel nur noch finsterer wirkten. Ein paar Lampen neben dem Mineneingang verbreiteten ein gelbliches Licht, das uns unseren Weg durch das Labyrinth der Geräte erleichterte. Doch der Regen konnte den Gestank nach Abgasen und Öl, der wie eine dichte Nebeldecke über uns hing, nicht auflösen.

Je weiter ich in das künstliche Tal eindrang, desto lauter und schärfer wurde das Murmeln des Steins, bis es wie ein dauerhaftes Jammern in meinen Ohren widerhallte. Ich biss die Zähne zusammen und blendete den Lärm aus. Es gab nichts, was ich tun konnte, um dem sterbenden Gestein zu helfen. Diese Macht besaß ich einfach nicht. Das konnte jetzt nur noch die Zeit bewerkstelligen – wenn der Berg sich überhaupt jemals von dieser grausamen Misshandlung erholen konnte.

Wir mussten weitere zehn Minuten laufen, bevor das Minenbüro in Sicht kam, ein kleines Gebäude aus Blech und Fiberglas, verkleidet mit weiß gestrichenen Holzplatten. Über der Eingangstür glommen Sicherheitsleuchten. Ich spähte in die Dunkelheit, entdeckte aber keine Wachen, die um das Gebäude patrouillierten. Wenn Dawson einen Nachtwächter hatte, dann saß er wahrscheinlich jenseits dieses Tals am Eingang zur Mine. Nicht hier hinten an diesem Nadelöhr, wo die Zugangsmöglichkeiten sowieso stark beschränkt waren. Trotzdem ließ ich eines der Steinsilber-Messer in meine Hand rutschen, nur für alle Fälle.

Wir kauerten uns hinter den Bulldozer, der am nächsten zum Büro stand. Nichts bewegte sich in der Finsternis. Das Nieseln war längst in stetigen Regen übergegangen. Ein paar feuchte Strähnen hatten sich aus meinem Pferdeschwanz gelöst und meine schokoladenfarbenen Locken noch dunkler gefärbt. Ich nutzte die Feuchtigkeit, um sie wieder an meinen Kopf zu kleben.

»Komm«, flüsterte ich dem Detective zu. »Lass es uns durchziehen.«

Ich schlich vorwärts. Einen Moment später hörte ich, wie Donovan hinter mir in eine Pfütze trat. Ich lächelte. Genau wie in alten Zeiten. Wenn man »vor zwei Monaten« schon so bezeichnen konnte.

Ich schob mich langsam an die Tür zum Büro heran. Daneben hing ein Schild mit der Aufschrift »Dawson-Minengesellschaft«. Auch hier war der i-Punkt in Tobias Dawsons Rune umgewandelt worden, eine angezündete Dynamitstange.

Ich trug dieselben Gartenhandschuhe, die auch Donovan anhatte, also zögerte ich nicht, die Hand auszustrecken und den Türknauf zu drehen. Verschlossen. Kein Problem. Ich zog einen meiner Handschuhe aus und griff nach meiner Eismagie. Das kalte silberne Licht flackerte auf meiner Handfläche, ein paar Sekunden später hielt ich zwei dünne Dietriche aus

Eis in der Hand. Donovan beobachtete mich mit einer Mischung aus Neugier und Resignation bei der Arbeit. Weniger als eine Minute später öffnete sich das Schloss, und die Tür schwang auf.

Ich warf die Eisstangen in eine nahegelegene Pfütze, wo sie schmelzen würden, zog meinen Handschuh wieder an und schob mich ins Gebäude. Donovan folgte mir und schloss die Tür hinter sich. Einen Moment lang blieb ich stehen, damit meine Augen sich an die Dunkelheit gewöhnen konnten. Dank der dichten Wolkendecke und der einbrechenden Nacht draußen war es im Gebäude fast vollkommen finster, als wäre es bereits Mitternacht und nicht erst kurz vor sieben. Sobald ich mir sicher war, dass es keine Wachen gab, zog ich eine kleine Taschenlampe aus der Jackentasche und schaltete sie an. Neben mir tat Donovan dasselbe.

Wir standen in einem Wartezimmer. Ein paar Stühle, ein Tisch, veraltete Magazine. Der Schreibtisch in der Mitte des Zimmers gehörte wahrscheinlich der Sekretärin. Dahinter führte ein Flur in das Gebäude hinein. Diesen Weg ging ich entlang, und der Detective folgte mir.

Der Gang endete vor einer geschlossenen Tür mit einem Schild mit Dawsons Namen darauf. Genau der Ort, nach dem ich gesucht hatte. Ich drehte den Knauf. Ebenfalls verschlossen. Wieder musste ich zwei Dietriche aus Eis schaffen, um das Schloss zu knacken. Dann drehte ich den Knauf und hielt die Luft an. Aber es heulte keine Alarmanlage los. Anscheinend verschloss Dawson sein Büro einfach aus Vorsicht – oder um seine Angestellten davon abzuhalten, in seiner Abwesenheit darin herumzuschnüffeln. Ich trat in den Raum. Der Detective tat es mir nach.

Ich hielt ein paar Sekunden inne und ließ meinen Blick durchs Zimmer schweifen. Dawsons Büro hatte genauso viel Persönlichkeit wie der Zwerg selbst, denn alles war dem Western-Motiv untergeordnet. Sein Schreibtisch bestand aus altmodischen alten Fässern, über die man eine Glasplatte gelegt hatte. Die Kunstdrucke an den Wänden zeigten buckelnde Stiere und indianische Muster – so wie sie aussahen, wahrscheinlich Navajo-Kunst. Eine der Lampen auf dem Schreibtisch hatte die Form eines winzigen Cowboystiefels. Eine andere sah aus wie ein geworfenes Lasso. Ich sah auf. Der Zwerg hatte sogar einen Longhornbullen über der Tür angebracht – oder zumindest den ausgestopften Kopf mit Hörnern.

»Er sollte wirklich nach Texas umziehen«, murmelte ich.

»Vergiss es«, sagte Donovan. »Wonach suchen wir?«

»Alles, was uns verraten kann, warum Dawson es auf das Land der Foxes abgesehen hat.« Ich bewegte mich nach rechts. »Also schau, was du in seinem Schreibtisch und den Aktenschränken finden kannst.«

Donovan tat, worum ich ihn gebeten hatte. Doch bevor er die erste Schublade aufzog, starrte der Detective mich an. »Und was wirst du tun?«

»Schauen, ob er hier irgendwo einen Safe versteckt hat.«

Donovan schüttelte den Kopf, aber dann setzte er sich in den riesigen Schreibtischstuhl und machte sich an die Arbeit. Methodisch öffnete er eine Akte nach der nächsten, verschaffte sich einen Überblick über ihren Inhalt und schloss sie wieder.

Ich wanderte durch den Raum und schaute auf der Suche nach einem Wandsafe hinter jedes gerahmte Bild. Nichts. Ich ließ meine Handschuhe über die billige Holzverkleidung gleiten und klopfte an mehreren Stellen dagegen. Wieder nichts.

Nachdenklich ballte ich meine Hände zu Fäusten. Nachdem Dawson mit Mab Monroe befreundet war und eng mit ihr zusammenarbeitete, gab es wahrscheinlich einige Dokumente – ob nun legal oder nicht –, von denen er nicht wollte, dass seine Untergebenen sie sahen. Nur sein Büro zu verschließen, würde nicht ausreichen. Es musste einfach irgendeinen Tresor geben. Irgendein Geheimversteck, verdammt, oder wenigstens eine lose Bodendiele. Und ich musste das Versteck finden – und zwar schnell. Wir waren bereits mehr als eine Minute im Gebäude. Ich wollte spätestens nach fünf Minuten verschwunden sein, wenn nicht schon früher. Dawson mochte ja keine offensichtliche Alarmanlage installiert haben, aber es war immer besser, kein unnötiges Risiko einzugehen. Besonders da ich zu einem anderen Zeitpunkt zurückkommen wollte, um ihn zu töten.

Nachdem die Wände nichts hergaben, ließ ich mich auf Hände und Knie sinken und untersuchte den Boden und die dicken Teppiche. Nicht eine Faser stand auch nur in die falsche Richtung.

»Das ist seltsam«, murmelte Donovan, während er mit seiner Taschenlampe mehrere Blätter Papier anleuchtete.

»Was?«, fragte ich und kroch weiter über den Boden.

»Es sieht so aus, als hätte Dawson in den letzten Wochen mehrere Gemmologen verschiedener Firmen beauftragt«, antwortete der Detective. »Hier gibt es unter anderem Rechnungen von Jeweltones, Edelsteine Inc. und von Grayson Enterprises. Das sind alles bekannte Edelsteinlabors.«

Ich runzelte die Stirn. »Wozu sollte Dawson Gemmologen brauchen? Er betreibt Kohlebergbau, keine Diamantminen.«

»Ich weiß es nicht.« Donovan zog sein Handy heraus und fotografierte die Rechnungen, um sie später genauer durchzulesen.

Inzwischen hatte ich das Büro einmal auf Händen und Knien umrundet und immer noch nichts Nützliches gefunden. Abgesehen von Dawsons Besessenheit vom Wilden Westen war das einzige Interessante oder Bemerkenswerte in dem Büro, zumindest für mich, die Steinsammlung des Zwerges. So eine Sammlung war für einen Steinelementar nicht ungewöhnlich. Bevor meine Familie ermordet worden war, hatte ich auch so eine besessen.

Die Sammlung befand sich in einer hohen Glasvitrine im hinteren Teil des Büros. Drei Regalbretter voller Steine standen auf einem großen Granitblock, der mit Steinsilber durchzogen war. Einige der Steine waren wertlos, zum Beispiel polierter Quarz, den man eigentlich überall finden konnte. Oder die kleinen Stücke Katzengold. Andere waren richtig wertvoll. Ein Saphir, der fast so groß war wie ein Hühnerei. Ein tränenförmiger Rubin. Ein wunderbar geschliffener viereckiger Smaragd. Natürlich konnte ich die Steine hören. Das leise hübsche Murmeln des Quarzes. Das hinterhältige Flüstern des Katzengoldes. Die protzige Auffälligkeit der Edelsteine.

Meine Augen glitten zum untersten Regalbrett, und ich konzentrierte mich auf den Granit darunter. Er machte im Vergleich zu den Edelsteinen nicht viel her, daher fragte ich mich, warum Dawson ihn überhaupt in seine Sammlung aufgenommen hatte. Die anderen Steine waren mal mehr, mal weniger wert, aber alle hatten eine einzigartige Form oder irgendein anderes Alleinstellungsmerkmal. Der Granit war einfach nur eine Platte. Schwarz und im Aussehen eher kistenartig. Ich kniete mich hin und musterte den Stein noch genauer. Hmm.

Die Vitrine war verschlossen, aber ein kleiner Dietrich aus Eis löste dieses Problem. Hinter mir grub sich Donovan weiter durch Papiere. Ich öffnete die Tür des Glaskastens. Die verschiedenen Stimmen der Steine schlugen mir entgegen, aber ich drängte sie zur Seite und konzentrierte mich auf den Granit. Seine Vibrationen waren im Vergleich zu den anderen Steinen leise und unterdrückt, aber ich vermutete, dass es genau darum ging. Trotzdem kostete es mich nur eine Sekunde, mich auf den Stein einzustellen. Und da fiel mir auf, dass seine Schwingungen irgendwie … hohl wirkten. Als wäre der Stein nur eine dünne Deckplatte, unter der sich etwas anderes verbarg. Zum Beispiel ein Geheimversteck.

»Ich glaube, ich habe Dawsons Safe gefunden – sozusagen«, murmelte ich Donovan zu.

Er sah von den Papieren auf. »Kannst du ihn öffnen?«

Ein ordinäres Schloss zu knacken war keine große Sache. Ohne Finns Hilfe fiel es mir zwar relativ schwer, einen traditionellen Metallsafe zu öffnen, wenn ich nicht gerade Dynamit dabeihatte. Aber Dawson hatte keinen normalen Tresor. Sein sicherer Ort bestand aus Stein – meinem Element, meiner Spezialität. Trotzdem, wir befanden uns nun schon seit drei Minuten im Raum. Mir blieb keine Zeit für Raffinesse.

Ich holte tief Luft und konzentrierte meine Magie auf den Stein. Zwang sie in den Granit, spähte ihn aus. Und verstand, dass die Platte nur ein paar Zentimeter dick war. Wäre sie dicker gewesen, hätte Dawson so gut wie nichts darin verstecken können. Außerdem formte das Steinsilber, das ich schon vorher bemerkt hatte, einen weiten Kreis in der Mitte des Granits und zeigte so wohl die ungefähre Größe des Hohlraums an. Wahrscheinlich hatte der Zwerg das Metall auf seine Magie eingestimmt, sodass niemand außer ihm das Versteck öffnen konnte. Da Steinsilber Magie aufsaugen konnte, würde wohl jeder, der sich einen Zugang erzwingen wollte, eine Weile sinnlos vor sich hin arbeiten.

Aber ich war ein Steinelementar, genau wie der Zwerg. Ich musste nicht den Weg über das Steinsilber wählen – nur darum herum. Ich hielt meinen nackten Zeigefinger an die Vorderseite des Granits und griff nach meiner Magie. Ein silbernes Licht flackerte an meiner Fingerspitze auf wie ein winziger Schneidbrenner. Ich lehnte mich vor, drückte meine Finger gegen den Granit und zwang meine Magie in den Stein, tiefer und tiefer, bis ich durch die Steinhülle in den Hohlraum dahinter vorstieß. Sobald ich das einmal geschafft hatte, war es einfach, meinen Finger um den Block zu führen, um einen Kreis zu ziehen, der größer war als der Steinsilberkreis in der Mitte der Platte.

Weniger als eine Minute später vollführte ich den letzten Schnitt. Der Stein knirschte, und ich nutzte meine Magie, um eine kleine Delle an der Seite zu erzeugen, in die ich meinen Finger stecken konnte. Der Granit war schwerer, als ich erwartet hatte, und es kostete mich einen Moment, ihn aus der Vitrine zu heben und auf den Boden zu legen.

Mein unterdrücktes Grunzen brachte Donovan dazu, aufzusehen. Er zuckte zusammen. »Wie zur Hölle hast du das geschafft?«

Ich lächelte ihn an. »Ich habe viele Talente, Detective.«

Damit wandte ich ihm den Rücken zu und starrte in den Safe. Der Hohlraum war sogar noch kleiner, als ich erwartet hatte, und seltsamerweise bis auf ein paar Stücke Papier vollkommen leer.

»Hier.« Ich zog die Dokumente heraus und gab sie Donovan. »Fotografier das.«

Der Detective breitete die Seiten auf dem Tisch aus und fotografierte sie mit seinem Handy. Ich dagegen griff wieder in den Safe, weil ich mich fragte, was darin wohl noch versteckt war. Meine Finger schlossen sich um eine Plastikphiole, die ich herauszog und mit der Taschenlampe anleuchtete. Schwarzer Schaum füllte den Behälter und hielt einen Diamanten fest. Der Edelstein war klein, nicht viel größer als einer meiner Fingernägel, und an den Rändern ungeschliffen, aber trotzdem funkelte in seinem Inneren scharlachrotes Feuer. Definitiv ein hochqualitativer Stein. Einer, der sich wunderbar aufpolieren lassen würde.

Aber sein Klang – oh, dieser Klang. Er zog meine volle Aufmerksamkeit in seinen Bann. Die Schwingungen des Edelsteins waren wunderschön, atemberaubend, hinreißend. Wie ein Stück von Bach, vom Meister selbst vorgetragen. Ich hätte stundenlang dort sitzen und dem reinen schönen Gesang des Diamanten lauschen können.

Zu dumm, dass der Alarm losging und die trällernde Melodie des Edelsteins übertönte.

19

Für einen Moment erstarrte ich, auf dem Boden kniend, die Phiole mit dem Diamanten immer noch in der Hand. Der Alarm brüllte in meinem Kopf wie eine Polizeisirene. Donovan sortierte weiter Dokumente, als könnte er das dauerhafte, schreckliche Kreischen nicht hören. Doch dafür hätte er taub sein müssen.

Ich runzelte die Stirn und starrte den Granitsafe an. Das tiefe Murmeln des Steins hatte sich in eine scharfe, durchdringende Sirene verwandelt. An dem Stück Granit, das ich aus dem Rest des Steinblocks herausgeschnitten hatte, fing eine Rune an zu leuchten. Eine enge Spirale brannte in dem kalten Grau des Steins wie ein Auge. Eine Spirale – die Schutzrune. Tobias Dawson hatte seine Steinmagie eingesetzt, um seinen Tresor mit einer Schutzrune zu belegen, die ihn sofort alarmieren würde, wenn sich jemand an dem Granit zu schaffen machte. Ich hatte dasselbe schon mehr als einmal getan. Ich benutzte sogar dieselbe Rune wie der Zwerg.

Donovan war kein Elementar und besaß keine Steinmagie, also konnte er den Alarm nicht hören und die Rune nicht sehen. Aber ich konnte es, und ich wusste, was beides bedeutete – Ärger, der bereits unterwegs zu uns war.

»Scheiße.« Diesmal fluchte ich laut. »Gib mir die Dokumente. Jetzt.«

»Was? Warum?«, fragte Donovan abwesend. »Das hier ist ziemlich interessant …«

»Weil ich irgendeinen Alarm ausgelöst habe«, unterbrach ich ihn. »Also gib mir die Papiere, *sofort.*«

Man musste dem Detective anrechnen, dass er keine Fragen stellte. Stattdessen drückte er mir die Blätter in die Hand. Ich stopfte sie zurück in den Hohlraum im Granit, wischte meine Fingerabdrücke von dem Behälter mit dem Diamanten und legte ihn ebenfalls zurück. Ich nahm den Stein nicht mit – auch wenn ich es wollte. Der Cowboy-Zwerg würde die Jagd vielleicht nicht ganz so ernsthaft angehen, wenn er seinen Diamanten noch hatte. Es war ein ziemlich großes *Vielleicht*, aber gleichzeitig meine einzige Hoffnung.

Hastig wischte ich die Granitplatte und den Safe mit meinem Jackenärmel ab, dann schob ich die herausgeschnittene Platte wieder an ihren ursprünglichen Ort. Mir blieb keine Zeit für Feinheiten, also versiegelte ich den Stein mit einem einfachen Magiestoß. Dawson würde das mit seiner Magie sofort spüren, aber eigentlich sollte er die Macht nicht zu mir zurückverfolgen können – und auch nicht, was noch wichtiger war, zu den Foxes.

Donovan streckte eine Hand aus und half mir auf die Füße.

»Wir müssen hier verschwinden«, sagte ich. »Sofort.«

Wir eilten durch den Flur und in den Warteraum. Ich schaltete meine Taschenlampe aus und spähte durch die dünnen Schlitze der Jalousie. Zwei Taschenlampen bewegten sich in unsere Richtung. Riesen, wenn ich in Betracht zog, dass die Lichter ungefähr auf meiner Kopfhöhe schwebten. Donovan neben mir schaltete ebenfalls seine Taschenlampe aus und zog seine Waffe.

»Steck sie weg«, sagte ich. »Öffne die Tür und renn direkt zum hinteren Teil des Tals, wo wir nach unten geklettert sind.

Unsere beste Chance liegt in der Flucht. Ein Schusswechsel bringt gar nichts.«

»Und was machst du?«

»Sicherstellen, dass sie uns nicht folgen.«

Donovan schüttelte den Kopf. »Nein, Gin. Lass mich bleiben und dir helfen ...«

»Das ist keine verdammte Diskussion«, sagte ich. »Wenn sie mich fangen, ist das eigentlich egal, aber du? Dich würde es ruinieren, Detective. Also verschwinde. Jetzt. Ich bin ein großes Mädchen. Ich kann mich um mich selbst kümmern. Das mache ich schon seit Jahren.«

Donovan starrte mich an. Selbst in der Dunkelheit konnte ich das goldene Leuchten seiner Augen erkennen und die Gefühle, die darin glitzerten. Sorge. Beunruhigung. Resignation. Nach ein paar Sekunden steckte der Detective widerwillig seine Waffe wieder ein, ging zur Tür und zog sie auf.

Als ich schließlich hinter ihm durch die Tür trat, war Donovan bereits in die Richtung losgelaufen, aus der wir gekommen waren. Zwanzig Schritte später wurde er von der Nacht und dem Regen verschluckt, wie ich es erwartet hatte.

Ich ließ die Steinsilber-Messer in meine Hände gleiten. Doch statt hinter dem Detective herzueilen, glitt ich um das Gebäude herum nach hinten, wo Dawsons Büro lag. Zehn ... zwanzig ... dreißig ... Im Kopf zählte ich die Sekunden.

Ich musste nicht lange warten. Trotz des Regens und Schlamms spürte ich ihre Schritte unter meinen Füßen. Schwer und stampfend. Rufe hallten durch den Regen.

»Siehst du irgendwas?«

»Nein. Du?«

»Hey! Die Eingangstür steht offen!«

Ich spähte gerade rechtzeitig um die Ecke, um zu sehen, wie die beiden Riesen nach innen liefen. Ein paar Sekunden später ging das Licht im Wartezimmer an, dann im Flur, bevor es wie ein Lauffeuer auch Dawsons Büro erreichte. Ich drückte mich neben das Fenster und beobachtete alles. Die zwei Riesen waren dieselben, die Dawson am Nachmittag zum Country Daze begleitet hatten. Sie trugen immer noch ihre dreckige Arbeitskleidung, und beide hielten lange schwere Taschenlampen in den Händen, mit denen sie mühelos Knochen brechen oder jemandem den Schädel einschlagen konnten. Sie mussten als wichtigste Schläger des Zwerges fungieren.

Ich beobachtete, wie sie Dawsons Büro durchsuchten. Sie ignorierten die Akten auf dem Schreibtisch und stürmten sofort zu der Vitrine mit der Steinsammlung des Zwerges.

»Das Schloss wurde aufgebrochen«, brummte einer der Riesen und öffnete den Glaskasten. »Aber es sieht nicht so aus, als wäre etwas gestohlen worden.«

Der zweite Riese stellte sich neben ihn. »Zumindest nichts Offensichtliches. Aber jemand hat sich am Safe, am Diamanten, zu schaffen gemacht. Deswegen ist der Alarm im Torhaus losgegangen. Weil jemand anderes als Dawson den Safe geöffnet hat.«

Nun, das bestätigte meine Vermutung, dass der Zwerg seine Steinmagie eingesetzt hatte, um den Safe mit einem Alarm auszustatten. Ich hätte dasselbe gekonnt, doch ich war gewöhnlich mehr daran interessiert, Leute aus dem Gebäude herauszuhalten, in dem ich schlief, statt sie darin zu fangen. Genau das wäre hier passiert, wenn ich kein Steinelementar gewesen wäre – denn dann hätte ich den Alarm nicht gehört. In diesem Fall hätten sowohl ich als auch Donovan immer noch in Dawsons Büro gesessen, wenn die Riesen nachsehen kamen. Und die Folge wären schreckliche Schmerzen gewesen, vermutlich sogar der Tod.

Hinterhältig von dem Zwerg, einen Elementaralarm so einzusetzen. Daran musste ich denken, wenn ich das nächste Mal kam, um ihn umzubringen.

»Aber es sieht nicht so aus, als hätte jemand den Safe geöffnet«, brummte der erste Riese. »Vielleicht war es nur ein falscher Alarm.«

»Auf keinen Fall«, antwortete der zweite. »Die Vitrine steht offen. Jemand hat diesen Safe berührt.«

»Vielleicht. Aber du weißt doch, wie empfindlich der Runenalarm ist, den Dawson geschaffen hat. Ich musste letzte Woche allein zweimal herkommen, weil die Putztruppe ihn beim Staubwischen ausgelöst hatte. Erinnerst du dich?«

»Ich erinnere mich«, sagte der zweite Kerl. »Aber du weißt, wie besessen Dawson von diesem Diamanten und den anderen ist, die er gefunden hat. Wir sollten ihn trotzdem besser anrufen, und sei es nur, um uns den Rücken freizuhalten. Und hol auch noch Stan und Donny. Sie können uns bei der Suche helfen.«

Der erste Riese seufzte und nahm den Hörer vom Telefon auf dem Schreibtisch ab.

Ich stand draußen und dachte über all das nach, was ich gerade erfahren hatte. Andere? Es gab noch mehr Diamanten wie den im Safe? Langsam beschlich mich ein ganz übles Gefühl – eine finstere Ahnung, warum Dawson Warrens Land so dringend wollte. Wenn meine Vermutung stimmte, würde Dawson niemals aufhören, die Foxes zu belästigen. Was bedeutete, dass die Idee, den Zwerg zu töten, sich gerade von einer angenehmen Vorstellung in eine absolute Notwendigkeit verwandelt hatte. Je eher, desto besser.

Der erste Riese legte den Hörer wieder auf und wandte sich seinem Kumpel zu. »Sie sind unterwegs. Aber ich verstehe immer noch nicht, wie jemand außer Dawson den Safe öffnen sollte. Das Steinsilber ist mit seiner Magie geprägt.«

»Na und? Wenn man es wirklich darauf anlegt, findet man auch einen Weg«, antwortete der zweite.

Noch während sie sich unterhielten, zog ich mich langsam

vom Fenster zurück und huschte in die dunkle regnerische Nacht davon.

Ich lief zurück zum anderen Ende des Tals. Ich rannte nicht in vollem Tempo, aber ich trödelte auch nicht herum, sondern joggte gerade so schnell, dass ich immer noch hören konnte, was hinter mir geschah. Ob die Freunde der Riesen ankamen und sie sich entschlossen, die Umgebung des Büros zu durchsuchen. Aber ich machte mir keine großen Sorgen, dass sie irgendetwas finden könnten. Der Regen würde jegliche Beweismittel vernichten, die der Detective und ich vielleicht zurückgelassen hatten, inklusive unserer Fußspuren.

Ich erreichte den Hang, über den wir abgestiegen waren, umrundete einen Felsen – und starrte in die Mündung einer Pistole.

»Ich freue mich auch, dich zu sehen«, sagte ich.

Donovan atmete durch und senkte die Waffe. »Tut mir leid. Ich habe Schritte gehört.«

»Keine Sorge. Das ist nicht die erste Pistole, mit der auf mich gezielt wurde.« Wahrscheinlich war es auch nicht die letzte, aber das erwähnte ich dem Detective gegenüber lieber nicht.

Donovan steckte seine Waffe weg. Dann trat er hinter dem Stein hervor und schaute Richtung Büro. Inzwischen brannte dort eine Menge Licht, und die herumirrenden Taschenlampenkegel sahen aus wie Glühwürmchen im Regen. Leise Rufe schallten durch die Nachtluft.

»Hast du die Wachen getötet?«, fragte Donovan leise.

»Nein.«

Überraschung und Erleichterung legten sich auf sein Gesicht. »Warum nicht?«

Ich zuckte mit den Schultern. »Weil ein eventueller Einbruch eine Sache ist, tote Wachen dagegen etwas völlig anderes. Ich will nicht, dass Dawson vermutet, dass ich hinter ihm her bin. Nicht, bevor es zu spät ist.«

Donovans Erleichterung verwandelte sich in Fassungslosigkeit, und fast rechnete ich damit, dass er mir einen Vortrag über die Heiligkeit des Lebens hielt. Mir erklärte, dass es einfach falsch war, eine Ermordung zu planen, selbst wenn es letztendlich zwei Unschuldigen das Leben rettete. Donovan starrte mich an, als wünschte er sich genau das, aber dann erschien ein anderes Gefühl in seinen goldenen Augen. Der Detective wirkte fast … traurig.

Warum sollte er traurig sein? Es war ja nicht so, als würde ich ihn oder selbst einen seiner Freunde umbringen. Ich verstand Donovans plötzlichen Stimmungswechsel nicht, und ich hatte auch keine Lust, hier im Dunkeln herumzustehen und darüber nachzugrübeln. Nicht, während Dawsons Leute hier herumlungerten.

»Komm«, sagte ich. »Lass uns verschwinden, bevor die Wachen kommen.«

20

Selbst mit unserem Seil und den Handschuhen kostete uns der Aufstieg doppelt so lang wie der Abstieg. Der Regen hatte den Boden glitschig, unsicher und schlammig gemacht. Als wir die Kante des Bergkammes erreichten, waren wir beide nass bis auf die Knochen und überzogen mit Kletten, Dornen, toten Blättern und anderem Dreck. Es kostete uns noch einige Minuten, Donovans Limousine zu erreichen, gerade lang genug, dass die Erschöpfung des Aufstiegs abklang. Der Regen hatte noch einmal zugelegt. Jetzt schüttete es. Trotz der Eismagie in meinen Adern zitterte ich vor Kälte. Außer dem Schmatzen unserer Schritte hörte man nur das Prasseln des Regens auf den Bäumen.

Donovan griff ins Auto und schaltete die Innenbeleuchtung an, damit wir etwas sehen konnten. Dann drückte er einen Knopf, und der Kofferraum öffnete sich. »Ich habe Handtücher und Wechselklamotten hinten drin.«

Ich nickte. Während der Detective in seinem Kofferraum herumkramte, zog ich mein Handy heraus und rief Finn an. Er hob beim dritten Klingeln ab.

»Ja?«

»Wir sind wieder aus Dawsons Büro raus«, sagte ich.

Durch das Telefon hörte ich ein schlürfendes Geräusch. Finn trank mal wieder seinen Malzkaffee. Manchmal fragte ich mich, warum er nicht schon längst ein Magengeschwür hatte.

»Irgendwas Interessantes gefunden?«

»Ich glaube schon«, sagte ich. »Wir reden, wenn wir zurück sind. Könnte allerdings wegen des Regens eine Weile dauern. Die Straße hier ist nicht gerade die beste der Welt.«

»Wir sind jetzt im Haus und werden dort auf euch warten«, erklärte Finn.

Dann legten wir auf.

Donovan schloss den Kofferraum und kam um das Auto herum zu mir. Er öffnete die Beifahrertür und warf die trockene Kleidung in den Innenraum, damit sie nicht nass wurde, während wir uns umzogen. Dann drückte er mir ein dickes Handtuch in die Hand. Ich hob es an mein Gesicht und atmete tief durch. Es roch nach ihm. Mmmm.

Der Detective schnappte sich ein zweites Handtuch von dem Stapel im Auto. Er benutzte es, um sich das Gesicht abzuwischen und seine Haare ein wenig zu trocknen. Ich tat dasselbe, dann öffnete ich die Hintertür des Wagens und legte das Handtuch über den Sitz. Meine Stiefel waren mit einer fingerdicken Schlammschicht überzogen, also zog ich sie aus und stellte sie in den Fußraum, gefolgt von meinen nassen Socken. Kalter Schlamm klebte zwischen meinen Zehen, aber die würde ich später mit dem Handtuch säubern. Dann schälte ich mich aus meiner Fleecejacke und legte sie auf meine Stiefel. Als Nächstes folgte mein langärmliges Shirt. Mit einem Seufzen musterte ich den Baumwollstoff. Ich hatte mir das pinkfarbene Oberteil mit den leuchtend grünen Limetten auf der Brust in meinem Urlaub in Key West nach Fletchers Beerdigung gekauft, und es war eines meiner Lieblingsshirts. Ich zog ein paar Dornen aus dem Stoff, faltete das Kleidungsstück zusammen und legte es auf meine Jacke.

Ich wollte gerade den BH ausziehen, als ich bemerkte,

dass der Detective mich anstarrte. Donovans Augen glühten in seinem kantigen Gesicht wie flüssiges Gold. »Was … was tust du?«, fragte er heiser.

»Ich dachte, ich sollte so nett sein, meine nassen, schlammigen Klamotten auszuziehen, bevor ich in dein Auto steige«, antwortete ich. »Ist das ein Problem?«

Donovan antwortete nicht. Er war zu sehr damit beschäftigt, mich mit den Augen zu verschlingen. Regentropfen liefen in kühlen, glitzerten Tropfen über meinen fast nackten Oberkörper. Ich hatte mein Shirt erst vor ein paar Sekunden ausgezogen, doch mein dünner, hellrosa Spitzen-BH war bereits durchnässt. Meine Brustwarzen waren in der kühlen Nachtluft schon vor langer Zeit hart geworden. Doch statt meine Blöße zu bedecken, ließ ich meinen Blick über Donovan gleiten. Der Detective hatte sein Jackett und das gestärkte Hemd ausgezogen. Sein Oberkörper war nur noch von einem weißen Unterhemd bedeckt. Der Regen hatte auch diesen Stoff durchsichtig werden lassen, und ich konnte seine Brustmuskulatur darunter erkennen. Trotz des kalten Regens auf meiner Haut floss von meinem Unterleib aus Wärme durch meinen Körper. Näher war ich Donovan seit zwei Monaten nicht gewesen, und ich beschloss, die Situation auszunutzen.

»Sehen Sie etwas, was Ihnen gefällt, Detective?«, fragte ich leise. »Ich auf jeden Fall.«

Der Detective hob seinen Blick, bis er mir ins Gesicht sah. Gefühle huschten durch seine Augen wie über den Himmel zuckende Blitze. Schuldgefühle. Verlangen. Begierde. Doch er machte keinen Schritt in meine Richtung. Also beschloss ich, den Einsatz zu erhöhen.

Ich starrte ihn an, während ich langsam meine schlammigen Jeans aufknöpfte. Es kostete mich ein paar Sekunden, den von Feuchtigkeit steifen, schweren Stoff an meinen Beinen nach unten zu schieben. Nicht gerade der eleganteste

Striptease, aber das goldene Funkeln von Donovans Augen verriet mir, dass er seine Wirkung nicht verfehlte. Als ich meine Jeans auf den Vordersitz warf, hatte der Regen meine rosafarbene Unterhose, die ebenfalls mit Limetten bedruckt war, bereits so durchsichtig werden lassen wie meinen BH.

Donovans Augen glühten förmlich, und dieselben Empfindungen wie gerade eben flackerten in seinem Blick auf, wieder und wieder, immer schneller, als würde sein Gehirn jeden Moment durchbrennen. Schuldgefühle. Verlangen. Begierde. Schuldgefühle. Verlangen. Begierde.

So standen wir wie erstarrt da, nur einen Schritt voneinander entfernt, während der kühle Regen auf uns herabprasselte.

Dann endlich gab Donovan ein tiefes Knurren von sich, trat vor und riss mich an sich. Seine Lippen pressten sich auf meine, während seine Zunge sich ihren Weg in meinen Mund bahnte. Mmmm. Genau, was ich gewollt hatte. Ich vergrub meine Finger in seinem feuchten schwarzen Haar und drückte mich enger an ihn.

Schon nach einem Moment bestand der Kuss nur noch aus kochender Hitze und alles umfassendem Verlangen. Unsere Lippen, unsere Zungen duellierten sich in einer Mischung aus Bestrafung und Vergnügen. Wir drehten uns in einem Karussell des Verlangens im kühlen Regen. Schlamm überzog meine Zehen, und Steine gruben sich in meine Fußsohlen, aber das war mir egal. Hitze, Leidenschaft, Lust, Verlangen – diese Empfindungen erfüllten mich, bis ich nichts anderes mehr wahrnahm und es nichts mehr gab, was ich nicht getan hätte, um meine Begierde zu stillen. Der Schlamm, die Kälte, der Regen … alles um mich herum verschwand, verdrängt von dem Feuer, das durch meinen Körper tobte. Ein Feuer, in das ich eintauchen wollte.

Donovans Hand machte sich am Verschluss meines BHs

zu schaffen. Als er sich öffnete, trat der Detective gerade lang genug zurück, um mir die Träger von den Schultern zu reißen und den Stoff in den Schlamm fallen zu lassen. Dann drängte er sich gegen mich, bis ich kaltes Metall an meinem Rücken spürte. Die Motorhaube seines Wagens.

Das würde genügen. Ich lehnte mich nach hinten auf das Metall und zog den Detective mit mir. Die Motorhaube drückte sich eiskalt gegen meine Haut, aber das war mir egal, weil ich innerlich brannte. Für Donovan brannte.

Wieder trafen sich unsere Zungen. Donovans Hände legten sich über meine nackten Brüste. Er drückte die zwei Hügel – fest –, dann presste er seine Daumen auf meine Brustwarzen. Ich stöhnte an seinem Mund. Zwischen meinen Beinen baute sich Druck auf. Meine Unterhose war feucht – und zwar nicht vom Regen.

Donovan schloss seine Lippen erst um eine Brustwarze, dann um die andere. Leckte, saugte, knabberte an ihnen, bis sie fast schmerzlich hart waren. Dann lehnte sich der Detective einen Moment zurück, um Luft zu schnappen. Ich riss ihm sein Unterhemd über den Kopf und warf es zur Seite. Meine Finger legten sich auf seine Brust, und ich bewunderte die sehnige Stärke seines Körpers. Ich ließ meine Fingernägel über seine Brust gleiten, dann glitten meine Hände zu seinem Schritt, um durch den Stoff seiner Hose seine Erektion zu reiben. Donovan zischte und biss mich leicht ins Ohrläppchen, bevor er sich weiter vorlehnte und mich in den Hals biss wie ein Vampir, während seine Hände weiter meine Brüste kneteten. Ich knabberte an seinem Kinn. Ich war mehr als bereit für ihn.

Ich atmete tief durch. Trotz des Schlamms um uns herum roch Donovan sauber – wie immer nach Seife und frischer Wäsche. Mmmm.

»Du riechst so gut«, murmelte ich an seinem Kinn.

»Nicht so gut, wie du dich unter mir anfühlst«, knurrte er zurück.

Wieder küssten wir uns – lang und hart genug, dass ich nach Luft schnappte. Meine Finger fanden seinen Ledergürtel und öffneten ihn. Eine Sekunde später glitt sein Reißverschluss nach unten.

»Zieh sie aus«, murmelte ich. »Und die Schuhe. Diesmal will ich dich fühlen. Richtig fühlen.«

Donovan trat zurück. Jetzt war es an mir, ihn zu beobachten, als er Schuhe und Strümpfe abwarf und aus seiner Hose stieg. Darunter trug er schwarze Boxershorts. Seine Haut glänzte wie Bronze.

»Die Shorts auch«, sagte ich heiser. »Zieh sie aus.«

Donovan trat wieder auf mich zu. »Gleich.«

Wieder lehnte er mich gegen die Motorhaube und liebkoste meine Brustwarzen mit Lippen und Händen, bevor sich seine Finger ihren Weg in meine Unterhose bahnten. Er rieb seine Hand an mir, bevor zwei Finger in mich glitten und mich von innen liebkosten. Er bewegte seine Hand immer schneller und härter, bis mein Verlangen ins Unermessliche stieg. Jetzt war für mich die Zeit zum Keuchen gekommen.

Meine suchenden Finger fanden die Öffnung in seinen Boxershorts. Ich nahm ihn in die Hand, und Donovan zuckte. Ich ließ meine Fingernägel sanft über die runde Spitze seiner Erektion gleiten. Donovan knurrte wieder, zog seine Finger aus mir und mich von der Motorhaube.

»Auf den Rücksitz. Jetzt.«

Diesen Befehl befolgte ich nur zu gern. Er schob mich ins Innere. Ich zog den Kopf ein und setzte mich auf den Sitz. Donovan nutzte die Gelegenheit, um seine Boxershorts abzuwerfen. Ich tat dasselbe mit meiner Unterhose und wartete voller Verlangen. Einen Moment später folgte mir Donovan mit einem glänzenden Viereck in den Fingern, das er auf den

Boden legte. Ich nahm zur Sicherheit die Pille, um jegliche ungewollten Konsequenzen zu vermeiden, aber trotzdem wusste ich seine Besonnenheit zu schätzen.

Er lehnte sich vor und küsste mich noch einmal, bevor er an meinem feuchten Körper nach unten glitt. Donovan drückte seine Lippen auf die Locken zwischen meinen Beinen. Ich öffnete meine Schenkel. Sofort glitt seine Zunge in mich, bewegte sich schnell und in stoßenden Bewegungen, dann in langsamen Kreisen. Neckte mich. Ich stöhnte und vergrub meine Finger in seinem Haar, um ihn anzutreiben.

Wieder glitt Donovans Zunge über mich, während er gleichzeitig seine Finger tiefer in mich schob.

»So süß«, flüsterte er an meinem Schenkel. »Wie heißer Honig.«

Donovan liebkoste mich noch einen Moment, doch ich konnte es nicht mehr ertragen. Ich wollte ihn in mir spüren. Jetzt sofort.

Ich fasste Donovans Schultern an und zog ihn nach oben, während ich mich gleichzeitig unter ihm herausschob und ihn umdrehte. Dann drückte ich ihn nach hinten. Der Rücksitz war nicht besonders groß, aber ich war entschlossen. Jetzt wollte ich ihn ein wenig quälen.

Ich ließ meine Zunge über seine Brust gleiten, bevor ich seine harte Erektion fand, um sie zu lecken und daran zu saugen, bis seine Haut bei jeder Berührung meines Mundes pulsierte. Donovan stöhnte und packte meine Arme, um mich nach oben zu ziehen. Wieder trafen sich unsere Lippen, bis wir kaum noch atmen konnten. Irgendwie schaffte Donovan es, uns so zu drehen, dass er wieder über mir war, und zog sich das Kondom über. Ich öffnete meine Beine, schlang sie um seine Hüfte, und er stieß sich in mich.

Ich beobachtete, wie er seine wunderschönen Augen aufriss, als er sich tief und immer tiefer in mir versenkte. Goldene

Ekstase – für uns beide. Donovan zog sich zurück. Ich vergrub meine Finger in seinem Rücken und zog ihn nach unten, bis er mich in seiner gesamten Länge füllte.

Zurückziehen, niedersinken, zurückziehen, niedersinken. Wie zwei Magnete, die sich gleichzeitig abstießen und anzogen, trafen wir wieder und wieder aufeinander. Donovan stieß in mich, bis unsere gemeinsamen Schreie im Takt des schwankenden Wagens und dem prasselnden Regen auf dem Metall über uns untergingen.

21

Nach dem Sex lagen Donovan und ich in einem Knäuel aus Armen und Beinen auf dem Rücksitz seines Wagens. Das Kunstleder klebte steif an meiner Haut. Die Fenster waren angelaufen, und im gesamten Innenraum roch es nach Sex. Neben mir, über mir, an meiner Seite hörte ich das keuchende Atmen des Detectives. Das Geräusch eines Mannes, der alles gegeben hatte. Trotzdem machte Donovan keine Anstalten, sich von mir zu entfernen oder sich anzuziehen.

»Nun, das war nicht ganz das, was mir in Sachen Fitnesstraining vorgeschwebt hatte, aber okay«, witzelte ich. »Selbst wenn es schrecklich wehtun wird, mich wieder von diesem Sitz zu lösen.«

Donovan antwortete nicht sofort, aber seine Mundwinkel verzogen sich zu einem kleinen Lächeln. »Da bist du nicht die Einzige. Ich bin mir sicher, morgen wird mein Rücken schrecklich wehtun. Ganz zu schweigen von meinen Knien.«

»War es das wert?«

Er zog eine schwarze Augenbraue in die Höhe. »Musst du das wirklich fragen?«

Nein, musste ich nicht. Wir hatten beide sehr laut gestöhnt.

Nachdem wir wieder zu Atem gekommen waren, richtete sich Donovan vorsichtig in eine kniende Position auf. Ich folgte seinem Beispiel. Er griff auf den Vordersitz und gab mir saubere Kleidung – eine Stoffhose, die mir um einige Nummern zu groß war, und ein T-Shirt, das mir fast bis zu den Knien hing. Der Detective war ein gutes Stück größer als ich. Donovan zog sich einen zweiten Satz ähnlicher Klamotten an. Als wir damit fertig waren, wandten wir uns auf dem Rücksitz einander zu.

»Da wären wir wieder«, sagte ich.

»Ja«, antwortete Donovan. »Da wären wir wieder.«

Der Gedanke schien ihn nicht allzu glücklich zu machen. Der Detective atmete tief durch und fuhr sich mit den Händen durch die schwarzen Haare – mit seinen sehnigen, starken Händen, die gerade wunderbare Dinge mit meinem Körper angestellt hatten. Ich zögerte, dann streckte ich die Hand aus, legte sie auf seine und drückte leicht zu. Ich war mir nicht sicher, was diese Geste ausdrückte. Vielleicht die warmen Gefühle, die ich für den Detective empfand. Vielleicht wollte ich ja nur nicht, dass es so endete wie das letzte Mal, als wir miteinander geschlafen hatten. Denn das war ziemlich schlecht gelaufen.

Donovan zuckte bei meiner Berührung zusammen und zog die Hand zurück. »Wir sollten uns auf den Rückweg machen.«

Ich starrte in sein schönes Gesicht. Schwarze Haare, bronzefarbene Haut, goldene Augen. Doch in seinem Blick glühte kein Verlangen mehr. Stattdessen wirkte der Detective müde, erschöpft und betrübt. Als wäre das Vergnügen, das wir gerade erlebt hatten, mit einem untragbar schweren Gewicht verbunden, das ihn nach unten zog.

»In Ordnung«, meinte ich leise, weil ich ihn heute Nacht nicht noch mehr bedrängen wollte.

Es war nach zehn Uhr, als wir schließlich zum Country Daze zurückkehrten. Es herrschte so gut wie kein Verkehr mehr, und das Stoppschild an der Kreuzung wirkte im Nieselregen wie ein roter Geist. Donovan hatte keine zusätzlichen Schuhe im Kofferraum, also musste ich meine Füße wieder in meine schlammigen Stiefel stopfen. Vorher wischte ich allerdings so gut wie möglich mit einem Handtuch den Dreck zwischen den Zehen heraus.

Irgendwann während unserer Abwesenheit war Sophias schwarzes Cabrio umgeparkt worden, sodass es nun neben dem Laden auf dem Gras stand. Dasselbe galt für Finns Cadillac. Das Geschäft selbst war dunkel, geschlossen und verriegelt.

»Komm«, sagte ich. »Finn hat gesagt, sie wären im Haus.«

Wir gingen zwischen dem Laden und Sophias Cabrio hindurch. Warren T. Fox' Haus lag ungefähr hundertfünfzig Meter hinter dem Country Daze, versteckt hinter einem kleinen Hain aus Ahornbäumen und Eichen. Um eine Seite des Hauses plätscherte der Fluss. Der Regen hatte das Wasser anschwellen lassen, sodass der Wasserlauf wie eine Schlange wirkte, die eine zu große Beute verschlungen hatte. Das Rauschen des Wassers übertönte das Geräusch des Regens, der auf das Blechdach des Hauses trommelte.

Ich hatte mich am Nachmittag schon einmal hier umgesehen, aber trotzdem überraschte es mich wieder, wie sehr das Schindelhaus dem von Fletcher glich. Beide Häuser bestanden aus den gleichen hellen Brettern und hatten das gleiche schräge Blechdach. Und nicht nur das Haus erinnerte mich an Fletcher – einfach alles an Warren T. Fox war wie mein alter Mentor. Die blaue Arbeitskleidung, die er trug, sein mürrisches Wesen, der altmodische Laden, den er führte. Es war fast, als wären Fletcher und Warren eineiige Zwillinge gewesen, die bei der Geburt getrennt worden waren. Man las immer wieder von solchen Fällen, in denen beide Zwillinge ein eigenes Leben aufbauten, das dem des anderen wie ein Ei dem anderen glich. Wieder fühlte ich Wärme in mir aufsteigen.

Denn alles an Warren verband ich mit Fletcher und der Liebe, die ich für ihn empfunden hatte.

Licht leuchtete aus mehreren Erdgeschossfenstern. Ich trat auf die Veranda und klopfte an die Eingangstür.

»Hmpf?«, grunzte Sophia durch das schwere Holz.

»Ich bin's, Gin.«

Ein Schloss klickte, und die Grufti-Zwergin öffnete die Tür. Sophia hielt einen Baseballschläger aus Aluminium in der Hand. Ihre schwarzen Augen huschten über meine zu große Kleidung, dann trat sie zurück, um uns ins Haus zu lassen. Sophia machte eine Geste, dass wir ihr folgen sollten, und wir gingen hinter ihr tiefer ins Haus. Für einen Moment hatte ich das Gefühl, nach einem langen Tag im Pork Pit zu Fletcher heimzukommen. Denn auch das Innere von Warrens Haus war quasi ein Abklatsch von Fletchers. Die gleichen abgenutzten Polstermöbel, die gleiche Ansammlung von Krimskrams, die gleichen Stapel von Kleinigkeiten, die aus einem Haus ein Zuhause machten. Ich blinzelte, und die Illusion löste sich auf.

Die anderen waren im großen Wohnzimmer. Violet kauerte auf dem Sofa, ein schweres Lehrbuch auf den Knien, Stift und Block neben sich. Sie lernte. Jo-Jo saß am anderen Ende des Sofas und blätterte in einem Schönheitsmagazin. Vor ihren Füßen lag ein ganzer Stapel weiterer Hefte. Die Zwergin hatte sich für den Abend gewappnet.

Warren wiegte sich in einem riesigen Schaukelstuhl, in dem er älter und zerbrechlicher wirkte, als er in Wirklichkeit war. Im Fernseher lief der Wetterkanal. Warrens Augen waren unverwandt auf die Karten der Sturmfront gerichtet, die gerade über den Bildschirm flackerten. Finn lungerte in einem ähnlichen Schaukelstuhl, den er ganz nach hinten gekippt hatte. Auf seinem Schoß brummte sein Laptop. Finn selbst war eingeschlafen, und aus seinem Mund drang leises Schnarchen.

Ich ging hinüber, legte eine Hand auf seine breite Schulter und rüttelte ihn wach.

»Was? Was?«, murmelte er schläfrig. »Ich habe sie nicht angefasst, das schwöre ich.«

»Entspann dich, Casanova.«

Finn blinzelte ein paar Mal, bevor seine grünen Augen auf mich scharfstellten. »Oh, Gin, du bist es.« Er runzelte die Stirn. »Warum trägst du ein T-Shirt mit der Aufschrift ›Polizei von Ashland‹?«

Ich seufzte. »Das ist eine lange Geschichte.«

Sobald Finn halbwegs wach war, erzählte ich allen, was Donovan und ich in Dawsons Büro gefunden hatten. Der Detective schickte Finn die Fotos, die er mit dem Handy geschossen hatte. Sofort zog mein Ziehbruder sie auf seinen Laptop auf und schaute sie an.

»Ist hier irgendetwas passiert?«, fragte ich Sophia.

»Ruhe«, krächzte sie.

»Ein paar Leute wollten Getränke und Zigaretten kaufen, aber sonst war nichts los«, stimmte Jo-Jo zu.

»Stammkunden«, schaltete Warren sich ein. »Selbst Dawson kann niemanden verschrecken, der sich nach Tabak verzehrt.«

»Diese Papiere, die du im Safe gefunden hast«, fragte Jo-Jo. »Stand da irgendetwas Interessantes drin?«

Ich zuckte mit den Achseln. »Frag Donovan. Es war dunkel. Ich habe sie kaum gesehen.«

Alle Augen richteten sich auf den Detective, der ebenfalls eine bedauernde Geste machte. »Wie Gin schon sagte, es war dunkel. Wir hatten nur Taschenlampen. Auf mich wirkte es wie Pläne. Wir müssen darauf warten, was Finn herausfindet.«

»Ihr müsst mir schon ein paar Minuten Zeit geben«, sagte selbiger, der eifrig auf seinem Laptop herumtippte. »Ich muss das Zeug hier erst ordnen und Teile davon lesen. Für mich ergibt es bis jetzt auch nicht viel Sinn. Ganz abgesehen davon, dass die Fotos nicht gerade die beste Qualität haben.«

»Tut mir leid«, moserte Donovan. »Ich habe mir mehr Sorgen darum gemacht, nicht durch Licht auf uns aufmerksam zu machen, als darum, das perfekte Foto zu schießen.«

Wir verfielen in Schweigen, während wir darauf warteten, dass Finn die Dokumente las und enträtselte. Aber ich hatte schon eine ziemlich klare Vorstellung von ihrem Inhalt. Also lehnte ich mich gegen die Wand und dachte über die nächste Herausforderung nach, die sich mir stellte – nah genug an Dawson heranzukommen, um ihn umzubringen. Denn wenn ich mit meinem Verdacht richtiglag, wäre das der einzige Weg, die Sache zu beenden. Sophia stand neben mir und wirbelte den Baseballschläger in den Händen wie einen Tambourstock.

Nach ungefähr zehn Minuten des Lesens und Klickens runzelte Finn die Stirn. »Das ist seltsam.« Er sah zu Warren. »Wusstest du, dass Dawson vor Kurzem mit einem neuen Schacht begonnen hat?«

Warren nickte. »So erzählen es zumindest die Minenarbeiter. Und in der Mine war in letzter Zeit auch mehr los.«

»Inwiefern?«, fragte Donovan.

Warren zuckte mit den Achseln. »Mehr Explosionen, mehr Bohrungen. Manchmal können wir die Erschütterungen sogar hier spüren. Einmal hat es so heftig gekracht, dass im Laden ein paar Flaschen umgefallen sind und eine Riesensauerei angerichtet haben.«

»Es fühlt sich immer an wie kleine Erdbeben«, fügte Violet hinzu. »Und das geht jetzt schon seit Monaten so.«

»Nun, laut dieser Dokumente verwendet Dawson in letzter Zeit den Großteil seines Geldes und seiner Arbeitskräfte auf den neuen Schacht«, erklärte Finn.

»Warum sollte er das tun?«, fragte Violet.

Finn las noch ein wenig weiter, und sein Stirnrunzeln vertiefte sich. »Das kann nicht stimmen«, murmelte er. »Das ist einfach nicht möglich.«

»Was?«, fragte Jo-Jo. »Was ist unmöglich?«

»Das, wonach Dawson gräbt«, antwortete Finn. »Laut dieser Dokumente geht es nicht um einen Schacht, mit dem mehr Kohle aus dem Berg geholt werden soll. Es geht um …«

»Diamanten«, ergriff ich sanft das Wort. »Er hat im Berg Diamanten gefunden.«

Schweigen. Für einen Moment starrten mich alle an. Dann sprachen sie alle gleichzeitig.

»Diamanten?«, krächzte Sophia überrascht.

»Das ist unmöglich«, meinte Violet.

»Liebes, alles ist möglich«, antwortete Jo-Jo.

»Deswegen also will Dawson so dringend das Land.« Donovan schüttelte den Kopf.

»Ich frage mich, wie groß sie wohl sind«, murmelte Finn nachdenklich.

Warren T. Fox war der Einzige, der kein Wort sagte. Stattdessen starrte mich der alte Kauz mit dunklen, zusammengekniffenen, ja geradezu besorgten Augen an. Er wusste genauso gut wie ich, was der Diamantenfund bedeutete. Eine Katastrophe. Für ihn und für den Berg.

Wenn der Diamant, den ich im Safe entdeckt hatte, ein Hinweis darauf war, von welcher Größe und Qualität die anderen Steine waren, die Dawson gefunden hatte, würde der Zwerg den gesamten Berg auseinandernehmen, um noch den letzten Edelstein aus dem Boden zu holen. Und das wäre noch nicht alles. Bald würde sich der Diamantenfund herumsprechen und dann … nun, dann würde die Gegend von etwas überschwemmt, was schlimmer war als der Goldrausch in Kalifornien. Jeder würde den Boden aufgraben und sprengen, in der Hoffnung, auf dem eigenen Land Diamanten zu finden und endlich reich zu werden. In ihrer Gier würden sie den gesamten Berg zerstören – und Warrens Haus und Laden lägen im Auge des Sturms. Er würde als Erster untergehen. Ich sah die Gewissheit über das, was passieren würde, in seinen Augen.

Außer ich tat etwas, um es aufzuhalten.

Ich hatte mich nie als große Umweltschützerin betrachtet. Aber diese Berge gehörten genauso zu mir wie zu Warren Fox. Ich liebte ihre Schönheit genauso sehr wie er. Wenn Dawsons Fund ein Hinweis darauf war, was der Gegend bevorstand, wäre es ein Dienst an der Öffentlichkeit, ihn jetzt aufzuhalten. Und es gab nur einen Weg, das zu erreichen: Dawson umzubringen.

Oh, ich hatte keinerlei Zweifel daran, dass der Zwerg ein paar seiner treuesten Männer von seinem Fund erzählt hatte, wie zum Beispiel diesen zwei Riesen, die heute Abend ins Büro gekommen waren, um nach dem Rechten zu sehen. Doch ohne Dawson, ohne sein Wissen über den Bergbau und seine Gabe, würde es seinen Lakaien viel schwerer fallen, den Abbau der Diamanten voranzutreiben. Und selbst wenn sie später noch einen Versuch starteten, konnte ich sie immer noch ausschalten. Aber wenn ich den Zwerg kaltmachte, würde der Rest des Grauens wahrscheinlich mit ihm untergehen.

Außerdem: der Laden. Das Land. Das Haus. Das war alles, was Warren und Violet je gekannt hatten. Hier war ihr Zuhause. Ich wusste, dass Fletcher alles in seiner Macht Stehende getan hätte, um seinem Freund zu helfen. Der alte Mann war nicht mehr da, aber ich schon. Und ich würde die Foxes beschützen – komme, was wolle.

Warren starrte mich aus dunklen Augen an und stellte schweigend eine Frage. Ich nickte als Antwort. Jo-Jo sah unseren stillen Austausch. Eine Regung huschte durch ihre hellen

Augen. Es wirkte wie Erleichterung – gemischt mit einem Funken Erwartung. Ich hatte keine Ahnung, was sie erwartete. Aber ich hatte es gesehen.

»Ich kann es einfach nicht glauben«, sagte Donovan. »Diamanten? Hier?«

Ich nickte. »In Arkansas gibt es sie, warum also nicht hier in Ashland? Dawson hat in den Bergen eine Menge Kohle gefunden. Und letztendlich sind Diamanten nichts anderes – Kohle, die lang genug unter Druck gesetzt wurde, um sich in etwas anderes zu verwandeln.«

»Woher weißt du das?«, fragte der Detective überrascht.

»Ich habe ein wenig Ahnung von Steinen, besonders von Edelsteinen.« Ich erwähnte nicht, dass ich ihre Schwingungen hören und anzapfen konnte und dass ich sie dazu bringen konnte, meinem Willen zu folgen. Ich hatte nie mit meiner Magie angegeben, und ich würde jetzt nicht damit anfangen.

»Aber wenn Dawson bereits angefangen hat, seinen Schacht zu bohren, warum bedroht er uns dann immer noch?«, fragte Violet verwirrt. »Warum macht er sich die Mühe überhaupt? Warum schnappt er sich die Diamanten nicht einfach heimlich?«

»Weil der Zwerg nicht die generelle Abbaugenehmigung für das Land besitzt«, rumpelte Warren, »sondern ich. Also gehören diese Diamanten eigentlich gar nicht ihm, sondern uns.«

»Und wenn er anfängt, sie zu verkaufen, könnte das auffallen«, beendete Jo-Jo die Erklärung. »Es würde sich herumsprechen. Tut es immer. Und dann könnte Warren ihm Schwierigkeiten bereiten. Rechtliche Schwierigkeiten.«

Warren nickte. »Zumindest könnte ich es versuchen.«

Wieder schwiegen wir alle. Ich ließ den anderen ein wenig Zeit zum Nachdenken, doch ich hatte meine Entscheidung bereits getroffen.

»Finn?«, fragte ich leise.

»Ja?«

»Was hast du heute noch über Dawson herausgefunden?«

Er starrte mich aus seinen grünen Augen an. »Die üblichen Informationen. Finanzstatus, geschäftliche Interessen, Hobbys, Häuser, soziale Kontakte.«

»Irgendetwas, das wir nutzen können?«

Finn starrte mich noch einen Moment an, dann glitt sein Blick zu Warren. Mein Ziehbruder erkannte die Entschlossenheit im Blick des alten Mannes und bemerkte, dass sie meiner eigenen entsprach. »Ja, da gäbe es schon Möglichkeiten. Natürlich wird es nicht einfach, aber ich bin mir sicher, dass wir einen Weg finden können. Es gibt immer einen Weg.«

Das hatte mir auch Fletcher stets gesagt. Ich lächelte.

Der Detective starrte mich mit finsterem Blick an. »Es gibt doch sicherlich auch noch eine andere Möglichkeit, als Dawson umzubringen.«

»Und wie sähe die aus, Detective? Sollen wir die Polizei auf Dawson hetzen? Weswegen? Weil er Drohungen ausgesprochen hat? Das würde niemals funktionieren, und das weißt du. Außerdem braucht die Polizei gewöhnlich dieses nervige kleine Etwas, das sich Beweis nennt. Und ich wette, es gibt keine Beweise. Dafür ist Dawson zu clever. Habe ich recht?« Ich sah Warren an.

Warren schüttelte den Kopf. »Mein Wort steht gegen seines. Es sind Dawsons Männer, die meine Kunden belästigen, nie er selbst. Aber seine Männer würden niemals gegen ihn aussagen. Sie wollen ihre Jobs behalten.«

»Aber dir gehört das Land, Warren, und damit auch die Schürfrechte«, meinte Donovan. »Dawson kann mit deinem Land nicht einfach machen, was er will. Du könntest ihn vor Gericht bringen, damit er aufhört. Wir haben die Dokumente aus seinem Büro. Wir können beweisen, was er vorhat.«

Finn schnaubte. »Genau. Die Dokumente, die du mit Gin durch einen Einbruch in Dawsons Büro beschafft hast. Kein Richter würde sie als Beweismittel zulassen. Und ich glaube kaum, dass Dawson scharf darauf ist, uns noch weitere Informationen zukommen zu lassen. Außerdem solltest du es mal aus der finanziellen Perspektive betrachten. Ein Gerichtsverfahren würde sich über Jahre hinziehen, und Dawson hat um einiges mehr Geld als Warren.«

»Außerdem könnte Dawson sich wahrscheinlich einfach das Urteil kaufen, das er will. Und während vor Gericht alles auf die falsche Weise geklärt wird, würde er mit seiner Schreckensherrschaft fortfahren. Noch mal einen Angriff auf Violet starten. Sei doch mal ehrlich, Detective. Der Zwerg wird einen Berg voller Diamanten nicht einfach aufgeben. Das würde niemand tun. Es gibt nur einen Weg, um ihn aufzuhalten. Meinen Weg.«

Unsere Augen trafen sich, Gold auf Grau. Nach einem Moment wandte Donovan den Blick ab, doch ich hatte die müde Akzeptanz in seinen Augen bereits gesehen, das Absinken seiner Schultern genauso bemerkt wie die Kapitulation in seiner gesamten Haltung. Er wusste, dass ich die Wahrheit sagte. Es gefiel ihm nicht, aber der Detective würde es mich durchziehen lassen. Er wusste, dass ich Dawson ins Visier nehmen wollte, und er würde nicht versuchen, mich aufzuhalten. Nicht mehr. Ich hatte nicht erwartet, dass der Detective so einfach aufgeben würde, und fragte mich, woher der plötzliche Sinneswandel kam. Hatte es etwas mit seiner Freundschaft mit Warren zu tun? Mit mir? Gab es andere Gründe?

Doch ich fühlte mich nicht gut dabei, dass der Detective meinen Plänen zustimmte. Etwas belastete Donovan. Wahrscheinlich war ich es und das, was auf dem Rücksitz seines Wagens zwischen uns geschehen war. Doch aus irgendeinem Grund schien die Wut des Detectives darüber, dass ich Cliff

Ingles, seinen korrupten Partner, ermordet hatte, verpufft zu sein. Donovan hatte diese Tatsache den gesamten Tag über nicht ein Mal erwähnt. Was also hatte ich so Schreckliches getan, außer ihm ein paar Orgasmen zu verschaffen? Diese Frage ließ mich nicht los.

Doch im Moment war nicht der richtige Zeitpunkt, um über Donovan Caine nachzudenken und über die seltsame Zuneigung, die ich ihm gegenüber empfand. Wir mussten heute Nacht einiges erledigen, bevor ich auch nur daran denken konnte, Dawson unter die Erde zu bringen. Also verdrängte ich jeden Gedanken an den Detective und sah die anderen an.

»Folgendes werden wir tun«, sagte ich.

22

»Als Erstes müssen diese beiden«, ich deutete mit dem Kopf auf Warren und Violet, »für ein paar Tage verschwinden. Macht irgendwo Urlaub.«

Warren schüttelte den Kopf. »Nein. Ich werde nicht vor Dawson weglaufen. Bin ich noch nie. Und ich werde auch nicht damit anfangen.«

»Und was ist mit Violet?«, fragte ich. »Sie wurde gestern Nacht fast vergewaltigt und umgebracht, weil Dawson dir eine Botschaft schicken wollte. Wenn er auch nur den leisesten Verdacht hat, dass der Einbruch in sein Büro heute Nacht etwas mit dir zu tun hat, wird er hierherkommen, euch beide abschlachten und die Gebäude bis auf die Grundmauern niederbrennen. Willst du das?«

»Natürlich nicht«, blaffte Warren. »Aber ich bin ein Fox von den Ridgeline Hollow Foxes. Meine Vorfahren lebten seit mehr als dreihundert Jahren in diesen Bergen. Die Siedler haben es nicht geschafft, meine Familie zu vertreiben, und ich will verdammt sein, wenn es einem gierigen Zwerg gelingt, mich in die Flucht zu treiben. Ich bin noch nie vor einem Kampf geflohen. Und das wird auch so bleiben.«

Sein runzliges Gesicht zeigte einen störrischen Ausdruck, und ich erkannte, dass er nicht nachgeben würde. Nicht im Moment. Warren könnte sterben – aber dann würde ihn der

Tod in seinem eigenen Laden ereilen – genauso, wie es bei Fletcher gewesen war. Mein Herz verkrampfte sich, und das zerstörte Gesicht des alten Mannes stieg vor meinem inneren Auge auf. Ich drängte die Erinnerung zurück. Warren T. Fox würde nicht enden wie Fletcher – nicht, wenn ich etwas dagegen tun konnte.

»Schön. Du kannst hier im Haus bleiben.«

Warren lächelte.

»Mit Sophia und Jo-Jo als Schutz«, fügte ich hinzu. »Und du wirst für den Rest der Woche den Laden schließen. Und das ist keine Bitte.«

Sein Lächeln verrutschte. »Warum?«

»Weil Dawson dich sicher beobachten lässt. Wenn er sieht, dass der Laden geschlossen bleibt, nimmt er wahrscheinlich an, dass du endlich nachgibst. Das sollte uns etwas zusätzliche Zeit erkaufen.«

»Was ist mit mir?«, fragte Violet. »Ich kann auch nicht einfach verschwinden. Ich muss meine Kurse besuchen, und bald sind Prüfungen.«

Ich drehte mich zu ihr um. »Hast du eine Freundin, bei der du ein paar Tage wohnen könntest?«

Sie nickte. »Ich könnte zu Eva Grayson gehen.«

Ich dachte an den Abend im Pork Pit zurück, als Owen Grayson seiner kleinen Schwester erklärt hatte, dass sie einen Bodyguard bekommen würde, ob sie nun wollte oder nicht. Der Kerl, der Eva am College begleitet hatte, hatte recht kompetent gewirkt. Und dasselbe galt für Owen selbst. Die Graysons boten wahrscheinlich den sichersten Unterschlupf für Violet, bis diese Sache vorbei war. »In Ordnung. Ruf Eva an.«

Violet blinzelte. »Jetzt?«

Ich nickte. »Jetzt. Ich möchte, dass heute Abend alles geklärt wird. Dann kann ich mich auf Dawson konzentrieren.«

Ich sah die zwei Zwerginnen an. »Glaubt ihr, ihr könnt ein paar Tage Wachdienst leisten?«

»Natürlich«, sagte Jo-Jo. »Alles, was du brauchst, Gin. Das weißt du.«

»Hmm-mmm«, grunzte Sophia zustimmend.

»Was ist mit mir?«, fragte Finn.

Ich lächelte ihn an. »Fletcher weilt nicht mehr unter uns, also bist du jetzt mein Mittelsmann. Ich möchte alles, was du über Dawson ausgraben kannst. Du weißt, wie es läuft.«

Finn nickte.

Und dann war nur noch einer übrig. Ich sah den Detective an, der immer noch niedergeschlagen vor sich hin starrte. »Und was wirst du tun, Donovan?«

Er fixierte den Teppich unter seinen schlammigen Schuhen. Der Detective wusste, was ich wissen wollte – ob er versuchen würde, mich aufzuhalten, oder noch schlimmer, Dawson warnen, dass ich es auf ihn abgesehen hatte.

»Nichts. Ich werde gar nichts tun. Nicht das Geringste.« Donovan fuhr sich mit den Händen durch die schwarzen Haare und lachte bitter. Der Detective hatte sich gerade mit der Spinne verbündet, einer Auftragsmörderin. Er hatte gerade einen Mann zum Tode verurteilt. Und das wusste er auch.

»Gut«, sagte ich. »Dann an die Arbeit.«

Eine Stunde später waren wir startklar. Violet umarmte ihren Großvater lange und fest, während Finn seinen Laptop in der dazugehörigen Ledertasche verstaute. Eva Grayson war begeistert gewesen, dass ihre Freundin ein paar Tage bei ihr einziehen wollte, und Violet hatte bereits eine Tasche gepackt. Jetzt standen wir im Flur des Hauses und verabschiedeten uns.

»Du könntest mitkommen«, meinte Violet zu ihrem Großvater.

Warren legte ihr eine altersfleckige Hand an die Wange und

schüttelte den Kopf. »Du weißt, dass ich das nicht kann. Das passt einfach nicht zu mir. Ich werde dieses Land nur mit den Füßen voran verlassen. Außerdem könnte es sein, dass Gin mich braucht. Und dann will ich da sein.«

Violet nickte und bemühte sich um ein Lächeln. Doch in ihren dunklen Augen standen Tränen.

»Wir müssen los«, sagte ich leise.

Violet umarmte ihren Großvater noch einmal und griff nach ihrer Tasche. Finn hielt ihr die Tür auf, dann traten sie beide nach draußen.

Ich ging zu Sophia und Jo-Jo. »Falls irgendetwas geschieht, falls Dawson und seine Männer zurückkommen: zuerst töten und dann Fragen stellen, verstanden?«

Die Grufti-Zwergin grunzte, während Jo-Jo nickte.

»Das wissen wir, Gin«, sagte Jo-Jo. »Das ist nicht das erste Mal, dass Sophia und ich so etwas tun.«

Ich runzelte die Stirn. »Ist es nicht?«

Die Zwergin lächelte. »Nein. Wir haben auch ab und zu für Fletcher auf Leute aufgepasst.«

Und wieder war da die Andeutung, dass Fletcher anderen Leuten geholfen hatten. Ein Hinweis auf eine Seite an ihm, von der ich nichts gewusst hatte. Ich hatte keine Ahnung, warum mich das so aus der Bahn warf, aber das tat es. Vielleicht lag es ja nur daran, dass ich mich in diesem Bereich nicht auskannte. Ich hatte siebzehn Jahre meines Lebens damit verbracht, Leute umzubringen … und jetzt stand ich hier und versuchte, einen alten Mann und seine Enkelin vor einem gierigen Minenboss zu retten – und das auch noch umsonst. Ich wusste einfach nicht, was ich denken sollte. Nur eines war sicher. Es war auf jeden Fall um einiges unterhaltsamer als mein bisheriger Ruhestand.

Ich ließ die Zwerginnen zurück, damit sie auf Warren aufpassten, und trat aus dem Haus. Violet wartete zusammen mit

Finn auf der Veranda auf mich. Donovan lehnte immer noch grübelnd am Geländer.

»Fahr Violet direkt zu Eva Graysons Haus«, befahl ich Finn. »Keine Zwischenstopps.«

Er zog einen Schmollmund. »Würde ich so etwas tun?«

»Ja.«

Seine Lippe wanderte noch weiter nach vorne. Violet lachte über seine Grimasse. Finns grüne Augen huschten über ihren Körper, und er grinste.

»Schrotflinte, Finn«, flüsterte ich ihm zu. »Denk immer an Grandpa Fox und seine Schrotflinte.«

Das ließ Finns Lächeln ein wenig verblassen, aber auch dieser Gedanke konnte es nicht ganz auslöschen. Das gelang nur wenigen Dingen. Finn hatte seinen Cadillac bereits vors Haus gefahren. Er öffnete die Beifahrertür für Violet, die ihm noch einmal scheu zulächelte, bevor sie einstieg.

Erst nach einem Moment gelang es Finn, die Augen von ihr zu reißen und sich mir zuzuwenden. »Ich hoffe, es macht dir nichts aus, hinten zu sitzen«, sagte er ohne auch nur den Hauch von Schuldgefühl in der Stimme.

»Violet kann gerne vorne sitzen, denn Donovan fährt mich nach Hause«, verkündete ich.

Finn blinzelte. »Tut er das?«

»Tue ich das?«, schaltete Donovan sich ein.

»Ja«, erklärte ich. »Das tust du.«

Donovans Miene wurde noch ein wenig finsterer.

Finn und Violet fuhren zurück nach Ashland, und Donovan und ich folgten ihnen in seinem Wagen. Wir unterhielten uns nicht, nur ab und zu gab ich ihm Anweisungen, wie er zu Fletchers Haus kam. Ungefähr eine halbe Stunde später waren wir da. Donovan spähte durch die Windschutzscheibe auf das weitläufige, zusammengestückelte Haus.

»Hier lebst du also jetzt?«, fragte er.

»Ja. Eigentlich war es Fletchers Haus. Der alte Mann, der das Pork Pit geführt hat.«

»Finns Vater, dein früherer Mittelsmann. Derjenige, der von Alexis James gefoltert und umgebracht wurde.«

Ich nickte. Donovan schwieg.

Ich starrte den Detective an, und meine Augen musterten sein kantiges Gesicht. »Du könntest mit reinkommen«, schlug ich vor. »Hier schlafen. Mit mir.«

Donovan suchte meinen Blick. Verlangen. Begierde. Schuldgefühle. All das spiegelte sich in seinen Augen, aber nach einem Moment schüttelte er den Kopf. »Das halte ich für keine gute Idee, Gin.«

»Warum nicht? Ein Bett wäre sicherlich bequemer als der Rücksitz deines Autos.« Ich warf einen kurzen Blick auf die Schlammflecken, die wir in unserer Ekstase überall hinterlassen hatten. »Und auch sauberer.«

Wieder schüttelte er den Kopf. »Ich komme nicht mit rein, Gin.«

»Warum nicht? Hat es etwas damit zu tun, was ich mit Dawson anstellen will?«

Donovan fuhr sich mit der Hand durch die Haare. »Zum Teil. Ich kann immer noch nicht glauben, dass ich zugestimmt habe.«

»Und der andere Teil?«

Er atmete tief durch. »Erinnerst du dich an die Nacht in deinem Apartment, bevor wir zum Steinbruch gefahren sind, um Finn und Roslyn Phillips zu retten? Erinnerst du dich daran, was ich zu dir über meinen Partner Cliff Ingles gesagt habe?«

»Ich erinnere mich. Du wolltest mich töten, weil ich ihn umgebracht habe.«

Er nickte. »Überwiegend wollte ich allerdings erfahren,

warum du ihn umgebracht hast. Und nachdem du es mir nicht sagen wolltest, habe ich eigene Nachforschungen angestellt.«

Das ging mir durch Mark und Bein. Verdammt und zweimal verdammt sollten der Detective und seine Beharrlichkeit sein!

»Nach dem Alexis-James-Vorfall waren viel mehr Leute bereit, mir den ein oder anderen Gefallen zu tun«, fuhr Donovan fort. Er starrte aus der Windschutzscheibe in den Regen, statt mich anzusehen. »Ein Kerl bei der Sitte war besonders hilfsbereit. Er hat mir erzählt, ich sollte mich mal mit einer Nutte unterhalten. Seltsamerweise einem von Roslyn Phillips' Mädchen.«

Roslyn Phillips war die Vampir-Puffmutter, die das Northern Aggression führte, einen schicken, teuren Nachtclub, der von den Reichen von Ashland frequentiert wurde und in dem man jedes perverse Verlangen ausleben konnte. Und außerdem war sie eine von Finns speziellen Freundinnen. Ich hatte vor ein paar Monaten Roslyns gewalttätigen Schwager getötet, nachdem er ihre Schwester und Nichte fast zu Tode geprügelt hatte. Roslyn hatte daraufhin einem ihrer Mädchen von meinen speziellen Dienstleistungen erzählt. Doch Reden sorgte dafür, dass Leute starben. Und Roslyns Informationsweitergabe hatte letztendlich zum Mord an Fletcher geführt. Und das würde ich den weiblichen Vampir nie vergessen lassen – niemals.

Doch wenn Caine mit der betreffenden Nutte gesprochen hatte, wusste er jetzt genau, warum ich seinen Partner umgebracht hatte – und was der Bastard der dreizehnjährigen Tochter der Frau angetan hatte.

»Ich weiß, dass Cliff dieses Mädchen vergewaltigt und zusammengeschlagen hat«, sagte Donovan und bestätigte damit meinen Verdacht. »Ich weiß, dass du ihn getötet hast, damit er so etwas nie wieder einem anderen Mädchen antun kann.«

Leugnen war zwecklos. »Ja. Deswegen habe ich ihn umgebracht. Wegen des Mädchens. Wann hast du es rausgefunden?«

»Vor zwei Wochen.«

Tiefe Falten der Qual erschienen in Donovans Gesicht. Der Detective erinnerte mich an einen mythologischen Charakter aus einem meiner Bücher: an Atlas, der die schwere Last der bösen Handlungen anderer auf seinen schmalen Schultern trug.

»Die ganze Zeit über hast du zugelassen, dass ich dir Cliffs Tod vorwerfe«, sagte Donovan leise. »Du hast zugelassen, dass ich dich für ein Monster halte. Obwohl du das gar nicht warst.«

Ich zuckte mit den Achseln. »Darüber lässt sich diskutieren. Ich habe ihn getötet. Und normale Menschen schneiden gewöhnlich niemandem die Eier ab.«

Donovan lachte bellend. »Weißt du, was witzig daran ist? Hätte ich von Cliff gewusst, hätte ich gewusst, dass er Prostituierte zusammenschlägt, dass er ein junges Mädchen vergewaltigt hat, hätte ich ihn vielleicht selbst umgebracht. Aber du hast ihn als Erste in die Finger bekommen.« Seine Stimme senkte sich zu einem Flüstern. »Und irgendwie habe ich das Gefühl, in deiner Schuld zu stehen, Gin. Dir etwas zu schulden. Weil du ihn getötet hast, sodass ich es nicht tun musste.«

»Also geht es doch immer noch darum, dass ich Cliff Ingles getötet habe. Deswegen willst du nicht mit reinkommen. Deswegen willst du nicht mit mir zusammen sein.« Am liebsten hätte ich den korrupten Cop gleich noch mal umgebracht, weil er Donovan von mir entfremdete.

Donovan schüttelte den Kopf. »Nicht ganz. Hauptsächlich geht es um mich. Die Informationen über Cliff haben mich ins Grübeln gebracht. Über eine Menge Dinge. Und jetzt dieser Mist mit Warren und Violet ... Ich werde Sophia und Jo-Jo dabei helfen, so gut wie möglich auf die beiden aufzupassen.«

»Aber …«

»Aber ich werde dir nicht bei Dawson helfen. Nicht wie bei Alexis James. Ich kann es nicht, Gin. Ich kann es einfach nicht. Ich kann nicht noch mal an so etwas Anteil haben. Ich kann kaum damit leben, dass du Dawson ins Visier nimmst und ich nichts unternehmen werde, um dich von dem Mord abzuhalten.« Wieder wurde er leiser. »Und ich kann nicht mit dir zusammen sein. Nicht heute Nacht.«

»Als du mich vor ein paar Stunden auf dem Rücksitz deines Autos gefickt hast, hast du dir keine allzu großen Sorgen um Dawson gemacht oder darum, was ich mit ihm anstellen werde.« Mein Ton war härter, als mir selbst gefiel. »Oder hast du das bereits vergessen?«

Donovan zuckte zusammen. »Nein, ich habe es nicht vergessen. Nichts davon.«

»Aber du wirst es nicht wieder tun. Du wirst nicht noch mal mit mir schlafen.«

Er umklammerte das Lenkrad so fest, dass das Leder knirschte. »Nein, das werde ich nicht.«

Ich konnte die Entschlossenheit in seiner Stimme hören. Donovan Caine hatte sich selbst etwas versprochen, und dieses Versprechen würde er nicht brechen. Oh, wahrscheinlich konnte ich ihn seine Moral, seine Regeln, seine Eide vergessen lassen. Ich müsste nur auf ihn zukriechen und ihm den Lapdance seines Lebens verpassen. Eine Variation des Striptease, den ich heute Abend im Regen vor ihm abgezogen hatte.

Aber ich hatte inzwischen zweimal die Initiative ergriffen. Ich wünschte mir, dass der Detective *mich* wollte, Gin Blanco mit den guten, den bösen, den schönen und den hässlichen Seiten. Er sollte mir nicht nur in der Hitze des Augenblicks verfallen und hinterher Schuldgefühle empfinden.

»Dann stecken wir wohl in einer Sackgasse«, meinte ich leise.

»Sieht so aus.«

Donovan sah mich nicht an.

Er ist nicht der Richtige für dich, flüsterte Warren T. Fox' Stimme in meinem Kopf. Ich wollte nicht, dass der alte Mann recht behielt, aber es sah so aus, als wäre es so – zumindest heute Nacht. Außerdem musste ich mich um Dawson kümmern. Fletcher hatte mir beigebracht, dass der Job immer Vorrang hatte, sogar vor meinen eigenen Wünschen. Abgelenkte Profikiller wurden schlampig, und dann starben sie. Und diesmal musste ich mich besonders konzentrieren, weil ich unschuldige Menschen beschützte. Ein Problem nach dem anderen. Um Donovan und seinen Gewissenskonflikt konnte ich mich später kümmern.

»In Ordnung«, sagte ich. »Du passt auf Warren und Violet auf. Ich werde Finn dazu bringen, dass er mir bei Dawson hilft.«

Donovan nickte. »Ich denke, das ist das Beste.«

Es gab nichts mehr zu sagen. Nicht heute Nacht. Also stieg ich aus dem Wagen. Der Detective sah mich nicht an, als er den Rückwärtsgang einlegte, umdrehte und davonfuhr. Ich blieb stehen und beobachtete, wie er in der Dunkelheit und dem Nebel verschwand.

Aus irgendeinem Grund fühlte sich mein Herz so kalt an wie der Regen, der um mich zu Boden fiel.

23

Am nächsten Tag gegen Mittag hatte ich gerade einen Brombeer-Crumble aus dem Ofen gezogen, als ich Reifen auf dem Kies vor dem Haus hörte. Ich lief ins vordere Wohnzimmer und spähte durch einen Spalt zwischen den Vorhängen. In der Einfahrt stand ein silberner Aston Martin. Ich schloss die Vordertür auf, dann ging ich zurück in die Küche.

Eine halbe Minute später steckte Finn seinen Kopf in den Raum. Wie gewöhnlich trug er einen schicken Anzug, diesmal in dunklem Kohlegrau. Sein Gesicht war vom Regen gerötet, und in seinen walnussbraunen Haaren glitzerten Wassertropfen. In der Hand trug er den Laptop in einer wasserabweisenden schwarzen Ledertasche.

»Wurde auch Zeit, dass du kommst.« Ich kippte ein Blech voller Orangen-Preiselbeer-Muffins auf einen weißen Teller. »Der Kaffee ist schon fertig.«

Finn nahm sich eine Tasse heißen Malzkaffee. Er nippte ein paar Mal, dann schob er einen Korb voller Sauerteigbrötchen zur Seite, um seinen Laptop auf dem Küchentisch aufbauen zu können. »Sieht aus, als wäre jemand gestern Nacht unbefriedigt geblieben.«

Ich starrte ihn böse an.

Verblüfft wedelte Finn mit dem Arm in Richtung des Tisches. »Jetzt komm schon. Ich sehe einen Crumble, Muffins,

Brötchen, einen Schokokuchen und etwas, von dem ich annehme, dass es Erdbeermarmelade ist. Du kochst immer wie wild, wenn du aufgebracht bist.«

Damit hatte er mich erwischt. Die Situation mit Donovan hatte sich nicht zu meiner Zufriedenheit entwickelt, und das hatte mich mehr beeinflusst, als mir lieb war. Warum konnte der Detective mich nicht einfach akzeptieren? Moralvorstellungen ... Sie ruinierten immer alles.

Ich war früh aufgestanden und hatte nichts zu tun gehabt, als darauf zu warten, dass Finn auftauchte. Also hatte ich angefangen zu backen. Aber das Vermischen und Rühren hatte mich bei Weitem nicht genug entspannt. Vielleicht, wenn ich noch ein oder zwei Kuchen backte ...

»Ich gehe davon aus, dass du letzte Nacht nicht mit dem guten Detective im Bett gelandet bist?«, fragte Finn verschlagen.

Er behandelte mich nicht nur wie eine Schwester, sondern er hatte auch die unangenehme Angewohnheit, mein Sexualleben zu analysieren – genau wie das von jedem anderen.

»Nein«, blaffte ich. »Der Detective hat die Nacht nicht hier verbracht, obwohl ich ihn eingeladen habe.«

Finn schüttelte den Kopf. »Idiot. Der Mann ist ein Idiot. Aber fühl dich nicht schlecht. Ich hatte gestern Nacht auch kein Glück.«

Ich zog eine Augenbraue hoch. »Du meinst, der Abend hat nicht mit einem flotten Dreier mit Violet und Eva Grayson geendet?«

»Touché.«

Finn nahm noch einen Schluck Kaffee, während er die verschiedenen Köstlichkeiten musterte, die ich gebacken hatte, um sich für den Anfang zwei Orangen-Preiselbeer-Muffins zu widmen.

»Ich hoffe, du hast gestern Nacht noch etwas anderes getan, als die zwei Mädchen anzugraben«, meinte ich, während ich mir eine großzügige Portion Brombeer-Crumble in eine Schüssel schaufelte.

»Wenn du damit fragen willst, ob ich mich durch die Berge von Informationen über Dawson gegraben habe, dann lautet die Antwort Ja. Ich habe mich gestern Nacht noch nützlich gemacht, obwohl es wirklich furchtbar war. Dieser Mann besitzt einfach nicht genug Laster, um die Lektüre interessant zu machen. Er baut Kohle ab, kauft die Geräte, die man braucht, um Kohle abzubauen, und sucht nach neuen Orten, an denen er Kohle abbauen kann. Habe ich schon erwähnt, dass er Kohle abbaut?«

»Nur ein- oder zweimal.« Meine Mundwinkel hoben sich. Egal wie schlecht ich mich auch fühlte, Finn konnte mich immer zum Lächeln bringen. Dafür liebte ich ihn.

Ich setzte meine Eismagie ein, um eine Tasse zu kühlen, dann goss ich mir Milch ein und versenkte den Löffel in dem Brombeer-Crumble. Diesmal hielt ich mich nicht zurück. Ich wollte warmen Zucker, und zwar eine Menge davon.

»Aber mit den Diamanten hattest du recht«, sagte Finn. »Laut den Handy-Fotos, die der Detective in Dawsons Büro geschossen hat, plant der Zwerg einen ziemlichen Ausbau seines momentanen Bergbaubetriebes. Und rate mal, in welche Richtung der neue Hauptschacht führt.«

Dafür musste ich nicht raten. »Genau in Richtung von Warrens Laden.«

Finn nickte. »Tatsächlich hat unser lieber Freund Dawson bereits angefangen, den Schacht abzustützen, und er hat ihn auch schon bis unter Warrens Land gegraben.«

»Das erklärt das ganze Rumpeln und die Minierdbeben, die sie gehört und gefühlt haben.« Ich nahm noch einen Löffel von dem Crumble. Die obere Schicht aus Streuseln bildete einen knackigen, leckeren Kontrast zu der sirupartigen Süße der Brombeerfüllung. Mmmm. Perfekt.

»Aber warte, da ist noch mehr«, sagte Finn. »Dawson mag sich ja die Seele aus dem Leib buddeln, aber er macht damit nicht mehr viel Geld.«

»Warum nicht?«

Finn zuckte mit den Achseln. »Die üblichen Gründe. Die Geräte werden immer teurer, es wird immer schwerer, an die Kohle ranzukommen, und insgesamt ist weniger da. Das bedeutet, dass mehr Arbeitsstunden und mehr Geld investiert werden müssen, um sie überhaupt aus dem Boden zu holen. Außerdem wurde Dawson letztes Jahr verklagt. Eine seiner anderen Minen in Virginia ist teilweise eingestürzt. Dabei wurden fast ein Dutzend Männer getötet und einige weitere verletzt. Trotz der Versuche des Zwerges, die ganze Sache unter den Teppich zu kehren, wurde in den Medien viel über den Unfall berichtet. Dawson war zwar versichert, aber trotzdem musste er fast dreißig Millionen für die Familien ausspucken.«

Ich pfiff leise. »Das würde noch den dicksten Geldbeutel belasten.«

Finn verputzte die letzten Reste seine Muffins und griff nach dem Korb mit den Brötchen. Ich schob ihm die Butter zu. »Dawsons Geldbeutel hat es mehr belastet als andere. Er hat fast sein gesamtes Privatvermögen verloren. Momentan kommt er kaum über die Runden und hat sich bis zur Spitze seines riesigen Hutes verschuldet.«

»Also will er die Diamanten nicht nur, er braucht sie.«

»Wie ein Alkoholiker seinen Schnaps«, stimmte Finn zu. »Aber warte, es kommt noch besser. Rate mal, wer ihm die meisten Kredite gegeben hat.«

Auch das war einfach. »Mab Monroe.«

Finn schmollte. »Du versaust mir den ganzen Spaß. Woher wusstest du das?«

Ich zuckte mit den Achseln. »Ich erinnere mich daran, Dawsons Namen in der Akte gesehen zu haben, die Fletcher über Mab angelegt hat. Und selbst wenn ich diese Info nicht gehabt hätte, wäre es nicht schwer zu erraten gewesen. Die Frau hat ihre Finger doch in allem drin, was in dieser Stadt passiert. Und damit wahrscheinlich auch in Dawsons Geldbeutel.«

»Und zwar richtig tief«, erklärte Finn. »Mab schießt ihm schon seit ein paar Monaten Geld zu. Sie bilanziert es als spekulative Investition.«

Ich sah Finn an. »Spekulative Investition. Also weiß sie von den Diamanten.«

»Wahrscheinlich. Dawson muss ihr davon erzählt haben. Vielleicht hat er ihr sogar als Beweis seiner guten Absichten ein paar Proben gegeben.«

»Also muss Dawson nur die Foxes loswerden, und schon kann er den ganzen Berg zerlegen, um nach Diamanten zu schürfen.«

»Um damit seine Gläubiger auszuzahlen, endlich wieder flüssig zu sein und anständig Geld für sich und Mab Monroe zu scheffeln«, fügte Finn hinzu. »Du hattest recht, Gin. Dawson wird keine Ruhe geben, bis Warrens Land ihm gehört. Etwas anderes kann er sich nicht leisten. Nicht, wenn Mab Monroe ihm im Nacken sitzt. Er muss es durchziehen.«

»Es ist ja schön und gut, die dreckigen Geheimnisse des Zwerges zu kennen, aber wir wussten doch bereits die ganze Zeit, dass wir ihn umbringen müssen«, meinte ich. »Ich will wissen, wie ich das durchziehen kann – und hinterher damit davonkommen.«

Finn beschmierte sich ein Brötchen dick mit Butter. »Auch daran habe ich gearbeitet. Wie ich schon sagte, geht es bei Dawson immer nur ums Geschäft. Der Bergbau ist sein Leben.«

»Also muss ich ihn in seinem Haus oder im Minenbüro ausschalten. Keine große Sache.«

Finn schüttelte den Kopf. »Ich habe gestern noch ein wenig

weitergegraben und würde keine dieser zwei Möglichkeiten empfehlen. Dawsons Haus hat eine ziemlich heftige Security. Jede Menge Riesenwächter, und das Haus selbst liegt abgelegen auf einer Ebene. Sie würden dich kommen sehen. Und nach deinem Einbruch gestern Abend gehe ich davon aus, dass er die Wachen ums Büro und sein Haus verdoppelt hat. Es ist schwer genug, dort einzudringen, aber das viel größere Problem ist der Rückzug. Besonders, wenn er sich wehrt, bevor du ihn umbringst.«

Ich vertraute Finns Urteil genauso sehr, wie ich Fletchers vertraut hatte. Wenn er erklärte, dass Haus und Büro keine Option waren, dann stimmte das auch. »Was ist mit dem Weg zur Arbeit und zurück?«

»Dawson hat einen Fahrer, der schon seit Jahren für ihn arbeitet. Kutschiert den Zwerg überallhin. Er fährt diesen großen Geländewagen, den wir am Country Daze gesehen haben. Kugelsichere Scheiben, Airbags, verstärkte Karosserie, all die üblichen Sicherheitsmaßnahmen.«

»Was bedeutet, dass ich ihn nicht mit einem Schuss durch die Scheibe erledigen kann. Und der Zwerg ist wahrscheinlich zäh genug, um einen Autounfall oder sogar eine Bombe unter der Motorhaube zu überleben«, beendete ich seine Ausführungen.

»Du hast es kapiert.«

»Also, was schlägst du vor?«, fragte ich. »Denn die Zeit läuft. Violet kann nur übergangsweise bei Eva Grayson bleiben, und Sophia und Jo-Jo können auch nicht ewig auf Warren aufpassen. Dawson wird wieder zum Laden kommen, um Druck auf die Foxes auszuüben, und zwar eher früher als später. Der Zwerg muss sterben, Finn. Und zwar schnell.«

Er grinste. »Frage, und dir wird geantwortet. Dawson geht nicht viel aus, aber er wird eine Party besuchen – und zwar heute, um genau zu sein.«

Ziemlich kurzfristig, aber das konnte ich schaffen. Ich hatte es schon öfter hingekriegt. »Aber?«

»Aber es gibt ein Problem. Nein, das stimmt so nicht«, meinte Finn. »Es gibt mehrere Probleme. Aber das größte ist folgendes: Rate mal, wo die Party stattfindet.«

»Ich weiß es nicht. Im Five Oaks Country Club vielleicht?« Dort hielten viele vom Geldadel ihre Empfänge ab.

»Nö.« Finn schüttelte den Kopf. »Der Rummel wird in Mab Monroes Haus abgehalten – auf ihrem persönlichen Grund und Boden.«

»Scheiße«, sagte ich.

»In der Tat«, stimmte Finn zu.

Mehrere Minuten saß ich einfach nur da und aß meinen Brombeer-Crumble. Mab Monroes Haus war so ungefähr der letzte Ort, an dem ich einen Mord begehen wollte. Die Feuermagierin würde nicht allzu freundlich darauf reagieren, wenn ich jemanden in den Räumen ihrer Villa kaltmachte. Ganz abgesehen davon, dass es ihre eigene Security und damit auch ihrem Ansehen in der Unterwelt von Ashland schaden würde. Die Leute würden *jahrelang* davon reden, wenn jemand in Mabs Haus umgebracht wurde. Mab würde alles in ihrer Macht Stehende tun, um herauszufinden, wer den Zwerg getötet hatte. Wer die Frechheit besessen hatte, ihr auf diese Weise auf der Nase herumzutanzen. Nur so konnte sie die Angriffe auf ihre Vormachtstellung so gering wie möglich halten.

Aber wenn das der Ort war, an dem Dawson sich aufhalten würde, dann war das auch der Ort, an dem ich meine Arbeit tun musste – ob es mir nun gefiel oder nicht. Ich konnte nur hoffen, dass ich dafür gut genug war.

»Erzähl mir den Rest«, sagte ich schließlich.

Finn schnitt sich ein Stück Rührkuchen mit noch flüssigen Schokosplittern darin ab. »Offiziell ist die Party ein Empfang ihrer Firma. Mab hat all ihre Geschäftspartner eingeladen. Und jeden anderen, mit dem sie in Ashland und darüber hinaus ins Geschäft kommen will. Es werden ziemlich viele hohe Tiere teilnehmen, und das bedeutet, die Party wird streng bewacht.«

»Und?«, fragte ich. »Wir haben es schon öfter geschafft, uneingeladen auf Partys zu kommen. Jo-Jo kann uns doch sicher reinbringen.«

Finn schüttelte den Kopf. »Ich habe sie bereits angerufen und gefragt. Du weißt, dass sie Mab nicht ausstehen kann. Jo-Jo hat die Einladung vor zwei Wochen abgelehnt. Du kannst nicht ihre Einladung benutzen, um Dawson zu töten.«

»Weil das ziemlich auffällig wäre und Mab auf Jo-Jo aufmerksam machen würde«, fasste ich seine Gedanken in Worte. »Okay. Wie wollen wir es dann anstellen? Es muss doch eine Möglichkeit geben, in Mabs Villa zu kommen, damit ich mir Dawson schnappen kann.«

Finn zögerte. »Nun, da gäbe es etwas, aber das wird dir wahrscheinlich nicht gefallen.«

»Spuck's aus.«

Er starrte mich an. »Erst mal musst du verstehen, dass es nicht reicht, wenn du einfach nur auf die Party kommst. Du kannst nicht als du, Gin Blanco, auf Mab Monroes Party erscheinen. Jonah McAllister ist auch eingeladen. Er würde dich sofort entdecken.«

»Dann verkleide ich mich eben. Ist ja nicht so, als hätte ich das nicht schon mal getan.«

Finn aß die letzten Brösel von seinem Kuchen und schnitt sich sofort noch ein Stück ab. »Das stimmt, und ich habe auch schon eine Idee. Als Teil des Abends hat Mab eine Vielfalt von … Belustigungen für ihre Gäste arrangiert.«

Ich kniff die grauen Augen zusammen. »Welche Art von Belustigungen?«

Finn räusperte sich. »Nutten. Männer und Frauen. Menschen, Riesen, Vampire, Zwerge. Ihre Gäste suchen sich aus, wen sie mögen, tun, was auch immer ihnen gefällt, und Mab zahlt die gesamte Rechnung.«

»Also willst du mir erzählen, dass der beste und einzige Weg auf die Party ist, mich als Nutte auszugeben, Dawsons Aufmerksamkeit zu erregen, mit ihm an einen stillen Ort zu verschwinden und ihn dann zu bearbeiten, bevor er mich bearbeitet. Sozusagen.«

Finn verzog das Gesicht. »Mehr oder weniger. Tut mir leid, Gin. Ich weiß, dass es nicht ideal ist, weil wir darauf hoffen müssen, dass du Dawsons Aufmerksamkeit auf dich ziehen kannst. Aber ich denke trotzdem, es ist unsere beste Chance.«

Ich nahm mir noch eine Portion Brombeer-Crumble, dann dachte ich die Sache durch. Als Auftragsmörderin, als »die Spinne«, hatte ich über die Jahre die verschiedensten Rollen gespielt. Kellnerinnen, Zimmermädchen, Musikerinnen, und ein- oder zweimal hatte ich mich sogar als Cop ausgegeben. Hatte mich mit Perücken, Make-up, engen Klamotten und mehr verkleidet, und das alles nur, um einen Job zu erledigen. Also machte ich mir keine großen Sorgen, ob ich es schaffen konnte, als Nutte durchzugehen. Mich belastete eher, was ich tun sollte: Dawson in eine Leiche verwandeln und hinterher verschwinden – und das alles auf Mab Monroes Grund und Boden. Trotzdem hatte Finn recht. Das war wahrscheinlich meine beste Chance, Dawson zu erwischen, und der Zwerg musste sterben – so schnell wie möglich.

»In Ordnung«, sagte ich. »Dann schleiche ich mich als Nutte ein.«

Finn nickte. »Und das macht auch alles ein wenig einfacher.«

»Warum?«

Er grinste. »Weil wir zufällig sehr gut mit der Person befreundet sind, die die Belustigungen für den Abend anbietet. Roslyn Phillips.«

Erst hatte Donovan sie gestern Abend erwähnt, und jetzt sprach Finn von ihr. Ich hatte wochenlang nicht an die Vampirin gedacht, aber jetzt schien sie plötzlich überall aufzutauchen, auch wenn es ihr selbst nicht bewusst war. Sogar wenn es mir nicht gefiel, wie eng wir miteinander verbunden waren.

Roslyn führte nicht nur das Northern Aggression, den dekadentesten Nachtclub von Ashland, sondern war früher selbst einmal auf den Strich gegangen. Sie hatte jahrelang auf den Straßen von Southtown gearbeitet, bevor sie genug Geld gespart hatte, um sich ins Management einzukaufen und später ihren eigenen Laden zu eröffnen. Alle Vampire brauchten Blut zum Überleben, aber eine Menge von ihnen zogen Energie aus Sex. Deswegen arbeiteten auch so viele von ihnen im horizontalen Gewerbe. Außerdem konnten Vamps wirklich sehr lange leben – und Prostitution, nun, das war etwas, was nie aus der Mode kam. Und selbst Vampire brauchten Geld, genau wie alle anderen.

Roslyn war die Beste der Besten. Sie konnte mit Männern und Frauen Dinge anstellen, von denen die niemals auch nur geträumt hatten – und sie hatte ihren Angestellten einen Großteil ihrer Tricks verraten. Doch noch wichtiger war, dass der weibliche Vampir mir etwas schuldete ... sowohl, weil ich ihren gewalttätigen Schwager getötet hatte, als auch, weil ich Finn nicht verraten hatte, dass ihre Indiskretion letztendlich Fletchers Tod verursacht hatte. Also würde Roslyn sich wohl wieder mit mir auseinandersetzen müssen, ob es ihr nun gefiel oder nicht.

Ich kratzte die letzten Reste meines warmen Crumbles zusammen, dann schob ich meine Schüssel von mir. »Nun, dann nehme ich an, es ist an der Zeit, Roslyn einen kleinen Besuch abzustatten.«

Finn grinste. Ihn und Roslyn verband seit Jahren eine spezielle Freundschaft. Was bedeutete, dass sie sich oft zum Abendessen, einem Drink und einer Nacht voll heißem und schwitzigem Sex trafen, wenn sie gerade nicht mit jemand anderem ausgingen. Und manchmal sogar dann.

»O super«, flötete Finn. »Ein Ausflug.«

24

Kurz nach eins fuhren wir auf den Parkplatz des Northern Aggression, das passend zu seinem Namen in Northtown lag. Gegen acht Uhr heute Abend würde der Parkplatz gefüllt mit teuren Autos aller Marken und Modelle sein, und eine lange Schlange von Männern und Frauen würde darauf warten, endlich in den Club zu kommen, um ihre Begierden zu stillen.

Doch an diesem kalten Novembermittag wirkte der Nachtclub wie irgendeine anonyme Lagerhalle. Es war im Prinzip nicht mehr als ein großes graues Gebäude, wie man es überall in den Industriegebieten von Ashland fand – abgesehen von der riesigen Rune über der Tür. Ein Neonschild in Form eines Herzens mit einem Pfeil hindurch hing über dem Eingang zum Nachtclub und kennzeichnete das Gebäude so als etwas Außergewöhnliches. Das durchbohrte Herz war Roslyns persönliche Rune und das Symbol ihres Clubs. Von früheren Besuchen wusste ich, dass das Schild abwechselnd rot, gelb und orange leuchtete, wenn es angeschaltet war. Aber im Moment war es einfach nur eine ordinäre Ansammlung von Glas und Metall, die über der Tür hing.

»Wirkt ziemlich verlassen. Bist du dir sicher, dass Roslyn hier ist?«, fragte ich. »Ich dachte, sie wäre tagsüber zu Hause, um auf ihre Nichte Catherine aufzupassen.«

Finn zuckte mit den Achseln. »Heute nicht. Sie hat gesagt,

sie wäre hier und würde die Bücher durchgehen, da das Monatsende näher rückt. Sie erwartet uns.«

»Wunderbar«, murmelte ich.

Wir stiegen aus dem Wagen und marschierten zum Eingang. Die Tür war verschlossen, also klopfte Finn. Seine Knöchel erzeugten ein hohles hallendes Geräusch auf der verstärkten Stahltür. Ein paar Sekunden lang klapperte etwas, als würde eine Metallstange gehoben, und die Tür öffnete sich schwerfällig. Xavier, der Türsteher des Clubs, steckte den Kopf heraus. Der Riese wirkte in der schwachen Nachmittagssonne noch größer, breiter und stärker als bei der Verhaftung von Jake McAllister im Pork Pit vor ein paar Tagen. Seine dunklen Augen wanderten erst über Finn, dann über mich, dann wieder zu Finn.

Der wusste genau, was Xavier erwartete. Mein Ziehbruder lächelte und streckte die Hand aus. Xavier schüttelte sie und schnappte sich dabei den Hunderter darin. Ziemlich geschickt für jemanden mit Händen in der Größe von Wassermelonen.

Der Riese grinste. »Es ist immer ein Vergnügen, dich zu sehen, Finn. Kommt rein.«

Wir betraten den Club. Sofort verriegelte Xavier die Tür wieder hinter uns.

»Ich habe dich schon öfter hier an der Tür gesehen«, sagte ich. »Aber mir war nicht klar, dass du auch noch für die Polizei arbeitest, bis du neulich im Pork Pit aufgetaucht bist, um das kleine Durcheinander zu regeln. Solltest du nicht unterwegs sein und Verbrecher verhaften?«

Xaviers Grinsen wurde breiter. »Ach, die Bullensache ist nur eine Teilzeitgeschichte. Außerdem, warum soll ich dort rausgehen und mir die Hände schmutzig machen, wenn die Bösen später am Abend doch eh alle hierherkommen?«

»Auch wieder wahr.«

Xavier schnappte sich ein paar Holzkisten, die neben der Eingangstür standen. Das Klirren von Glasflaschen drang an mein Ohr. Sah aus, als käme gerade eine Lieferung an. Der Riese warf sich die Kisten lässig auf die Schultern und stiefelte tiefer in den Club. Finn und ich folgten ihm.

Von außen mochte das Northern Aggression ja unscheinbar wirken, aber die Innenräume hatten eine ganz eigene Ausstrahlung, selbst am Tag. Die wenigen angeschalteten Deckenlampen beleuchteten die dicken Samtvorhänge, welche die Wände bedeckten. Der Boden war mit schönen nachgiebigen Bambusmatten bedeckt, doch trotzdem hallten unsere Schritte in dem leeren Gebäude wider.

Wir überquerten die Tanzfläche. Xavier bog nach links zu einer langen Bar ab, die vollkommen aus Elementareis bestand. Der Tresen war fast dreißig Meter lang und wirkte eher wie ein Kunstwerk als wie ein bloßer Einrichtungsgegenstand. Runen waren in die glatte Oberfläche gemeißelt, überwiegend Sonnen und Sterne, die Symbole für Leben und Freude. Beides konnte man hier später am Abend im Übermaß erleben, solange man genug Geld besaß, dafür zu zahlen. Die Bar war von demselben Eiselementar erschaffen worden, der hier als Barkeeper arbeitete. Er hatte genug seiner Magie eingesetzt, um sicherzustellen, dass seine Kreation bis zu seiner Schicht am Abend nicht schmelzen würde. Ich konnte die kühle Macht sogar in der Mitte des Clubs fühlen. Meine eigene Eismagie, so schwach sie auch war, reagierte darauf.

Xavier stellte die Kisten auf die Bar und winkte mich und Finn vorbei, damit wir ohne ihn weitergingen. »Ich muss noch ausräumen. Roslyn wartet in ihrem Büro auf euch. Du kennst den Weg, Finn.«

Der rückte seine Krawatte zurecht. »In der Tat.« Er ging in den hinteren Teil des Nachtclubs und lehnte sich gegen eine Tür, die unauffällig in die Samtbezüge der Wand eingelassen war. Sie öffnete sich und gab den Weg in einen kleinen Flur frei, der von rechts nach links verlief und an beiden Enden nach hinten abbog. Finn ging nach links, dann mäanderten wir durch eine Reihe von anderen Fluren, bevor er vor einer geschlossenen Tür anhielt. Er klopfte.

»Komm rein«, erklang eine gedämpfte Stimme.

Finn folgte der Aufforderung, und wir betraten das Büro. Roslyn Phillips saß hinter einem massiven Schreibtisch, neben dem sogar Xavier grazil gewirkt hätte. Vor ihr lagen verschiedene weiße und rosafarbene Dokumente auf der massiven Tischplatte verteilt, zusammen mit etwas, das wirkte wie ein altmodisches Kontobuch. Neben ihrem Ellbogen brummte ein Computer, während auf dem Telefon ein rotes Licht blinkte. Das Gerät war herzförmig, und der Hörer war geformt wie ein Pfeil. Auch die Uhr an der Wand hinter Roslyn hatte die Form ihrer Rune.

Finn breitete die Arme aus, und ein charmantes Lächeln erschien auf seinem Gesicht. »Roslyn, Liebling, es ist wirklich nett von dir, dass du mich so kurzfristig empfängst.«

Roslyn erwiderte das Lächeln und zeigte dabei ihre perfekten perlweißen Reißzähne. »Freut mich auch, dich zu sehen, Finn.«

Der weibliche Vampir stand auf. Roslyn eine attraktive Frau zu nennen wäre ungefähr so, als würde man behaupten, Nero hätte in Rom nur ein paar Feuer gelegt – eine üble Untertreibung. Ihre Augen und ihre Haut zeigten einen wunderbaren Toffee-Ton, und ihr stufig geschnittenes schwarzes Haar betonte ihr wohlgeformtes, ausdrucksstarkes Kinn. Eine silberne Brille saß auf ihrer Stupsnase und sorgte dafür, dass ihre Augen noch größer und ausdrucksvoller wirkten. Die Vampirin hatte die Art von Gesicht, bei der man sich einfach fragen musste, ob solche Perfektion überhaupt möglich war. Aber an Roslyn war sie möglich.

Da der Nachtclub noch nicht geöffnet war, trug Roslyn nur eine enge Jeans und eine einfache weiße Bluse. Doch auch diese normale Kleidung betonte ihren perfekten Körper eindrucksvoll. Füllige Brüste, üppige Hüften, flacher Bauch, durchtrainierte Schenkel, der Hintern eine perfekte Kurve. Roslyn sah aus wie die weibliche Version von Michelangelos David – nur aus warmem, festem Fleisch geschaffen statt aus kaltem Stein. Die Vampirin gehörte zu denjenigen, die ihre Energie genauso aus Sex wie aus Blut zogen, und sie hatte Jahre, wenn nicht sogar Jahrzehnte damit verbracht, sich beizubringen, wie sie das, was die Natur ihr geschenkt hatte, zu ihrem Vorteil einsetzen konnte.

Roslyn kam hinter ihrem Schreibtisch hervor, und Finn drückte ihr einen keuschen Kuss auf die Wange, wie es sich für die Rolle des perfekten Südstaaten-Gentleman ziemte. Die Vampirin trat zurück und richtete ihren dunklen Blick auf mich. »Und du hast Gin mitgebracht«, sagte sie neutral.

»Hallo, Roslyn«, antwortete ich. »Wirklich schön, dich zu sehen.«

Roslyns Lächeln verrutschte zu einer Grimasse. Sie hatte unsere letzte Begegnung auf Fletchers Beerdigung nicht vergessen. Ich hatte der Puffmutter gesagt, dass ich wusste, dass sie über Fletcher, Finn und mich geredet hatte – und über das, was wir taten. Diese wohlgemeinte Indiskretion hatte Alexis James zum Pork Pit und zu Fletcher und letztendlich zu seinem Tod geführt.

»Was braucht ihr?«, fragte sie leise, während sie mich immer noch anstarrte.

Braucht, nicht *wollt*. Roslyn schien sich unser Gespräch zu Herzen genommen zu haben. Ich hatte zugestimmt, sie nicht umzubringen oder Finn zu erzählen, was sie getan hatte – und ihr erklärt, dass sie dafür Finn und mir alles geben würde, was wir brauchten, und zwar so lange, wie ich es für angemessen hielt. Da ich ziemlich nachtragend sein konnte, bedeutete das: für sehr lange. Und heute fing diese neue Zeitrechnung an.

»Ach, Roslyn, das trifft mich tief«, sagte Finn. »Was lässt dich annehmen, dass wir etwas brauchen? Vielleicht wollte ich einfach nur vorbeischauen, um mich an deiner Schönheit zu erfreuen?«

Die Vampirin schnaubte. »Spar dir den Mist, Finn. Wenn du allein gekommen wärst, hätte ich dir diesen abgegriffenen Spruch vielleicht abgenommen. Aber du hast Gin im Schlepptau. Ich bezweifle stark, dass sie sich für meine Schönheit interessiert.«

»Tut mir leid, Roslyn«, meinte ich. »So bin ich einfach nicht gepolt.«

Roslyn zuckte nur mit den Achseln und richtete ihren Blick wieder auf Finn. »Also, lass mich noch mal fragen – was braucht ihr?«

Finn öffnete den Mund, wahrscheinlich, um Roslyn noch ein wenig länger Honig ums Maul zu schmieren, aber ich kam ihm zuvor. Wir hatten keine Zeit zu verplempern. Wir mussten bekommen, was wir von Roslyn benötigten, und dann weitermachen.

»Ich brauche Zugang zu Mab Monroes Party heute Abend«, sagte ich.

Roslyn riss für eine halbe Sekunde die Augen auf, bevor es ihr gelang, ihre Überraschung zu verbergen. »Du willst auf Mabs Party? Warum?«

Ich starrte den weiblichen Vampir an, während ich überlegte, was ich ihr sagen sollte. Je weniger Roslyn wusste, desto besser. Doch nach unserem letzten Gespräch hatte ich keinerlei Zweifel, dass sie diesmal die Klappe halten würde. Sie wusste genau, was ich ihr sonst antun würde. »Ich muss an jemanden rankommen.«

Roslyn verstand. »An wen?«

»Tobias Dawson.«

Die Vampirin wurde bleich, vermutlich vor Abscheu, aber sie fragte nicht, warum ich mich für den Zwerg interessierte. Ein paar Jahrzehnte auf dem Straßenstrich von Southtown sorgten recht effektiv dafür, dass man seine Neugier in Schach hielt. Auf dem Strich von Southtown tat man Dinge, ohne nach den Gründen zu fragen oder hinterher allzu lange darüber nachzudenken. Außerdem wusste Roslyn, dass das *Warum* eigentlich keine große Rolle spielte, da es de facto nur einen Grund gab, warum ich mich für Dawson interessieren konnte: um ihn umzubringen.

Roslyn verschränkte die Arme vor der Brust, während gleichzeitig ihr Fuß zu wippen anfing. Nach ein paar Sekunden nachdenklichen Schweigens flackerte so etwas wie Verständnis in ihren Augen auf. »Du willst als eines meiner Mädchen dort auftauchen. Deswegen bist du hier.«

Ich nickte.

Roslyn starrte mich an, und mein kalter grauer Blick wurde hart. Ich respektierte die Vampirin für alles, was sie erreicht hatte, dafür, dass sie klug und gerissen genug gewesen war, sich von der kleinen Nutte zur wohlhabenden Geschäftsfrau hochzuarbeiten. Und besonders bewunderte ich Roslyns wilde Ergebenheit gegenüber ihrer Schwester und ihrer jungen Nichte. Ihre Entschlossenheit, den beiden ein besseres Leben zu bieten. Aber das bedeutete nicht, dass ich sie aus unserer Abmachung entließ. Fletcher war tot, und Roslyn trug einen Teil der Schuld daran. Sie stand bei mir in der Kreide, bis ich ihr verzieh.

»In Ordnung«, sagte Roslyn schließlich leise. »Ich werde dir helfen, Gin.«

»Danke.« Ich mochte Roslyn ja heftig unter Druck setzen, aber es gab keinen Grund, dabei nicht höflich zu bleiben.

Sie nickte. »Folgt mir.«

Roslyn führte uns aus ihrem Büro. Das Gewirr aus Fluren zog sich um den gesamten Innenraum des Northern Aggression und bildete so ein Labyrinth aus Gängen, Gucklöchern und diskreten Türen, die Roslyn, ihren Prostituierten und den Riesenwächtern, die auf sie aufpassten, Zugang zum gesamten Club ermöglichten, ohne sich durch die trinkende, rauchende, koksende und fickende Menge im Hauptbereich kämpfen zu müssen.

Nach ein paar Mal abbiegen öffnete Roslyn eine Tür, auf der »Vorräte« stand, und betrat den Raum. Finn und ich folgten ihr.

Doch nach ein paar Schritten erstarrte Finn, und ein breites Lächeln erschien auf seinem Gesicht. »Ich glaube, ich bin gestorben und im Himmel.«

Ich schnaubte. »Genau, im Nuttenhimmel.«

Der Raum war mit etwas gefüllt, was ich kaum als *Vorräte* bezeichnet hätte, allerdings war ich auch nicht im Nachtclubgeschäft. Meterlange Stangen voller Kleider füllten einen großen Teil des Zimmers, zusammen mit ein paar Metallspinden und mehreren Schminktischen voller Make-up, Haarspray und Dutzenden Boxen voller Kondome, Gleitcremes und verschiedenen Körperölen.

Roslyn nahm ein Klemmbrett mit Stift von einer der Kleiderstangen. Dann lehnte sie sich an einen der Schminktische und zeigte mit dem Stift auf mich. »Ausziehen«, befahl sie.

»Warum?«

Roslyn bedachte mich mit einem harten Blick. »Weil du verdammt noch mal gut aussehen wirst, wenn du dich als eines meiner Mädchen ausgibst. Ich schicke keine schlechte Ware, besonders nicht auf eine von Mab Monroes Partys.«

Wenn schon nichts anderes, so musste ich doch Roslyns Hingabe an ihren Beruf bewundern. Also zog ich meine Stiefel aus, glitt aus meinen Jeans und warf meine Fleecejacke auf den Boden. Mein langärmliges Shirt behandelte ich mit ein wenig mehr Sorgfalt und achtete dabei darauf, dass Roslyn weder die zwei Messer sah, die ich in den Ärmeln verborgen hatte, noch die Klinge, die immer in meinem Hosenbund am Rücken steckte. Eine Minute später stand ich in BH und Unterhose da. Der Betonboden unter meinen nackten Füßen war eiskalt.

»Auch die Unterwäsche«, blaffte Roslyn. »Ich muss alles sehen.«

Ich schaute zu Finn und machte eine kreisförmige Bewegung mit dem Finger, um ihn zu bitten, sich umzudrehen.

»Komm schon, Gin. Es ist ja nicht so, als hätte ich das nicht alles schon mal gesehen«, protestierte Finn.

Roslyn zuckte zusammen. »Erzählt mir nicht, ihr beide hättet …«

»Ja, haben wir«, sagte ich. »Als wir jung waren. Bevor ich es besser wusste. Und jetzt dreh dich um, Finn.«

Finn verdrehte die Augen, aber dann wandte er mir den Rücken zu und wanderte zu einem Kleiderständer voller todschicker Fummel. Die meisten davon waren entweder durchsichtige Fetzen aus Spitze und Satin oder figurbetonte Lederschläuche.

Roslyn schnappte sich ein Maßband von einem der Tische und schlang es um verschiedene Teile meiner Anatomie. Ich stand einfach nur da und ließ sie arbeiten. Die Vampirin betrachtete mich ungefähr mit dem Blick, den ein Metzger einer Kuh schenkt. Einfach nackt dazustehen war nicht gerade das Anstrengendste, was ich je getan hatte, aber ich wusste, dass Roslyn in ihrem Leben schon bessere Körper als meinen gesehen hatte. Zur Hölle, ihr *eigener* war viel besser. Also entschied ich, mich lieber auf Wichtigeres zu konzentrieren.

»Laut den Informationen, die Finn ausgegraben hat, hatten ein paar deiner Mädchen schon mit Dawson zu tun«, sagte ich. »Was mag er?«

»Wieso fragst du?«

Ich zuckte mit den Achseln. »Ich muss heute Abend seine Aufmerksamkeit erregen. Kann nicht schaden, das Richtige zu tragen.«

Roslyn schrieb ein weiteres Maß auf ihr Klemmbrett. »Hast du Dawson je gesehen?«

»Einmal.«

»Dann weißt du von seinem Cowboy-Fetisch«, sagte Roslyn.

»Du meinst die lächerlichen Schlangenlederstiefel und den Hut, der fast so hoch ist wie er selbst?«

Roslyn nickte. »Dawson kleidet sich nicht nur wie ein Cowboy, er benimmt sich auch wie einer – besonders im Bett. Er mag texanische Schönheitsköniginnen. Auftoupierte blonde Haare, große blaue Augen, riesige Brüste, knackige Ärsche, jede Menge Make-up. Bis jetzt hast du nichts davon außer den knackigen Arsch.«

»Danke«, meinte ich trocken.

Roslyn zog die Augenbrauen hoch. »Ich präsentiere lediglich die Fakten. Du bist schließlich hergekommen, um meinen professionellen Rat einzuholen.«

Ich nickte. »Das stimmt.«

»Dawson erobert gerne. Passend zu seiner Cowboyrolle fängt er eine Frau gern mit dem Lasso ein, wenn sie seine Aufmerksamkeit erregt hat.«

»Im wörtlichen Sinne oder übertragen gesprochen?«

Roslyn starrte mich an. »Beides. Eines meiner Mädchen hatte noch Wochen nach seinem Besuch Verbrennungen an den Stellen, wo er sie gefesselt hatte.«

Ich speicherte diese Information. »Was noch?«

»Er trägt beim Sex gerne Lederhosen, einen Cowboyhut und seine Stiefel.«

»Klingt nach einem verdorbenen Bastard«, meinte Finn.

Roslyn ging zu einer anderen Kleiderstange als der, die Finn gerade durchwühlte. »Unglücklicherweise nicht so verdorben wie einiges, was ich schon gesehen und getan habe.«

Roslyn ließ ihren Blick einen Moment lang über die Kleiderbügel schweifen, bevor sie sich wieder mir zuwandte. »Ich nehme an, du willst etwas mit ein bisschen mehr Stoff. Damit du gewisse ... Ausrüstungsgegenstände verstecken kannst?«

Waffen, um es anders auszudrücken. »Ja. Je mehr Stoff, desto besser. Ich bin gerne vorbereitet.«

Roslyn nickte. »Bevorzugst du eine bestimmte Farbe?«

»Schwarz.«

»Wie schockierend«, murmelte sie.

Ein paar Sekunden später zog Roslyn einen schwarzen Pushup-BH und die dazu passende durchsichtige Unterhose aus dem Fundus und gab sie mir. »Zieh das an.«

Ich tat es. Die Kleidungsstücke passten perfekt, und der BH hob meine eher kleinen Brüste in vollkommen neue und der Schwerkraft trotzende Höhen. Finn pfiff anerkennend. Ich zog meinen Finger über die Kehle und verdeutlichte ihm damit, was passieren würde, wenn er nicht den Rand hielt. Aber Finn grinste mich nur an.

Roslyn zog außerdem ein schwarzes Cocktailkleid aus den Massen von Kleidung und drückte es mir in die Hand. Ich zog es mir über den Kopf. Das Kleid war langärmlig mit einem Herzausschnitt und einem miederartigen Oberteil. Dank des BHs quoll mein Busen förmlich aus dem Stoff. Der Rock dagegen, auf den winzige Pailletten aufgenäht waren, fiel locker nach unten und endete kurz über meinen Knien.

»Wie gefällt dir das?«

Ich musterte mich in einem der Spiegel über den Schminktischen. Die Ärmel waren lang genug, um meine Messer darin zu verstecken, und ich konnte noch zwei weitere unter dem wogenden Reifrock deponieren. »Perfekt.«

Roslyn nickte, als hätte sie nichts anderes erwartet, dann

glitt sie zu einem der Schminktische. Sie drückte mir eine kleine Box in die Hand, auf der »Kontaktlinsen/himmelblau« stand, gefolgt von einer blond gelockten Perücke mit Pony.

»Mit den falschen Haaren, den Kontaktlinsen und genug Make-up bist du Dawsons Traummädchen. Ich nehme an, du besitzt deine eigene Schminke?«

»Ich denke, da lässt sich etwas finden.«

Roslyn ignorierte meinen Sarkasmus. Stattdessen zog sie eine Schublade an einem der Tische auf, zauberte einen Umschlag heraus und überreichte ihn mir. Auf dem cremefarbenen Papier glänzte eine Sonne aus Blattgold. Die Rune für Feuer – Mab Monroes persönliches Symbol.

»Das ist eine der Einladungen für heute Abend«, erklärte Roslyn. »Und das hier wirst du ebenfalls brauchen.«

Wieder griff sie in die Schublade und beförderte ein Halsband aus schwarzem Samt ans Tageslicht. In der Mitte des breiten Samtbandes baumelte eine Rune – ein silbernes Herz, das von einem Pfeil durchbohrt wurde. Das Symbol des Northern Aggression. Die Rune, die mich als eines von Roslyn Phillips' Mädchen und damit als Teil des Unterhaltungsprogramms des Abends identifizieren würde.

Ich nahm ihr die Kette ab und rieb meine Daumen über die Rune. Das Metall lag kalt zwischen meinen Fingern. »Danke für deine Hilfe, Roslyn.«

Sie starrte mich an. »Du musst mir nicht danken. Erinnerst du dich? Ich schulde dir etwas. Aber wenn die anderen Mädchen heute Abend kommen, um sich fertig zu machen, werde ich Einladung, Halsband, Kleidung und Perücke als gestohlen melden. Xavier wird die Anzeige aufnehmen. Natürlich hat er heute den gesamten Abend an der Tür zu tun, also wird er mich ein paar Stunden lang weder anrufen noch sich bei der Polizei melden. Das sollte dir die Zeit schenken, das zu tun, was du vorhast.«

Ich nickte. Ich konnte es Roslyn nicht übel nehmen, dass sie sich den Rücken freihielt. Wenn die Sache schiefging, und das konnte durchaus passieren, würden Dawson und Mab Monroe wahrscheinlich an Roslyns Tür klopfen und erfahren wollen, warum ich eines der Runenhalsbänder des Vampirs getragen und wie ich es geschafft hatte, mir eine der Prostituierten-Einladungen zur Party zu besorgen. Auf diese Weise drohte Roslyn keine Gefahr.

»Und tu mir noch einen Gefallen«, sagte die Vampirin, während sie mich mit ernstem Blick über ihre Brille hinweg musterte.

»Was?«

»Was auch immer du heute Abend Dawson antust, lass dich nicht erwischen«, sagte Roslyn. »Ich möchte mit diesem Cowboy nicht mehr zu tun haben, als es sowieso schon der Fall ist.«

Ich schenkte ihr ein kaltes Lächeln. »Mach dir keine Sorgen. Wenn ich geschnappt werde, wird Dawson zu viel Spaß mit mir haben, um auch nur darüber nachzudenken, dich zu belästigen.«

25

Um acht Uhr am selben Abend bog mein Taxi auf die lange gewundene Einfahrt zu Mab Monroes Herrenhaus ab.

Aufgrund ihres Status als reichste und tödlichste Einwohnerin von Ashland lebte Mab Monroe auch in der größten und eindrucksvollsten Villa. Das graue Steingebäude erhob sich fünfzehn Stockwerke in die Luft. Damit war es größer als einige der Hochhäuser in der Innenstadt. Die drei gleichgroßen Flügel bildeten etwas, was aussah wie ein breites, etwas schief geratenes N. In jedem Stockwerk prangten hohe schmale Fenster in der Fassade, eingerahmt von ziselierten Balkonen. Eine vier Meter hohe Mauer umschloss das Haus, das eineinhalb Kilometer hinter der Eingangspforte auf dem Grundstück stand. Aus der Akte, die Fletcher im Laufe der Jahre gefüllt hatte, wusste ich, dass sich auf dem weitläufigen, gepflegten Gelände mehrere Gärten, drei Gewächshäuser, eine große Vogelvoliere, ein Golfplatz, zahlreiche kleine Wäldchen und ein kleiner See befanden. Ergänzt wurde das Ganze durch Patrouillen von Riesen, Wachhunden, diversen magischen Fußfallen und anderen hässlichen Überraschungen.

An einem der Balkone im Mittelteil des Herrenhauses hing ein angeleuchtetes rotes Banner. Die riesige Stofffläche zeigte eine schimmernde goldene Rune – einen Kreis umgeben von mehreren Dutzend gekräuselten, welligen Strahlen. Eine

Sonne. Mab Monroes persönliche Rune. Dieselbe, die auf der Einladung in meiner Handtasche abgebildet war.

Der Fahrer reihte sich in den Verkehr ein, der sich durch das offene schmiedeeiserne Tor schlängelte, das den Eingang zu Mab Monroes Anwesen bildete. Das gelbe Taxi wirkte fehl am Platz zwischen all den Stretchlimos, die wie fette, schwarze Raupen die Straße entlangkrochen. Es kostete den Fahrer zwanzig Minuten, um bis zum Eingang vorzudringen.

Meine grauen Augen huschten über das Sicherheitsaufgebot. Fünf Riesenwachen glitten zwischen den Limousinen hindurch, öffneten Türen, halfen Leuten aus den Wagen, regelten den Verkehr und stellten sicher, dass die Fahrer nicht allzu viel Ärger machten, indem sie heimlich rauchten oder tranken. Zwei weitere Riesenwächter standen an der großen Flügeltür, die in das Herrenhaus führte, und flankierten einen kleineren Menschen mit einem großen Klemmbrett in der Hand.

»Das wären dann zwanzig Dollar«, knurrte der Fahrer.

»Zwanzig Dollar? Es waren nur ein paar Kilometer.«

Vor einer guten Stunde hatte ich als Vorsichtsmaßnahme ein Auto in einer Nebenstraße hinter Mab Monroes Anwesen geparkt. Einen alten zerbeulten Wagen mit falschen Nummernschildern, der auf einen anderen Namen angemeldet war. Ich hatte die Scheibe eingeschlagen und das offene Loch mit einer weißen Plastiktüte verklebt, die Motorhaube offen gelassen und auf dem Bordstein ein paar Werkzeuge verteilt. Es sollte so aussehen, als wäre der Wagen liegen geblieben und als würde jeden Moment jemand kommen, um ihn abzuholen. Das Auto war meine Rückversicherung, für den Fall, dass ich schneller abhauen musste als geplant. Sobald ich das Auto an der gewünschten Stelle aufgestellt hatte, war ich zu einem Café in der Nähe gewandert und hatte mir ein Taxi gerufen, um mich herbringen zu lassen.

»Zwanzig Dollar«, sagte der Fahrer wieder.

Da ich nicht wollte, dass er sich an mich erinnerte, stellte ich meinen Protest ein, bezahlte ihn, stieg aus und ging zur Treppe, die zum Haupteingang des Herrenhauses führte. Natürlich konnte ich das Gebäude hören. Fünfzehn Stockwerke aus massivem Stein ragten über mir auf, und ich hätte schon taub sein müssen, um es nicht wahrzunehmen. Der Stein flüsterte von Macht und Geld, genau wie ich immer vermutet hatte. Aber ich empfing auch noch andere Vibrationen. Feuer, Hitze, Tod und Zerstörung. Doch am verstörendsten war ein leiser Unterton von Wahnsinn, der wie der Ruf einer Nachtschwalbe durch den massiven Bau hallte – als hätte jemand den Stein gefoltert, bis er brach. Je näher ich kam, desto lauter und harscher wurde das Geräusch, bis ich nichts anderes mehr hören konnte als das klagende Heulen der Ziegel.

Ich biss die Zähne zusammen und verdrängte den Lärm des unendlichen Schmerzes. Mein einziges Anliegen war Tobias Dawson. Ich musste nah genug an den Zwerg herankommen, um ihn umzubringen, und hinterher unerkannt verschwinden. Der Wahnsinn, der das Fundament von Mab Monroes Herrenhaus erschütterte, ging mich nichts an – und ich musste auch nicht darüber nachdenken, warum er in mir das Bedürfnis erzeugte, der Feuermagierin ernsthafte Schmerzen zuzufügen.

Also ging ich die Stufen hinauf und hielt vor der Flügeltür an.

»Einladung?«, fragte der Mann mit dem Klemmbrett.

Ich deutete auf das eng anliegende Halsband aus schwarzem Samt um meinen Hals, an dem die Herzrune mit dem Pfeil baumelte. »Ich glaube, das reicht als Einladung, Süßer. Aber hier ist der Ausdruck.« Ich schenkte ihm ein charmantes Lächeln und gab ihm die schicke Einladung, die Roslyn mir zugesteckt hatte.

Der Mann starrte einen Moment auf die Herzrune, dann glitten seine Augen über den Rest meines Körpers. Auch die zwei Riesen hinter ihm grinsten anzüglich. Anscheinend war Dawson heute Abend nicht der Einzige, der auf vollbusige Blondinen stand.

Der Mann mit dem Klemmbrett löste seinen Blick von meinen Titten und kontrollierte den Namen auf der Einladung. »Ich nehme an, du kennst die Regeln des heutigen Abends, Candy?«

Ich nickte. »Sicher, Süßer. Ich kann mich benehmen. Ich bin Profi.«

Bevor wir das Northern Aggression verlassen hatten, hatte Roslyn mir die Liste der Regeln gegeben, die Mab Monroe für ihre Partyjungs und Mädchen aufgestellt hatte. Grundsätzlich sollten Roslyns Prostituierte im Laufe des Abends jederzeit für jedermann zur Verfügung stehen und alles – alles – tun, was Mabs Gäste wollten. Diejenigen Männer und Frauen, die mit einem von Mabs Gästen nach Hause gingen, würden hinterher großzügig entlohnt werden. Alle entstehenden Kosten, ob nun Krankenhausrechnungen oder etwas anderes, würden von Mab bezahlt werden.

Der Mann mit dem Klemmbrett deutete mit dem Daumen über die Schulter Richtung Haus. »Dann geh rein.«

Einer der Riesen kniff mich in den Hintern, als ich an ihm vorbeiging. Ich wünschte mir nichts mehr, als mir eines meiner Steinsilber-Messer zu schnappen und ihm die Kehle durchzuschneiden, weil er mich angefasst hatte, doch stattdessen lächelte ich noch breiter. »Na, na, na!« Ich wedelte scheltend mit dem Finger. »Ich bin für die Gäste hier, Süßer. Nicht für die Hilfskräfte.«

Meine Beleidigung ließ ihn rot anlaufen. Der Riese machte einen Schritt nach vorne, aber der zweite Türsteher legte ihm eine Hand auf die Schulter.

»Sie hat recht«, grummelte der zweite Mann. »Mab wird sauer, wenn du sie anfasst. Erinnerst du dich, was sie das letzte Mal mit Stevenson gemacht hat? Willst du das diesmal sein?«

Der erste Riese wurde bleich. Anscheinend hatte das, was Mab mit Stevenson angestellt hatte, den Rest der Wachen tief beeindruckt. Der Riese schenkte mir noch einen schlecht gelaunten Blick, trat aber wieder zurück. Ich zwinkerte ihm zu und ging ins Herrenhaus.

Wieder umhüllte mich das wahnsinnige Kreischen des Steins so laut, dass die Spinnenrunen-Narben an meinen Händen von dem Geräusch zu jucken begannen. Doch ich biss die Zähne zusammen und drängte das widerwillige Gefühl in mir zurück, vergrub es so tief in mir, dass ich es nur noch als leises Murmeln wahrnahm. Ich musste mich auf meine Aufgabe konzentrieren und mich nicht fragen, was Mab Monroe in ihren eigenen vier Wänden getan hatte, um dieses Geräusch zu erzeugen.

Ein mindestens dreißig Meter langer Gang durchschnitt das riesige Haupthaus in der Mitte. Trotz der relativ frühen Stunde war die Party bereits voll im Gange. Überall erklangen perlendes Lachen und murmelnde Unterhaltungen, die einen sanften Klangteppich im Hintergrund bildeten wie das Zirpen von Grillen in hohem Gras. Das half glücklicherweise, das Jaulen des Steins zu übertönen.

Während meiner Jahre als Auftragsmörderin hatte ich Kontakt mit einer Menge reicher, mächtiger, einflussreicher Leute gehabt. Gewöhnlich galt: je reicher die Leute, desto knausriger waren sie mit ihrem Geld. Finn hatte meine Beobachtung bestätigt. Er unterhielt mich oft mit Geschichten über seine Milliardär-Vampirklienten, die ganze Kisten No-Name-Zahnpasta im nächsten Discounter kauften, um fünf Cent pro Tube zu sparen.

Aber Mab Monroe war anders.

Die Feuermagierin hatte in ihrer Residenz an nichts gespart. Nicht an der kleinsten Kleinigkeit. Weißer Marmor bedeckte den Boden wie glänzender Lack. Blätter aus Weißgold und Bronze glitzerten auf der verzierten Kathedralendecke dreißig Meter über meinem Kopf. Echte Tiffanylampen reihten sich wie Soldaten an den Wänden des Flurs auf, und die versteckten Birnen ließen dank der Buntglasschirme Licht in allen Farben des Regenbogens über die Wände gleiten. Die Lampen in den verschiedenen Räumen, die vom Flur abgingen, warfen ihren Schein auf fein gearbeitete Möbel aus einer ganzen Reihe verschiedener Epochen.

Alles in diesem Haus war teuer und geschmackvoll und strahlte mühelose, beiläufige Eleganz aus, obwohl es eine Menge gekostet haben musste, all das zu erwerben. Vielleicht hätte ich mich davon beeindrucken lassen, wenn mir der kreischende Stein nicht genau verraten hätte, wie sie das Geld erworben hatte, um für all das zu bezahlen – und wie viele scheußliche Dinge sie seitdem innerhalb dieser Wände getan hatte.

Ich ging weiter und passierte auf meinem Weg Dutzende von Leuten. Seide, Satin, Samt. Jeder trug sein schönstes Abendkleid oder den feinsten Smoking. Für eine von Mab Monroes Partys war nur das Beste gut genug. Zusätzlich zu den Steinen der Villa konnte ich auch das Flüstern der Juwelen hören, die Männer wie Frauen an Hälsen, Handgelenken, Fingern und selbst Zehen trugen. Schönheit, Eleganz, Feuer. Doch selbst die Schwingungen des größten Diamanten konnten nicht mit der singenden Reinheit des Steins konkurrieren, den ich in Dawsons Safe gesehen hatte. O ja, der Zwerg könnte ein Vermögen damit machen, die Diamanten auf Warrens Land abzubauen und an die hochmütige Gesellschaft von Ashland zu verkaufen.

Ich erkannte mehr als nur eines der Gesichter. Für einige hatte ich Aufträge erfüllt und aus irgendwelchen Gründen ihre Eltern, Brüder, Schwestern oder Geschäftspartner ermordet. Einige waren Mabs Lakaien – ihre loyalen Gefolgsleute. Andere hätten nur zu gerne auf Mabs Leiche gespuckt und auf ihrem Grab getanzt, um sich dann daranzumachen, den Platz der Feuermagierin als Bienenkönigin der Stadt einzunehmen.

Ich sprach mit niemandem, aber sowohl Männer als auch Frauen starrten mich im Vorbeigehen an. Ihre Augen blieben an der silbernen Rune um meinen Hals hängen, dann glitten sie an meinem Körper hinab, als wäre ich ein Stück Fleisch, das sie beim Metzger kaufen wollten. Laut Finn sah ich aus wie eine zum Leben erwachte Barbiepuppe. Das verdankte ich Roslyns Kleidern und der langen blonden Perücke. Ich hatte mich beim Blick in den Spiegel selbst kaum wiedererkannt.

Doch ich sah niemandem in die Augen und ging weiter, als hätte ich nicht einmal bemerkt, dass sich noch andere Personen auf der Party aufhielten. Ich war nicht hier, um Aufmerksamkeit zu erregen. Mein Ziel war Dawson, und ich hatte nicht vor, mich von jemand anderem ablenken zu lassen.

Der Flur führte in einen großen Ballsaal. Obwohl groß eigentlich nicht das richtige Wort für den gigantischen Raum war, der quasi den mittleren Flügel des Hauses komplett ausfüllte. Der Boden bestand aus goldenem Parkett, in das immer wieder Marmor, Granit und Platten aus gehämmerter Bronze eingelassen waren. Kronleuchter hingen von der Decke. An einigen davon glänzten Rubine und Diamanten. Andere brachten Granate und Topase zum Leuchten. Am anderen Ende des Saals ergoss sich eine dreißig Meter breite Treppe aus dem oberen Stockwerk, über die sich ein scharlachroter Teppich zog.

Mehr als dreihundert von Mab Monroes engsten Geschäftspartnern unterhielten sich, tranken und lachten in diesem Raum. Doch die Gruppen schafften es nicht ansatzweise, die weitläufige Halle zu füllen. Sie erinnerten mich an Puppen im Puppenhaus eines Kindes. Hübsch und herausgeputzt, mit falschen Lächeln, die ihre angemalten, plastikartigen Gesichter fast grotesk aussehen ließen. Doch ich sah hinter die elegante Fassade der Gäste und der Einrichtung. Trotz der kostspieligen Perfektion bemerkte ich auch andere Dinge. Dinge, die bei Weitem nicht so nett waren, wie sie auf den ersten Blick erschienen.

Wie zum Beispiel die Riesen, die durch den Ballsaal wanderten. Aufgrund der Tabletts mit Champagner, Kaviar und Wachteleiern in ihren riesigen Händen hätte man sie für Kellner halten können. Doch ich wusste, wozu sie wirklich hier waren. Sie sollten die Massen kontrollieren, nur für den Fall, dass die Leute so dämlich waren, zu viel zu trinken und aufeinander loszugehen. Ich nahm an, dass es Mab nicht gefallen würde, wenn zwei angetrunkene Elementare beschlossen, ein magisches Duell in ihrem Prunksaal abzuhalten.

Denn so kämpften Elementare gewöhnlich. Sie bewarfen sich mit reiner Magie, bis eine Person von der Kraft der anderen überwältigt wurde. Wenn sich zwei Elementare stritten, konnte der Verlierer alles erleiden: in Flammen aufgehen, in Eis eingeschlossen werden, das Herz in Stein verwandelt bekommen oder von der Luft zerrissen werden, die er gerade atmete. Und diese Auswahl zog nicht diejenigen in Betracht, die Begabungen für Teilbereiche der Elemente wie Metall, Wasser oder Strom besaßen.

Insgesamt endeten Elementarduelle in der Regel mit einem schnellen, scheußlichen, schmerzhaften Tod. Das war der Grund, warum ich nie solche Duelle ausfocht. Für mich zählte, die andere Person umzubringen. Mit altmodischen, überkommenen, sinnlosen Konzepten wie Ehre und Duellen hatte ich nichts am Hut. Solche Verhaltensgrundsätze waren etwas für vermessene Idioten.

Fünf, zehn, zwanzig ... Ich zählte insgesamt fast dreißig Riesen. Das war mehr als genug, um noch die ungebärdigste Menge zu kontrollieren. Keiner von ihnen trug eine Waffe, doch die brauchten sie auch nicht. Ein Schlag einer Riesenfaust brach fast alles – besonders breit grinsende Visagen und alkoholgetränkte Egos.

Ich trat in die wirbelnde Masse und ließ mich in dem See aus Smokings und glänzenden Kleidern von einer Clique zur nächsten treiben. Große Glastüren auf der linken Seite des Saals führten auf eine Terrasse. Auf der rechten Seite, direkt vor weiteren Glastüren, war eine Tribüne für ein großes Orchester errichtet worden. Ich kleisterte mir ein Lächeln ins Gesicht und schlenderte durch den Ballsaal, glitt von einer Gruppe zur nächsten, bis ich eine ruhigere Stelle unter der Treppe erreichte, neben einem knorrigen Bonsai im Topf.

Ich zog mein Handy aus der Tasche und rief Finn an. Beim dritten Klingeln hob er ab.

»Ich bin da«, sagte ich. »Wo bist du?«

»Ich sehe dich, Gin. Du siehst umwerfend aus, selbst für eine unechte Prostituierte.«

»Finn«, knurrte ich.

»Um deine Frage zu beantworten, ich bin im ersten Stock, lehne mich über das Geländer und überblicke die Erhabenheit, die vor mir ausgebreitet liegt.«

Ich hob den Blick. Tatsächlich stand Finn genau dort, wo er gesagt hatte. Er lehnte am Marmorgeländer, in der einen Hand einen Scotch, in der anderen das Handy. Neben ihm stand Roslyn in einem trägerlosen weißen Abendkleid, in dem sie wie eine griechische Göttin wirkte. Mab Monroe hatte die Puffmutter zur Party eingeladen, damit Roslyn ein Auge auf ihre Prostituierten haben und sicherstellen konnte, dass sie die wichtigeren Gäste angemessen unterhielten. Und Roslyn hatte als Teil unseres Plans Finn als Verabredung für den Abend mitgebracht. Das war nicht ungewöhnlich, da die beiden oft zusammen gesehen wurden.

Die riesige Treppe öffnete sich im ersten Stock zu einem breiten Absatz, bevor sie sich in zwei Teile aufspaltete und von dort in die höheren Stockwerke des Herrenhauses führte. Finn hatte sich seinen Stehplatz gut ausgesucht. Von dort aus konnte er den gesamten Ballsaal überblicken.

»Lass uns loslegen«, sagte ich. »Bevor jemand beschließt, Interesse an mir zu zeigen. Wo ist Dawson?«

»Er steht in der Mitte des Raums, ungefähr dreißig Meter hinter dir und leicht nach rechts versetzt. Obwohl ich dir angesichts seiner momentanen Gesellschaft nicht raten würde, dich ihm jetzt zu nähern.«

»Momentane Gesellschaft? Was soll das bedeuten?«

»Das wirst du schon sehen. Schau einfach mal in diese Richtung. Dawson ist einfach zu entdecken. Er ist der einzige Idiot, der heute Abend einen Cowboyhut trägt.«

Ich spähte durch die Menge. Es kostete mich ein paar Sekunden, Dawson zu entdecken, und Finn hatte recht. Er war der einzige Cowboy im Raum. Er hatte nicht nur diesen riesigen Hut auf dem Kopf, er trug auch Schlangenlederstiefel und eine Lassokrawatte, die mit Türkisen besetzt war. Zusammen mit seinem Smoking wirkte das Ensemble einfach nur lächerlich. Aber es war nicht Dawsons Modegeschmack, der dafür sorgte, dass ich die Stirn runzelte. Es war die Gesellschaft, in der er sich befand.

Mab Monroe, Jonah McAllister und Elliot Slater.

26

»Scheiße.«

»Scheiße stimmt ungefähr«, antwortete Finn. »Denn keine Nutte, die noch ganz bei Verstand ist, würde sich zu dieser Gruppe gesellen.«

Meine Augen huschten an Dawson vorbei und musterten die drei Leute, mit denen er zusammenstand. Jonah McAllister hatte ich gestern persönlich getroffen. Der glattzüngige Anwalt wirkte in seinem Smoking distinguiert und attraktiv, und sein dichtes graues Haar erweckte den Eindruck, als wäre sein Kopf von gesponnenem Silber umgeben.

Mit Elliot Slater – dem Vollstrecker, der Mabs Security überwachte und sich um jegliche Probleme kümmerte, mit denen sich Mab nicht selbst befassen wollte – hatte ich noch nicht zu tun gehabt. Slater war einer der größten Riesen im Raum, wenn nicht sogar der größte. Seine zwei Meter zehn große Gestalt ragte über der Menge auf. Er war nicht ganz so breit wie groß, aber sein gesamter Körper bestand aus festen, harten Muskeln. Eine Wunde von einem meiner Messer würde ihn nicht mehr stören als ein Bienenstich. Slater war sehr bleich, beinahe wie ein Albino, und fast unsichtbare, wirre blonde Haare bedeckten seinen riesigen Schädel. Seine Augen waren hellbraun und lieferten die einzige Farbe in seinem kreidigen Gesicht. An seinem kleinen Finger glitzerte ein großer Diamantring. Wäre die Fassung ein wenig größer gewesen, hätte ich ihn als Armband tragen können.

Und dann war da Mab Monroe selbst. Die Feuermagierin war ein paar Zentimeter kleiner als ich, aber sie strahlte pure Macht aus, sogar mehr als Elliot Slater. Ihre Haare waren rot wie poliertes Kupfer und fielen in sanften Locken um ihre Schultern. Im Kontrast dazu waren ihre Augen tiefschwarz und dunkel. Selbst Tinte sähe neben ihrem Blick verwaschen aus. Feuer und Schwefel. Daran musste ich immer denken, wenn ich Mab Monroe sah.

Der Feuerelementar präsentierte sich in einem bodenlangen smaragdgrünen Abendkleid, das ihre Haare sogar noch röter wirken ließ. Sie trug keinerlei Schmuck bis auf eine flache Goldkette, die eng um ihren Hals lag. Mein Blick konzentrierte sich auf den Anhänger an der Kette. Ein runder Rubin, der nur wenig kleiner war als meine Faust, umgeben von mehreren Dutzend welliger Strahlen. Die kleinen Diamanten auf dem Gold fingen das Licht ein und sorgten dafür, dass es aussah, als würden die Strahlen tatsächlich flackern. Eine Sonne. Das Symbol für Feuer. Die persönliche Rune Mabs, die nur sie allein verwendete. Für einen Moment spürte ich die Schwingungen des Rubins. Der Edelstein erzählte mir flüsternd von reiner feuriger Macht. Das Geräusch passte so perfekt zu dem Kreischen des Gebäudes um mich herum, dass sich mein Magen verkrampfte.

Während ich Mab Monroe ansah, musste ich an die Akte denken, die Fletcher über die Morde an meiner Familie angelegt hatte – und das Blatt Papier darin, auf dem nur ihr Name gestanden hatte. Wieder fragte ich mich, warum Fletcher den Namen der Feuermagierin notiert hatte. Hatte Fletcher geschlussfolgert, dass sie meine Familie ermordet hatte? Hatte er sie lediglich verdächtigt? Oder hatte er ihren Namen aus einem ganz anderen Grund in die Akte gelegt?

»Erde an Gin«, murmelte Finn in mein Ohr.

Ich konzentrierte mich wieder auf das Hier und Jetzt. »Wie lange stehen sie dort schon und unterhalten sich?«

»Nicht lange«, meinte Finn. »Ich würde sagen, du hast noch ungefähr fünf oder zehn Minuten, bevor Mab und die anderen weiterwandern.«

»In Ordnung. Behalt sie im Auge.«

»Und was tust du?«

Ich starrte in die glitzernde Masse aus Leuten. »Ich finde einen ruhigen Ort, an den ich mit Dawson verschwinden kann, sobald ich meine Krallen in ihn geschlagen habe.«

Finn versprach, ein Auge auf Dawson zu halten, dann legten wir beide auf. Ich schob das Handy wieder in die Handtasche, die Roslyn mir gegeben hatte. Sie war winzig, aber ich hatte es trotzdem geschafft, eines meiner Steinsilber-Messer darin unterzubringen, zusammen mit einem Rougedöschen und einer Tube der Heilsalbe, die Jo-Jo mir vor ein paar Tagen gegeben hatte. Ich ging nicht davon aus, dass Dawson einfach zu erledigen wäre, und ich wollte für den Notfall gerüstet sein, falls es dem Zwerg gelang, mir ein paar Kugeln in den Körper zu jagen, bevor er starb. Schließlich wäre es ein wenig schwierig, mich unbemerkt von Mab Monroes Party zu schleichen, wenn ich von Kopf bis Fuß mit Blut überzogen war.

Ich schnappte mir ein Glas Champagner von einem der Riesenkellner und wanderte in den hinteren Teil des Ballsaals. Die große Treppe war geformt wie ein T, darunter verliefen zwei Flure, die den Ballsaal mit den anderen Flügeln des Herrenhauses verbanden. Ich schlenderte den linken Gang entlang und spähte in jeden Raum, an dem ich vorbeikam. Ich konnte Dawson kaum mitten im Geschehen töten, also musste ich ein versteckteres Örtchen finden, an das ich den Zwerg locken konnte, bevor ich ihn erstach.

Doch die Flure waren nicht so menschenleer, wie ich gehofft hatte. Ich kam an mehreren Paaren vorbei. Manche lehnten im Flur an den Wänden, andere hatten sich in eines der Zimmer zurückgezogen, sodass man sie vom Ballsaal aus nicht sehen konnte. Einige unterhielten sich leise. Andere starrten sich tief in die Augen, während sie an ihrem Champagner nippten. Ein paar knutschten. Aber bei jedem Paar trug eine der beteiligten Personen die Herz-mit-Pfeil-Rune, die ihn oder sie als Prostituierte des Northern Aggression auswies.

Ein Mann mit Rune verzog das Gesicht, als seine Vampirgeliebte ihre Zähne tief in seinem Hals vergrub. Die wohligen Geräusche, mit denen sie ihr eifriges Saugen untermalte, erinnerten mich an ein miauendes Kätzchen. Ein anderer Typ kniete auf dem Boden und hatte seinen Kopf unter dem Kleid einer Riesenfrau mit Herzrune am Hals vergraben. Es war nicht schwer zu erraten, was er gerade mit seiner Zunge anstellte. Die Riesin wirkte eher gelangweilt. Sie flötete dem Zwerg unaufrichtige Komplimente zu, während sie gleichzeitig ihre Nägel begutachtete, als dächte sie darüber nach, ob mal wieder eine Maniküre fällig war. Dann bemerkte die Riesin mein Starren. Ihre Augen glitten zu der Runenkette um meinen Hals, und sie zuckte mit den Achseln, als wollte sie sagen: Was soll ich schon machen? Ich erwiderte ihr Achselzucken mit einem Grinsen und ging weiter.

Was ich hier hinten nicht entdecken konnte, waren Riesenwachen. Mab Monroe wollte wahrscheinlich verhindern, dass sich ihre leidenschaftlicheren Gäste bespitzelt fühlten. So gut wie jeder verspürte einen gewissen Leistungsdruck, wenn beim Liebesspiel ein Riese hinter ihm aufragte.

Ich erreichte eine Kreuzung und stoppte kurz. Zu meiner Linken führte eine Glastür auf die Terrasse. Vor mir ging der Flur weiter, während ein zweiter nach rechts abbog und scheinbar wieder zurück unter die Treppe führte. Ich bog nach rechts ab und wanderte tiefer in das Herrenhaus. Die Partygäste nahmen es bis jetzt mit der sexuellen Gymnastik nicht allzu ernst, also war dieser Bereich menschenleer. Ich passierte mehrere Räume, doch keiner von ihnen war für meinen Geschmack abgelegen genug. Was würde es helfen, wenn ich Dawson tötete, nur damit seine Leiche eine Minute später entdeckt wurde? Ich brauchte Zeit, um mich nach vollbrachter Arbeit aus dem Haus zu schleichen.

Also wanderte ich durch die Gänge, nippte an meinem Champagner und gab vor, Mab Monroes geschmackvolle Möbel zu bewundern, während ich nach einem Ort suchte, an dem ich Dawson kaltmachen konnte. Einige Einrichtungsgegenstände erregten tatsächlich meine Aufmerksamkeit – eine Serie von Runengemälden, die ein wenig den Zeichnungen ähnelten, die auf dem Kaminsims in Fletchers Haus standen.

Mein Blick huschte über die Symbole, die an einer Wand befestigt waren. Eine Sonne. Ein entzündetes Streichholz. Eine tränenförmige Flamme, die das Papier versengte, auf das sie gezeichnet war. Die gerahmten Gemälde hatten alle auf die eine oder andere Art etwas mit Hitze zu tun, und sie waren alle in brennenden Rottönen, blutigem Orange und leuchtendem Gelb ausgeführt. Es schien, als hätten Mab und ich mehr gemein, als dass wir nur beide Leute umbrachten. Seltsam. Und verstörend.

Während ich die Bilder anstarrte, lief mir ein kalter Schauder über den Rücken. Irgendetwas an diesen Kunstwerken sprach einen primitiven Teil von mir tief in meinem Inneren an. *Hier*, schien eine alte, wissende Stimme in meinem Kopf zu flüstern. *Hier ist dein Feind.*

Kein ungewöhnlicher Gedanke für einen Steinelementar, während er sich im Haus eines Feuerelementars aufhielt oder umgekehrt. Gegensätzliche Elemente kamen einfach nicht miteinander aus – das Gleiche galt für ihre menschlichen Ge-

genstücke. Luft gegen Eis, Feuer gegen Stein. Eine alte, aber vorhersehbare Geschichte. Ich hatte diese leise Stimme schon öfter gehört, hatte dieses Unbehagen manchmal bei anderen Elementaren empfunden. Aber nie so intensiv.

Wieder fragte ich mich, warum Mab Monroes Name in Fletchers Akte gelegen hatte. Damals, als meine Familie getötet worden war, hatte man mir die Augen verbunden, also hatte ich das Gesicht des Miststücks nicht gesehen, das mich folterte, sondern nur ihr keckerndes Lachen gehört. Aber es hätte Mab sein können. Gerüchten zufolge war sie heute ungefähr fünfundvierzig Jahre alt. Selbst vor siebzehn Jahren hätte sie schon genug Macht besessen, um all die schrecklichen Dinge dieser Nacht zu tun. Aber warum? Warum hätte sie meine Mutter Eira und meine ältere Schwester Annabella töten sollen? Warum hätte sie mich ebenfalls umbringen wollen? Warum hätte sie unbedingt wissen wollen, wo meine kleine Schwester Bria war? Ich verstand einfach nicht, *warum* …

Rechts von mir glitten leise Schritte über den weichen Teppich, dann landete eine große Hand auf meinem Hintern und drückte zu. Fest.

»Hallo, Süße«, sagte eine männliche Stimme. »Wenn dein Gesicht so sexy ist wie dein Arsch, erwartet mich eine wirklich gute Nacht.«

Der Mann legte seine zweite Hand auf meine Schulter und drehte mich um. Ich ließ es zu, während ich mir gleichzeitig ein Lächeln ins Gesicht kleisterte und eine Entschuldigung zurechtlegte, um den anzüglichen Bastard loszuwerden.

Doch dann stellte ich fest, dass ich zu Jake McAllister aufsah. Der Feuerelementar hatte seine Möchtegern-Rockstar-Jeans und das teure T-Shirt gegen einen Smoking eingetauscht. Das verbesserte sein Aussehen aber leider keineswegs. Sein Körper war immer noch zu dick, sein Gesicht immer noch zu weich. Er wirkte wie ein riesiges Kind, das sich mit Daddys Klamotten verkleidet hatte. Doch eigentlich zählte nur, dass er hier war und mich anstarrte.

Es gab viele Leute, denen ich heute Abend hier hätte begegnen können, doch an Jake McAllister hatte ich nicht einmal gedacht. In letzter Zeit war so viel geschehen, dass ich Jake und seine Todesdrohung gegen mich innerlich einfach zurückgestellt hatte. Aber Fortuna, das launische Miststück, hatte mal wieder beschlossen, mir die Tour zu vermasseln.

Jake runzelte die Stirn, als käme ich ihm zwar von irgendwoher bekannt vor, als könne er mich aber einfach nicht einordnen. Dann konnte ich die Erkenntnis auf seinem breiten Gesicht dämmern sehen.

»Du!«, zischte er.

Jake McAllister starrte mich an. Ein grausames Lächeln verzog sein Gesicht, bis seine Wangen sogar noch weiter hervorstanden als vorher.

»Du hättest heute nicht hierherkommen sollen, Miststück. Denn diesmal sind wir auf meiner Seite der Stadt, und ich werde dich umbringen.« Seine braunen Augen landeten auf der Herzrune um meinen Hals. »Nachdem ich dich ein paar Mal gefickt habe.«

Ich zog eine Augenbraue hoch. »Du willst mich? Dann komm und hol mich, Dreckskerl.«

Damit rammte ich ihm meine Faust in die Luftröhre. Jakes Gesicht lief tiefrot an, und er schnappte nach Luft. Während er um Atem rang, schlug ich ihn in den Magen. Erst mit rechts, dann mit links. *Zack-zack*. Als würde ich Teig kneten. Er klappte zusammen, und ich eilte davon, tiefer ins Haus.

Mein Wunsch, einen ruhigen Ort zu finden, der geeignet war, um jemanden zu ermorden, hatte sich gerade in eine absolute Notwendigkeit verwandelt, allerdings nicht für Dawson. Ich musste so schnell wie möglich Jake McAllister erledigen, denn er hatte recht. Ich befand mich in seinem Revier – oder eigentlich in Mab Monroes Revier. Ich bezweifelte nicht, dass die Feuermagierin Jake alles mit mir anstellen lassen würde, was ihm eben einfiel, wenn ich ihn nicht erledigte, bevor er Alarm schlagen konnte. Meine Augen musterten fieberhaft die offenen Räume, an denen ich vorbeikam. Da. Das würde reichen.

Ich sah über die Schulter zurück. Jake McAllister hatte sich wieder auf die Beine gekämpft. Ich schickte ihm ein Luftküsschen durch den Gang. Sein Gesicht wurde noch röter, und er stolperte in meine Richtung. Ich trat in den Raum, fand die Stelle, die ich mir ausgesucht hatte, berührte eines meiner Steinsilber-Messer und wartete. Zehn ... zwanzig ... dreißig ... Ich zählte die Sekunden in meinem Kopf.

Jake McAllister war schneller, als ich erwartet hatte – oder einfach nur wütender. Es waren gerade mal fünfundvierzig Sekunden vergangen, als er schon in den Raum stürmte.

»Wo bist du, Miststück?«, knurrte er. »Ich habe doch gesehen, wie du hier reingegangen bist.«

Ich antwortete nicht. Sollte McAllister es doch selbst rausfinden.

»Versteckst dich vor mir, he, Miststück?«, lachte er. »Ich wusste doch, dass du früher oder später vor mir weglaufen würdest.«

Ich verdrehte nur die Augen über seine dämliche Annahme und wartete weiter. Schwere Schritte wanderten über den Fliesenboden. McAllisters Schatten kam meinem Versteck immer näher. Ich spannte meine Muskeln an und konzentrierte mich. Wenn er mir entkam, wenn er auch nur schrie, war es vorbei. Ich musste ihn mit dem ersten Stoß kaltmachen.

Jake McAllister riss den Duschvorhang zurück, hinter dem

ich stand. Der Feuerelementar hatte auf dem Weg hierher seine Magie gerufen. Die Macht flackerte in seinen Augen. Funken huschten zischend um seine feisten Fingerspitzen. Sein Blick suchte meinen, und er grinste. »Da bist du ja, Miststü…«

Das waren seine letzten Worte.

Mit einer Hand griff ich nach Jake McAllisters Smokingjacke und zog ihn nach vorne, sodass sein Torso direkt über der Badewanne schwebte, in der ich stand. Mit der anderen rammte ich ihm mein Steinsilber-Messer bis zum Anschlag in die Brust. Die Klinge kratzte über seine Rippen, bevor sie sein Herz traf. Nicht unbedingt mein bester Angriff, aber dennoch effektiv.

Jake McAllisters Magie verlosch wie eine Kerze in einem Tornado. Die feurigen Funken verblassten schlagartig, und das rote Glühen in seinen Augen erlosch. Seine Arme zuckten unkontrolliert und trafen mich an der Brust. Ich grunzte, als die schweren Schläge mich trafen, wagte es aber nicht, nach meiner Steinmagie zu greifen, um meine Haut zu verhärten. Jeder Elementar in der Nähe hätte sonst meine Macht spüren können. Steinelementare waren die seltensten unter den Magiern, und jeder Magiewirkende, der diese Art von Kraft spürte, wäre neugierig, wer die Magie einsetzte – und warum.

Jake öffnete den Mund, um zu schreien. Ich ließ das Messer in seinem Herz stecken, schlug ihm die Hand über die fetten Lippen und riss ihn weiter vorwärts, damit das Blut, das aus seiner Brust schoss, in die Badewanne spritzte und nicht den Boden beschmutzte. Und so standen wir da. Wir schwankten über der Badewanne, während Jake versuchte, sich meinem Klammergriff zu entreißen und ich ihn nach vorne zog, die Hand immer noch über seinem Gesicht.

Es dauerte vielleicht dreißig Sekunden, dann gaben Jakes Beine nach. Seine Augen wurden glasig, und seine Kinnlade fiel nach unten. Ich löste die Hand von seinen Lippen. Jake hustete zweimal. Blut spritzte aus seinem Mund und auf mein Kleid. Aber im Moment konnte ich nichts dagegen tun. Also packte ich sein Jackett mit beiden Händen und zog ihn vorwärts. Er war schwer. Es kostete mich einige Anstrengung, seine Beine über den Rand der Badewanne zu schieben und ihn über die Stufen nach unten rutschen zu lassen, ohne dass ein Geräusch entstand. Am Ende war Jake McAllister tot, und ich war schweißgebadet und am ganzen Körper mit Blut verschmiert.

Das Wichtigste zuerst: Ich schloss die Badezimmertür. Dann ging ich zurück zu Jake McAllister. Die Badewanne bestand aus Marmor und war eigentlich eher ein kleines Schwimmbad auf einer Empore. Ein paar Stufen führten zum Rand, einige andere in das viereckige Becken. Ich schaffte Jake nach ganz unten. Dann zog ich ihm mein Messer aus der Brust und legte es auf den Wannenrand. Als Nächstes schob ich ihn so zurecht, dass er mit dem Rücken zur Tür lag. Ich platzierte seine Hände unter dem Kopf und arrangierte seine Beine, bis es aussah, als hätte er zu viel getrunken und würde hier seinen Rausch ausschlafen. Zumindest auf den ersten Blick. Wenn jemand genauer hinsah, würde er das Blut auf seinem Hemd und auf dem Boden der Badewanne entdecken. Aber bis dahin war ich hoffentlich längst verschwunden.

Sobald ich das erledigt hatte, kletterte ich aus der Wanne und sah mir den Rest des Raumes an. Die Badewanne war unter anderem auch mit mehreren Duschköpfen ausgestattet, die in verschiedenen Winkeln in die Wände eingelassen waren. Deswegen gab es auch den Duschvorhang, der den Rest des Raums vor Spritzern schützen sollte. Der Vorhang war burgunderfarben mit goldenen Flecken – und jetzt mit Blutspritzern übersät. Doch wenn man nicht allzu genau hinsah, war kaum zu bemerken, dass das Muster nicht mehr ganz stimmte.

Jakes Blut hatte auch den Marmor der Badewanne befleckt. Ich schnappte mir einen burgunderfarbenen Waschlappen, machte ihn nass und wischte damit die kleinen Spritzer vom Boden. Außerdem säuberte ich mein Messer und schob es mir wieder in den Ärmel. Warmer Kupfergeruch stieg mir in die Nase, doch ich ignorierte ihn – genau wie das Murmeln des Marmors unter meinen Füßen. Statt des geschockten Stöhnens, das ich erwartet hatte, sang der Stein förmlich – als mache es ihn *glücklich*, dass Blut auf ihm vergossen worden war. Bei diesem Geräusch krampfte sich mein Magen zusammen.

Ich arbeitete schnell und leise. Es hatte mich weniger als zwei Minuten gekostet, Jake McAllister zu töten. Bis jetzt sollte ihn noch niemand vermisst haben, aber ich würde nichts riskieren, indem ich Zeit verplemperte. Sobald ich das Blut vom Boden gewischt hatte, zog ich den Vorhang vor die Badewanne, um Jake McAllisters Leiche dahinter zu verstecken.

Außer der Wanne enthielt das Bad noch zwei Toiletten, die aussahen, als wären sie aus echtem Gold. Sie standen zwei Waschbecken aus burgunderfarbenem Marmor gegenüber, durch den sich feine, weiße Streifen zogen. Über den Becken war ein großer Spiegel mit vergoldetem Rand. Ich starrte mich darin an, um den Schaden einzuschätzen, den Jake McAllister mit seinem Todeskampf an mir angerichtet hatte. Das Husten des Dreckskerls hatte das Blut überall auf meiner Brust verteilt. Ich nutzte den nassen Waschlappen, um mir die Flecken von der nackten Haut zu reiben, dann wusch ich ihn aus und schrubbte das restliche Blut aus meiner Perücke. Es war nicht einfach, die purpurnen Klumpen aus der falschen blonden Mähne zu entfernen, aber ich schaffte es ganz gut.

Sobald das erledigt war, widmete ich mich meinem Kleid. Ich bearbeitete die größten Flecken mit Lappen und flüssiger Handseife. Da ich Schwarz trug, konnte niemand sehen, was genau den Fleck verursacht hatte, aber es war zu erkennen, dass irgendetwas den Stoff verunreinigt hatte. Auch hier gelang es mir, einen Großteil des Blutes zu entfernen.

Meine Augen huschten erneut durchs Bad, aber jetzt gab es kein sichtbares Zeichen mehr dafür, dass hier irgendetwas Außergewöhnliches geschehen war. Sorgfältig faltete ich den burgunderfarbenen Waschlappen und legte ihn wieder genau an die Stelle neben der Badewanne, wo ich ihn gefunden hatte.

Während ich darauf wartete, dass die feuchten Flecken auf meinem Kleid trockneten, grub ich in meiner Tasche herum und zog das Puder heraus, zusammen mit einem Lippenstift. Ich hatte während meines Kampfes mit Jake McAllister geschwitzt, deswegen war es nötig, mein Make-up noch einmal aufzufrischen.

Ich hatte gerade den Lippenstift geöffnet, um mein Make-up zu vollenden, als die Tür zum Bad sich öffnete – und Mab Monroe den Raum betrat.

27

Für einen Moment starrten wir uns einfach nur an. Ihre schwarzen Augen bohrten sich in meine kontaktlinsenblauen. Meine Gedanken überschlugen sich, weil ich herauszufinden versuchte, was die Feuermagierin hier wollen könnte – und wie ich ihr entkommen sollte.

Aber nachdem Mab nicht sofort nach ihren Riesenwachen schrie oder, noch schlimmer, nach ihrer Feuermagie griff, ging ich davon aus, dass sie nicht gehört hatte, wie ich Jake McAllister umgebracht hatte. Doch es gab nur einen Weg, das herauszufinden.

Irgendwie gelang es mir, ein Lächeln auf mein Gesicht zu zaubern. »Oh, hallo«, sagte ich fröhlich. »Wie geht es Ihnen?«

Mab runzelte die Stirn. »Das ist eines meiner privaten Badezimmer. Du solltest gar nicht hier sein.«

Die Stimme der Feuermagierin war sanft, hauchig und ein wenig rau wie Seidenstoffe, die gegeneinander gerieben werden. Doch in ihrem Tonfall lagen trotzdem mehr Macht und Bedrohlichkeit, als ich es je zuvor von einem anderen Menschen gehört hatte. Wieder spürte ich diese seltsame ursprüngliche Gefühlswallung in mir. *Feind*, flüsterte die kleine Stimme in meinem Hinterkopf. *Feind, Feind, Feind!*

Doch ich blendete die Stimme aus, riss meine Augen weit auf und setzte meine beste *Ich-stecke-ja-so-in-der-Scheiße-*

Grimasse auf. Dann keuchte ich: »Oh, das tut mir so leid. Das wusste ich nicht. Niemand hat es mir gesagt, und das ist das allererste Mal, dass ich auf einer Ihrer Partys sein darf.«

Mab starrte mich nachdenklich an. Ihr Blick fiel auf den fuchsiafarbenen Lippenstift in meiner Hand, dann glitten ihre Augen an meinem Körper nach unten. An den nassen Flecken auf meinem Kleid blieben sie hängen. »Was tust du hier drin?«

»Oh, ich mache mich nur ein wenig frisch. Heute Abend trete ich gegen jede Menge Konkurrenz an. Da muss ein Mädchen schon so gut wie möglich aussehen.«

Der Feuerelementar trat ins Badezimmer. Ich schenkte ihr ein weiteres Lächeln, dann lehnte ich mich vor und zog meinen Lippenstift nach. Mab stand einfach nur da und starrte mich über den Spiegel an. Sie mochte ja mit ihrem Starren jeden in Ashland in Angst und Schrecken versetzen, aber mich nicht. Doch das bedeutete noch lange nicht, dass ich irgendetwas Dummes tun würde, wie die Feuermagierin in ihrem eigenen Bad zu beleidigen – während Jake McAllisters auskühlende Leiche gerade mal drei Meter neben mir lag.

Es war eine Sache, mich Jonah McAllister in meinem eigenen Restaurant zu widersetzen. Das Gleiche galt dafür, seinen Sohn umzubringen, nachdem er gedroht hatte, mich zu vergewaltigen und zu ermorden. Aber Mab – die stand auf einem ganz anderen Blatt. Und sei es nur der Tatsache geschuldet, dass ich mir keineswegs sicher war, wer von uns einen Kampf lebend überstehen würde. Eine von uns würde auf jeden Fall sterben, und das wollte nicht ich sein. Ich wollte mein Versprechen gegenüber den Foxes halten, und das konnte ich nicht, wenn ich mich in einen Kampf mit Mab verwickeln ließ.

Deswegen sah ich nur mein eigenes Spiegelbild an, nicht ihres. Doch im Augenwinkel konnte ich die Magie sehen, die in ihren Augen glitzerte. Anders als bei Jake McAllister wurden Mabs Augen nicht rot, sobald sie nach ihrer Feuermagie griff. Wenn überhaupt, dann wurden sie noch dunkler, schwärzer, bis es schien, als würden sie alles Licht aus dem Raum saugen. Außerdem war Mab einer dieser Elementare, die ihre Macht förmlich verströmten. Oder in ihrem Fall: ausstrahlten. Ich konnte die Feuermagie in Wellen von ihr aufsteigen fühlen. Meine Haut kribbelte, als würde ich mit Tausenden heißen kleinen Nadeln gestochen.

»Was ist das auf deinem Kleid?«, fragte Mab. »Diese Flecken?«

Ich verschloss meinen Lippenstift und schob ihn wieder in die Tasche. Meine Finger glitten über den Knauf meines Steinsilber-Messers, aber ich griff nicht danach. EinenReckskerl wie Jake McAllister umzubringen, war keine große Sache gewesen. Er war unbesonnen gewesen, dumm, nachlässig. Aber Mab Monroe war die gefährlichste Frau von ganz Ashland. Ich zweifelte nicht daran, dass sie mich bei lebendigem Leib mit ihrer Magie rösten konnte, bevor ich das Messer auch nur aus der Tasche gezogen hatte.

Also verschloss ich meine winzige Handtasche, drehte mich zu ihr um und lächelte noch breiter. »Nun, verstehen Sie, das ist der Grund, warum ich überhaupt hier gelandet bin. Der Gentleman, mit dem ich zusammen war, ging die Sache ein wenig zu … aufgeregt an. Ein ziemlicher Schnellstarter, wenn Sie verstehen, was ich meine.«

Ich lachte. Mab nicht.

»Auf jeden Fall bin ich hergekommen, um den Schaden zu beheben, bevor ich die nächste Runde drehe, um zu sehen, ob noch andere Gäste an meinen Diensten interessiert sind.«

Mabs schwarze Augen blieben unverwandt auf mich gerichtet. »Und wer war dieser Gentleman? Dieser … Schnellstarter?«

Ich zwang mich zu einem weiteren Lachen. »Oh. Ich habe nicht nach seinem Namen gefragt. Das stand ganz oben auf der Liste Ihrer Regeln.«

Sie schwieg einen kurzen Moment, während sie über meine Antwort nachdachte. »Und wie heißen Sie?«

»Nun, Candy natürlich, weil ich einfach supersüß bin.«

Für einen Moment huschte Abscheu über Mabs Gesicht. Anscheinend mochte sie keine Nutten mit geschmacklosen Namen. Doch ihre Reaktion vermittelte mir eine Idee, wie ich ihrer Inquisition vielleicht entkommen konnte.

Ich leckte mir die Lippen und trat vor. Ich spielte kurz mit der Herzrune an meinem Halsband, um Mabs Aufmerksamkeit darauf zu lenken. Ihre Augen huschten zu dem Schmuckstück, dann sah sie mich wieder direkt an. Ich trat weiter vor und griff nach einer Strähne ihres Haares, die über ihre Schulter nach vorne gefallen war. Ich bereute es sofort, denn Mabs Haare fühlten sich für mich an, als würde ich ein brennendes Streichholz zwischen den Fingern reiben. Halb rechnete ich damit, dass meine Haut anfangen würde, Blasen zu werfen.

Trotzdem ließ ich mir nicht anmerken, dass ich die Elementarmagie fühlen konnte. Stattdessen rieb ich ihre Locke, wickelte sie mir um den Finger und schob sie sanft über Mabs Schulter nach hinten. Ich ließ meine Hand ein wenig länger als nötig in Kontakt mit ihrer Schulter, dann zog ich sie zurück. Meine Fingerspitzen, meine gesamte Hand fühlte sich an, als stände sie in Flammen. Doch irgendwie gelang es mir, den Blick nicht von Mab abzuwenden.

»Wissen Sie, ich bin heute Abend hier, um den Gästen auf jede Art zu Diensten zu sein, die sie sich wünschen«, hauchte ich. »Und nachdem dies Ihre Party ist, wäre ich nur zu glücklich, auch Ihnen zur Verfügung zu stehen, Miss Monroe. So lange Sie wollen. Wie auch immer Sie es wollen.«

Zum ersten Mal flackerte eine gewisse Erheiterung in Mabs Augen auf. »Du bist ziemlich dreist, nicht wahr?«

Ich zuckte geziert mit den Achseln, grinste anzüglich und achtete sorgfältig darauf, mir noch einmal die Lippen zu lecken. »In diesem Metier muss man das sein.«

Mabs Blick glitt wieder an meinem Körper entlang, diesmal jedoch voller lüsternem Interesse. Dann schüttelte sie bedauernd den Kopf. »So verlockend dein Angebot auch ist, Candy, auf meinen eigenen Veranstaltungen sündige ich nicht. Ich halte Geschäft und Vergnügen immer getrennt.«

Ich schob die Unterlippe vor und schmollte. »Zu dumm. Nun, falls Sie Ihre Meinung ändern, ich bin in der Gegend. Den gesamten Abend über.«

Ich klimperte mit den Wimpern. Mab zog eine Augenbraue hoch, aber ihre Mundwinkel verzogen sich zu etwas, was ich als Lächeln deutete. Ich war mir nicht sicher, ob ich sie amüsierte oder ob sie mich nur lächerlich fand, und ich wollte auch nicht dableiben, um es herauszufinden.

»Falls Sie mich nun entschuldigen würden, ich muss wirklich wieder an die Arbeit«, sagte ich. »Mich unter die Leute mischen und so.«

»Natürlich«, murmelte Mab.

Ich machte Anstalten, mich an ihr vorbeizuschieben. Doch Mab Monroe verlagerte leicht ihr Gewicht, sodass sich mein gesamter Körper auf dem Weg zur Tür an ihrem rieb. Wieder überlief mich ihre Magie so heiß, dass es sich anfühlte, als wäre mein Kleid in Flammen aufgegangen. Doch anscheinend gefiel Mab, was sie spürte, denn ihr Lächeln wurde breiter. Ich zwinkerte ihr anzüglich zu und ging weiter, obwohl mein Magen sich bei dem Brennen ihrer Magie auf meiner Haut zusammenzog. Jetzt, wo ich sie erregt hatte, war die Empfindung noch heißer.

Ich hatte gerade die Tür erreicht, als Mab mich noch einmal

ansprach. »Haben wir uns schon einmal getroffen, Candy?«, fragte sie. »Aus irgendeinem Grund wirkst du mir sehr vertraut.«

Ich drehte mich um und schüttelte den Kopf. »Ich glaube nicht. Und ich würde mich sicherlich daran erinnern, Sie getroffen zu haben, Miss Monroe. Sie sind in dieser Stadt eine Legende.«

Ich schenkte ihr noch ein strahlendes Lächeln, bevor ich in den Flur trat.

Irgendwie zwang ich mich dazu, den Weg, den ich gekommen war, zurückzuschlendern, statt zügig zu laufen, wie ich eigentlich wollte. Ich wusste nicht, was mir mehr Sorgen machte. Die Tatsache, dass Mab Monroe ernsthaft darüber nachgedacht hatte, mein Angebot für einen schnellen Fick anzunehmen, oder dass ich die Feuermagierin zusammen mit einer Leiche in ihrem eigenen Bad zurückgelassen hatte. Egal wie, die Situation geriet langsam außer Kontrolle. Ich musste Tobias Dawson allein erwischen – jetzt – oder augenblicklich verschwinden. Meine eigene Haut zu retten und die von Finn und Roslyn war wichtiger als alles andere. Selbst wichtiger als den Job zu erledigen, den ich Warren Fox versprochen hatte.

Ich war gerade in den Flur eingebogen, der wieder Richtung Ballsaal führte, als sich jemand in den Schatten rechts von mir bewegte. Sofort ließ ich eines meiner Messer in meine Hand gleiten.

»Das war eine ziemliche Vorstellung dort hinten im Bad«, murmelte eine männliche Stimme. »Sehr unterhaltsam.«

Owen Grayson trat aus den Schatten. Wie jeder andere Mann auf der Party trug er einen Smoking. Und genau wie an dem Abend, als er seine Schwester aus meinem Restaurant geholt hatte, bemerkte ich, wie kompakt und stark sein gesamter Körper wirkte. Fast schon zwergenähnlich, nur dass er gute ein Meter achtzig groß war. Seine violetten Augen glitzerten im dämmrigen Licht, während sein blauschwarzes Haar fast mit den Schatten verschmolz. Eine dünne weiße Narbe unter seinen Lippen betonte seine leicht schiefe Nase und verlieh seinen kantigen Zügen mehr Charakter.

Erst Jake McAllister, dann Mab Monroe und jetzt Owen Grayson. Einfach toll.

»Ich weiß nicht, wovon Sie sprechen.« Ich umfasste meine Klinge fester.

Statt mir zu antworten, ließ Owen Grayson seine Augen langsam über meinen Körper gleiten. Brüste, Bauch, Schenkel. Er musterte alles genau, und ein Lächeln erschien auf seinem Gesicht. »Wissen Sie, *Miss Blanco*«, sagte er und betonte meinen Namen. »Das Kleid ist wunderbar, aber mir haben Sie in Schürze und Jeans besser gefallen. Darin wirkten Sie authentischer.«

Verdammt. Trotz der blonden Perücke hatte Owen Grayson mich erkannt. Und noch schlimmer, er hatte mitbekommen, dass ich im Bad Mab Monroe angemacht hatte. Ich fragte mich, ob er mich wohl auch mit Jake McAllister gesehen hatte – und ob ihm aufgefallen war, dass der andere Mann das Bad nie verlassen hatte.

»Was wissen Sie schon von meinem wahren Ich?«, fragte ich leise.

Owens Lächeln wurde noch breiter. »Ich weiß, dass sie in diesem Moment ein Steinsilber-Messer in der Hand halten.«

Auf keinen Fall konnte er gesehen haben, wie ich nach dem Messer gegriffen hatte. Woher also wusste er, dass ich bewaffnet war? Ich musterte mein Gegenüber genauer und bemerkte, dass seine violetten Augen deswegen so hell wirkten, weil sie glühten – vor Magie. Nur eine Andeutung, fast nicht spürbar, aber ich fühlte sie trotzdem. Eine kühle Liebkosung, ähnlich meiner Steinmagie. Was nur eines bedeuten konnte.

»Sie haben ein elementares Talent für Metall.«

»Schuldig im Sinne der Anklage, fürchte ich«, antwortete Owen. »Es ist nur eine kleine Begabung.«

Ich kniff die Augen zusammen. Mit jedem seiner Worte dachte ich intensiver darüber nach, das Risiko auf mich zu nehmen, Owen Grayson einfach abzustechen und zu hoffen, dass ich entkommen konnte, bevor jemand seine Leiche fand. Aber dann entschied ich mich, es ruhig angehen zu lassen – für den Moment.

»Was wollen Sie?«

»Ich möchte mich nur unterhalten.« Owen bot mir seinen Arm an. »Sollen wir?«

Ich starrte seinen Ärmel an, während ich darüber nachdachte, wie einfach es wäre, den Mann zur Seite zu schieben und ihm meine Klinge ins Herz zu rammen. Und Grayson kannte meine Gedanken. Das Wissen blitzte in seinen lilafarbenen Augen auf, doch sein Arm zitterte nicht, senkte sich nicht. Er sah mich unverwandt an. Aus irgendeinem Grund hatte Owen Grayson keine Angst vor mir. Was mich neugierig machte. Und das reichte aus, um das Messer wieder in meinen Ärmel zu schieben.

Verdammte Neugier. Eines Tages würde sie mich umbringen. Vielleicht sogar heute Abend.

Ich nahm seinen Arm. »Dann reden Sie.«

Owen zog mich näher an sich, und ich spürte die Hitze seines Körpers. Er strahlte einen erdigen vollen Duft aus, fast wie ... Eisen, wenn Eisen denn einen Geruch hatte. Sein Arm war hart wie Stahl, selbst durch den Stoff seiner Smokingjacke. Zum ersten Mal nahm ich ihn als Mann wahr, als jemanden, der dem anderen Geschlecht angehörte. Oh, Owen Grayson war ohne Zweifel attraktiv mit seinem starken Körper und dem kantigen Gesicht. Doch was ihn von anderen abhob, war das Selbstbewusstsein, das er ausstrahlte, so wie Mab Monroe

Magie verströmte. Dieser Anflug von Macht, diese Selbstsicherheit, machte Grayson nur interessanter. Und zu jemandem, den man im Auge behalten musste.

Besonders, da ich immer noch darüber nachdachte, ihn umzubringen.

Wir wanderten den Flur entlang in Richtung Ballsaal. Zuerst dachte ich, er würde mich direkt in den großen Raum führen, doch dann hielt Owen Grayson an und öffnete eine der Türen nach draußen. Wir traten auf die Steinterrasse, die sich um diese Seite des Herrenhauses zog, und Grayson schloss die Tür hinter uns.

Die Novembernachtluft fühlte sich kühl auf meiner Haut an, besonders nachdem mein Kleid an den Stellen, an denen ich Jake McAllisters Blut ausgewaschen hatte, immer noch feucht war. Antik aussehende eiserne Straßenlaternen zogen sich um die Terrasse und tauchten die Szenerie in ein weiches unscharfes Licht. In mehreren im Garten verteilten Pavillons wanden sich dunkle Gestalten. Andere Paare lehnten an Bäumen oder Steinstatuen. Die Party musste in Schwung gekommen sein, wenn die Leute bereits hier draußen waren, um in den Beeten von Mab Monroes preisgekrönten Rosen zu ficken.

Owen Grayson wanderte über die Terrasse mit mir an seiner Seite. »Ich muss zugeben, dass ich sehr überrascht war, als Sie heute Abend in den Ballsaal schlenderten«, setzte Grayson an. »Ich hatte nicht erwartet, Sie hier zu sehen, besonders nicht mit dieser billigen blonden Perücke auf dem Kopf.«

»Sie stehen wohl nicht auf Blondinen, hm?«, stichelte ich.

»Mein Stil sind eher freche Brünette.« Er grinste.

Darauf antwortete ich nicht.

»Um genau zu sein, muss ich Ihnen etwas gestehen. Ich habe in den letzten Tagen viel an Sie gedacht, Miss Blanco. So viel, dass ich einen Freund gebeten habe, ein paar Informationen über Sie einzuholen.«

Also hatte Owen Grayson meine Vergangenheit checken lassen. Kein Problem. Meine Scheinidentität als Gin Blanco war grundsolide. Sie hatte Jonah McAllisters Prüfung standgehalten, und ich hatte keinen Zweifel daran, dass sie auch Grayson täuschen konnte. Doch ich verstand seine Neugier nicht. Sicher, ich hatte an diesem Abend im Pork Pit seine Schwester Eva davor bewahrt, von Jake McAllister verbrannt zu werden. Aber die meisten Männer von Graysons Reichtum und Einfluss hätten mich inzwischen längst vergessen.

»Sie haben mich überprüfen lassen? Warum?«

»Sie haben meine Schwester gerettet«, sagte Owen. »Sie ist für mich das Wichtigste auf der Welt. Ich stehe nicht gern bei Leuten in der Schuld. Ich wollte einen Weg finden, mich bei Ihnen zu revanchieren. Wollte etwas finden, was Sie brauchen oder wollen, um es Ihnen dann zu geben. Ohne weitere Verpflichtungen.«

»Ich habe Ihnen doch gesagt, dass ich Ihr Geld nicht will.«

Owen wedelte mit der Hand. »Das haben Sie. Aber dann kam ich Ihnen nahe, habe Ihnen im Pork Pit die Hand geschüttelt. Und habe mich gefragt, warum jemand, der ein Barbecue-Restaurant führt, fünf Steinsilber-Messer am Körper trägt, auch wenn der Laden am Rand von Southtown liegt. Das schien mir ein wenig übertrieben.«

Wenn der wüsste! Ich musste mich anstrengen, um nicht wieder nach meinem Messer zu greifen. Also konnte Owen Grayson Metall nicht nur spüren, wenn ich es in der Hand hielt, sondern er wusste auch genau, wie viele Messer ich trug. Im Moment waren es die üblichen fünf – zwei in den Ärmeln, zwei um die Oberschenkel gebunden und eines in meiner Handtasche.

»Sie wissen von meinem Interesse an Metall«, fuhr Grayson fort. »Ich interessiere mich auch für Waffen. Sie anzufertigen ist so eine Art Hobby von mir. Also können Sie sicherlich verstehen, dass Klingen von der Qualität wie Ihre meine Neugier geweckt haben. Steinsilber ist weder einfach zu bearbeiten noch zu beschaffen.«

»Das Pork Pit liegt in einer rauen Ecke«, erklärte ich ausdruckslos. »Die Messer geben mir ein Gefühl der Sicherheit.«

Owen lachte mit einem gewissen Anflug von Sarkasmus. »Darauf würde ich wetten. Aber da war noch etwas, was mich an Ihnen fasziniert hat, Miss Blanco.«

»Und was wäre das?«

Owen hielt an und löste meinen Arm aus seinem. Bevor ich verstand, was er plante, hatte er schon meine Hand ergriffen und die Handfläche nach oben gedreht. »Das.«

Wir standen unter einer der alten Straßenlaternen. Das goldene Licht fiel direkt auf meine Hand – und ließ die Spinnenrunen-Narbe in meiner Handfläche silbrig schimmern.

»Ein kleiner Kreis, umgeben von acht dünnen Linien«, murmelte Owen Grayson. »Eine Spinnenrune. Das Symbol für Geduld. Ich habe mich gefragt, was es bedeutet.«

Für einen Moment war ich fassungslos. Einfach fassungslos. Nicht nur, weil Grayson von meinen Narben wusste – oder zumindest von dieser –, sondern auch deswegen, weil ich die Narben nie jemandem zeigte. Außer mir wussten nur Finn und die Deveraux-Schwestern, wie sie wirklich aussahen. Und ich war selbst aus offensichtlichen Gründen nicht besonders scharf darauf, sie regelmäßig anzustarren.

Oh, manchmal erhaschte jemand im Restaurant beim Arbeiten einen kurzen Blick darauf. Aber die Narben waren mit der Zeit verblasst. Man konnte kaum noch erkennen, dass es Runen waren, wenn man sie nicht eingehend studierte – und kaum jemand bemerkte, dass ich auf jeder Handfläche gebrandmarkt war. Und selbst wenn es doch einmal passiert, dass mich jemand darauf ansprach (was nahezu nie geschah), dann verkaufte ich sie einfach als Verbrennungen, die ich mir im Laufe der Jahre bei der Arbeit im Pork Pit zugezogen hatte.

Trotz meiner Überraschung blieb ich ruhig, als würde es mir überhaupt nichts ausmachen, dass Grayson die Narben musterte. Ich zuckte nur mit den Schultern. »Dann habe ich eben eine Narbe. Andere Leute haben sie auch. Das ist kaum der Rede wert.«

Er schüttelte den Kopf. »Das ist nicht einfach irgendeine Narbe. Das ist Steinsilber. Das Metall ist in Ihre Haut eingebettet. Ich habe es gespürt, als ich Ihnen an diesem Abend die Hand geschüttelt habe. Und jetzt …«, Grayson legte den Kopf leicht schräg, »… kann ich es hören.«

Ich starrte ihn an. Er musste ein ziemlich begabter Elementar sein, wenn er all das tun konnte. Wieder kam mir der Gedanke, dass Owen Grayson jemand war, den man besser im Auge behielt, jemand, in dessen Nähe man auf der Hut sein sollte. Vielleicht sogar jemand, den man besser loswurde. Aber um diesen letzten Schritt in Betracht zu ziehen, war ich immer noch zu neugierig. Das würde ich noch nicht tun. Nicht, bis ich genau wusste, was er von mir wollte.

»Und wie klingt das Metall in meinen Händen?«

Er schenkte mir ein kleines Lächeln. »Es klingt traurig. Verletzt. Einsam.«

Ich zuckte nicht mit der Wimper, während Erinnerungen und Gefühle in mir tobten. Ich spürte wieder, wie sich das Spinnenrunen-Medaillon in meine Hand brannte, roch meine eigene verkohlte Haut, hörte meine heiseren Schreie und das keckernde Lachen des Feuerelementars, das alle anderen Geräusche übertönte. Doch irgendwie gelang es mir, die Erinnerungen zurückzudrängen und mich auf Graysons Gesicht zu konzentrieren, auf seine violetten Augen, die immer noch im Mondlicht schimmerten.

In diesem Moment dachte ich ernsthaft darüber nach, Owen

Grayson wehzutun. Überlegte sogar, ihn umzubringen. Denn irgendwie war es Grayson gelungen, meine Verteidigungsmechanismen zu unterlaufen, mir einen Teil meiner Anonymität zu nehmen. Er wusste zu viel über mich, ahnte zu viele Dinge, die ich sorgfältig verbarg. Er konnte sich zu einer Bedrohung entwickeln. Für mich, für Finn, für die Deveraux-Schwestern. Ich mochte keine Bedrohungen. Also entschied ich, endlich zum Punkt zu kommen.

»Meine Narbe klingt traurig, verletzt, einsam? Das klingt für mich nach einer billigen Anmache«, spottete ich. »Da fällt Ihnen doch sicherlich noch etwas Besseres ein, Mr. Grayson.«

Owen lachte – ein lautes, herzliches Lachen. Ich hatte ihn amüsiert. Er lachte der Gefahr, in der er schwebte, förmlich ins Gesicht. Trotz der Dummheit seiner Handlungen musste ich seinen Mut bewundern. Das und dieser kleine Funken Interesse, dieses bisschen Neugier, das Grayson in mir geweckt hatte, war im Moment alles, was ihn am Leben hielt.

»Also, was wollen Sie wirklich?«, fragte ich, sobald sein letztes Glucksen verklungen war.

»Von Ihnen? Ich bin mir noch nicht ganz sicher. Aber es eröffnen sich interessante Möglichkeiten.« Seine Augen wanderten ein weiteres Mal über meinen Körper, auf eine ehrliche, abschätzende Weise, die mir verriet, dass ihm gefiel, was er sah. Dann landete sein Blick auf der Herz-mit-Pfeil-Rune, die von meinem schwarzen Samthalsband hing. »Obwohl ich Sie niemals für eines von Roslyn Phillips' Mädchen gehalten hätte.«

Ein hartes Lächeln umspielte meine Lippen. »Ich bin vielseitig begabt.«

»Darauf würde ich wetten«, murmelte er.

»Lassen Sie uns zur Sache kommen«, sagte ich. »Weil ich heute Abend noch anderes zu tun habe, als hier mit Ihnen im Dunkeln zu stehen.«

Wie Tobias Dawson umzubringen. Es waren vielleicht fünf Minuten vergangen, seitdem ich Mab Monroe mit Jake McAllisters Leiche in ihrem Bad zurückgelassen hatte. Seitdem hatte ich weder Schreie gehört noch irgendwelche außergewöhnlichen Aktivitäten bemerkt, also hatte sie die Leiche in der Badewanne wohl nicht gefunden. Was bedeutete, dass ich immer noch ein kleines Zeitfenster hatte, um Dawsons Aufmerksamkeit auf mich zu ziehen und ihn umzubringen.

Grayson nickte. »In Ordnung. Wie ich schon sagte, war ich sehr überrascht, Sie heute Abend hier zu sehen. Aber sobald ich Sie bemerkt hatte, entschied ich mich, an Sie heranzutreten.«

»Warum?«

Er zuckte mit den Achseln. »Ich dachte, Sie würden vielleicht gerne mit mir tanzen.«

Ich starrte ihn an. Er schien es ernst zu meinen. Owen Grayson fand mich attraktiv? Ich kniff die Augen zusammen. Oder vielleicht hatte er einfach nur die Rune um meinen Hals gesehen und verstanden, was sie bedeutete – dass ich heute Abend umsonst mit jedem ficken würde. Egal was es war, es waren schon seltsamere Dinge geschehen.

»Aber ich war nicht schnell genug, um Sie zu erwischen, bevor Sie den Ballsaal verlassen haben«, fuhr Grayson fort. »Und dann habe ich gehört, wie Sie sich im Bad mit Mab unterhalten haben. Was mich noch neugieriger gemacht hat, Gin. Darf ich dich Gin nennen?«

»Sicher. Die Zeit für Förmlichkeiten scheint vorbei zu sein. Und was das angeht, was du im Bad belauscht hast … Ich kann mir überhaupt nicht vorstellen, was einen Kerl wie dich daran interessieren sollte, was zwei Mädchen im Bad so reden.« Meine Worte troffen vor Sarkasmus wie Fett von einem heißen Plätzchen.

Seine violetten Augen glitzerten im Halbdunkel, und er lächelte. »Natürlich nicht.«

»Also willst du mit mir ficken«, erklärte ich schonungslos. »Darum geht es bei diesem kleinen Gespräch. Das Gerede über meine Messer, der Spaziergang über die Terrasse, das Händchenhalten und das Gelaber, wie meine Narben sich anfühlen. Interessante Technik. Und, was ist jetzt der nächste Schritt? Manövrierst du mich irgendwie gegen die Wand? Oder falle ich aus Versehen auf deinen Schwanz?«

Grayson lachte wieder. »Natürlich will ich dich ficken, Gin.«

Er starrte mich an. Ich erkannte das Verlangen in seinen Augen, aber es war nicht so lüstern oder geil wie andere Blicke, die ich heute Abend schon wahrgenommen hatte. Oh, Owen Grayson schien Sex und weibliche Formen zu schätzen wie jeder andere Mann auch. Aber in den Augen des Geschäftsmannes glitzerte echtes Interesse, als hätte er unser Rededuell genauso genossen, wie er es genießen würde, langsam meinen Rock zu heben.

»Aber lass es uns ruhig angehen, hm?«, meinte Grayson. »Wie ich schon sagte, ich stand schon immer auf freche Brünette. Ich habe entschieden, dass ich dich mag, Gin. Du interessierst mich. Und das ist schon seit langer Zeit keiner Frau mehr gelungen.«

»Und was genau schlägst du jetzt vor? Dass wir uns an einen ruhigen Ort zurückziehen und uns unterhalten, bevor du mich richtig anbaggerst?«, spottete ich.

»Kaum«, meinte Owen abfällig. »Anders als einige von Mabs anderen Gästen bin ich in Bezug auf meine Befriedigung nicht auf ihre Großzügigkeit angewiesen. Ich dachte, du würdest vielleicht irgendwann mal mit mir ausgehen. Zum Abendessen, vielleicht ins Kino oder zum Tanzen. Was auch immer du willst.«

Ich zog die Augenbrauen hoch. »Du willst mit mir ausgehen? Obwohl ich das hier trage?« Ich deutete auf das Halsband mit der Rune. »Obwohl ich eine Nutte bin? Obwohl du mich heute Nacht umsonst haben könntest?«

Wieder zuckte Owen mit den Schultern. »Nenn mich verrückt, aber ich dachte, es könnte Spaß machen.«

Spaß? Davon hatte ich keine Ahnung. Aber offensichtlich war Owen Grayson vielschichtiger, als man auf den ersten Blick erahnen konnte. Er dachte, ich würde nebenher als eines von Roslyns Mädchen arbeiten, und trotzdem bat er mich, mit ihm auszugehen. Mit ihm in der Öffentlichkeit aufzutreten. Was bedeutete, dass er sich entweder ernsthaft für mich interessierte oder etwas vorhatte, was ich nicht verstand. Aber egal was es war, heute Abend fehlte mir die Zeit dafür.

Dennoch gab es etwas, wobei Grayson mir helfen konnte. Und ich war bereit, seine Schulden einzufordern.

»Sagen wir mal, ich glaube dir, dass du wirklich mich kennenlernen willst und nicht nur meine Titten«, meinte ich. »Dann tu mir einen Gefallen, und ich denke ernsthaft über dein Angebot nach.«

Grayson nickte. »In Ordnung. Welche Art von Gefallen?«

»Geh mit mir rein und stell mich Tobias Dawson vor. Ich bin mir sicher, dass du ihn kennst, da ihr beide geschäftlich mit dem Bergbau in Ashland verbunden seid.«

Grayson kniff die Augen zusammen. »Ich kenne ihn in der Tat. Aber warum solltest du Dawson kennenlernen wollen? Ich kann nicht glauben, dass er dein Typ ist.«

Ich schenkte ihm ein hartes Lächeln. »Weil ich heute Abend hier bin, um Mabs Gästen zu Diensten zu sein. Und ich habe gehört, dass Dawson wirklich gutes Trinkgeld gibt. Und damit ist er definitiv mein Typ.«

Owen musterte im dämmrigen Licht mein Gesicht, und für einen Moment blitzte in seinen Augen Enttäuschung auf. Da verschwand sein kostenloser, müheloser Fick.

»Du hast es doch selbst gesagt. Du schuldest mir etwas, weil ich deine Schwester Eva gerettet habe«, erinnerte ich ihn milde. »Nun, jetzt ist der richtige Zeitpunkt, um die Schuld zu begleichen. Also, wirst du mich ihm vorstellen? Oder muss ich mich selbst drum kümmern?«

Ich gab mich als Prostituierte aus. Ich hatte die Gastgeberin in ihrem eigenen Bad angebaggert. Ich hatte angedeutet, dass ich einen anderen Mann ficken würde, einfach, weil die Summe stimmte. Das alles hatte ich in den letzten fünf Minuten getan, und Grayson hatte es gehört und gesehen. Ich war auf den Anblick vorbereitet, wie er angewidert das Gesicht verzog, und wappnete mich für die harten Worte, die sicherlich folgen würden. Keinem Mann gefiel es, wenn man ihm Hörner aufsetzte.

Doch zu meiner Überraschung lächelte Owen Grayson nur. In seinen Augen leuchtete eine vertraute Empfindung, die mich persönlich schon öfter als einmal in Schwierigkeiten gebracht hatte: Neugier. Sie brannte sogar heller als noch vor einem Moment das Verlangen.

»Oh, ich werde dich Dawson vorstellen, und sei es nur, um herauszufinden, was du vorhast.« Grayson klang amüsiert. Dann bot er mir zum zweiten Mal an diesem Abend den Arm. »Sollen wir, Gin?«

Graysons Neugier würde mir sicher noch einmal Probleme verursachen, aber die Gelegenheit war einfach zu gut. Also nahm ich seinen Arm. »Los geht's.«

28

Owen Grayson führte mich zurück in den Ballsaal. Wir blieben kurz hinter der Terrassentür stehen und sahen uns nach Dawson um. Schließlich entdeckte ich den Cowboy-Zwerg. Er stand neben der langen, gut gefüllten Bar und kippte etwas auf ex, das wie Whiskey aussah, spülte es mit einem Krug Bier runter, rülpste und wischte sich den Mund mit dem Handrücken ab. Stilvoll.

»Bist du dir sicher, dass du das willst?«, murmelte Grayson.

Ich zögerte einen Moment. Grayson dachte wahrscheinlich, ich dächte darüber nach, ob ich mich Dawson in Anbetracht seiner offensichtlichen Abneigung gegen Servietten wirklich nähern sollte. Aber in Wirklichkeit erinnerte ich mich. Ich dachte an Violet und daran, wie Trace Dawson ihr ins Gesicht geschlagen hatte. Wie Dawson Tabaksaft auf die Dielen des Country Daze gespuckt hatte. Wie der Diamant in seinem Büro gesungen hatte. Wie Warren Fox' Schultern nach unten gesackt waren, als ich ihm erzählt hatte, wofür Dawson sein Land wirklich wollte.

»Ja, ich bin mir sicher.«

Owen führte mich durch die Menge. Wir kamen an Mab Monroe vorbei, die sich inzwischen mit einem älteren Vampir unterhielt. Die Feuermagierin sah mich an Graysons Arm und hob ihr Champagnerglas zu einem stillen Toast. Ich musste sie mehr beeindruckt haben, als mir in dem Moment klar gewesen war. Nicht gut. Trotzdem lächelte ich und nickte ihr zu. Wichtiger war, dass Mabs Toast mir verriet, dass sie Jake McAllisters Leiche in der Badewanne nicht gefunden hatte. Was bedeutete, dass mir immer noch Zeit blieb, um Dawson umzubringen.

Außerdem rauschten wir an Finn und Roslyn vorbei. Finns grüne Augen huschten von Grayson zu mir, dann zog er in einer unausgesprochenen Frage die Augenbrauen hoch. Ich schüttelte ganz leicht den Kopf und erklärte ihm damit, dass alles okay war. Trotzdem behielt Finn uns im Auge, während er und Roslyn sich weiter mit einer Riesin mit unendlich langen Beinen unterhielten.

Es kostete uns ungefähr zwei Minuten, uns unseren Weg zur Bar zu bahnen. Owen sorgte dafür, dass ich zwischen ihm und Dawson stand, der uns den Rücken zuwandte. Grayson bestellte einen Scotch.

»Und für die Dame?«, fragte der Barkeeper.

»Gin«, sagte ich. »Mit einer Limettenscheibe.«

Owens Mundwinkel zuckten amüsiert, doch er sagte nichts zur Wahl meines Getränks. Der Barkeeper gab uns unsere Gläser, und ich nahm einen kleinen Schluck. Das kalte Getränk brannte in meiner Kehle, bevor es angenehme Wärme in meinem Bauch verbreitete. Nachdem wir unsere Drinks halb geleert hatten, streckte Grayson den Arm aus und tippte Dawson auf die Schulter. Der Zwerg drehte sich um. Ich stellte sicher, dass das Erste, was er sah, meine Titten waren, die von Roslyns Wunder-BH in ungeahnte Höhen gehalten wurden.

Dawson blinzelte.

»Hallo, Tobias«, sagte Grayson. »Wie geht es dir heute Abend?«

Der Zwerg sah um mich herum zu dem anderen Mann. »Oh. Hallo, Owen. Mir geht es gut. Und dir?«

»Wunderbar«, antwortete Owen einfach. »Darf ich dir eine Bekannte vorstellen? Das ist …«

»Candy«, schaltete ich mich mit einem flirrenden Augenaufschlag ein. »Weil ich so süß bin.«

Wieder saugten sich die Augen des Zwerges an meinen Brüsten fest, dann glitten sie über meine blonden Haare, das heftige Make-up und die blauen Kontaktlinsen. Anscheinend gefiel ihm, was er sah, denn er lächelte. Seine gelben Zähne passten zu der straßenköterblonden Farbe seiner Haare und seines Schnurrbarts. Der Zwerg tippte sich zur Begrüßung kurz an den riesigen Cowboyhut. »Ist mir ein Vergnügen, Ma'am.«

Auf Basis dessen, was mir Roslyn über den Cowboy-Fetisch des Zwerges erzählt hatte, beschloss ich, die Prostituierte mit dem goldenen Herzen zu spielen. »Oh, Sie sind ein perfekter Gentleman.« Ich senkte den Blick und klimperte mit den Wimpern. »Und noch dazu so gut aussehend.«

Dawsons Lächeln wurde ein wenig breiter, aber in seinen hellblauen Augen erschien ein raubtierhafter Ausdruck. Ich hatte das Interesse des Zwerges erregt. Es war Zeit, ihn mir zu angeln – oder vielmehr, ihn glauben zu lassen, er hätte sich mich geangelt.

Ich wandte mich an Owen und verzog meine Lippen zu einem gespielten Schmollmund. »Und wann tanzen wir endlich? Du hast mir einen Tanz versprochen.«

Wieder zuckten Graysons Mundwinkel. »Tut mir leid … Candy, aber ich bin kein Tänzer.«

»Vielleicht könnte ich mit der Dame tanzen«, bot Dawson an. »Wenn du nichts dagegen hast, Owen.«

Grayson wedelte großzügig mit der Hand. »Natürlich nicht. Ich habe heute Abend bereits meinen Spaß mit Candy gehabt. Sie gehört ganz dir, Tobias.«

Owen suchte meinen Blick, und ich kniff kurz die Augen

zusammen. In seinen violetten Augen tanzte der Schalk. Er genoss diese kleine Scharade wirklich.

Der Cowboy bot mir seinen kurzen breiten Arm. »Sollen wir gehen, Candy?«

Ich rümpfte die Nase in Owens Richtung, wandte ihm demonstrativ den Rücken zu und strahlte den Zwerg an. »Danke, Mr. Dawson. Wenigstens einer hier weiß, wie man eine *Dame* behandelt.«

Das klischeehafte Geschwätz verursachte mir Übelkeit, aber ich hatte zu Zielpersonen schon Schlimmeres gesagt. Es würde mir durchaus gelingen, noch ein paar Allgemeinplätze von mir zu geben, wenn es sicherstellte, dass ich Dawson ausschalten konnte. Meine Finger glitten leicht über den Arm des Zwerges, bevor ich sie auf seine nackten braunen Hände legte. Dawsons Blick flackerte kurz, doch der Ausdruck war so schnell wieder verschwunden, dass ich ihn nicht deuten konnte. Doch plötzlich musterte er mich mit gesteigertem Interesse. Vielleicht hatte ich ihm einen kleinen elektrischen Schlag verpasst. Doch wenn es so war, hatte ich davon nichts gespürt.

Ich verdrängte mein Unbehagen und ließ mich vom Zwerg auf die Tanzfläche führen. Dawson war gerade mal einen Meter fünfzig groß, was bedeutete, dass seine Augen sich genau auf Höhe meiner Brüste befanden. Doch sein riesiger Cowboyhut versperrte mir die Sicht. Das Orchester hob zu einem klassischen Walzer an, und Dawson zog mich näher an sich. Das Einzige, was ihn davon abhielt, sein Gesicht zwischen meinen Brüsten zu vergraben, waren die Reifen in meinem Rock. Damit war der Stoff zu steif und unbeweglich, um sich so verschieben zu lassen, wie er es wollte. Ich musste unbedingt daran denken, Roslyn dafür zu danken.

Wir tanzten eine Weile schweigend. Ich lächelte, während er mich herumwirbelte. Dawson umklammerte meine Hand.

Seine Handfläche fühlte sich an meiner seltsam warm an. Das hätte ich bei einem Feuerelementar erwartet, aber nicht bei einem Steinmagier wie dem Zwerg.

»Wissen Sie, Candy, Sie sind eine sehr attraktive Frau«, sagte Dawson. »Allerdings hatte ich schon immer eine Schwäche für Blondinen.«

Ich kicherte mädchenhaft. »Ist das nicht süß? Sie sind ein echter Charmeur, wenn ich das sagen darf, Mr. Dawson. Ich muss den anderen Mädchen hier sagen, dass sie sich vor Ihnen hüten sollen.«

Der Zwerg lächelte, doch seine Augen waren hart und kalt. Wieder drängte sich mir das Gefühl auf, dass etwas nicht stimmte, aber ich konnte mir einfach nicht vorstellen, was. Auf keinen Fall konnte Dawson wissen, wer ich war. Er konnte nicht ahnen, dass ich ein Profikiller mit dem Namen »die Spinne« war, dass ich für die Foxes arbeitete, dass ich heute Abend hergekommen war, um ihn umzubringen. Das konnte er nicht ahnen – oder? Der Zwerg war klug genug gewesen, um einen Berg voller Diamanten zu finden und eine Granitplatte als Safe zu verwenden. Es war unmöglich abzuschätzen, wie clever er wirklich war.

Wieder verfielen wir in Schweigen. Der Zwerg starrte mich an. Dann glitt sein Blick zu dem Runenmedaillon um meinen Hals. Der Tanz endete, und wir beide klatschten höflich. Das Orchester begann ein neues Stück, diesmal etwas Moderneres.

Ich streckte Dawson meine Hand entgegen. »Könnte ich Sie für noch einen Tanz begeistern?«

»Vielleicht sollten wir uns lieber an einen ruhigeren Ort zurückziehen«, schlug Dawson vor. »Ich habe gehört, die Gärten sind im Mondlicht wundervoll.«

Ich dachte an die abgelegenen Pavillons, die kleinen Wäldchen und Gebüsche aus Rosen, die ich draußen erspäht hatte. Im Garten konnte ich Dawson mühelos verstecken. Mit ein wenig Glück würde vor dem Morgen niemand seine Leiche entdecken. Im Moment war das meine beste Chance, außer ich schaffte es irgendwie, den Zwerg in das Badezimmer zu locken, in dem ich bereits Jake McAllister erledigt hatte. Und in Anbetracht der Tatsache, wie intensiv Dawson auf meine Titten starrte, bezweifelte ich, dass es noch lange dauern würde, bevor er sich mir aufdrängte.

Ich lächelte ihn an. »Ich würde gerne in den Garten gehen.«

Wieder legte ich meine Hand auf Tobias Dawsons Arm, und wir verließen die Tanzfläche. Auf der anderen Seite des Saals entdeckte ich Finn, der mich anstarrte. Er stand immer noch neben Roslyn, aber jetzt erkannte ich Erleichterung in seinen grünen Augen. Finn wusste, dass das Risiko, dass jemand wirklich Sex mit mir wollte, mit jeder Sekunde stieg, die wir auf der Party verbrachten – während die Chance, Dawson kaltzumachen, immer kleiner wurde.

Finn war nicht der Einzige, der mich anstarrte. Dasselbe galt für Owen Grayson. Er nickte mir kurz zu, als wir an ihm vorbeigingen. Ich grinste.

Dawson öffnete eine der Flügeltüren für mich, und wir traten auf die Terrasse. Die Nachtluft war sogar noch kühler geworden, seitdem ich mit Grayson hier gewesen war, und ich zitterte.

»Kalt?«, fragte der Zwerg, während er die Tür hinter uns schloss.

»Ein wenig.«

Er lächelte mich an. »Keine Sorge. Was ich vorhabe, wird dich schön aufwärmen.«

Dawson sagte das Richtige, aber wieder erreichte das Lächeln nicht seine hellen Augen. Ich drängte meine Besorgnis zurück. Jetzt musste ich ihn nur noch dazu bringen, sich ein

Stück von der Tür zu entfernen, und dann wäre der Job auch schon erledigt. Dawson bot mir wieder seinen Arm, und ich nahm ihn. Gleichzeitig ließ ich ein Steinsilber-Messer in meine freie Hand gleiten.

Wir stiegen die Terrassenstufen nach unten und folgten einem gepflasterten Weg, der sich durch den dunklen Garten wand. In einem Pavillon zu unserer Linken stöhnte eine Frau leise auf. Einen Moment später stimmte eine zweite Frau ein. Dawson ignorierte sie und ging weiter. Ich ließ mich von ihm tiefer in die Schatten führen, die den Garten durchschnitten wie schwarze Messer.

Der Zwerg hielt nicht an, bis wir einen Pavillon erreichten, der versteckt unter den hängenden Ästen einer Trauerweide stand. Ich warf einen schnellen Blick über die Schulter. Wir hatten uns gute sechzig Meter von der Terrasse entfernt, sodass uns durch die Glastüren niemand mehr sehen konnte. Ich nahm das Heft meines Messers fester in die Hand und machte mich bereit. Dawson führte mich zu einer langen Bank im Pavillon. Ich setzte mich, aber der Zwerg schloss sich mir nicht an. Stattdessen stellte er sich vor mich und verlagerte sein Gewicht auf die Absätze seiner Cowboystiefel.

»Du wirkst wie ein kluges Mädchen, Candy«, brummte der Zwerg. »Also denke ich, dass ich davon ausgehen kann, dass du weißt, wer ich bin und wie ich meinen Lebensunterhalt verdiene.«

Ich hatte keine Ahnung, was das sollte, aber ich lächelte. »Natürlich habe ich von Ihnen gehört, Mr. Dawson. Sie sind einer der größten Kohleminenbesitzer von ganz Ashland. Ein ehrenwerter Geschäftsmann. Sehr klug. Sehr stark.« Damit übertrieb ich es vielleicht ein wenig, aber ein bisschen Schmeichelei schadete eigentlich nie.

Er nickte. »Ich bin sehr stark und sehr klug. Außerdem bin ich ein Steinelementar. Wusstest du das?«

Ich schüttelte den Kopf. »Nein. Ich fürchte, ich achte nicht besonders auf Magie.«

Dawson nickte wieder. »Na gut. Wie du schon sagtest, bin ich sehr mächtig. Aber nur sehr wenige Leute wissen, dass ich noch ein weiteres Elementartalent besitze. Es ist nur klein, aber manchmal sehr nützlich.«

Ich lächelte weiter, auch wenn mir von der Anstrengung inzwischen das Gesicht wehtat. Der Zwerg musste näher kommen, damit ich von der Bank springen und ihn erstechen konnte. Stattdessen laberte er mich ins Koma. »Und welches Talent wäre das? Ein Talent für Metall vielleicht?«

Dawson schüttelte den Kopf. »O nein, nichts so Großartiges. Aber ich besitze die Fähigkeit, anderer Leute Magie zu spüren und genau zu wissen, wo ihre Begabung liegt. Ich muss dafür nur ihre Haut berühren. Sozusagen ein magischer Fingerabdruck.« Seine Miene wurde hart. »Und deine klebrigen Abdrücke waren überall auf dem Safe in meinem Büro, Miststück.«

Oh-oh.

Tobias Dawson hatte meine Magie gespürt – und noch schlimmer, er wusste, dass ich den Safe in seinem Büro geknackt hatte.

Sofort sprang ich von der Bank auf und riss den Arm hoch, bereit, mein Steinsilber-Messer tief in die Brust des Zwerges zu rammen. Doch Dawson war schneller. Seine Faust traf mein Gesicht, und die Welt um mich herum versank in Schwärze.

29

»Bist du dir sicher, dass sie es war, Tobias?«

Irgendwo über meinem Kopf erklang eine weibliche Stimme, wenn auch scheinbar weit entfernt. Ich konnte nicht genau bestimmen, von wo sie kam. Das Pochen in meinem Kopf übertönte fast alles andere, obwohl ich taubedecktes Gras unter meinem Rücken fühlte und die kühle Liebkosung des Nachtwindes in meinem Gesicht. Warum lag ich? Der Schmerz in meinem Kopf verhinderte, dass ich mich erinnerte.

»Ich bin mir sicher«, murmelte ein Mann. »Das ist das Miststück, das in mein Büro eingebrochen ist. Sie stinkt förmlich nach Steinmagie. Und dann sind da noch die hier.«

Etwas raschelte. Ich wollte meine Augen öffnen, um zu sehen, was das Geräusch verursachte, aber aus irgendeinem Grund wollten sich meine Lider einfach nicht heben.

»Ist das Steinsilber?«, fragte die Frau.

Ein kleiner Teil meiner Gedanken dachte angestrengt nach. Ich kannte diese Stimme, diese sanfte, hauchige Stimme, in der so viel rohe Macht mitschwang. Ich kam nur einfach nicht darauf, wem sie gehörte.

»Ja«, antwortete der Mann. »Sie hatte fünf davon.«

»Und du glaubst wirklich, sie hat dich nach hier draußen gelockt, um dich umzubringen?«, fragte die Frau. »Vielleicht trägt sie die Messer nur, um sich zu schützen. Nutten tun so was, weißt du?«

»Ich weiß, dass sie es war. Ich habe sie schon mal gesehen. Sie war gestern bei Fox' Laden, zusammen mit einem Polizisten. Sie muss für den Alten arbeiten.«

Schweigen. Wieder bemühte ich mich, meine Augen zu öffnen, um zu sehen, was vor sich ging. Wieder versagte ich kläglich. Das Pochen in meinem Kopf verstärkte sich stattdessen, als hätte sich der Band eine weitere Trommel angeschlossen.

»Was für eine Schande«, meinte die Frau spöttisch. »Sie wirkte sehr vielversprechend.«

Ich spürte, wie sich jemand neben mich hockte, dann stieg mir ein süßer und leicht widerlicher Geruch in die Nase – wie Jasmin vermischt mit Rauch. Ein Finger glitt über meine Wange. Heiße schmerzhafte Stiche trafen meine Haut, aber ich konnte nicht einmal schreien. Mein Körper schien einfach nicht mehr zu funktionieren. Der brennende Finger glitt über meinen Ausschnitt, bevor er sich seinen Weg über meinen Bauch bahnte.

Über meinem Kopf erklang ein leises Lachen. Das Geräusch ließ mich an Feuer, Rauch und Asche denken. Raue Hände, die mich festhielten. Die Spinnenrune, die sich zwischen meinen Handflächen erhitzte. Fragen. So viele Fragen über Bria. Steinsilber, das mich verbrannte und in meine Haut einsickerte. Das Lachen des Feuerelementars, während die Rune mich verbrannte. Lachen. Feuerelementar. *Mab* …

»Nun gut«, sagte die Frau. »Mach mit ihr, was du willst. Aber nicht auf meinem Grundstück.«

Ihre Worte durchbrachen meine Gedanken. Ich bemühte mich, die vagen Erinnerungen festzuhalten, doch sie zogen sich erneut in die Dunkelheit zurück – eine Dunkelheit, die auch mich langsam wieder verschlang.

»Draußen? Warum? Ich möchte das Miststück jetzt gleich erledigen.« Der Mann klang weinerlich und bockig.

»Nur für den Fall, dass du es noch nicht bemerkt hast, Tobias, ich gebe gerade eine Party für mehrere Hundert Leute. Eine Leiche im Garten würde die Stimmung ziemlich dämpfen, denkst du nicht auch? Außerdem behauptest du, dass sie hergekommen ist, um *dich* umzubringen. Also kannst *du* dich auch um sie kümmern. Ich habe keinerlei Bedürfnis, mir heute Abend die Hände oder irgendeinen anderen Teil meines Körpers schmutzig zu machen. Außerdem ist sie bewusstlos. So macht es sowieso keinen Spaß.«

»Na gut, was soll ich dann mit ihr machen?«, fragte der Mann.

»Das ist mir verdammt noch mal egal«, blaffte die Frau. »Schaff sie nur von meinem Rasen. Jetzt.«

Raue Hände packten meine Oberarme und rissen mich nach oben, doch zu diesem Zeitpunkt war ich bereits wieder in der Schwärze versunken.

Das Erste, was ich bemerkte, war Erde unter meiner Wange, in der hier und dort kleine Kiesel steckten. Winzig kleine Steine, die sich anfühlten wie glatte Erbsen. Sie murmelten an meiner Haut. Ich konzentrierte mich auf das Geräusch, dieses entfernte Flüstern, und ließ mich davon aus der Dunkelheit ziehen, in der ich geschwebt hatte. Nach einer Weile verstand ich, dass ich mit dem Gesicht nach unten lag. Doch ich versuchte nicht, mich zu bewegen. Dafür tat mein Kopf zu weh. Das Pochen von vorhin hatte sich in einen heißen pulsierenden Schmerz hinter meinem linken Auge verwandelt.

Doch ich kämpfte mich zurück ins Bewusstsein, und langsam erinnerte ich mich an den Abend. Ich hatte mich verkleidet und mich auf Mab Monroes Party geschlichen. Hatte Jake

McAllister umgebracht. War erst der Feuermagierin selbst begegnet und kurz darauf Owen Grayson. Außerdem erinnerte ich mich daran, wie ich mit Dawson nach draußen gegangen war und dass der Zwerg mich bewusstlos geschlagen hatte. Doch ich hatte keine Ahnung, wo zur Hölle ich mich jetzt befand. Immerhin war ich am Leben, was bedeutete, dass ich noch eine Chance hatte. Eine Chance wegzulaufen, zu kämpfen, mich in einem dunklen Loch zu verstecken, bis die Bösewichte verschwanden. Was auch immer es brauchte, ich würde nicht zögern. Der Wille, alles zu tun, was nötig war – das war das Allererste gewesen, was Fletcher mir beigebracht hatte. Doch ich hatte diese Regeln schon gelernt, bevor er sie je in Worte gefasst hatte.

Also konzentrierte ich mich auf meinen Körper und versuchte, den Schaden abzuschätzen. Mein Gesicht fühlte sich an, als hätte mich jemand mit einem Vorschlaghammer bearbeitet. In Anbetracht der Steifheit und des ständigen Pochens war ich mir ziemlich sicher, dass mein Kiefer gebrochen war. Vielleicht auch mein linker Wangenknochen. Ein paar meiner Zähne fühlten sich locker an, und ich hatte nach Kupfer schmeckendes Blut im Mund. Vorsichtig öffnete ich die Augen, und es wurde ein wenig heller. Nun, zumindest hatte der Schlag meinen Sehnerv nicht beschädigt.

Als Nächstes bewegte ich vorsichtig Finger und Zehen. Meine Arme schmerzten, als hätte mich jemand daran herumgerissen, was wahrscheinlich auch passiert war. Meine Knie waren aufgeschürft und blutig. Dasselbe galt für meine Hände. Geringfügige Ärgernisse. Doch zu meiner Überraschung konnte ich keine anderen Verletzungen entdecken. Keine gebrochenen Knochen, keine fehlenden Gliedmaßen, keine Schmerzen zwischen den Beinen. Was nur eines bedeuten konnte: Tobias Dawson wollte mich befragen, bevor er mich umbrachte – und was noch wahrscheinlicher war: Er wollte, dass ich bei Bewusstsein war, wenn er mich folterte. Nichts davon klang besonders vergnüglich, aber ich hatte beides schon erlebt und hatte es mehr oder minder in einem Stück überstanden. Ich würde auch das hier überleben.

»Ich glaube, das Miststück ist wach«, sagte eine Stimme.

Der tiefe Bariton eines Riesen. Doch seltsamerweise hallte die Stimme wie eine Orgel und wurde von den Wänden um uns herum zurückgeworfen. Ich lauschte wieder, diesmal aufmerksamer. Nicht nur auf die erbsengroßen Kiesel um mich herum, sondern auch auf den harten Stein unter meinem Körper. Und stellte fest, dass ich von Fels umgeben war. Der Boden war weich, aber die Decke und besonders die Wände waren härter, felsiger und bestanden vollkommen aus Stein. Nach dem, was ich über Dawson wusste, gab es nur einen Ort, an dem ich mich befinden konnte – in der Kohlemine des Zwerges. Dawson Nummer drei. Ein Ort, an dem niemand meine Schreie hören würde – oder meine zerschundene Leiche finden.

Hinter mir erklangen Schritte. Sofort fing ich an, mich benommen vor- und zurückzuwiegen und zu stöhnen. Ich wollte die Dreckskerle nicht wissen lassen, dass ich schon voll bei Bewusstsein war. Langsam öffnete ich meine Augen und blinzelte gegen die weißen Flecken an, die wie träge Fische durch mein Blickfeld schwammen. Vorsichtig stemmte ich mich auf Hände und Knie, dann hockte ich mich hin. Mein Schädel, besonders mein Gesicht, pulsierte vor Schmerz, aber ich ignorierte ihn, während ich trotzdem den Kopf in die Hände sinken ließ.

Ein Paar Stiefel erschien in meinem Blickfeld. Cowboystiefel. Schwarzes Schlangenleder mit roten Flammen und mit Steinsilber besetzten Spitzen. Ich sah auf und entdeckte, dass Dawson über mir aufragte. So sehr ein ein Meter fünfzig großer Zwerg eben aufragen konnte.

»Wurde auch langsam Zeit, dass du aufwachst, Miststück«, sagte er und schlug mich wieder.

Mir blieb nicht genug Zeit, um meine Magie zu rufen und meine Haut zu einer steinernen Schale zu verhärten. Außerdem wollte ich diese Karte noch nicht ausspielen. Dawson mochte ja meine Magie gespürt haben, mochte ja fähig sein, mich als diejenige zu identifizieren, die seinen Safe aufgebrochen hatte, aber wahrscheinlich wusste er nicht, wie stark ich wirklich war. Sonst hätte er sich für die klügere Lösung entschieden und mich getötet, noch während ich bewusstlos in Mab Monroes Garten gelegen hatte.

Doch all dieses Wissen und die Berechnung halfen mir kein Stück gegen die Faust, die mit rasender Geschwindigkeit auf meinen Körper zuraste.

Ich schaffte es, mich weit genug zurückzulehnen und den Körper so zu drehen, dass Dawsons Rechte nicht mein Gesicht, sondern stattdessen meine linke Schulter traf. Der harte Schlag warf mich zur Seite, und ich fühlte die Schmerzen in meinem gesamten Körper widerhallen. Eine Schockwelle aus Qualen. Meinen zusammengepressten Lippen entkam ein leises Stöhnen, aber gleichzeitig zwang ich mich dazu, mich anzuspannen, um wenigstens zu versuchen, mich gegen den nächsten Schlag zu verteidigen. Doch der Zwerg machte keine Anstalten, noch einmal nachzusetzen. Stattdessen trat er zurück und musterte mich mit seinen kalten blauen Augen. Nachdem Dawson offensichtlich nicht vorhatte, mich sofort totzuprügeln, ließ ich meine Augen über die Umgebung gleiten.

Ich hatte recht gehabt – ich befand mich tief in Dawsons Kohlemine. Grauer und brauner Stein umgab mich auf allen Seiten, und Kohleflöze durchschnitten die verschiedenen Gesteinsschichten wie schwarze Bänder. Der Gang, in dem wir uns befanden, war breiter, als ich erwartet hatte. Und höher.

Die Decke wurde von Betonpfeilern gehalten, und auf dem Boden lagen verschiedene kaputte Werkzeuge. Die Luft roch nach Stein, Staub und Metall.

Überall um mich herum murmelte es. Es waren scharfe, wütende Geräusche, die von riesigen Explosionen und schwerem Gerät erzählten, das sich Meter um Meter in das Herz des Berges grub. Dem Stein gefiel kein bisschen besser als mir, was man ihm angetan hatte. Ich lauschte auf diese Wut und ließ mir davon den schmerzenden Kopf durchblasen. Selbstmitleid hatte noch nie geholfen. Aber Wut – das war etwas ganz anderes. Sicher, sie konnte dafür sorgen, dass man leichtsinnig und nachlässig wurde, aber sie schenkte auch Stärke. Entschlossenheit. Und beides würde ich brauchen, wenn ich hier lebend wieder rauskommen wollte.

»Hebt sie hoch«, befahl der Zwerg. »Ich möchte, dass das Miststück genau sieht, weshalb es stirbt.«

Zwei Riesen traten aus den Schatten und stapften zu mir. Ich erkannte sie als Dawsons Männer. Die beiden, die mit ihm zum Country Daze gekommen waren, um Warren und Violet zur Rede zu stellen. Sie rissen mich auf die Beine. Weitere Schmerzen schossen durch meine Schultern und meinen Kiefer, und wieder stöhnte ich leise. Doch ich wehrte mich nicht. Noch nicht.

Ich war bereits verletzt, was bedeutete, dass ich einen besseren Plan brauchte, als mich nur mit blitzenden Klingen in den Kampf zu stürzen, wie ich es gewöhnlich tat, um Ärger zu entkommen. Ich wusste nicht, wie lange ich bewusstlos gewesen war, aber Finn hatte inzwischen sicher kapiert, dass auf Mabs Party etwas schiefgelaufen war. Wahrscheinlich quetschte er bereits seine Informanten aus, um herauszufinden, wo Dawson mich hingebracht hatte. Vielleicht war Finn sogar bereits auf dem Weg zur Mine mit Sophia und Jo-Jo Deveraux im Schlepptau.

Doch ich konnte mich nicht darauf verlassen, dass sie mich retten würden. Und das würde ich auch nicht tun. Letztendlich konnte ich mich nur auf mich verlassen. Ich selbst war die einzige Person, auf die ich wirklich zählen konnte. Das war eine Botschaft, die Fletcher mir stets eingetrichtert hatte. Und etwas, was ich schon gewusst hatte, bevor ich den alten Mann getroffen hatte.

Die Riesen schleppten mich zwischen sich tiefer in den Stollen. Sie hielten mich so hoch, dass meine Füße nicht einmal den Boden berührten. Während sie mich trugen, rieb ich meine Schenkel aneinander. Doch die Messerscheiden an meinen Strapsen waren leer. Sie hatten mir die Steinsilber-Messer abgenommen, die ich dort getragen hatte. Auch die Klingen aus meinen Ärmeln waren verschwunden. Etwas schlug gegen meine Hüfte, und ich sah nach unten. Dawson oder einer seiner Lakaien war nett genug gewesen, mir meine Handtasche um den Hals zu hängen. Sie stand offen, und ich konnte erkennen, dass auch dieses Messer verschwunden war. Die Mistkerle waren gründlich gewesen. Dumm für mich.

Dawson führte unsere kleine Prozession mit einer Taschenlampe in der Hand an. Die zwei Riesen trugen ebenfalls Lampen. Ich beäugte die Geräte. Nicht so schwer wie ein Baseballschläger, aber ein Schlag damit wäre ein schöner erster Schritt, um meine Bewacher ein wenig zurechtzustutzen. Vorausgesetzt, ich war stark oder verschlagen genug, einem der drei Männer die Taschenlampe abzunehmen.

Wir stiegen tiefer, tiefer und immer tiefer unter die Erde. Der Tunnel wurde schmaler und enger. Die verstreuten Werkzeuge auf dem Boden verschwanden. Genauso wie die stützenden Betonpfeiler. Langsam ging das erregte Murmeln des Steins in ältere, ruhigere Vibrationen über. Inzwischen befanden wir uns in einem natürlichen Tunnel und nicht mehr in einem von Menschenhand gegrabenen Gang.

Ich bemerkte ein Licht vor uns. Ein weiches weißes Leuchten wie ein Sonnenstrahl, der durch Wolken dringt. Anscheinend war ein Scheinwerfer aufgehängt worden, damit die Leute sehen konnten, was sie hier im Herzen des Berges trieben. Dawson verschwand um eine Ecke. Einen Moment später trugen mich die Riesen um dieselbe Kurve.

Mir stockte der Atem.

Denn der schmale Tunnel öffnete sich zu einem runden Raum, der mehr als sechzig Meter im Durchmesser hatte. Die Decke war mindestens ebenso hoch, und Stalaktiten hingen von oben herab wie elegante Eiszapfen aus Stein. Das allein war schon schön genug.

Doch erst die Diamanten machten den Anblick wirklich atemberaubend. Die Edelsteine waren in die felsigen Wände eingebettet. Natürlich waren sie im Rohzustand, ungeschliffen und von Menschen vollkommen unberührt. Ihnen fehlte das polierte Glitzern eines fertigen Steins, doch meine Steinmagie ließ mich das reine Feuer in ihnen sehen. Ihr wunderbares Potenzial. Um die Diamanten zogen sich weitere Kohleflöze, sodass es aussah, als ruhten die Kleinodien auf schwarzen Samtkissen. Und ich konnte die Diamanten auch hören. Sie sangen mit derselben Klarheit wie der Stein in Dawsons Safe. Je intensiver ein Edelstein vibrierte, desto schöner und wertvoller war er gewöhnlich. Und wenn der Gesang, der im Moment in meinem Kopf widerhallte, irgendein Hinweis war, dann lagen im Herz dieses Berges mehrere Millionen in Rohdiamanten – und warteten nur darauf, dass jemand kam und sie für sich beanspruchte.

Dawson stiefelte in die Mitte der Höhle. Die Riesen folgten ihm und schleppten mich mit. Der Zwerg schnippte mit den Fingern, und die zwei Mistkerle schmissen mich auf den Boden. Ich riss die Arme nach vorne, um meinen Sturz abzufangen. Steine gruben sich in meine Handflächen und bohrten sich in meine bereits blutigen Knie. Selbst meine Begabung als Steinelementar konnte mich nicht davor bewahren, auf diese Art von meinem eigenen Element verletzt zu werden. Ich kauerte mich auf dem Boden zusammen und schickte meinen Blick auf die Suche nach irgendetwas, was ich nutzen konnte. Irgendeine Waffe. Zur Hölle, im Moment hätte ich mich sogar über einen kleinen Unterschlupf gefreut. Leute, die behaupteten, man wäre ein Feigling, wenn man vor einem Kampf floh, lebten gewöhnlich nicht lange. Mir wäre vollkommen egal, ob man mich Feigling schimpfte, solange ich nur am Ende noch atmete.

Die Höhlendecke war feucht. Phosphoreszierende Pilze überzogen die meisten der gezackten Stalaktiten und verbreiteten ein seltsames hellgrünes Licht, das im Kontrast zu den Grau-, Braun- und Schwarztönen des Felsens stand. Ein Wassertropfen fiel von einem der Steine und zerplatzte auf meiner Wange. Ich sah nach oben, verfolgte den Fall des Tropfens zurück und stellte fest, dass ein stetiger Wasserstrom an einer Wand der Höhle herunterlief. Noch mehr Wasser tropfte von den Stalaktiten über meinem Kopf. Hmm. Das könnte nützlich sein.

Dawson wanderte in einem groben Kreis um mich herum, und seine Schlangenlederstiefel schlurften über den Stein. »Weißt du, wo du bist?«

Ich stemmte die Hände gegen den Boden und rappelte mich auf, bis ich stand. Wieder tanzten weiße Punkte vor meinen Augen, aber ich blinzelte, bis sie verschwanden. »Ich kann es mir denken.«

Es fiel mir schwer, mit meinem gebrochenen pulsierenden Kiefer zu reden, und meine Worte klangen breiig. Genauso, wie mein Gesicht sich anfühlte.

Der Zwerg starrte mich an. »Du bist in mein Büro eingebrochen, in meinen Safe.« Sein labbriger Schnauzbart sträubte sich förmlich vor Wut.

Ich zuckte mit den Achseln. Es war sinnlos, das zu leugnen. Wenn Dawsons elementares Talent, die Magie anderer zu spüren und zu identifizieren, wirklich so gut war, wie er behauptete, konnte ihn keine meiner Lügen von etwas anderem überzeugen. Außerdem zappelte ich sozusagen schon am Haken. Wenn ich meine Karten richtig ausspielte, würde diese Sache auch bei mir enden. Ich wollte nicht, dass Dawson auf den Gedanken kam, jemand anderes könnte mit mir unter einer Decke stecken – und ich wollte nicht, dass er Finn, die Deveraux-Schwestern, die Foxes oder sogar Donovan ins Visier nahm.

»Ja, ich bin in dein Büro eingebrochen.«

»Warum?«, blaffte der Zwerg. »Wonach hast du gesucht? Für wen arbeitest du? Hat Warren Fox dich angeheuert, um mich umzubringen?«

Ich starrte den Zwerg an, während ich meine Augen kalt und mein Gesicht ausdruckslos hielt. Ich mochte ja auf dem besten Weg in den Tod sein, aber ich würde nicht die Foxes verpetzen und sie damit mit ins Verderben reißen. »Ich kenne keinen Warren Fox.«

»Gequirlte Kacke«, knurrte Tobias. »Ich habe dich doch neulich in seinem Laden gesehen.«

Ich zog eine Augenbraue hoch. »Du meinst diese Bretterbude an der Kreuzung? Ja, da war ich. Und?«

»Warum?«, wollte Dawson wissen.

»Ich musste mal pissen«, witzelte ich. »Und ich hatte keine Lust, mich ins Gebüsch zu hocken und mir dabei einen Dornenbusch in den Hintern zu rammen.«

Der Zwerg starrte mich an, während er über meine Worte nachdachte. »Ich glaube dir nicht.«

»Es spielt keine Rolle, ob du mir glaubst oder nicht.«

Tobias spuckte eine ordentliche Portion Tabaksaft aus dem Mund, der mein nacktes verkratztes Bein traf. Dafür würde der Zwerg zahlen. Vielleicht würde ich hier unten sterben, aber bevor ich mich abmeldete, würde ich mindestens einen guten Schlag anbringen. Und sei es nur für diese Aktion.

»Für wen arbeitest du? Was willst du?«, fragte Dawson wieder. »Ich kann dich auch anders zum Reden bringen.«

Mein Kiefer pulsierte vor Schmerz, aber das war das Einzige, was mich davon abhielt, die Augen zu verdrehen. Hey, mir war schon beim ersten Mal, als der Zwerg mir die Faust ins Gesicht gedonnert hatte, klar geworden, dass er mir wehtun konnte. Das Erlebnis war mir noch relativ frisch im Gedächtnis, auch wenn er es anscheinend schon wieder vergessen hatte.

»Da bin ich mir sicher. Und was das angeht, was ich will – nun, da geht es eher um das, was mein Auftraggeber will. Vielleicht können wir ja eine Art Handel abschließen.«

Der Zwerg stoppte seine Kreisbahn um mich. Er blieb vor mir stehen und kniff die fahlblauen Augen zu. »Ich höre.«

»Du lässt mich gehen, und ich erzähle dir, wer dich tot sehen will. Wie klingt das?«

Der Zwerg nickte. »In Ordnung. Abgemacht.«

Verlogener Mistkerl. Er würde mich nicht laufen lassen, und das wussten wir beide. Aber so lief das Spiel eben, wenn man schlampig genug war, sich fangen zu lassen. Man versuchte um jeden Preis, das bittere Ende hinauszuzögern. Ich würde nur eine Chance bekommen, Dawson kaltzumachen. Ich wusste, was ich tun wollte, aber es war leider keineswegs sicher, dass ich auch die nötige Kraft besaß, meinen Wunsch in die Tat umzusetzen. Trotzdem war es am besten, Dawson so lange wie möglich reden zu lassen.

Ich wich ein paar Schritte von dem Zwerg zurück, sodass ich nicht länger unter den Stalaktiten und dem Wasser stand, das von ihnen herabtropfte. Dawson folgte mir nicht. Sein erster Fehler. »Du weißt, was ich bin, als was ich arbeite.«

»Du bist eine Auftragsmörderin«, meinte Dawson. »Das ist die einzige Erklärung für diese ganzen Steinsilber-Messer an deinem Körper und die Art und Weise, wie du dich mir auf der Party an den Hals geworfen hast.«

Nun, zumindest war er nicht dämlich genug zu glauben, dass ich ihn wirklich attraktiv gefunden hätte. Das wäre auch ziemlich traurig gewesen.

Ich schenkte ihm ein dünnes Lächeln. »Um genau zu sein, war ich eigentlich eine Auftragsmörderin im Ruhestand. Kaum zu glauben, oder? Aber dann wurde mir ein letztes Angebot gemacht, wie es nun einmal ist, und das Geld, nun, war einfach zu gut, um es auszuschlagen.«

Ein anderer Auftragsmörder, Brutus, hatte diese Worte einmal zu mir gesagt. Direkt bevor ich ihn umgebracht hatte. Natürlich waren sie bei mir jetzt ein reines Lügenmärchen. Aber es war die Art von Märchen, die jemand wie Dawson hören wollte – die Story, die er bereits erwartete. Ich konnte das Misstrauen in seinen Augen erkennen. Ich musste ihm nur noch den richtigen Namen liefern. Und selbst wenn ich nicht lebendig hier rauskommen würde, hatte ich doch vor, einer bestimmten Person so viel Ärger wie möglich zu verschaffen.

»Wer hat dich angeheuert? Und warum? Sag es mir jetzt, oder ich lasse meine Jungs ihren Spaß mit dir haben.« Dawson deutete mit dem Daumen hinter sich auf seine zwei Riesen.

Einer der Kerle hinter ihm rieb sich den Schritt und stieß seine Hüfte nach vorne. Sein Kumpel lachte und zwinkerte mir zu. Ihr Hohn sorgte dafür, dass meine Wut richtig hochkochte. Diese Mistkerle würden keinen Finger mehr an mich legen.

Doch ich musste für Dawson immer noch meine Rolle spielen, also trat ich einen weiteren Schritt zurück und öffnete die Arme. »Ist es nicht offensichtlich, für wen ich arbeite? Wer sonst weiß von dieser kleinen Diamantmine, über die du gestolpert bist? Wem sonst hast du davon erzählt? Warum denkst du nicht einfach ein paar Sekunden nach und sagst mir ihren Namen dann selbst?«

Der Zwerg runzelte die Stirn und spuckte wieder Tabaksaft in meine Richtung. Seine blauen Augen wirkten nachdenklich, während er im Kopf die Liste der Leute durchging, denen er von seiner unterirdischen Entdeckung erzählt hatte. Ich hätte darauf gewettet, dass es eine sehr kurze Liste war – mit nur einem Frauennamen.

»Mab«, murmelte er. »Mab Monroe. Du arbeitest für sie?«

Ich streckte ihm den erhobenen Daumen entgegen. »Damit hast du einen Preis verdient.«

Dawson runzelte die Stirn. »Warum sollte sie einen Profikiller anheuern, um mich umzubringen?«

Ich schaffte es trotz meines gebrochenen Kiefers kurz aufzulachen. Laut und höhnisch zu lachen, bis das Geräusch von den Wänden widerhallte. »Weil sie alles für sich will, du Idiot. Sie will all diese wunderbaren Diamanten und das Geld, das sie bringen werden, ganz allein für sich.«

»Auf keinen Fall.« Dawson schüttelte den Kopf. »Auf keinen verdammten Fall arbeitest du für Mab. Sie würde sich nicht so gegen mich wenden.«

Ich schnaubte abfällig. »Zieh deinen Kopf aus deinem Arsch. Natürlich würde Mab sich so gegen dich wenden. Das ist ihr Markenzeichen. Sie hat ihre gesamte Karriere darauf aufgebaut, wie einer meiner Freunde sagen würde. Du bist nur die eine Person in einer langen Reihe, die sie ihrem ständig wachsenden Imperium opfert.«

Dawson fing an, vor mir auf und ab zu wandern, während er darüber nachdachte. Ich nutzte die Gelegenheit, einen weiteren kleinen Schritt nach hinten zu machen. Jetzt stand ich gute drei Meter von dem Zwerg entfernt. Nicht so weit, wie ich mir gewünscht hätte, aber es würde reichen müssen. Nach ein paar Sekunden hielt der Zwerg an. Die Zweifel in seinen Augen verblassten und wurden von brennender Wut verdrängt. Ich hatte ihm die Lüge erfolgreich verkauft. Selbst wenn ich es nicht lebendig aus dieser Höhle schaffte, konnte es immer noch sein, dass Dawson dämlich genug war, etwas gegen Mab Monroe zu unternehmen. Sie würde ihn wahrscheinlich umbringen, aber auf jeden Fall würde sie ihn leiden lassen, bevor er starb. Und vielleicht schaffte er es ja sogar, ihr ein wenig Ärger einzuhandeln. Auf jeden Fall war es noch das Beste, was ich in Anbetracht meiner aktuellen Lage erreichen konnte.

»Obwohl ich in Bezug auf eine Sache noch neugierig bin«, meinte ich.

»Was?«, fragte Dawson.

»Der alte Mann in dem Laden. Warum hast du ihn so bedrängt? Warum brauchst du so dringend sein Land? Wir stehen doch gerade in dieser phantastischen Höhle mit all diesen wunderbaren Steinen. Ich weiß, dass du nicht die Schürfrechte besitzt, hier Diamanten abzubauen, aber warum ziehst du sie nicht einfach heimlich aus den Wänden und lässt es damit gut sein?«

Dawson schüttelte den Kopf. »Da besitzt du diese schöne Steinmagie und hast doch keine Ahnung von deinem eigenen Element, oder?«

Ich zuckte mit den Achseln. »Geologie ist nicht gerade meine Stärke.«

Der Zwerg deutete auf die Decke, an der stetige Wassertropfen über die Stalaktiten rannen. »Diese ganze Höhle befindet sich direkt unterhalb eines kleinen Flusses, der über das Grundstück von Fox läuft. Momentan ist die Decke noch stabil, aber wenn ich anfange, die Diamanten hier abzubauen, besteht die Gefahr, dass das ganze Ding in sich zusammenbricht und ein riesiges Loch in seinen Garten reißt – einen echten Krater.«

Er erzählte mir nichts, was ich nicht schon vermutet hatte, aber es war nett, meinen Verdacht bestätigt zu bekommen.

»Und das konntest du nicht riskieren«, meinte ich leise. »Du konntest nicht riskieren, dass er von den Diamanten auf seinem eigenen Land erfährt.«

»Klug und hübsch. Eine Schande, dass du so jung sterben wirst«, höhnte Dawson.

»Ich dachte, wir hätten eine Abmachung«, sagte ich, allerdings ohne viel Feuer in der Stimme. Ich hatte seinen Verrat schon erwartet.

Der Zwerg lachte. »Oh, die Narretei der Jugend. Aber ich bin ein Sportsmann. Ich gebe dir eine Chance.«

»Wirklich? Und wie soll die aussehen?«

Dawson starrte mich an. »Alles, was du tun musst, ist, mich zu besiegen – in einem Elementarduell.«

30

»Ein Duell?«, fragte ich.

Er nickte. »Ein Duell. So beseitige ich meine Probleme. Und ich habe in gut zweihundert Jahren nicht ein Mal verloren.« Er sah über die Schulter zurück. »Ihr beide zieht euch besser ein wenig zurück.«

Die Riesen wanderten jeweils zu einem Rand der Höhle, sodass Dawson allein in der Mitte blieb. Die beiden Männer wirkten gelangweilt, als hätten sie ihren Boss schon Dutzende Male bei so etwas beobachtet. Wahrscheinlich stimmte das.

Der Zwerg stand vollkommen entspannt und mit leicht gebeugten Knien da. Er schob seinen Cowboyhut zurück, um mich besser sehen zu können. Seine Hände hingen locker herunter, während er die Finger immer wieder öffnete und schloss. Er erinnerte mich an einen Revolverhelden in alten Western, der gerade den Sheriff für einen Showdown am Mittag auf die Straße gerufen hatte. Klar. Elementarduelle passten perfekt zu Dawsons Cowboy-Fetisch. Zu dumm, dass ihn das umbringen würde.

»Ein Duell, hm?«, fragte ich wieder.

»Ein Duell«, wiederholte er. »Du und ich. Hier und jetzt. Denk darüber nach. Denk darüber nach, wie stark deine Magie ist. Du könntest mich besiegen.«

Aber Dawson klang nicht allzu besorgt. Der Mistkerl versuchte, mich zu reizen, damit ich den ersten Angriff startete. Etwas Dämliches unternahm. Oh, ich würde in der Tat etwas unternehmen, aber nicht das, was er erwartete.

Trotzdem musste ich das Spiel bis zum bitteren Ende spielen, also griff ich nach der Macht tief in mir. Ich sammelte sie und ließ jeden Teil meines Selbst von ihr erfüllen. Ich wusste, dass die Elementarmagie meine Augen silbern glühen ließ, auch wenn ich es selbst noch nie gesehen hatte. Überall um mich herum wurde das Murmeln der Steine lauter, weil sie meine Befehlsgewalt über sich spürten.

Doch der Zwerg war nicht besorgt. Wenn es überhaupt eine Reaktion auslöste, dann amüsierte ihn mein Vorgehen. Sofort griff Dawson nach seiner eigenen Steinmagie. Macht ergoss sich aus ihm wie das Wasser, das über die Höhlenwand floss, und seine Augen glühten in einem gedämpften Blau. Der Zwerg war stark, und seine Magie fühlte sich alt und abgetragen an wie ein Pferd, das man über Jahre eingeritten hat. Kein Wunder, dass er ein Duell wollte. Ein einziger Magiestoß von ihm wäre genug, um die meisten Elementare zu erledigen. Vielleicht sogar mich.

Der Zwerg lachte leise. »Du bist mächtig, Miststück, das muss ich dir lassen. Eine Menge rohe Magie. Ich werde wirklich Spaß mit dir haben.«

»Warum gibst du mir dann diese Chance, wenn ich angeblich so stark bin? Wenn ich dich besiegen könnte?«

»Weil ich Herausforderungen mag.« Dawson grinste und spuckte eine weitere Portion Tabaksaft aus. Die stinkende braune Brühe landete vor meinen Füßen.

»Weißt du, was ich mag, Tobias?«, fragte ich.

»Was?«

»Miese Tricks.«

Ich lächelte ihn an, dann warf ich meine Magie gegen die Höhlendecke.

Mir blieb keine Zeit für Finesse, Zurückhaltung oder auch nur Geduld. Ich hatte nur einen Versuch, und ich gab mein Bestes. Ich katapultierte so viel Magie wie möglich gegen die Höhlendecke. Meine gesamte Steinmagie *und* meine gesamte Eismagie, so schwach sie auch war. Das Wasser, das von den Stalaktiten getropft und an der Wand nach unten geflossen war, gefror sofort. Die Eiskristalle glitzerten wie Diamanten. Die plötzliche Eisbildung ließ Teile der Höhlenwand bersten. Große Stücke lösten sich von den Wänden und der Decke, Staub und Dreck wirbelten durch die Luft.

Jo-Jo Deveraux wurde nie müde zu betonen, dass ich mehr Steinmagie besaß als irgendjemand, den sie je zuvor gesehen hatte. Ich konnte nur hoffen, dass diese Aussage auch Tobias Dawson einschloss. Aber ich war von Dawsons Schlägen geschwächt und bei Weitem nicht auf der Höhe meiner Kraft. Und selbst wenn ich es gewesen wäre, ich wendete meine Macht immer noch gegen Steine, die schon lange vor meiner Geburt existiert hatten – und noch existieren würden, wenn ich schon lange tot war. Unzählige Schichten von Stein. Doch ich nutzte meine Macht, meine Steinmagie, wie einen Hammer und schlug mit roher Gewalt auf alles ein, was ich fühlen konnte.

Mir gegenüber runzelte Dawson die Stirn. Anscheinend war er sich nicht sicher, was zur Hölle ich tat oder warum ich ihn nicht angriff. Ich hatte vielleicht noch zwei oder drei Sekunden Zeit, bevor er verstand und mich mit aller Kraft attackieren würde.

Ich atmete tief durch und warf einen weiteren Schwung Steinmagie gegen die Decke, während ich gleichzeitig nach meiner Eismagie griff und die gefrorenen Tropfen zwang, sich auszudehnen. Ich schlug das Eis wie einen Meißel in den Stein. Eis und Stein. Meißel und Hammer.

Vor meinen Augen entstand silbernes Leuchten. Schweiß

tropfte mir in die Augen, meine Knie zitterten, und mein gesamter Körper wurde schlagartig schwach. Es schien, als hätte ich seit Jahren, Jahrzehnten geschuftet, obwohl erst eine, höchstens zwei Sekunden vergangen waren. Ich wollte meine Magie loslassen und mich ausruhen. Jeder Teil meines schmerzenden Körpers schrie mir zu, einfach loszulassen und mich in die Schwärze fallen zu lassen, die mich zu überwältigen drohte. Doch wenn ich das tat, wenn ich Dawson auch nur eine winzige Chance bot, würde er seine eigene Magie auf mich werfen. Mir fehlte die Kraft, seinen Angriff abzuwehren. Das konnte ich nicht mehr. Also biss ich die Zähne zusammen, drängte den Schmerz zurück und schlug weiter auf den Stein ein. Die Decke zum Einsturz zu bringen mochte das Letzte sein, was ich in meinem Leben tat, aber der Saftsack würde sterben.

Knack! Knack-knack!

Mein mieser Trick schien zu funktionieren. Ein großer Stalaktit brach von der Decke ab, fiel wie ein Messer nach unten und rammte sich einem der Riesen in die Schulter. Die Gestalt schrie schmerzerfüllt auf und fiel zu Boden. Scharlachrotes Blut färbte alles um den Körper herum, und der Stein unter meinen Füßen vibrierte in dunklerem Ton. Bei den Schreien des Riesen riss Dawson den Kopf herum. Sehr dumm von ihm, sich so ablenken zu lassen.

Ich arbeitete weiter. Eis und Stein. Meißel und Hammer.

Eine weitere Sekunde verging. Ein weiteres Stück der Decke brach ab, diesmal über Dawsons Kopf. Seine Steinmagie warnte ihn früh genug, dass er nach vorne und aus dem Weg springen konnte. Der Zwerg knallte hart auf den Boden, doch der Aufprall machte ihn nicht einmal benommen.

»Töte sie!«, schrie Dawson dem zweiten Riesen zu, noch während er sich auf die Füße kämpfte. »Töte sie, bevor sie die gesamte Decke zum …«

Zu spät.

Ich fühlte eine Schwachstelle im Stein, einen winzigen, verwundbaren Punkt, an dem jahrelang Wasser durch die Decke gedrungen war. Sofort sammelte ich ein letztes Mal meine Kraft und zwang so viel Magie, wie ich nur zwischen die Finger bekommen konnte, in diese kleine Lufttasche. Sie war nicht breiter als eine Nadel, aber doch breit genug.

KNACK!

Der höchste Punkt der Decke brach mit einem ohrenbetäubenden Knall auf, als wäre eine Wagenladung Granaten in dem Spalt explodiert. Das Tröpfeln des Wassers verwandelte sich in einen Sturzbach, der sich in die Höhle ergoss. Heftige Erdstöße erschütterten den Stein unter meinen Füßen. Staub, Dreck und Steinsplitter schossen wie Schrapnelle durch die Luft. Ich warf mich zu Boden und rollte nach hinten – weg von Dawson, den zwei Riesen und den Stalaktiten, die in einem Kreis über ihren Köpfen hingen. Ich entdeckte eine kleine Nische in der Höhlenwand, krabbelte die Wand hinauf und hinein. Die Öffnung war gerade groß genug, um meinen Körper aufzunehmen, aber der Fels hier war härter als das Gestein der Decke, das vom Wasser bereits zermürbt worden war.

Die Stalaktiten, die von der Decke gehangen hatten, fielen nach unten wie die Klingen einer Guillotine. Die erste Welle spießte den Riesen auf, der bereits verletzt war, bis er einer übergroßen Voodoo-Puppe glich, in die jemand Steinnadeln gesteckt hatte. Der zweite Mann schaffte es noch, fünf Schritte Richtung Ausgang zu laufen, bevor einer der Steinspeere ihm den Kopf spaltete. Den Blutschwall erkannte ich sogar durch den Nebel aus Wasser, Staub und herabfallenden Steinen.

Dawson war klüger als seine Lakaien. Und zäher. Wie ich warf er sich nach vorne und wich damit den tödlichsten der Stalaktiten aus. Sofort sprang der Zwerg wieder auf die Füße. Er entdeckte mich in meiner Nische und kniff hasserfüllt die

Augen zusammen. »Dafür werde ich dich umbringen, Miststück!« Sein Gebrüll hallte durch die Höhle und übertönte sogar das Zischen des Wassers und das Donnern der zerberstenden Steine.

Er rannte in meine Richtung, während er fallenden Tropfsteinen und dem rauschenden Wasser auswich. Seine blauen Augen glühten vor ungebändigtem Zorn. Er streckte die Hände aus, bereit, mir seine Magie entgegenzuwerfen oder mich aus meiner Nische in das fallende Geröll zu ziehen. Wahrscheinlich beides. Der Zwerg konnte den Höhleneinsturz vielleicht überleben – ich jedoch nicht. Mein Körper war nicht so widerstandsfähig und stark wie seiner. Ich hatte keine Messer, also gab es nur eine Sache, die ich tun konnte, um Dawsons Angriff abzuwehren.

Dieses Mal warf ich meine Magie auf ihn.

Meine Eismagie. Sie war das Einzige, was mir noch zur Verfügung stand. Meine Steinmagie hatte ich verbraucht, um die Decke zum Einsturz zu bringen. Also konzentrierte ich mich auf die Wassertropfen, die vor dem angreifenden Zwerg durch die Luft flogen, ließ sie einfrieren und schleuderte sie auf Dawson. Ich war bereits geschwächt, weil ich so viel Kraft verwendet hatte, also bildeten sich nicht die Messer, die ich mir vorgestellt hatte, sondern lediglich kleine Eissplitter, denen es kaum gelang, die Haut des Zwerges anzuritzen. Und er wurde nicht langsamer. Noch ein paar Schritte, und er hatte mich erreicht. Und ich wäre tot.

Entschlossenheit stieg in mir auf – kalt, hart, unnachgiebig. Wieder griff ich nach meiner Eismagie. Diesmal fiel es mir schwer … so verdammt schwer. Es war, als versuchte ich mit gespreizten Fingern Wasser zu schöpfen. Jedes Mal, wenn ich genug Magie gesammelt hatte, entglitt sie mir. Aber ich griff wieder danach und schloss meine Hände um das Rinnsal aus Macht tief in mir. Wieder versuchte die Magie, mir zu entkommen, doch ich klammerte mich daran fest, zog und zerrte daran, zwang ihr meinen Willen auf.

Und etwas in mir riss mit einem Ruck.

Für einen Moment fühlte ich mich wie ein rohes Ei, das auf den Boden gefallen war – zerbrochen, durcheinander, flüssig. Doch dann erfüllte mich Magie. Mehr Eismagie, als ich je zuvor gespürt hatte. Ich hielt nicht inne, um darüber nachzudenken, wo diese Macht herkam oder ob ich vielleicht nur halluzinierte. Ich benutzte sie vielmehr, um mehr Wasser in der Luft gefrieren zu lassen und auf Dawson zu schleudern.

Dieses Mal bildeten die Tropfen lange schlanke Eiszapfen, die wie Dolche durch die Luft sausten. Der Zwerg sah sie kommen. Fünf Schritte vor mir kam er schlitternd zum Stehen und setzte seine eigene Steinmagie ein. Er versuchte, meinen Angriff aufzuhalten, seine Elementarkraft einzusetzen, um seine Haut gegen die groben Waffen abzuhärten, wie ich es schon so viele Male getan hatte.

Doch es funktionierte nicht.

Vielleicht lenkte ihn das Chaos um ihn herum zu sehr ab. Vielleicht hatte ich mit meinem ersten schwachen Angriff seine Konzentration gestört. Vielleicht verstieß ich gegen die Regeln dieses Duells, und er wusste einfach nicht, wie er mit meinem unfairen Verhalten umgehen sollte.

Aus welchem Grund auch immer, die Eiszapfen rammten sich mit der Kraft von Steinsilber-Messern in Dawsons Brust. Das blaue Leuchten der Magie in den Augen des Zwerges erlosch, und er öffnete seinen Mund zu einem Schrei. Der Rest der Decke stürzte ein, und das Brüllen der Gesteinsmassen übertönte sein heiseres Stöhnen.

In der Höhle, die von Staub, Geröll, Schlamm und Wasser erfüllt war, hätte es dunkel sein müssen. Doch es war hell. Es gab Licht – und zwar auf mir. Ich starrte auf meine Hände. Die Spinnenrunen-Narben auf meinen Handflächen – diejenigen, die von dem Steinsilber verursacht worden waren, der sich vor all den Jahren in meine Haut gebrannt hatte – standen in Flammen … in eisigen Flammen. Und wieder fühlte ich ein Aufwallen von Magie in mir, stärker als vorher. Eismagie, die fast so stark war wie meine Steinmagie.

Nicht gut.

Für einen Moment trafen sich mein Blick und der des Zwerges. Panik, Angst, Schmerzen und Ehrfurcht spiegelten sich in Dawsons Blick. Und dann war er verschwunden, verschlungen von den fallenden Steinen, dem rauschenden Wasser und dem dichten Staub. Ich rollte mich zu einem Ball zusammen und drückte mich in die Wandnische, während Erde und Felsen um mich herum zitterten. Die Vibrationen des Steins verbanden sich in meinem Kopf zu einem brachialen endlosen Schrei. Ich hatte die Höhle mit meiner Magie zum Einsturz gebracht, hatte dem Gestein ebenso viele Schmerzen zugefügt, wie Dawson es mit seinem Bergbaugerät getan hatte. Das Geräusch sorgte dafür, dass sich mein Magen verkrampfte. Doch ich hatte mich zwischen dem Stein und mir entscheiden müssen, und wenn man mich vor diese Wahl stellte, wählte ich jedes Mal mich selbst.

Also schloss ich die Augen und lauschte auf das Kreischen des Gesteins, während die Höhle über mir zusammenbrach.

31

Ich kauerte in meinem üblichen Versteck, einem schmalen Spalt in der Wand der Gasse hinter dem Pork Pit. In dieser Nische fühlte ich mich immer sicher. Behütet. Vielleicht lag es daran, dass ich genau wusste, dass niemand außer mir hier hineinpasste – besonders niemand, der so groß war wie der Riese, den ich gerade umgebracht hatte.

Es war eine halbe Stunde vergangen, seitdem Douglas ins Restaurant eingedrungen war und Fletcher und Finn angegriffen hatte. Meine Tränen waren getrocknet, aber das Blut des Riesen klebte immer noch an meinen Händen. Ich kratzte mit einem Fingernagel über meine Haut und erzeugte so eine weiße Spur in den rostbraunen, angetrockneten Flecken.

Ich hatte es wieder getan. Hatte wieder getötet. Genauso wie in der Nacht, als der Feuerelementar meine Familie ermordet hatte und ich mein eigenes Haus über jedem zum Einsturz gebracht hatte, der sich darin aufhielt – inklusive Bria, meiner kleinen Schwester. Mein Magen verkrampfte sich, aber irgendwie gelang es mir, die Galle wieder runterzuschlucken, die in meiner Kehle aufstieg.

Die Hintertür des Pork Pit wurde langsam geöffnet, und Fletcher Lane trat in die Gasse. Der Mann mittleren Alters sprach kein Wort, als er sich ein paar Schritte vor mir entfernt im Schneidersitz auf dem Boden niederließ. Seine grünen

Augen strahlten wie die einer Katze, auch wenn sein Gesicht müde und schmerzverzerrt wirkte. Der Riese hatte ihn heftig erwischt.

Ich blieb in meinem Spalt, meiner Zuflucht, und fragte mich, ob das der Moment war, an dem Fletcher mir sagte, ich solle verschwinden – und niemals wiederkommen. Er hatte gesehen, was ich dem Riesen angetan hatte, hatte bezeugt, wozu ich fähig war. Wer wollte schon eine solche Person in seiner Nähe?

»Du bist jetzt schon eine Weile bei mir«, sagte Fletcher leise. »Und du bist ein kluges Mädchen, Gin. Ich bin mir sicher, dass dir einiges aufgefallen ist. Wie zum Beispiel die Tatsache, dass ich so oft weg bin.«

Und blutverschmiert zurückkommst, dachte ich. Ich wusste nicht, worauf Fletcher hinauswollte, aber zumindest erzählte er mir nicht, ich solle abhauen – noch nicht. »Ja, ist mir aufgefallen.«

Er nickte. »Ich bin mir sicher, dass du dich gefragt hast, wo ich hingehe, was ich treibe. Ich bin so oft weg.« Fletcher suchte meine Augen, bis ich der gesamten Kraft seines grünen Blicks ausgesetzt war. »Es ist Zeit, dass du die Wahrheit erfährst. Besonders nach heute Abend. Ich bin ein Profikiller, Gin. Ein Auftragsmörder. Seit Jahren schon.«

Vielleicht hätte ich überrascht, erschüttert oder sogar entsetzt sein sollen. Aber das war ich nicht. Nach dem Mord an meiner Familie und der harten Realität eines Lebens auf der Straße konnte mich so gut wie nichts mehr entsetzen. Meine Kindheit und meine Unschuld waren verschwunden, verdrängt von dem Wissen, dass Leute bösartig, kalt, verrückt und gefährlich waren. Also nickte ich nur, als ergäbe seine Enthüllung für mich Sinn. Und auf kranke Art war es auch so.

»Weißt du, was es bedeutet, ein Profikiller zu sein?«, fragte Fletcher.

Ich zuckte mit den Achseln. »Du tötest für Geld Leute.«

Er lächelte. »Meistens stimmt das. Manchmal allerdings werden mir Aufträge angeboten, die ich nicht annehme. Und manchmal werden die zurückgewiesenen Auftraggeber dann wütend auf mich. Manchmal finden sie mich und wollen mich erledigen.«

»Wie Douglas?«

»Genau wie Douglas.«

Obwohl dieses Gespräch sehr seltsam war, stieg in mir Neugier auf dieses zweite Leben von Fletcher auf. »Wen solltest du für Douglas umbringen?«

Ein Schatten huschte über Fletchers Gesicht. »Ein paar kleine Mädchen.«

»Und warum hast du es nicht getan?«

Fletcher starrte mich an. »Weil es Regeln gibt, Gin. Es gibt Dinge, die selbst ein Auftragsmörder nicht tun sollte. Unschuldige Kinder töten gehört dazu.«

Ich dachte an den Feuerelementar und all die Fragen, die sie mir über Bria gestellt hatte. Ich hatte der Magierin nicht geantwortet, nicht einmal, als sie mir mein eigenes Medaillon in die Hände gebrannt hatte. Weil ich gewusst hatte, was dann passieren würde. Ich wäre gestorben und Bria genauso.

»Was passiert, wenn jemand die Regeln bricht?«, fragte ich heiser.

Fletcher starrte mich an. »Ich versuche, dafür zu sorgen, dass derjenige niemandem mehr wehtun kann.«

Ich wusste, was er damit meinte. Er brachte sie um. Ich dachte an Douglas und die Art, wie der Riese mich angesehen hatte. Was er mir angetan hätte, wenn ich ihn nicht zuerst erledigt hätte. Ein Schauder lief über meinen Körper. »Das muss schön sein. Sich so um Leute kümmern zu können. So stark zu sein.« Die letzten Worte waren nur noch ein heiseres Flüstern.

Fletcher fixierte mich mit einem seltsamen Ausdruck, als dächte er gerade über etwas Wichtiges nach. Vielleicht überlegte er, ob er mich wegschicken sollte. Ich beschloss, es ihm einfacher zu machen. So viel schuldete ich ihm, und sei es nur für die Monate der Sicherheit, die er mir geschenkt hatte.

»Soll ich verschwinden?«

Fletcher runzelte die Stirn. »Natürlich nicht. Wieso denkst du das?«

Ich starrte, ohne zu antworten, auf das Blut an meinen Händen.

»Oh, Gin«, sagte er weich. »Du verstehst wirklich nicht, was du heute Abend getan hast, oder? Du hast mich gerettet. Und Finn. Douglas hätte uns alle drei ermordet, wenn du ihn nicht erstochen hättest. Wage es nicht, dich schlecht zu fühlen, weil du diesen perversen Mistkerl erledigt hast. Du hast getan, was du tun musstest. Sonst nichts.«

Der Knoten in meinem Magen löste sich. Vielleicht war ich ja doch kein solches Monster. Oder vielleicht war es mir inzwischen nur einfach egal.

»Ich möchte, dass du bleibst, Gin«, sagte Fletcher. »Solange du willst. Und wenn ich darf und wenn du es willst … würde ich dich gerne ausbilden.«

Ich starrte ihn verwirrt an. »Mich zu was ausbilden? Du bringst mir doch schon das Kochen bei.«

Er zögerte. »So zu sein wie ich. Das zu tun, was ich tue. Ich will dich zum Profikiller ausbilden.«

Vielleicht hätte ich überrascht sein müssen. Entsetzt. Entgeistert. Aber das war ich nicht. Stattdessen dachte ich an Douglas, den Riesen. Wie er sich auf mich gestürzt und wie ich mich verteidigt hatte. Ich wusste, dass es einfach nur Glück gewesen war, dass mein Messer ihn richtig erwischt hatte. Aber meine Familie war weg, und ich war allein. Ich war es leid, auf den Straßen zu leben und klein, schwach und hilflos *zu sein. War es leid, mich vor allem und jedem zu verstecken. Ich schaute Fletcher an. Es ging nicht nur darum, dass er ein Erwachsener war, älter als ich, größer, muskulöser. Fletcher Lane besaß eine innere Stärke, die ihn von anderen Leuten abhob. Plötzlich ging mir auf, dass ich genau diese Stärke auch besitzen wollte. Die Stärke, zu überleben.*

»Was ist mit Finn?«, fragte ich. »Er ist dein Sohn. Solltest du nicht ihn ausbilden?«

Fletcher lächelte. »Er ist mein Sohn, und ich liebe ihn, aber er hat nicht das richtige Temperament. Er ist zu leichtsinnig – zu auffällig. Du bist anders. Ruhiger. Du nimmst dir die Zeit, die Dinge zu analysieren, bevor du etwas unternimmst.«

Davon hatte ich keine Ahnung. Aber ich beschloss zu nehmen, was Fletcher mir anbot. Die Gelegenheit mit beiden Händen zu ergreifen und niemals zurückzuschauen. Genevieve Snow war tot. Ihre Familie war tot. Aber Gin Blanco war noch am Leben. Und ich wollte, dass es so blieb.

»Okay«, sagte ich. »Du kannst mich ausbilden.«

Fletcher nickte. »In Ordnung. Wir fangen noch heute Abend an. Komm. Lass uns zurück ins Restaurant gehen.«

Er stand auf und streckte mir die Hand entgegen. Ich starrte sie eine Sekunde lang an. Ich würde ein Profikiller werden. Dann konnte ich auch anfangen, mich wie einer zu benehmen. Was für mich bedeutete, allein auf die Füße zu kommen. Und das tat ich.

Fletchers grüne Augen strahlten, als er lächelte …

Ich schnappte keuchend nach Luft, als ich aus der traumverhangenen Erinnerung auftauchte. Es kostete mich einen Moment, mich zu erinnern, wo ich war, was geschehen war – und mir die Tatsache ins Gedächtnis zu rufen, dass ich wahrscheinlich bei lebendigem Leib begraben war. Panik stieg in mir auf und drohte, mich zu überwältigen. Doch ich drängte das heiße, sorgenvolle Gefühl zurück und bekämpfte es mit kalter Logik. Ich war noch am Leben, atmete noch. Und das bedeutete, dass ich noch eine Chance hatte, so klein sie auch sein mochte.

Ich hatte keine Ahnung, wie lange ich in meiner kleinen Nische kauerte, während die Erde unter meinem Körper gebebt hatte und die Höhle über mir zusammengebrochen war. Sicherlich waren Minuten vergangen, aber es konnten genauso gut Stunden gewesen sein. Doch jetzt war es ruhig. Die Erde zitterte nicht mehr, und es fielen keine Steine mehr herab. Das bedeutete, dass es Zeit wurde, mich zusammenzureißen.

Ich öffnete die Augen. Schwärze. Wieder stieg Panik in mir auf, und wieder drängte ich sie zurück. Ich hatte seit meiner Kindheit keine Angst mehr vor der Dunkelheit gehabt. Außerdem waren Dawson und seine Riesen tot. Sie stellten keine Bedrohung mehr dar. Hier unten gab es nichts außer mir, Steinen und Wasser. Nichts, womit ich nicht umgehen konnte.

Also blinzelte ich, konzentrierte mich und strengte meine Augen an. Die Schwärze hellte sich nicht auf. Keine große Überraschung, da ich mich unter der Erde befand. Ich streckte die Hände aus und tastete in der Dunkelheit herum. Ich fühlte nichts als Steine. Sie blockierten teilweise den Eingang der kleinen Nische, in der ich mich vor dem Höhleneinsturz in Sicherheit gebracht hatte. Ich hielt einen Moment inne, um die Schäden an meinem Körper zu begutachten. Bewegte meine Finger und Zehen und wiederholte die gesamte Bestandsaufnahme, die ich bereits beim Aufwachen in der Mine durchgezogen hatte. Ich war wund, zerkratzt, angeschlagen und hundemüde. Genau wie vorher. Doch letztendlich funktionierte alles noch.

Ich griff nach unten, um nach meiner Handtasche und der Heilsalbe zu suchen, die Jo-Jo mir gegeben hatte. Doch die Tasche war verschwunden. Genauso wie meine blonde Perücke.

Ich konnte auch die Kontaktlinsen nicht mehr in meinen Augen fühlen. Anscheinend hatte ich sie irgendwann verloren. Das Einzige, was ich noch am Körper trug, war mein schwarzes Kleid und die hochhackigen Schuhe. Keine große Hilfe. Also atmete ich tief durch, krabbelte vorwärts, streckte meine Hände aus und drückte.

Zu meiner Überraschung bewegten sich die Steine. Kleine Stücke lösten sich wie brüchige Eierschalen, als ich sie berührte, und so machte ich mich an die Arbeit. Ich habe keine Ahnung, wie lang ich dort in meiner Nische kauerte und Steine aus dem Weg schaufelte. Aufgrund meiner Schmerzen ging es langsam, aber schließlich hatte ich eine Öffnung geschaffen, die gerade groß genug war, dass ich mich hindurchdrücken konnte. Erst kniete ich mich hin, dann warf ich mich nach vorne und zwängte mich durch das Loch. Die Felsen bohrten sich in den dünnen Stoff meines Kleides und kratzten über meinen Bauch, aber das war mir egal.

Langsam stand ich auf. Es gab kein Licht, aber dagegen konnte ich vielleicht etwas unternehmen. Ich hob meine dreckigen Handflächen. Obwohl ich sie nicht sehen konnte, fühlte ich die Spinnenrunen-Narben in meiner Haut. Ich war immer fähig gewesen, mit meiner Magie ein kleines Flackern zu erzeugen, an dem ich mich orientieren konnte, besonders mit meiner Eismagie. Das vertraute silberne Licht waberte über meinen Handflächen, wann immer ich einen einfachen Eiswürfel oder Eisdolch schuf.

Also griff ich nach meiner Eismagie. Diesmal ging ich vorsichtig vor und rief nur ein winziges Rinnsal meiner Macht. Doch auch jetzt war der Zugang zu meiner Magie viel einfacher als vorher. Es dauerte nur einen Moment, bis die Narben auf meinen Handflächen in kaltem silbernem Licht erstrahlten. Besser als eine verdammte Taschenlampe.

»Nun, das ist ja mal was Neues«, murmelte ich.

Ich streckte meine leuchtende Hand aus. Der silberne Schein schwebte über die Reste der Höhle, und ich begutachtete den Schaden, den ich mit meiner Magie angerichtet hatte.

Jenseits der Nische, in der ich Zuflucht gefunden hatte, erhoben sich Felsen und Erdbrocken in wild gezackten Wellen. Dichter Staub hing in der Luft. Die Höhle, die einst so wunderschön und elegant gewesen war, bestand jetzt nur noch aus Haufen voller Geröll wie ein eingestürztes Haus. Tonnen aus Erde, Stein, Wasser und Schlamm füllten den gesamten Raum und blockierten den Zugang zum Ausgangstunnel. Ich sah nach oben. Über der ersten Steinwölbung musste eine dickere Gesteinsschicht gewesen sein, als Dawson vermutet hatte, denn der Stein hatte statt der natürlichen Krümmung der Höhlendecke einen stark abfallenden schrägen Hang gebildet.

Auf diesem Weg würde ich nicht entkommen. Denn selbst wenn mir meine gesamte Stärke zu Verfügung gestanden hätte, bezweifelte ich, dass ich mir den Weg durch so viel Fels und Erde hätte bahnen können. Ganz zu schweigen von meinem momentanen zerschlagenen, blutigen und erschöpften Zustand. Elementare mochten eine Menge reiner Macht besitzen, aber letztendlich gerieten wir alle an unsere Grenzen. Auch ich.

Also wanderte ich am Rand des Geröllfeldes entlang und kletterte, rutschte und fiel über eine steinige Düne aus schlammigem Fels nach der anderen. In der Ferne hörte ich das Rauschen von Wasser. Es klang, als würde eine Schüssel volllaufen. Ich hatte keine Ahnung, wohin das Wasser des Flusses lief, seitdem ich die Decke zerstört hatte, aber auf jeden Fall war es nicht weit entfernt. Ein weiterer guter Grund für mich, hier zu verschwinden. Ich hatte Dawson nicht erledigt, um jetzt einfach zu ertrinken.

Ich hatte gerade einen besonders hohen Geröllhaufen hinter mich gebracht, als ein leises Geräusch meine Aufmerksamkeit erregte. Ein winziges scharfes Jammern im Stein um mich herum. Ich hob meine glühende Handfläche. Ein Lichtblitz fiel mir ins Auge, und ich sah auf den Boden. Und dann wurde mir klar, dass ich auf Diamanten stand.

Sic lagen verstreut unter meinen schlammigen Schuhen wie stumpfe gefrorene Tränen. Die meisten waren zu winzigen Stücken und Splittern zerschlagen worden. Die Teile glitzerten im Licht meiner Hand. Immer noch wunderschön, obwohl sie zerstört waren. Zu dumm, dass sie mir im Moment überhaupt nichts nutzten. In diesem Fall waren sie weit davon entfernt, die besten Freunde einer Frau zu sein.

Ich ging weiter, bis ich die andere Seite der Höhle erreichte, doch Erde und Stein hatten den Ausgang vollkommen versiegelt. Was bedeutete, dass ich einen anderen Weg nach draußen finden musste – und zwar bald.

Also wanderte ich wieder in die Richtung, aus der ich gekommen war. Ich hielt gerade lange genug an, um meine zerstörten Stilettos auszuziehen und in die Dunkelheit zu schleudern. Die abgeknickten Absätze gefährdeten meine Füße mehr als Barfußlaufen. Ich hatte gerade wieder meine schützende Nische erreicht, als ich im grauen Stein eine weiße Stelle entdeckte. Was war das? Noch ein Diamant?

Ich kroch näher heran und begriff, dass es eine Hand war – Dawsons rechte Hand, die mit weit gespreizten Fingern aus einem Geröllhaufen ragte. Ich kletterte über die Felsen, um sie mir genauer anzusehen. Aber es war einfach nur eine heraussstehende Hand. Sonst nichts.

Ich suchte nach einem Puls, aber der Zwerg hatte keinen mehr. Die Kälte des Todes breitete sich bereits von ihm aus. Trotzdem hob ich noch einen scharfen Steinsplitter auf und schnitt Dawson das Handgelenk auf, um auf Nummer sicher zu gehen. Dann saß ich da, ruhte mich aus und beobachtete, wie sein schon zähflüssiges Blut in das Chaos aus Erde und Stein einsickerte.

Sobald das Blut gar nicht mehr floss, machte ich mich wieder auf den Weg.

Ich ging tiefer in die Dunkelheit, in den Teil des unterirdischen Raums, den ich nicht gesehen hatte, bevor Dawson mich zu einem Duell herausgefordert hatte. Die Höhle verengte sich zu einem schmalen Gang, der gerade breit genug war, dass sich eine Person hindurchquetschen konnte. Ich blieb davor stehen, starrte in die Finsternis und fragte mich, was wohl am anderen Ende dieses finsteren Regenbogens lag. Es gab nur einen Weg, das herauszufinden. Ich konnte nicht zurück, und ich musste hier raus.

Also trat ich in die stille Dunkelheit.

Der Gang war so dunkel wie die Höhle selbst und so schwarz wie die Kohle, die Tobias Dawson dem Berg entrissen hatte. Vor mir gab es kein Licht. Nichts, was mir dabei helfen konnte, lauernde Gefahren zu entdecken. Aber ich war dem Zwerg nicht entkommen, um mir jetzt hier unten das Bein zu brechen und zu verhungern. Also griff ich wieder nach meiner Eismagie. Sie folgte meinem Ruf so mühelos wie zuvor, und ich steigerte die Intensität der Flammen, die über meinen Spinnenrunen-Narben tanzten, bis ich genug sehen konnte, um weiterzugehen. Um mich herum murmelte der Stein – scharf, wütend und verletzt von dem Aufruhr, den er heute durchlebt hatte.

»Tut mir leid«, flüsterte ich dem Gestein zu. »Ich hatte keine andere Wahl.«

Meine Stimme hallte von den felsigen Wänden wider und wurde zu mir zurückgeworfen. Das Geräusch jagte mir einen kalten Schauder über den Rücken, und ich ging weiter, die Hände erhoben, um meinen Weg zu beleuchten. Der Gang wurde immer schmaler, bis ich mich seitwärts wenden musste, um noch hindurchzupassen. Doch ich ging weiter. Es war ja nicht so, als hätte ich viele andere Möglichkeiten. Ich konnte nicht zurück. Nur vorwärts.

Der Gang verbreiterte sich wieder ein wenig, sodass ich normal gehen konnte, statt mich durch den engen Felsriss hindurchzuwinden. Doch schon sechs Meter später verengte er sich wieder zu einem schmalen Spalt. Ich biss die Zähne zusammen und zwängte mich hindurch.

So ging es weiter. Manchmal konnte ich mühelos normal laufen. Manchmal musste ich mich seitwärts bewegen. Ab und zu musste ich auch den Bauch einziehen und mich durch Spalten drücken, die weniger als dreißig Zentimeter breit waren. Aber ich hielt nicht an. Trotz meiner vielen Verletzungen, trotz meines gebrochenen Kiefers und pulsierenden Schädels, trotz des seltsamen Brennens der kalten Magie in meinen Adern ging ich immer weiter. Anzuhalten hätte bedeutet, mich auszuruhen, zu schlafen. Und woher sollte ich wissen, ob ich je wieder aufwachen würde?

Hier unten konnte irgendein schädliches Gas austreten, das mich schon in diesem Moment langsam tötete. Irgendeine Form von Kohlenmonoxid oder etwas ähnlich Tödliches. Nein, ich wagte es nicht, anzuhalten. Nicht, um mich auszuruhen, nicht, um zu weinen. Gar nicht. Selbst wenn Fletcher plötzlich aus den Schatten getreten wäre und mir angeboten hätte, mir all die Geheimnisse zu enthüllen, die er vor mir gehabt hatte, mir zu verraten, wo Bria war und wie es ihr ging, wäre ich einfach an dem alten Mann vorbeigegangen.

Also wanderte ich durch die Dunkelheit mit nicht mehr als dem silbernen Glühen meiner Handflächen, um mir den Weg zu erhellen. Es gab Steine, über die ich steigen, die ich umrunden oder zwischen denen ich mich hindurchdrücken musste. Scharfe Felsen und Kiesel stachen in meine nackten Füße. Ich roch mein eigenes Blut. Und hörte das Murmeln des Gesteins um mich herum.

Sobald ich die zerstörte Höhle hinter mir gelassen hatte, war das Murmeln des Felsens wieder weich und sanft geworden. Es erzählte von Wasser, Luft und dem Lauf der Zeit, der so wenig Einfluss auf Stein hatte. Nach dem Schreien des Untergrunds und dem Jammern der zerbrochenen Diamanten in der Höhle war das Murmeln der Felsen so beruhigend wie ein Schlaflied. Aber ich blendete das Geräusch so gut wie möglich aus. Denn wenn ich darauf lauschte, würde ich anhalten wollen, nur für ein paar Minuten. Und dann wäre ich erledigt.

Ich weiß nicht, wie lange ich vor mich hin schlurfte, wie lange ich mich immer weiter durch die dunklen Spalten schleppte. Minuten, Stunden, Tage, bis zum Ende der Zeit. Aber plötzlich öffnete sich der schmale Gang, in dem ich mich befand, zu einem größeren Raum, fast so groß wie die Höhle mit den Diamanten. Ich hatte ihn schon halb durchquert, bevor ich bemerkte, dass ich direkt auf eine steile Felswand zulief.

Ich hielt an, blinzelte und hob meine leuchtenden Handflächen. In der Felswand verzweigte sich der Gang in zwei Richtungen, rechts und links. Zwei weitere dunkle Löcher wie all die anderen, durch die ich gelaufen, gekrabbelt und gekrochen war. Doch dieses Mal musste ich eine Entscheidung treffen. Welchen Gang sollte ich nehmen? Und machte es überhaupt einen Unterschied? Sie könnten beide tiefer in den Berg führen oder sich irgendwann wieder vereinen oder mich direkt in eine Sackgasse führen. Dem Gefühl nach war ich inzwischen lang genug gelaufen, um mich fast schon in China zu befinden.

Trotzdem musste ich es versuchen. Erst rechts. Ich ging ungefähr dreißig Meter tief in den rechten Gang, dann legte ich meine zerkratzte, blutige Hand gegen die Felswand. Das übliche leise Murmeln von Wasser, Stein und Zeit erklang. Dasselbe Geräusch, das ich nun schon seit Stunden hörte.

Ich seufzte, drehte mich um und schlurfte den linken Gang entlang. Wieder drückte ich meine Hand auf den Stein und lauschte auf seine Vibrationen. Wasser, Fels, Zeit. Nichts, was mir verriet, welchen Weg ich einschlagen sollte.

»Verdammt«, knurrte ich laut.

Mein Fluch hallte zur Decke des niedrigen Ganges und wurde von dort zurückgeworfen, bevor der Schall sich weiter ausbreitete. Ich seufzte und wischte mir mit einer Hand über das Gesicht, womit ich noch mehr Blut, Dreck und Staub in meine Haut einarbeitete.

Flatter-flatter. Flatter-flatter.

Ich erstarrte und fragte mich, ob ich mir das Geräusch nur eingebildet hatte. Ob ich mir irgendwie eine Gehirnerschütterung geholt hatte, ohne es zu merken. Ob ich vielleicht sogar schon tot war und das hier nur ein letzter Traum oder eine Art von Fegefeuer war, bevor ich wieder in der Hölle landete.

Flatter-flatter. Flatter-flatter.

Nein, ich bildete es mir nicht ein. Das Geräusch kam von irgendwo über mir. Spontan hob ich meine Hände mit nach oben gerichteten Handflächen über den Kopf. Wieder griff ich nach meiner Magie, und die kalten silbernen Flammen, die in meinen Spinnenrunen-Narben brannten, wurden heller. Ich hatte gerade die Wattzahl meiner menschlichen Taschenlampe erhöht.

Ich runzelte die Stirn und spähte in die Dunkelheit über meinem Kopf. Da schien irgendetwas Großes an der Decke zu hängen. Was zur Hölle …

Plötzlich löste sich eine Gestalt von der Decke. Dann noch eine und noch eine und noch eine. Es kostete mich einige Sekunden, um zu verstehen, was ich sah.

Fledermäuse.

Hunderte von Fledermäusen.

Anscheinend hatte sie mein laut ausgesprochener Fluch in ihrem Schlummer gestört. Denn die Tiere lösten sich allesamt von ihren Plätzen an der Decke und schwebten für einen Moment in der Luft, bevor sie davonflogen. Den linken Gang entlang.

Mein Herz machte einen Sprung, und ich folgte ihnen, so schnell ich nur konnte. Fledermäuse brauchten Luft, Licht, Insekten, Wasser. Wenn sie die Höhle verlassen konnten, dann konnte ich es auch. Mir war egal, ob es lediglich ein Loch gab, das gerade groß genug für die Tiere war. Ich würde eine Öffnung finden, durch die ich ebenfalls meinen Körper drücken konnte.

Natürlich waren die Fledermäuse viel schneller als ich und nicht durch den Mangel an akzeptabler Fußbekleidung behindert. Doch trotzdem eilte ich so schnell hinter den Tieren her, wie mein schmerzender Körper es eben zuließ. Der Gang machte ein paar Kurven, bevor er in einen runden Raum mündete. War es nur meine Einbildung, oder war es hier heller? Ich ließ meine Magie fallen. Der Raum wurde dunkel, und mein Herz sank. Trotzdem blieb ich stehen und wartete ab. Und langsam erkannte ich die ersten Umrisse.

Ich spähte nach oben, und da war es. Ein Loch, sechs Meter über meinem Kopf. Licht, das wie Morgendämmerung aussah, schimmerte durch ein Gewirr von Wurzeln, die wie Schlangen an den Wänden nach unten krochen. Ich spähte zu der Öffnung auf. Sie wirkte gerade groß genug, um hindurchzupassen. Jetzt ging es los.

Ich riss ein paar Fetzen von dem, was von meinem Kleid übrig geblieben war, ab und wickelte mir den Stoff um die Hände. Dann griff ich nach ein paar der Wurzeln und riss daran. Die Pflanze schien fest genug verankert zu sein, um mein Gewicht zu tragen, also fing ich an zu klettern.

Es war schwer. So verdammt schwer. Es fiel mir sogar schwerer als der Griff nach meiner Eismagie, als ich versucht hatte, Dawson in der Höhle dieses letzte Mal aufzuhalten. Doch Zentimeter für Zentimeter kämpfte ich mich an den dicken Ranken nach oben. Wann immer ich eine Felsspalte fand, rammte ich meine blutigen kalten Zehen hinein und ruhte mich einen Moment aus. Die Blätter um meinen Körper rochen ein wenig nach Tau. Ich hatte vielleicht die Hälfte des Aufstiegs geschafft, als eine kalte Brise in den Schacht pfiff.

Die Liebkosung der Luft an meiner zerkratzten, schmerzenden Wange trieb mir die Tränen in die Augen.

Doch ich drängte das Gefühl zurück. Jetzt war nicht der richtige Moment, um mich Emotionen hinzugeben. Ich konnte immer noch abrutschen und fallen. Und ich wollte verdammt sein, wenn ich an einem gebrochenen Genick starb. Nicht jetzt, wo der süße Sonnenschein nur noch ein paar Meter entfernt war.

Also atmete ich tief durch und kletterte weiter. Die Wände verengten sich zu einer Art Kuppel, an deren höchstem Punkt die Öffnung lag. Ich würde meine Ranken loslassen müssen, nach dem Rand des Loches greifen und hoffen, dass das Gestein an der Bruchkante nicht unter meinem Gewicht nachgab.

Ich fand eine Nische, in die ich meinen Fuß schieben konnte, und ruhte mich einen Moment aus, um mich zu sammeln. Zum letzten Mal. Als ich mich kräftig genug fühlte, beugte ich das Knie, warf das Bein nach oben und griff gleichzeitig nach dem Rand des Loches. Für eine Sekunde fanden meine Hände keinen Halt, doch im letzten Moment konnte ich eine weitere Ranke ergreifen, deren Wurzelstock irgendwo über der Öffnung lag.

So hing ich nur an meinen Fingerspitzen, und mein Körper baumelte in der Luft. Inzwischen weinte ich, weil die Schmerzen in meinen Händen, Armen und Schultern so allumfassend waren. Aber irgendwie klammerte ich mich trotzdem fest.

Ich schob eine Hand an der Ranke hoch. Dann die andere. Zog mich nach oben. Ich knurrte und schrie, als wäre ich von einem bösen Geist besessen. Und vielleicht war ich das auch. Denn mein Überlebenswille ist unglaublich stark. Alexis James hatte es nicht geschafft, diesen Willen zu brechen. Und auch Tobias Dawson war das nicht gelungen. Jetzt würde ich mich nicht von irgendeiner dämlichen rutschigen Wurzel aufhalten lassen.

Also klammerte ich mich fest und zog mich langsam höher wie eine Spinne, die ihr eigenes Netz erklimmt.

Schließlich befand sich meine rechte Hand über der Erde. Ich befühlte den Rand der Öffnung und testete die Festigkeit des Grundes. Fester Stein, mehr als stark genug, um mein Gewicht zu tragen. Ich schob mich höher und schaffte es, meinen rechten Ellbogen aus dem Loch zu schieben. Dann den linken. Ich holte Luft und drückte mich höher. Mein Kopf durchstieß das Gewirr von Ranken, das die Öffnung verbarg. Die frühmorgendliche Sonne schien mir ins Gesicht und blendete mich. Ich schloss die Augen und genoss die Wärme, so schwach sie auch war.

Und dann zog ich mich mit einem letzten Aufwallen von Kraft aus dem Loch und in die wärmenden Strahlen der aufgehenden Sonne.

32

Ich krabbelte auf Händen und Knien vom Loch weg und kam vielleicht sechs Meter weit, bevor ich zu Boden fiel. Für lange Zeit lag ich einfach nur dort auf dem Waldboden und atmete den erdigen Geruch der Blätter ein, die eine raue, raschelnde Decke unter mir bildeten. Über meinem Kopf flatterte es. Noch mehr Fledermäuse?

Nein, begriff ich nach einem Moment. Vögel. Die Vögel sangen. Was bedeutete, dass ich tatsächlich, endlich, dem unterirdischen Labyrinth entkommen war.

Ein Lächeln huschte über mein zerschlagenes Gesicht. Dann ließ ich los, und die Welt wurde schwarz.

Irgendwann später wachte ich in derselben Stellung auf, in der ich zusammengebrochen war. Eine Wange auf dem Boden. Arme und Beine in ungelenken Winkeln, inzwischen schwer und taub. Ich versuchte, mich auf die Knie zu stemmen, und stöhnte, weil jeder noch so kleine Teil meines Körpers wehtat.

Verdammt. Leben war schmerzhaft.

Irgendwie schaffte ich es, mich auf den Rücken zu rollen, während meine Arme und Beine quälend kribbelten. Ein Ahornbaum streckte seine Äste über meinen Kopf und spendete ein wenig Schatten. Die Sonne stand inzwischen höher am Himmel. Es sah aus, als wäre es ungefähr Mittag. Sobald meine Gliedmaßen wieder aufgewacht waren, hob ich den Kopf und musterte die Umgebung. Ich lag mitten in einem kleinen Wäldchen. Ahornbäume, Kiefern, Pappeln und andere Pflanzen umringten mich wie Soldaten. Rhododendronbüsche und Dornengestrüpp zogen sich zwischen den Bäumen hindurch wie grüne und braune Weihnachtsdekoration.

Ich seufzte. Obwohl ich nichts lieber tun wollte als hier liegen bleiben und die nächsten drei Tage verschlafen, wusste ich doch, dass ich mich in Bewegung setzen musste. Es war November. Und kalt. Ich hatte keine Ahnung, wo ich mich befand. Das bedeutete, dass die anderen mich nicht finden konnten. Wahrscheinlich dachten sie, ich wäre bereits tot, zusammen mit Dawson und seinen zwei Riesen unter der Erde begraben.

Ich grinste. Allein der Ausdruck auf Finns Gesicht wäre es wert, von den Toten zurückzukehren.

Mühsam und langsam rappelte ich mich erst auf die Ellbogen hoch, dann setzte ich mich richtig auf. Es dauerte noch länger, bis ich schließlich auf den Knien war. Dann stand ich auf. Ich sah mich auf der Lichtung um, auf der ich aus der Erde geklettert war, und fand einen abgebrochenen Ast. Ihn nutzte ich als improvisierten Gehstock, um langsam vorwärts zu humpeln. Bei jedem Schritt überschwemmten Schmerzen meinen Körper. Ich hatte mir an den scharfkantigen Felsen im Berg übel die Füße aufgeschnitten, und die dornigen Ranken und Zweige auf dem Boden machten es nicht besser. Aber ich stolperte weiter.

Ich konnte nicht abschätzen, wie lang ich lief – eine Stunde, vielleicht zwei –, aber schließlich erreichte ich einen kleinen Bach. Vielleicht war es derselbe, der über die Höhle geflossen war. Ich wusste es nicht, und es war mir eigentlich auch egal. Ich setzte mich mühsam auf einen der Steine am Ufer und hielt meine Füße ins kalte Wasser. Kalt wie Eis, aber ein Segen für meine geschwollenen Knöchel. Ich trank mehrere Hände voll, dann wusch ich mir so gut wie möglich Hände und Gesicht. Ich achtete sorgfältig darauf, feuchte Körperteile erst trocknen zu lassen, bevor ich den nächsten benetzte. Ich wollte mir jetzt nicht auch noch eine Unterkühlung einfangen.

Doch die kühle Feuchtigkeit belebte mich – und machte klar, wie übel meine Schmerzen wirklich waren. Es gab keinen Teil an meinem Körper, der nicht wehtat ... Aber die echten Probleme waren mein gebrochener Kiefer, mein schmerzender Schädel und die aufgeschlagenen blutigen Hände, Knie und Füße. Jo-Jo Deveraux würde sich ranhalten müssen, wenn sie mich heilte. Der Gedanke brachte mich zum Lächeln, dann zog ich sofort eine Grimasse, weil meine Gesichtsmuskulatur schmerzhaft protestierte.

Sobald ich mich stark und trocken genug fühlte, stemmte ich mich mithilfe meines Stocks wieder auf die Beine und schlurfte weiter. Ich war vielleicht eine halbe Stunde gegangen, als ich über etwas stolperte, was aussah wie zwei Furchen im Waldboden. Reifenspuren. Ich runzelte die Stirn. Wohnte hier oben irgendwer? Das konnte gut oder schlecht sein. Gut, wenn gerade niemand zu Hause war und sie ein Telefon besaßen. Schlecht, wenn die Bewohner zu Hause waren und mich nach meinem Äußeren beurteilten.

Trotzdem trat ich in die Reifenspur und bog nach links ab, kämpfte mich aufwärts, um zu erfahren, was hinter diesem Hügel lag. Ich stand schon auf der Lichtung, bevor ich kapierte, wo ich mich befand – auf der Zufahrtsstraße, von der aus man Dawsons Kohlemine überblicken konnte. Ich entdeckte die Spurrillen, die Donovans Auto verursacht hatte, als wir losgezogen waren, um in das Büro des Zwerges einzubrechen. Zur Hölle, ich stand wahrscheinlich gerade genau an der Stelle, an der ich meinen Striptease für den Detective hingelegt hatte.

Welch Ironie.

Ich schüttelte den Kopf und schleppte mich zur Abbruchkante. Aus dem Talkessel unter mir drang Lärm herauf. Männer schrien einander zu, unterlegt vom Brummen schweren Geräts. Ich humpelte näher an den Rand und starrte nach unten. Männer und Frauen, überwiegend Feuerwehrmänner, Polizisten und andere Rettungskräfte, bewegten sich über den steinigen Boden unter mir. Einige hatten ihre Fahrzeuge in den Talkessel gefahren. Blaulichter drehten und drehten sich. Die Sirenen waren aber ausgeschaltet. Die Leute sammelten sich in kleinen Gruppen. Manche unterhielten sich, aber überwiegend starrten sie auf die Mine.

Oder das, was davon übrig war.

Die rechte Wand des Talkessels, die noch vor Kurzem genauso hoch und stark gewesen war wie die anderen, war in sich zusammengebrochen und wirkte eher wie ein Haufen zerdrückter Alufolie. Der Eingang zur Kohlemine und der zweite kleinere Schacht, der zu den Diamanten geführt hatte, waren vollkommen verschwunden. Geröll war gute hundert Meter aus der Öffnung geworfen worden und hatte die Schienen unter sich begraben, die in die Mine geführt hatten. Dieser gesamte Teil des Talkessels wirkte wie eine Sandburg, die jemand umgetreten hatte.

Ich. Ich war diejenige, die getreten hatte. Ich hatte meine Magie eingesetzt, um Dawson zu entkommen, und hatte dabei den halben Berg zerstört. Ich hatte immer gedacht, Jo-Jo Deveraux hätte mir Zucker in den Arsch geblasen, als sie behauptete, ich wäre mächtiger als sie. Aber während ich den zusammengebrochenen Berg anstarrte, fing ich langsam an, ihr zu glauben. Der Gedanke krampfte mir den Magen zusammen.

»Verdammt«, flüsterte ich.

Für einen Moment blitzte ein anderes Bild vor meinem inneren Auge auf. Die zerstörten, eingestürzten Überreste des

Hauses meiner Kindheit. Auch dort hatte ich meine Magie eingesetzt, um es zu zerstören; um alle Steine fallen zu lassen, in dem Versuch, mich und Bria zu retten. Ich schüttelte den Kopf, und das Bild verschwand. Doch mein Magen blieb ein einziger Knoten.

Ich sah nach unten und stellte fest, dass meine Hände erneut glühten. Die Spinnenrunen-Narben auf meinen Handflächen standen wieder einmal in kalten silbernen Flammen – obwohl ich im Moment nicht bewusst mit meiner Magie verbunden war. Ich ballte die Hände zu Fäusten und drängte das Licht, die Magie, zurück. Nach einem Moment erloschen die Flammen und zogen sich in die Narben zurück, als wäre das Steinsilber in meiner Haut irgendwie die Quelle ihrer Macht. Ich schaffte es nicht, meinen Blick von meinen Handflächen abzuwenden. Bildete ich mir nur ein, dass die Spinnenrunen-Narben plötzlich deutlicher zu sehen waren? Aus irgendeinem Grund wirkten sie jetzt, als würde reines Silber unter meiner Haut schwimmen, während sie vorher nur fahle Narben gewesen waren. Ich rieb mir die schmerzende Stirn. Darum konnte ich mir später Sorgen machen. Viel später.

Wieder konzentrierte ich mich auf den Talkessel vor mir. Meine Augen huschten über die verschiedenen Gestalten. Trotz der Menge von Leuten kostete es mich nicht lange, ihn zu finden – Donovan Caine. Der Detective stand in der Nähe des Mineneingangs und musterte auf der Motorhaube eines Lastwagens etwas, was aussah wie eine Karte. Wahrscheinlich eine Karte der Kohlemine. Donovan trug einen weißen Schutzhelm, der seine Miene genauso verbarg wie die des Mannes neben ihm. Aber ich erkannte ihn ebenfalls. Owen Grayson.

Ich runzelte die Stirn. Warum sollte Owen Grayson hier sein? Dann erinnerte ich mich. Er war im Bergbaugeschäft, ebenso wie Dawson es gewesen war. Nachdem der Zwerg unter dem Berg begraben lag, war Grayson wahrscheinlich der einzige Minenexperte, den man in Ashland hatte auftreiben können. Hinter den zwei Männern schoben mehrere Bulldozer und Bagger Geröll zur Seite. Tobias Dawson war tot. Sie hätten sich das Benzin sparen können.

Ich stand dort oben und starrte auf Donovan, saugte den Anblick des schlanken, attraktiven Detectives förmlich in mich auf. Sobald das hier vorbei und ich geheilt war, würden er und ich ein langes Gespräch führen … über uns. Denn ich wollte den Detective, und er wollte mich auch – und ich war seine Moral leid. Seine Schuldgefühle darüber, dass er mit mir zusammen sein wollte, verhinderten, was wir haben konnten.

Obwohl ich Hunderte Meter entfernt stand, fühlte Donovan wohl irgendwie meinen unverwandten Blick, wie Leute es immer tun, wenn man nur lange und intensiv genug starrt. In dem Versuch, die Quelle seines Unwohlseins auszumachen, drehte er den Kopf erst nach rechts, dann nach links. Er sagte etwas zu Grayson und wanderte in meine Richtung. Donovan musterte jeden, an dem er vorbeikam. Ich trat höher auf die Kante, weil ich hoffte, dass er mich entdecken würde. Der Detective lief durch die Menge von Menschen und Maschinen. Nach einem Moment folgte Owen Grayson ihm. Wahrscheinlich war er neugierig, was der Detective vorhatte.

Caine hatte den Talkessel halb durchquert, als er anhielt und endlich nach oben schaute. Unsere Blicke trafen sich über die Entfernung. Grau auf Gold. Owen Grayson trat an seine Seite und folgte dem Blick des Detectives. Auch er entdeckte mich. Und lächelte.

Zumindest war irgendwer froh, mich zu sehen, denn Donovan war es nicht. Er schob seinen Helm nach hinten, und ich erkannte, dass er die Stirn runzelte. Dieser Anblick, der Mangel an Freude oder auch nur Erleichterung auf seinem Gesicht, verletzte mich mehr als die Felssplitter, die sich in meine Füße gebohrt hatten.

Ich konzentrierte mich auf Donovan und hob grüßend eine Hand. Der Detective stand ein paar Sekunden einfach da – vollkommen unbeweglich. Dann wandte er sich ab und sagte etwas zu Grayson, der erst die Stirn runzelte und dann nickte. Grayson entfernte sich ein paar Schritte und zog ein Handy hervor. Er tippte eine Nummer, dann sprach er mit jemandem, den Blick immer noch auf mich gerichtet.

Grayson beendete sein Telefonat und sagte etwas zu Donovan, der bestätigend nickte. Dann drehte der Detective sich um und ging zurück zum Eingang der eingestürzten Mine. Er sah nicht ein Mal zu mir zurück.

Und das tat verdammt noch mal *weh*.

Dass Donovan mir den Rücken zukehrte, schmerzte viel mehr als alles, was Dawson mir in der Kohlemine angetan hatte. Oder das, was ich in den letzten Stunden ertragen hatte. Aber mir blieb keine Zeit, mich mit der herzlosen Reaktion des Detectives zu beschäftigen – wegen Owen Grayson.

Grayson kehrte nicht zur Mine zurück. Stattdessen kam er näher, wobei er ab und zu einen Blick über die Schulter warf, um sicherzustellen, dass sich niemand für ihn interessierte. Er hielt am Fuß des Felsgrats an, auf dem ich stand, nah genug, dass ich sein breites Grinsen sehen konnte.

Zu dumm, dass dieses Grinsen auf dem Gesicht des falschen Mannes lag.

Doch noch merkwürdiger war, dass Grayson anfing, den Felsgrat zu erklimmen. Ich zog mich vom Rand zurück und humpelte zurück zur Lichtung. Ich wollte nicht, dass jemand mich in meinem momentanen Zustand sah – oder erriet, wo ich gewesen war. Sollten sie doch denken, dass Owen Grayson sich einen besseren Überblick über das Maß der Verheerung verschaffen wollte, die ich angerichtet hatte.

Aber in Bezug auf Grayson, der sich auf dem Weg zu mir befand, konnte ich im Moment nichts unternehmen, also setzte ich mich auf den Boden und lehnte mich an einen Baum. Und wartete.

Es kostete ihn nicht allzu lange, den Hang nach oben zu klettern. Er machte sich nicht einmal die Mühe, sich den Staub und die Blätter von den Jeans zu schlagen. Stattdessen kam er direkt zu mir, hielt an und ließ seine violetten Augen über meinen Körper gleiten, um meine Verletzungen abzuschätzen.

»Du siehst aus, als wärst du bis in die Hölle und zurück gelaufen«, murmelte er.

Ich rang mir ein kleines Lächeln ab. »Das könnte man so sagen.«

Grayson zog seine Lederjacke aus, ging auf die Knie und legte sie mir sanft über den Oberkörper. Sein Geruch stieg mir in die Nase – dieser vielschichtige erdige Duft, der mich an Metall denken ließ.

»Kann ich irgendwas für dich tun?«, fragte er. »Der Detective hat mich gebeten, deinen Freund Finnegan Lane anzurufen. Ich hatte gestern Abend auf Mabs Party ein recht interessantes Gespräch mit ihm. Ich glaube nicht, dass Mr. Lane mir geglaubt hat, als ich ihm erklärt habe, du ständest auf dem Bergrücken über der Kohlemine. Er hat mich einen grausamen, verlogenen Dreckskerl genannt, aber er hat auch erklärt, er wäre unterwegs. Und dass er mich, sollte ich lügen, mit bloßen Händen zu Tode prügeln würde.«

»Finn war wahrscheinlich nur aufgebracht. Er neigt dazu, in Krisen sehr emotional zu reagieren.«

»Und was tust du in Krisen, Gin?«, fragte Grayson.

Ich starrte ihn an. »Ich überlebe.«

Wieder breitete sich ein Grinsen auf seinem Gesicht aus, während sein Blick gleichzeitig bewundernd und amüsiert war. Es war ein Ausdruck, den ich in Donovans Augen nie gesehen hatte.

»Hat Donovan dort unten im Talkessel etwas zu dir gesagt? Irgendwas?«

Graysons Miene wurde verschlossen. »Nichts Wichtiges.«

Er klang so freundlich, so voller Mitleid, dass ich ihn mit meinem Stock schlagen wollte. Ich hasste es, wenn jemand Mitleid mit mir hatte.

»Donovan war nicht glücklich, mich zu sehen, oder? Er dachte, ich wäre zusammen mit Dawson und den anderen in der Mine gestorben, und darüber war er glücklich. Oder zumindest erleichtert.« Mein Herz verkrampfte sich bei diesen Worten, aber ich wusste trotzdem, dass sie wahr waren. Nur so ließ sich die kalte Reaktion des Detectives erklären. »Er wollte nicht, dass ich noch am Leben bin. Nicht wirklich.«

Owen Grayson zuckte mit den Achseln. »Ich habe keine Ahnung, was Donovan Caine denkt oder will, aber ich halte ihn für einen schrecklichen Narren.«

»Warum?«

Owen starrte mich an. »Weil er dort unten ist, um nach Dawson zu suchen, während ich hier oben bei dir bin.«

Dazu sagte ich nichts. Meine Gefühle waren noch zu roh, zu frisch. Grayson öffnete wieder den Mund, aber das Geräusch eines Motors schnitt ihm das Wort ab. Er stand auf.

»Ich glaube, dein Freund Finn ist da«, murmelte er.

Grayson streckte mir die Hand entgegen, aber ich nahm sie nicht. Stattdessen kämpfte ich mich mithilfe meiner improvisierten Krücke allein auf die Beine.

»Du weißt, dass du dich auf mich stützen kannst, wenn es nötig ist.«

Ich schüttelte den Kopf. »Nicht nötig. Mir geht's gut.«

Wieder umspielte dieses winzige Lächeln seine Lippen. »Ich glaube, deine Definition des Wortes *gut* muss dringend überdacht werden.«

Das Brummen des Motors wurde lauter. Wer auch immer

es war, er hatte es eilig. Ein paar Sekunden später schoss Finns Cadillac Escalade aus den Bäumen und kam schlitternd vor uns zum Stehen. Die Reifen drehten sich noch einen Moment und warfen Schlamm auf mich und Grayson. Ich verzog das Gesicht. Eine letzte schmutzige Beleidigung nach einer höllischen Nacht.

Die Türen des Geländewagens wurden aufgerissen. Finn sprang zuerst heraus. Seine grünen Augen huschten über meinen Körper, als könnte er einfach nicht glauben, was er sah. Dann öffneten sich die anderen Türen, und Jo-Jo Deveraux stieg aus, gefolgt von Sophia. Die drei standen neben dem Wagen und starrten mich einfach nur an.

Finn wirkte gleichzeitig entgeistert, überglücklich und fassungslos. In Jo-Jos Augen stand ein nachdenklicher, wissender Ausdruck, der mir nicht gefiel. Und Sophia, nun, die Grufti-Zwergin lächelte mich tatsächlich an – soweit sie jemals jemanden anlächelte.

»Habt ihr mich vermisst?«, krächzte ich.

33

Es folgten eine Menge tränenverhangene Umarmungen. Finn stand dabei an erster Front. Sanft legte er die Arme um mich und drückte gerade so fest, wie er sich traute. Jo-Jo war für den Großteil der Tränen verantwortlich. Sturzbäche rannen über das Gesicht der Zwergin, als wären ihre Augen die Quelle eines Wasserfalls. Schnell war ihre wasserfeste Mascara dahin. Sophia blieb unerschütterlich wie immer.

»Wie bist du aus diesem Berg entkommen?«, fragte Finn. Seine grünen Augen huschten immer noch über meinen Körper, als wäre er sich noch nicht ganz sicher, ob ich tatsächlich am Leben war.

Ich öffnete den Mund, um ihm zu antworten, als Jo-Jo mir ins Wort fiel. »Später«, erklärte die Zwergin. »Schau dir das arme Mädchen doch an. Wir müssen sie zurück zu Warren bringen, damit ich anfangen kann, sie zu heilen. Jetzt sofort. Sophia, wenn du so freundlich wärst?«

Die Grufti-Zwergin kam zu mir und hob mich hoch. Ihre Berührung war viel sanfter, als ich mir je vorgestellt hätte, und sie hielt mich, als wäre ich eine zarte Kristallstatue, die jeden Moment zerbrechen könnte.

»Ich kann laufen«, protestierte ich. »Das habe ich schließlich die ganze Nacht getan.«

»Und genau deswegen wirst du dich jetzt ausruhen«, erklärte Jo-Jo bestimmt. »Du wirst deine Stärke für die Heilung brauchen. Denn das wird kein schönes Gefühl, Süße. Besonders nicht dein Gesicht.«

Sophia stiefelte zum Auto. Jo-Jo öffnete ihr die Tür zur Rückbank. Owen Grayson kam herüber und hielt die Grufti-Zwergin auf, bevor sie mich in den Innenraum legen konnte.

»Ich wüsste auch gerne, wie du aus dem Berg entkommen bist«, sagte er. »Vielleicht wirst du es mir demnächst mal beim Abendessen verraten.«

Ich dachte an Donovan und die Art, wie er mir den Rücken zugewandt hatte. Ich war mir nicht ganz sicher, wie ich im Moment in Bezug auf den Detective empfand, und noch weniger konnte ich sagen, wie es bei jemand Neuem wie Owen Grayson aussah. Aber ich dachte daran, wie Grayson mich angesehen hatte – offen, direkt und ohne Verurteilung in seinen violetten Augen. »Vielleicht.«

»Du hast meine Nummer«, antwortete Grayson.

Ich schnaubte. »O ja, die habe ich.«

»Wir sehen uns, Gin. Und zwar bald, wenn es nach mir geht.«

Ich wunderte mich über den selbstbewussten Ton in seiner Stimme, während gleichzeitig eine seltsame Vorfreude in mir aufstieg. Mir kam der Gedanke, dass es vielleicht … nett wäre, umworben zu werden, einfach begehrt zu werden ohne Schuldgefühle, Bedingungen oder Überlegungen über Moral. Auf jeden Fall wusste ich, dass ich Owen nicht zum letzten Mal begegnet war. Warum auch immer er sich für mich interessierte, er würde so schnell nicht lockerlassen.

Der Mann schenkte mir ein weiteres Lächeln, bevor Sophia mich auf den Rücksitz des Cadillacs legte. Unsere Blicke trafen sich. *O ja*, dachte ich, während ich ihn durch das getönte Glas anstarrte.

Owen Grayson war es definitiv wert, ihn im Auge zu behalten.

Finn fuhr langsam, aber trotzdem war es eine holprige Fahrt über den Waldweg. Jedes Schlagloch fuhr mir direkt in die Knochen. Jetzt, wo ich unter Freunden war, konnte ich mich entspannen und den harten Überlebenswillen, an dem ich mich so lange festgeklammert hatte, loslassen. Und das sorgte dafür, dass mein Körper plötzlich viel mehr schmerzte als zuvor. Ich musste in Ohnmacht gefallen sein, denn als ich das nächste Mal etwas mitbekam, lag ich auf dem rechteckigen Tisch im vorderen Teil des Country Daze.

»Was tun wir hier?«, murmelte ich, während ich an die Decke starrte, an der sich langsam ein Ventilator drehte.

Jo-Jos Gesicht schob sich in mein Blickfeld. »Als der Berg einstürzte, ist im Garten ein riesiger Krater entstanden. Er hat sich bereits mit Wasser gefüllt. Bis jetzt hatte es keine Auswirkungen auf das Haus, aber das kann noch kommen. Also haben wir dich in den Laden gebracht, wo es sicherer ist. Entspann dich, Gin, so gut es eben geht. Denn das hier wird wehtun.«

Jo-Jos Augen schlugen in ein leuchtendes Weiß um, und die Luftmagie strahlte in unsichtbaren Wellen von ihr aus. Die Zwergin legte mir ihre Hand auf die Stirn. Der heiße Schmerz ihrer Macht erfüllte mich, und ich fiel wieder in die Dunkelheit.

Als ich wieder zu mir kam, lag ich auf einem Bett, das nicht mein eigenes war. Ich fühlte mich ein wenig besser, aber gleichzeitig vollkommen erschöpft. Das verriet mir, dass mein Körper sich immer noch vom Trauma von Jo-Jos heilender Luftmagie erholte. Bei dem Gedanken, wie viel Magie die Zwergin vermutlich hatte anwenden müssen, um mich wieder in Ordnung zu bringen, lief mir ein Schauder über den Rücken. Doch jemand hatte mich gewaschen, während ich bewusstlos gewesen war. Jetzt trug ich zu große schwarze Jogginghosen, ein passendes langärmliges Oberteil und dicke Socken.

Ich warf die Decke zurück, stand auf und stolperte zu der Kommode in der Ecke, um mich im Spiegel anzustarren. Ich sah aus wie immer: dunkelbraune Haare, graue Augen, helle Haut, ein paar Sommersprossen auf Nase und Wangen. Ich bewegte meinen Kiefer. Alles wie gehabt, und auch alle Zähne schienen wieder festzusitzen. So schrecklich ich auch ausgesehen haben mochte, als ich aus dem Berg entkommen war, Jo-Jo hatte mich geheilt, jede einzelne Verletzung. Ich musste Finn dazu bringen, der Zwergin diesmal einen wirklich fetten Bonus auszuzahlen.

Ich öffnete die Schlafzimmertür und sah mich um. Nach all den Bildern von Warren, Violet und dem Rest der Familie an der Wand zu urteilen, befand ich mich im oberen Stockwerk des Fox-Hauses. Ich ging nach rechts und tapste zu einer schmalen Treppe. Gerade als ich den Treppenabsatz erreicht hatte, erregte ein Schimmern vor dem Fenster meine Aufmerksamkeit. Der kleine Fluss, der am Haus der Foxes und dem Laden vorbeigeflossen war, hatte sich zu einem großen See verwandelt. Er lag in einer neu entstandenen Kuhle und erstreckte sich vielleicht über vierhundert Meter von Ufer zu Ufer. Wahrscheinlich direkt über der Stelle, wo vorher die Höhle mit den Diamanten gewesen war. Der See zeigte mir erneut, in welchem Ausmaß meine Magie die Landschaft verändert hatte. Und ich hatte es getan, ohne auch nur einen Moment über die Konsequenzen meiner Handlungen nachzudenken.

»Verdammt«, flüsterte ich.

Ich schüttelte den Kopf und stieg die Treppen nach unten. Im Wohnzimmer hörte ich leise Stimmen, also ging ich in diese Richtung.

»... kann einfach nicht glauben, wie viel Macht sie eingesetzt hat, wie viel Magie sie anzapfen konnte.«

Ich erstarrte und blieb wie angewurzelt stehen. Es war Jo-Jo, die gerade sprach – über mich.

»Ich hätte es auch nicht geglaubt, wenn ich es nicht gespürt hätte«, antwortete Warren T. Fox mit seiner hohen, näselnden Stimme. »Hat sich angefühlt, als würde der gesamte Berg in zwei Teile zerbrechen. Schlimmer als ein Erdbeben.«

»Gin erkennt gerade erst das volle Ausmaß ihrer Macht«, antwortete Jo-Jo. »Ab jetzt wird sie nur noch stärker.«

»Ich hätte sie ungern gegen mich«, murmelte Warren.

Ich wartete im Flur, aber die beiden sagten nichts mehr. Also tapste ich ins Wohnzimmer, wo sie saßen. Beide sahen mich an. Sophia und Finn waren nirgendwo zu entdecken, und Violet war wahrscheinlich bei Eva. Vor Warren und Jo-Jo flackerte der Fernseher und zeigte ohne Ton Bilder von der eingestürzten Mine.

»Fühlst du dich besser?«, fragte Jo-Jo.

Ich zuckte mit den Achseln. »Allerdings. Aber ich bin noch müde.«

»Das wirst du noch eine Weile sein«, antwortete die Zwergin. »Diesmal hat es mich ziemlich lang gekostet, dich zusammenzuflicken. Was auch immer du in dieser Mine getrieben hast, es hat seinen Tribut gefordert.«

Ich antwortete nicht. Stattdessen sah ich Warren an. »Ich bin mir sicher, dass du es inzwischen erraten hast, aber Dawson ist tot. Genauso wie zwei seiner Riesen. Er wird dich nicht mehr belästigen.«

Der alte Mann in seinem leise wippenden Schaukelstuhl nickte. »Das hatte ich mir schon gedacht.«

»Was ist dort unten geschehen, Gin?«, fragte Jo-Jo. »In der Mine?«

Ich setzte mich aufs Sofa und zog meine Beine unter den Körper. »Dawson hat mich auf Mab Monroes Party bewusstlos geschlagen. Irgendwie hat er meine Magie erkannt. Als ich aufwachte, war ich mit dem Zwerg und zweien seiner Riesen in der Mine. Wir befanden uns in dieser Höhle, dieser wunderschönen Höhle. Dort lagen die Diamanten. Hunderte von ihnen standen wie winzige Lampen aus den Steinwänden. Dawson hat mich geschlagen. Er wollte wissen, ob Warren mich angeheuert hat, um ihn umzubringen. Das Übliche eben.«

»Was hast du gesagt?«, fragte Warren.

Ich lächelte. »Ich habe ihm erzählt, ich würde für Mab Monroe arbeiten. Dass sie ihn tot sehen wollte.«

Jo-Jos Augen flackerten für einen Moment, doch sie verdrängte das Gefühl, bevor ich es identifizieren konnte.

»Und was ist dann passiert?«

Ich zuckte mit den Achseln. »Ich ging davon aus, dass ich dort nicht lebend rauskommen würde und dass ich genauso gut Dawson und seine Lakaien mit mir in den Tod reißen könnte. Also habe ich meine Stein- und Eismagie eingesetzt, um die Decke zum Einsturz zu bringen. Dafür brauchte er dein Land, Warren. Die Höhle lag direkt unter dem kleinen Fluss, und die Decke war zu instabil, um die Diamanten abzubauen, ohne dass du es merkst.«

Warren nickte.

»Nachdem der Staub sich gelegt hatte, lebte ich noch, die anderen aber nicht. Also habe ich nach einem Weg aus der Höhle gesucht und habe auch einen gefunden. Ende der Geschichte.«

Ich erzählte Jo-Jo nichts von meinen Händen, nichts von der Tatsache, dass ich scheinbar mehr Eismagie besaß als jemals zuvor. Dass ich die kühle Macht selbst jetzt in meinen Adern fühlen konnte. Dafür wäre später noch genug Zeit. Nachdem ich für mich selbst geklärt hatte, ob ich es mir nicht nur einbildete.

Ich deutete mit dem Kinn auf den Fernseher. »Was erzählen sie?«

Warren drückte einen Knopf auf der Fernbedienung, und der Ton schaltete sich an. »Sie behaupten, es wäre ein Erdbeben gewesen. Dass Dawson und seine Männer auf einem nächtlichen Inspektionsgang in der Mine davon überrascht wurden. Sie graben immer noch nach ihnen, obwohl inzwischen alle davon ausgehen, dass sie tot sind.«

Ich dachte an Dawsons fahle Hand, die aus dem Geröllberg stand – und daran, wie ich dem Zwerg die Pulsader aufgeschnitten hatte, nur um auf Nummer sicher zu gehen. »Ja, Dawson ist tot und begraben.«

»Ich bin nur froh, dass du nicht dasselbe Ende gefunden hast.«

Ich starrte auf den Trümmerhaufen auf dem Bildschirm, während in meinen Ohren das Geräusch von rumpelnder Erde und schreiendem Stein widerhallte. »Ich auch.«

Jo-Jo zog los, um Finn und Sophia anzurufen und ihnen zu erzählen, dass ich endlich aufgewacht war. Ich blieb allein mit Warren im Wohnzimmer zurück. Der alte Kauz schob sich mit knackenden Knochen aus seinem Schaukelstuhl und verschwand. Also sah ich mir die Nachrichten über das Minenunglück an.

Eine Minute später kam Warren mit einem kleinen Bilderrahmen in der Hand zurück. Er starrte ihn kurz an, dann drückte er ihn mir in die Hände. »Hier. Ich weiß, dass ich niemals wiedergutmachen kann, was du mit Dawson getan hast. Und all die Schmerzen, die du durchlitten hast. Aber ich möchte dir etwas geben, und ich dachte, das hier könnte dir gefallen.«

Ich starrte das Bild an. Auf dem Rahmen lag eine feine Staubschicht, und ich wischte sie mit meinem T-Shirt weg. Das Foto mochte einst in Farbe gewesen sein, aber es war schon vor langer Zeit zu einem dumpfen Gelb verblasst. Zwei junge Männer, kaum mehr als Teenager, sahen aus dem Rahmen zu mir auf. Der kleinere der beiden war offensichtlich Warren T. Fox. Er starrte mit ernster Miene in die Kamera, als gefiele es ihm überhaupt nicht, dass man ihn fotografierte. Der andere Mann war Fletcher, dessen breites Grinsen Warrens Ernsthaftigkeit mehr als wettmachte. Sie beide trugen T-Shirts und Arbeitshosen. Zu ihren Füßen lagen Angelruten und Köderboxen, zusammen mit einem Haufen Fische. Im Hintergrund standen Bäume.

»Sind das du und Fletcher?«, fragte ich.

Warren setzte sich wieder in seinen Schaukelstuhl und fing an zu schaukeln. »Das sind wir. Das Foto wurde ein paar Monate aufgenommen, bevor er das Pork Pit eröffnet hat. Ist das letzte Bild von uns zusammen.«

»Willst du es dann nicht lieber behalten?«

Warren zuckte mit den Achseln. »Ich brauche kein Foto, um mich an Fletcher zu erinnern. Habe ich nie gebraucht.«

Er starrte auf den Fernseher, aber trotzdem sah ich das feuchte Glitzern in seinen dunklen Augen. In diesem Moment wurde mir klar, dass Warren Fletcher Lane genauso sehr vermisste wie ich, auch wenn der alte Mann es nie zugegeben hätte. Und ich wusste auch, dass dieses Bild zu seinem wertvollsten Besitz gehörte, weil es ein Symbol für ihre Freundschaft war, für ihre gemeinsame Kindheit und Jugend und für all die guten Zeiten, Hoffnungen und Träume, die sie geteilt hatten. Ich besaß Bilder von Fletcher, aber nichts in dieser Art. Keines, das ihn so sorglos und fröhlich zeigte. Keines, das ihn so präsentierte, wie er wirklich war, ohne die ruhige Fassade, die er über die Jahre so vielen Leuten gezeigt hatte – inklusive mir. Zum ersten Mal hatte ich das Gefühl, den echten Fletcher Lane zu sehen.

Und jetzt schenkte Warren mir dieses Foto. Seine Geste berührte mich, wie es schon seit langer Zeit nichts mehr getan hatte. Ich mochte ja seit siebzehn Jahren als Profikiller arbeiten und viele Leute umgebracht haben, aber Warren und Violet zu helfen, gehörte zu dem Besten, was ich je getan hatte.

»In Ordnung«, sagte ich. »Es gibt da eine freie Stelle an der Wand des Pork Pit. Ich denke, dort wird es gut hinpassen.«

Warren nickte.

Ich ging zu ihm, beugte mich vor und küsste ihn auf die runzlige Wange. Er duftete nach Old Spice und Pfefferminze. »Und vielen Dank dafür.«

Er sah mich nicht an, aber die Röte kletterte von seinem Hals nach oben und überzog sein Gesicht mit einem feinen Film. »Es ist nichts.«

»Doch«, sagte ich, während ich auf Fletchers lächelndes Gesicht starrte. »Mir bedeutet es viel.«

Peinlich berührt schob Warren vor, er müsste nach dem Laden schauen, und ließ mich allein im Wohnzimmer zurück. Ich saß dort und starrte auf das Foto von ihm und Fletcher, bis Jo-Jo zurückkam.

»Was ist das?«

Ich zeigte ihr das Bild.

»Nett von ihm, dir das zu schenken«, meinte die Zwergin und setzte sich aufs Sofa.

»Ja, das ist es.«

Wir schwiegen eine Weile. Schließlich brach Jo-Jo die Stille. »Willst du darüber reden?«, fragte sie sanft. »Darüber, was im Berg passiert ist? Über deine Magie? Darüber, dass du jetzt noch stärker bist?«

Ich riss den Kopf hoch. »Woher zur Hölle weißt du das?«

Ihre hellen Augen strahlten alt und wissend aus ihrem sorgfältig geschminkten Gesicht. »Ich konnte es fühlen, als ich dich geheilt habe. Deine Eismagie ist jetzt stärker, richtig?«

Ich seufzte und erzählte ihr, was in der Höhle geschehen war. Erzählte ihr, wie ich gefühlt hatte, dass in mir etwas nachgegeben und dass meine Spinnenrunen-Narben heller geleuchtet hatten als eine Taschenlampe. Ich zeigte es ihr sogar.

Jo-Jo lehnte sich vor und musterte meine silbern leuchtenden Handflächen. Dann nickte sie und lehnte sich wieder zurück.

»Also, was ist mit mir passiert? Ist es vorübergehend? Dauerhaft? Habe ich meine Steinmagie kaputtgemacht oder irgendwas?«

Jo-Jo lachte leise. »Nichts Derartiges, Gin. Aber ja, ich glaube, es ist dauerhaft.« Sie sah mich unverwandt an. »Hast du dich je gefragt, warum deine Steinmagie so viel stärker war als deine Eismagie?«

Ich zuckte mit den Achseln. »Eigentlich nicht. Es ist schon selten genug, überhaupt zwei Elemente kontrollieren zu können. Ich bin einfach immer davon ausgegangen, dass meine Eismagie schwächer ist.«

Jo-Jo schüttelte den Kopf. »Nein, Süße, deine Eismagie ist nicht schwächer. Sie war nur blockiert – bis jetzt.«

Ich runzelte die Stirn. »Wie?«

Sie deutete mit dem Kopf auf meine Handflächen. »Von diesem Steinsilber in deinen Händen. Du weißt genauso gut wie ich, dass Steinsilber ein magisches Metall ist, dass es elementare Magie aufnehmen und speichern kann.«

»Und?«

»Steinsilber kann Magie auch blockieren. In deinem Fall hat das Metall in deinen Händen dich davon abgehalten, dein volles Potenzial auszuschöpfen.«

»Das verstehe ich nicht.«

Jo-Jo legte ihre Füße auf den Couchtisch. Sie waren nackt, und die Nägel waren pink angemalt wie immer. »Du weißt, dass bei Elementarmagie eine Menge auf dem Dualitätsprinzip beruht. Es gibt viele Vorlieben und Abneigungen zwischen den vier Elementen. Die Steinmagie ist eher intern. Du musst nichts tun, um die Vibrationen der Steine um dich herum zu hören. Bei der Luftmagie ist es genauso. Aber Feuer und Eis sind anders. Diese Magie geben die meisten Elementare über ihre Hände frei. Es geht einfach schneller, einen Feuerball in der Hand zu formen, als ihn aus den Augen oder dem Arsch schießen zu lassen.«

Ich grinste, als ich mir das bildlich vorstellte.

»Du aber hattest Steinsilber in deinen Handflächen. Also hat das Metall in gewisser Weise jedes Mal deine Eismagie blockiert, wenn du versucht hast, sie über die Hände freizugeben. Ein bisschen wie ein Nadelöhr. Verstehst du?«

Ich dachte an all die Male, wo ich einen Eiswürfel oder Dietriche geschaffen hatte. Jo-Jo hatte recht. Ich hatte dafür fast immer meine Hände verwendet. Aber wann immer ich nach meiner Steinmagie griff, um meine Haut zu verhärten, kam die Kraft einfach aus meinem Inneren. »Ich denke, ich habe es kapiert. Aber wieso war ich in der Höhle fähig, so viel Eismagie anzuzapfen, wenn das Steinsilber sie doch blockiert hat?«

Jo-Jo starrte mich an. »Weil du endlich verzweifelt genug nach deiner Eismagie gegriffen hast, um die Steinsilber-Blockade zu durchbrechen. Du hast das Metall sozusagen aufgesprengt. Deine Eismagie war immer genauso stark wie deine Steinmagie, Gin. Jetzt ist sie endlich an die Oberfläche gekommen, wo du sie auch benutzen kannst. Deswegen wirken jetzt auch deine Spinnenrunen-Narben heller, silbriger. Weil deine Eismagie direkt unter der Oberfläche schwebt und nur darauf wartet, dass du sie benutzt. Weil deine Macht jetzt das Steinsilber durchdringt, statt von ihm blockiert zu werden.«

»Du wusstest es, oder?«, fragte ich. »Du wusstest die ganze Zeit, warum meine Eismagie schwächer ist. Warum hast du mir nichts davon gesagt?«

»Weil du das Steinsilber selbst durchbrechen musstest«, erklärte Jo-Jo. »Das konnte ich dir nicht abnehmen.«

Ich saß einfach nur da und starrte auf die identischen Narben auf meinen Handflächen. Ein kleiner Kreis umgeben von acht dünnen Strahlen. Eine auf jeder Handfläche. Die Spinnenrune. Das Symbol für Geduld.

»Von nun an wirst du immer stärker werden, Gin«, erklärte Jo-Jo leise. »Schon bald wirst du der stärkste Elementar in Ashland sein. Selbst stärker als Mab Monroe selbst.«

Stärker als Mab? Ich war mir nicht sicher, ob das etwas Gutes war, wenn man in Betracht zog, dass die Feuermagierin ihre Magie ausschließlich für Zerstörung einsetzte. Mab tat nichts anderes mit ihrer Magie, als jeden zu verbrennen, zu verletzen und umzubringen, der ihr im Weg stand. Ich mochte ja eine Auftragsmörderin sein, aber ich wollte nie werden wie sie. Nicht jetzt und auch nicht in Zukunft. Niemals.

Ich ballte meine Hände zu Fäusten, um die Narben zu verbergen, und versuchte den kalten Schauder zu ignorieren, der mir den Rücken hinunterlief.

Den Rest der Nacht verbrachte ich damit, mich im Haus der Foxes auszuruhen. Am nächsten Tag kam Finn mich holen, kurz vor Mittag, wie es seinem Stil entsprach. Ich saß in den von Violet geliehenen Klamotten auf der Veranda des Country Daze, als er in seinem Cadillac Escalade vorfuhr. Von Warren, der mit Jo-Jo noch im Laden war, hatte ich mich bereits verabschiedet. Sophia würde später kommen, um ihre ältere Schwester abzuholen, die noch ein paar Momente damit verbringen wollte, mit Warren zu ratschen.

Finn stieg aus dem Wagen und kam zu mir. Er schob seine Designer-Sonnenbrille nach unten, um mich über die Gläser hinweg zu mustern. »Nette Klamotten.«

»Ich freue mich auch, dich zu sehen«, antwortete ich trocken.

Aber ich stand trotzdem auf und umarmte meinen Ziehbruder. Er drückte mich so fest, wie er nur konnte.

»Bist du bereit zu Abfahrt?«, fragte Finn.

Ich schaute auf das Blechschild über der Eingangstür. Country Daze. Daze heißt Benommenheit. Und ich war durchaus benommen von dem, was ich in den letzten paar Tagen erlebt hatte. Ich starrte noch einen Moment auf das glänzende Schild, dann drehte ich mich um und schenkte Finn ein Lächeln. »Lass uns diesen Laden verlassen. Bring mich nach Hause. Bring mich ins Pork Pit.«

34

Das Unglück in der Kohlemine beherrschte die nächsten Tage über die Medien. Die Bergungstrupps arbeiteten rund um die Uhr. Sie gruben sich in die Erde und schafften Stein und Geröll zur Seite, bis sie endlich Tobias Dawsons Leiche fanden, außerdem die zertrümmerten Körper seiner beiden Riesenlakaien. Der Gerichtsmediziner stellte fest, dass sowohl die Riesen als auch Dawson an stumpfen Traumata gestorben waren. Er erklärte, dass fallende Steine und der folgende Höhleneinsturz dafür verantwortlich waren, aber ich kannte die Wahrheit. Sicher, der Einsturz der Decke hatte die Riesen erledigt, aber Dawson war an den Eisdolchen gestorben, die ich in seinen Oberkörper gejagt hatte. Zu dumm, dass die Beweise dafür inzwischen geschmolzen waren – wie immer. Ich allerdings war dafür dankbar.

Nachdem die Rettungskräfte die Leichen gefunden hatten, gab es nicht mehr viel zu tun. Also schlossen sie die Mine und gingen nach Hause. Ein paar Tage später zeigte mir Finn einen Wirtschaftsartikel in der *Ashland Trumpet*, in dem stand, dass Owen Grayson Dawsons Bergbaugesellschaft für ein Butterbrot gekauft hatte – mit allem Drum und Dran. Es wurde nicht erklärt, wie es mit der eingestürzten Mine weitergehen sollte, aber es gab ein Zitat von Grayson, in dem er verkündete, dass er es mit einer Entscheidung nicht eilig hatte. Auf jeden Fall hatte ich die Diamanten in der Höhle zerstört, was bedeutete, dass sich so bald niemand dafür interessieren würde. Und das wiederum bedeutete, dass Waren T. Fox, seine Enkelin Violet und ihr Laden, Land und Haus für jetzt und die absehbare Zukunft sicher waren.

Ich war glücklich, den Foxes geholfen zu haben; froh, dass ich jemandem etwas Gutes getan hatte, der Fletcher einmal so viel bedeutet hatte. Ich hatte das Gefühl, dass der alte Mann es gutgeheißen hätte, dass ich mich für die beiden eingesetzt hatte, selbst wenn er und Warren sich vor all den Jahren im Streit getrennt hatten.

Was mich anging, ich zog mich wieder in den Ruhestand zurück. Dankbarer nun als vorher. Besuchte Kurse im Ashland Community College. Las. Kochte. Führte das Pork Pit.

Der letzte Punkt war um einiges leichter geworden, seit Jake McAllister weg vom Fenster war. Das Minenunglück hatte die Medien dominiert, sicher, aber es gab auch eine kurze Meldung über Jake und über die Lüge, dass er tot im Haus seines Vaters aufgefunden worden war. Der Gerichtsmediziner behauptete, es wäre ein natürlicher Tod aufgrund eines nicht erkannten Herzfehlers gewesen – oder etwas ähnlich Absurdes. Es wurde nicht erwähnt, dass er sich auf der Party in Mab Monroes Haus aufgehalten hatte, und auch nicht, dass er erstochen in einem ihrer privaten Badezimmer gefunden worden war.

Aber nachdem Jake tot war, hatte sein Vater, Jonah McAllister, keinen echten Grund mehr, Druck auf mich auszuüben. Zumindest nicht wegen des Raubüberfalls und meiner Zeugenaussage gegen seinen Sohn. Oh, ich konnte mir gut vorstellen, dass Jonah immer noch wütend war wegen dem, was bei seinem Besuch im Restaurant geschehen war – und dass er mich früher oder später noch mal schikanieren würde. Und sei es nur, weil er so etwas einfach gerne tat. Aber für den Moment erfreute sich das Pork Pit wieder an seinem üblichen Besucherstrom. Trotzdem hielt ich die Augen offen. Falls Jonah McAllister mich je mit der blonden Prostituierten auf Mabs Party in Verbindung brachte, würde er seine Riesen rufen, zum Pork Pit kommen und das Restaurant bis auf die Grundmauern zerstören – mit mir drin.

Deswegen ließ ich Finn ein paar diskrete Nachforschungen in dieser Richtung anstellen. Angeblich kochte Jonah McAllister wegen des Todes seines Sohnes vor Wut – und auch deswegen, weil der Mord in Mab Monroes Herrenhaus verübt worden war. McAllister hatte geschworen, den Mörder seines Sohnes zu finden und sich persönlich um ihn zu kümmern – mit bloßen Händen, wenn es sein musste. Auch von Mab Monroe wurde behauptet, sie wäre ziemlich geladen, weil jemand es gewagt hatte, den Sohn ihres Anwalts in ihren eigenen vier Wänden zu ermorden.

Den Gerüchten zufolge suchte Mab außerdem unauffällig nach der blonden Prostituierten, die auf der Party gewesen und zuletzt in der Gesellschaft von Tobias Dawson gesehen worden war. Laut Finn hatte die Feuermagierin Elliot Slater und ein paar seiner Riesenlakaien losgeschickt, um Roslyn Phillips über die mysteriöse Nutte zu befragen. Aber Slater war letztendlich zu dem Schluss gekommen, dass die Einladung und die Runenkette ohne Roslyns Wissen aus dem Northern Aggression gestohlen worden waren. Trotzdem ließ ich Finn eine große Summe an Roslyn überweisen, um mich dafür zu entschuldigen, dass sie eine wahrscheinlich sehr unangenehme Befragung über sich hatte ergehen lassen müssen.

Ich dagegen dachte immer noch über die Nacht der Party nach und darüber, warum Mab mich nicht einfach selbst getötet hatte, als ich im Garten vor ihr gelegen hatte. Es wäre ihr ein Leichtes gewesen. Warum hatte sie Dawson dazu bringen wollen, es zu tun? Hatte Mab gewusst, dass er mich in die

Mine bringen würde? Vielleicht hatte sie geglaubt, ich würde Dawson für sie erledigen, sodass sie klammheimlich alle Diamanten für sich beanspruchen konnte. Grundsätzlich wäre das kein schlechter Plan gewesen, hätte ich nicht den gesamten Berg zum Einsturz gebracht.

Ich kannte die Gedankengänge des Feuerelementars nicht, und ich hatte nie besonders auf Glück vertraut. Aber ich wusste, dass ich in dieser Nacht nur knapp dem Tod entronnen war. Und jetzt suchte Mab aktiv nach mir, und ich machte mir keine Illusionen darüber, was passieren würde, sollte sie meine wahre Identität je herausfinden. Das bedeutete, dass ich in nächster Zeit um einiges vorsichtiger sein musste – zumindest, bis jemand anderes Mabs Interesse auf sich zog.

Zwei Wochen nach dem Vorfall in der Mine saß ich auf meinem Barhocker im Pork Pit und las *Abenteuer am Mississippi* von Mark Twain. Fletchers Ausgabe von *Eigentlich hätte es ein herrlicher Sommertag werden können* zierte natürlich die Wand hinter der Registrierkasse, aber inzwischen war das Buch durch eine Neuheit ergänzt worden: das Bild von Fletcher und Warren T. Fox. Ich war der Meinung, dass es ihm gefallen hätte, dass das Bild jetzt im Restaurant hing.

Es war mal wieder Montagabend und bis auf meine zwei Gäste, Eva Grayson und Violet, ruhig. Die beiden Studentinnen saßen am Tresen, schlürften Schokoladen-Milchshakes und lernten. Ihre Bücher bedeckten einen großen Teil des Tresens. Eva und Violet hatten sich angewöhnt, mindestens einmal die Woche ins Pork Pit zu kommen, wann immer sie zwischen Kursen ein oder zwei Stunden Zeit hatten. Manchmal schloss sich ihnen auch Cassidy an, Evas andere Freundin. Aber gewöhnlich waren es nur die beiden.

»Also, wann gehst du endlich mit meinem großen Bruder aus?«, fragte Eva, als sie ihr leeres Glas zur Seite schob.

Ich sah von meinem Buch auf. »Warum fragst du?«

Eva starrte mich an. »Weil er mich jedes Mal, wenn ich erwähne, dass ich im Pork Pit war, fragt, wie es dir geht, Gin. Warum gibst du dem armen Kerl nicht mal eine Chance?«

Ich zog die Augenbrauen hoch. »Wenn dein großer Bruder mich um eine Verabredung bitten möchte, kann er hier auftauchen und das selbst erledigen, statt seine Schwester die Werbetrommel für ihn rühren zu lassen.«

Eva wedelte mit der Hand. »Ich erzähle dir doch nur von Owens angenehmen Seiten. Ich mache keine Werbung.«

»In welchem Fach genau machst du noch mal deinen Abschluss?«

»Marketing«, antwortete Eva mit einem Grinsen.

»Beweisführung abgeschlossen.«

Violet lachte nur und nahm noch einen Schluck von ihrem Milchshake.

In diesem Moment schwang die Eingangstür auf und brachte die Glocke zum Klingeln. Ich sah auf, bereit, einen potenziellen Gast zu bedienen.

Und *er* trat ins Restaurant.

Detective Donovan Caine. Schwarze Haare, goldene Augen, bronzefarbene Haut. Der Detective sah genauso aus wie in meiner Erinnerung, bis auf die Linien in seinem Gesicht. Sie schienen sich geglättet zu haben, als wäre ein schweres Gewicht von seinen schlanken Schultern genommen worden. Als hätte er eine Entscheidung getroffen, die ihm endlich ein kleines bisschen Seelenfrieden schenkte. Ich fragte mich, was es sein könnte, während ich gleichzeitig das Gefühl nicht abschütteln konnte, dass es etwas mit mir zu tun hatte. Vielleicht sogar ausschließlich mit mir.

Der Detective kam zu uns und legte seine Hände auf den Tresen. Hände, die so wunderbare Dinge mit meinem Körper angestellt hatten. »Gin.«

»Detective.«

»Können wir reden?«, fragte er leise.

Ich hatte den Detective seit dem Nachmittag nicht mehr gesehen, als ich ihm von oben am Bergkamm zugewinkt hatte. Und er hatte auch keinen Versuch unternommen, mit mir in Kontakt zu treten. Die Leute sprachen immer über die Trauerphasen, die man nach einem traumatischen Vorfall, wie beispielsweise einer Trennung, durchmachte. Ha! Ich war so ziemlich direkt von verletzt zu stinksauer übergegangen, ohne mich dazwischen mit anderer Gefühlsduselei aufzuhalten.

Trotzdem war ich neugierig, warum Donovan gekommen war. Was er mir zu sagen hatte, zwei Wochen später. Verdammte Neugier. Sie ließ mich einfach nicht aus den Klauen.

»Sicher. Lass uns plaudern.« Ich richtete meine grauen Augen auf Violet und Eva. »Warum geht ihr beiden nicht kurz nach hinten und überzeugt Sophia davon, euch frische Milchshakes zu machen? Sie gehen auf Kosten des Hauses.«

Violet zuckte mit den Achseln und wanderte um den Tresen herum. Eva Grayson musterte Donovan interessiert. Dann schnaubte sie, offensichtlich um mir mitzuteilen, dass der Detective ihres Erachtens nicht mit ihrem Bruder konkurrieren konnte. Erst dann folgte sie Violet.

Ich wartete, bis die zwei durch die Schwingtür verschwunden und außer Hörweite waren, bevor ich mich wieder dem Detective zuwandte. »Ich habe dich im Fernsehen an der Kohlemine gesehen. Sah aus, als hättest du alle Hände voll zu tun gehabt, Dawsons Leiche zu bergen.«

Der Detective nickte. »So war es auch. Aber Owen Grayson war eine riesige Hilfe. Genau wie die vielen Rettungskräfte.«

Wir hätten genauso gut übers Wetter reden können, so langweilig war diese Unterhaltung. Aber der Detective umklammerte den Rand des Tresens, als wollte er ihn zerbrechen. Er war aus irgendeinem Grund nervös. Ich hatte keine Ahnung, warum. Vielleicht, weil er derjenige gewesen war, der mir an diesem Tag den Rücken zugedreht hatte, nicht andersherum. Also entschied ich mich, gleich zum Punkt zu kommen.

»Warum bist du hergekommen, Donovan?«, fragte ich. »Was willst du?«

Der Detective starrte mich an, und seine goldenen Augen glitten über mein Gesicht. »Ich verlasse Ashland, Gin. Ich dachte, das solltest du wissen. Ich fand, ich müsste es dir persönlich sagen.«

Für einen Moment war ich sprachlos. Mir fehlten rundherum die Worte. Das hatte ich nicht erwartet – und auch nicht die Gefühle, die seine Aussage in mir aufwühlte. Schmerz. Wut. Trauer.

»Du verlässt die Stadt? Warum?«

Donovan fuhr sich mit der Hand durch die Haare. »Es gibt eine Menge Gründe. Zu viele, um sie jetzt alle aufzuzählen.«

»Nun, dann konzentrieren wir uns doch auf den einen, der im Moment wirklich zählt. Den Grund, warum du hier bist. Mich«, blaffte ich. »Du verlässt meinetwegen die Stadt, richtig?«

»Schuldig im Sinne der Anklage.« Der Detective bemühte sich um ein Lächeln. Es klappte nicht allzu gut.

»Warum?«, fragte ich. »Du hast mir an diesem Tag an der Mine den Rücken zugedreht. Ich habe die Botschaft verstanden. Aus einem bestimmten Grund willst du nichts mit mir zu tun haben. Nicht mehr. Aber dafür musst du nicht gleich die Stadt verlassen, Detective. Ich gehöre nicht zu der Sorte Frau, die hinter einem Mann herläuft und bettelt.«

Meine Stimme war beißend. Und auch mein Herz fühlte sich an, als wäre es voller Säure. Trotzdem kontrollierte ich meine Gesichtszüge. Ruhig, kalt, unbeteiligt. Ich würde mir nicht anmerken lassen, wie sehr mich Donovan an diesem Tag verletzt hatte. Ich hatte geglaubt, zwischen uns könnte etwas entstehen – eine echte Beziehung. Dass Donovan vielleicht jemand war, mit dem ich mein Herz und mein Leben teilen konnte, so schwarz sie auch waren. Aber diese Hoffnung war zerfallen und zu Asche verbrannt wie so viele andere Dinge. Hoffnung. Meistens war sie nur verschwendete Energie.

»Ich bin hergekommen, um mich zu erklären«, sagte Donovan leise. »Könntest du mich das bitte tun lassen?«

»Schön«, knurrte ich. »Dann erklär mal.«

Donovan holte tief Luft. »Ich habe jeden Tag an dich gedacht, Gin. Schon seit dieser ersten Nacht in der Oper. Die Nacht, in der Gordon Giles ermordet wurde. Ich habe diese Szene wieder und wieder in meinem Kopf abgespielt. Und nicht nur diese. Diese Nacht im Northern Aggression. Die Zeit, die wir im Country Club zusammen verbracht haben. Dann in meinem Auto vor ein paar Wochen. Diese Nacht im Regen. Du gehst mir einfach nicht aus dem Kopf. Deine Stimme, dein Geruch, dein Lachen, die Art, wie du dich an meinem Körper anfühlst.«

»Und warum ist das schlecht?«, fragte ich. »Wir finden uns anziehend. Und das tun Leute nun mal, wenn sie sich füreinander interessieren.«

Donovan starrte mich an. »Es ist schlecht, weil du bist, wer du bist, und getan hast, was du getan hast.«

Ich hatte diese Erklärung erwartet, aber trotzdem tat sie weh. Ich seufzte. »Wenn es hier immer noch um Cliff Ingles geht …«

Er schüttelte den Kopf. »Es geht nicht um Cliff. Nicht mehr. Ich weiß, warum du ihn umgebracht hast. Und wie ich dir schon sagte, ich hätte es selbst getan, hätte sich mir die Chance geboten. Nein, hier geht es um mich.«

Ich starrte ihn nur schweigend an.

Wieder holte Donovan tief Luft. »Weißt du, warum ich an

dem Tag an der Mine nicht gekommen bin, um nach dir zu sehen?«

»Eigentlich nicht.«

»Nach dem, was in meinem Auto zwischen uns passiert ist, hatte ich das Gefühl, dass zwischen uns vielleicht etwas entstehen könnte«, erklärte er leise. »Aber dann hast du verkündet, dass du Dawson drankriegen wirst. Dass du ihn umbringen willst. Und ich habe dich gelassen. Ich habe es *zugelassen.* Ich stand einfach im Hintergrund, während du den nächsten Mann ins Visier genommen hast – um ihn zu töten. Ich habe genau das getan, was ich nie tun wollte – ich habe in die andere Richtung geschaut. Nicht, weil Dawson ein Bösewicht war, sondern *deinetwegen.* Ich habe mich deinetwegen und wegen meiner Gefühle für dich kompromittiert, Gin.«

Schuldgefühle, Trauer und Enttäuschung glänzten in seinen goldenen Augen. Und ich dachte an das, was Warren mir gesagt hatte. *Er ist nicht der Richtige für dich*, flüsterte die Stimme des alten Mannes in meinem Kopf. Irgendwie drängte ich meinen Schmerz zurück und bemühte mich, die Dinge ruhig und sachlich zu betrachten. Ich sollte versuchen, Donovans Meinung zu ändern. Damit er blieb. Damit er uns eine verdammte Chance gab.

»Du weißt genauso gut wie ich, dass Dawson die Foxes niemals in Ruhe gelassen hätte. Dass er mit Mab Monroe verbandelt war und die beiden – die *beiden* – alles getan hätten, um die Diamanten in die Finger zu bekommen. Dawsons Tod war der einzige Weg, Warren und Violet zu retten.«

Donovan schüttelte den Kopf. »Ich kann mich einfach nicht dazu bringen, das zu glauben oder zu akzeptieren.«

Das war dieselbe lahme Diskussion, die wir schon so oft geführt hatten. Zu oft. Sie würde zu nichts führen, also entschied ich mich für eine andere Taktik. »Warum ist es so schrecklich, dass du etwas für mich empfindest? Warum kannst du nicht einfach akzeptieren, dass ich mal eine Auftragsmörderin war und versuche, mich zu ändern?«

»Weil du dich nie ändern wirst. Nicht grundsätzlich.«

»Ach nein?«

»Nein«, erklärte er mit fester Stimme. »Denk darüber nach. Wir finden raus, was Dawson vorhat, und wie lautet dein erster Vorschlag? Du redest darüber, ihn umzubringen. Du erwägst keine anderen Möglichkeiten, du denkst überhaupt nicht nach. Du hast entschieden, dass du Dawson tot sehen willst, und dann hast du dafür gesorgt, dass es auch so passiert.«

»Ich habe getan, was getan werden musste«, erklärte ich kalt. »Nicht mehr, nicht weniger. Und es gab keine andere Möglichkeit, Detective. Denn die Polizei in dieser Stadt ist ein Witz, und das wissen wir beide. Das einzige Gesetz in Ashland, die einzige Gerechtigkeit müssen sich die Leute selbst erschaffen.«

Donovan zuckte bei meinen harten Worten zusammen, aber er widersprach mir nicht. »Ich … Ich kann das einfach nicht mehr. Es tut mir leid, Gin. Aber diese Sache zwischen uns ist vorbei.«

»Also verlässt du die Stadt, nur um mir zu entkommen?«, blaffte ich.

Donovan hob in einer hilflosen Geste die Hände. »Ja. Nein. Ich weiß es nicht. Es geht nicht nur um dich. Zum Teil geht es auch um das Dezernat. Hier gibt es so viel Korruption. Ich bin das alles einfach … leid. Ich bin es leid, jeden verdammten Morgen aufzustehen und zu wissen, dass ich auf verlorenem Posten kämpfe. Ich stehe an einer Grenze, Gin. Ich bin nah dran, so zu werden wie all die anderen beschissenen und käuflichen Bullen in dieser Stadt. Es war eine Sache zuzulassen, dass du Alexis James jagst. Sie hat uns zuerst angegriffen. Aber Dawson war etwas anderes. Wenn jemand anderes von seiner Ermordung geredet hätte, hätte ich ihm Handschellen angelegt und ins Hauptquartier geschleppt, bevor er es auch nur in Dawsons Nähe geschafft hätte. Aber bei dir habe ich das nicht getan. Und ich bedauere es. Mehr als du je verstehen wirst. Es tut mir leid, Gin. Ich wollte nur, dass du das weißt. Es tut mir wirklich leid.«

»Nein«, meinte ich. »Mir tut es leid. Es tut mir leid, dass ich meine Zeit verschwendet und auf dich gewartet habe. Sei doch ehrlich, Donovan. Du verlässt nicht die Stadt, weil ich Dawson getötet habe. Du verlässt die Stadt, weil du mich nicht davon abgehalten hast. Weil dir die Kraft gefehlt hat. Weil du selbst jetzt, trotz allem, darüber nachdenkst, mit mir in die Kiste zu springen. Du läufst weg, weil dir deine Moralvorstellungen wichtiger sind als alles andere, inklusive dessen, was du mit mir haben könntest.«

Donovan zuckte zusammen, aber er versuchte nicht, die Wahrheit in meinen Worten zu leugnen. Dafür war es zu spät. Inzwischen wirkte der Detective nur noch erschöpft. Seine Schicksalsergebenheit machte mich nur noch wütender. In diesem Moment kochte die Wut in mir hoch, hart und heiß und so bitter wie Galle. Ich wollte etwas werfen, etwas vernichten. Ich wollte *ihn* vernichten. Mein Messer nehmen, einen Schritt machen und Donovan die Kehle aufschlitzen. Ihm wehtun, wie er mir gerade wehtat.

Aber ich atmete tief durch. Ich konnte ihn mit Worten verletzen, aber sonst nicht. Ich mochte ja ein ehemaliger Profikiller sein, aber so tief war ich nie gesunken. Ich hatte nie aus Leidenschaft getötet, und ich würde jetzt nicht damit anfangen. Das war der Detective nicht wert.

»Du hast mir vor der Mine den Rücken zugewandt, weil es dich gefreut hat, dass ich tot war«, sagte ich. »Weil dir damit die Entscheidung abgenommen worden war, ob du mit mir zusammen sein willst, und du deine kostbare Moral behalten konntest. Und dann tauche ich wieder auf, immer noch am Leben. Und du warst wieder genauso weit wie vorher. Das ist die Wahrheit, oder?«

Er sagte nichts dazu. Und letztendlich akzeptierte ich etwas, was ich die ganze Zeit über schon gewusst hatte. Donovan Caine wollte mich, aber er war nicht stark genug, um mich zu akzeptieren. Nicht meine Vergangenheit, nicht meine Stärke. Nicht die Frau, die ich war. Bittere Enttäuschung erfüllte mich und ersetzte meine Wut. Trotzdem zwang ich mich dazu, die letzte Frage zu stellen, auf die ich eine Antwort haben wollte. »Wo gehst du hin?«

Er schüttelte den Kopf. »Ich denke, es ist besser, wenn du das nicht weißt, Gin.«

Ich nickte. Vielleicht stimmte das.

»Außerdem wollte ich dich warnen«, sagte Donovan leise. »Jonah McAllister schreit nach dem Blut der Person, die seinen Sohn getötet hat. Er wird nicht aufgeben, bevor er sie nicht gefunden hat. Eine meiner Quellen behauptet, er untersucht jeden, mit dem Jake je ein Problem hatte, inklusive dir. Mab Monroe glaubt außerdem nicht, dass du mit Dawson in der Mine gestorben bist. Mein Captain hat neulich einen Anruf von ihr erhalten. Sie wollte wissen, ob im Geröll noch andere Leichen gefunden wurden. Also sei vorsichtig.«

»Warum erzählst du mir das?«, fragte ich bitter. »Es ist ja nicht so, als würde es dich interessieren. Nicht wirklich.«

Nicht genug, um zu bleiben. Das wollte ich eigentlich sagen oder vielmehr: ihm entgegenschreien. Aber das tat ich nicht.

Donovan zuckte mit den Achseln. »Ich weiß es nicht. Ich nehme an, ich hatte das Gefühl, es dir schuldig zu sein. Das Dezernat hat mich bereits ersetzt.«

»Durch wen?«, fragte ich, mehr um etwas zu sagen, als weil es mich wirklich interessierte.

Wieder zuckten seine Schultern. »Irgend so ein Ass aus

Savannah namens Coolidge. Mehr weiß ich nicht. Eine Frau. Anscheinend eine echte Draufgängerin. Wie du.«

Donovan starrte mich wieder an. Sein goldener Blick brannte sich in meinen. Gefühle flackerten in seinen Augen auf. Sehnsucht. Angst. Bedauern. Entschlossenheit. In diesem Augenblick gab ich die Kontrolle über meine Gesichtszüge auf, ließ sie weich werden und zeigte ihm, was ich wirklich für ihn empfand. Überraschung blitzte in seinen Augen auf, und für einen Moment glaubte ich schon, er könnte seine Meinung ändern. Doch dann verhärtete sich seine Miene, und ich wusste, dass ich ihn verloren hatte. Ich hoffte nur, Donovans Moral würde ihn nachts warm halten, denn ich würde es nie wieder tun. Heute nicht und niemals wieder.

Es gab nichts mehr zu sagen. Der Detective nickte mir ein letztes Mal zu, sah mir noch einen Moment tief in die Augen. Dann drehte er sich um und verließ das Pork Pit. Und ließ meinen Laden und mein Herz kalt, leer und schmerzend zurück.

35

Ich servierte Violet und Eva die versprochenen Milchshakes, dann warf ich sie raus und schloss das Restaurant für den Abend. Eine halbe Stunde später, als ich gerade gehen wollte, klingelte das Telefon. Aus einer Laune heraus hob ich ab. Halb hoffte ich, dass es Donovan Caine war, der anrief, um sich zu entschuldigen oder … irgendwas. Was auch immer.

»Pork Pit.«

»Hallo, Gin.«

Owen Graysons tiefe Stimme erklang aus dem Hörer. Ein angenehmes Geräusch, aber trotzdem konnte ich ein enttäuschtes Seufzen nicht unterdrücken. »Owen.«

»Du klingst nicht gerade begeistert, von mir zu hören«, meinte er.

»Was willst du?« Vielleicht hätte ich netter sein sollen. Vielleicht wäre ich ohne Donovan Caine netter zu ihm gewesen.

»Ich wollte nur mal mit dir reden. Mich erkundigen, wie es dir geht, da du auf keine meiner Nachrichten reagiert hast«, meinte er milde.

Ich klammerte mich am Hörer fest. Seit dem Vorfall an der Mine hatte Grayson immer wieder mal im Pork Pit angerufen und mir ein paar Nachrichten hinterlassen. Auf keine davon hatte ich reagiert. Hauptsächlich, weil ich nicht wusste, wie die Dinge zwischen mir und Donovan standen. Nun, das war jetzt anders. Aber ich brauchte nicht Owen Grayson, damit er kam und mich wieder zusammensetzte. Das würde ich ganz alleine machen. Tat ich schließlich seit Jahren.

»Ich war beschäftigt.«

»Mit Donovan Caine?«, fragte er. »Eva hat angerufen und mir erzählt, dass er heute im Restaurant vorbeigeschaut hat und dass die Dinge zwischen euch anscheinend nicht zum Besten stehen.«

Ich kniff die Augen zusammen. »Eva ist ziemlich gesprächig, hm?«

Owen lachte. Irgendwie schaffte es das Geräusch, meine Laune ein winziges bisschen zu verbessern. »Mach ihr keine Vorwürfe. Ich habe sie gebeten, für mich zu spionieren.«

»Warum?«

»Weil mein Angebot immer noch steht«, antwortete er. »Ich will immer noch die wahre Gin Blanco kennenlernen.«

Ich schnaubte. Ich ging nicht davon aus, dass Owen die wahre Gin Blanco und ihre Steinsilber-Messer-Sammlung mögen würde. Allerdings hatte er auf Mabs Party, als ich vorgegeben hatte, eine Nutte zu sein, nicht mal mit der Wimper gezuckt. Was mehr Einsicht zeigte, als Donovan Caine je aufgebracht hatte. Trotzdem war ich noch nicht bereit, mich in etwas Neues zu stürzen. Nicht mit Owen Grayson, dessen wahre Motive mir immer noch ein Rätsel waren. Trotz des Verlangens, das ich in seinen lilafarbenen Augen gesehen hatte.

»Tut mir leid, Owen, aber im Moment bin ich einfach nicht in der richtigen Stimmung«, erklärte ich etwas freundlicher. »Und ich glaube nicht, dass ich das in absehbarer Zukunft sein werde.«

»Keine Sorge«, antwortete Owen glatt. »Ich bin ziemlich geduldig. Ich wollte nur mal anrufen und dich erinnern, dass dir noch andere Optionen offenstehen, Gin.«

»Nun, ich werde daran denken«, sagte ich gedehnt. »Aber heute hatte ich einfach einen langen Tag und habe vor, nach Hause zu gehen – allein.«

»Dann lass dich nicht aufhalten«, murmelte er.

»Das werde ich nicht.«

Wieder lachte er, und ich stellte fest, dass ich lächelte trotz meiner miesen Laune.

»Gute Nacht, Gin«, brummte er.

»Gute Nacht, Owen.«

Und damit legte er einfach auf. Aber anders als bei Donovan wusste ich, dass Owen Grayson wiederkommen würde. Aus irgendeinem Grund tröstete mich dieser Gedanke, während ich allein im Dunkel des Restaurants stand und behutsam den Hörer auf den Apparat legte.

Nach Owens Anruf fuhr ich nach Hause zu Fletchers Haus. Kontrollierte den Kies in der Einfahrt, dann den Granit um die Tür. Sobald ich mir sicher war, dass niemand hier herumgelungert hatte, ging ich ins Haus und direkt in die Küche. Ich goss mir ein großes Glas Gin ein, ließ ein paar Eiswürfel hineinfallen und setzte mich anschließend auf das Sofa im Wohnzimmer. Ich lehnte den Kopf zurück, starrte ins Leere und grübelte.

Verdammter Donovan Caine. Im Moment konnte ich an nichts anderes denken. Ich konnte einfach nicht glauben, dass der Detective tatsächlich Ashland verließ. Dass er *mich* verließ. Dass wir nie die Chance bekommen würden, diese prickelnde Anziehungskraft zwischen uns zu erkunden. Dass all diese Verheißung einfach weggeworfen werden sollte. Und wofür? Damit der Detective nachts gut schlafen konnte, weil seine idealistischen Moralvorstellungen und sein veralteter Ehrenkodex intakt blieben? Vollkommen sinnlos.

Ich nahm einen tiefen Schluck von meinem Drink und

genoss das kalte Brennen des Alkohols in meiner Kehle. Für einen Moment dachte ich darüber nach, mir die Flasche aus dem Schrank zu holen und richtig zu saufen. Aber das würde kein bisschen helfen. Ich würde lediglich morgen mit einem Kater aufwachen. Donovan würde die Stadt immer noch verlassen. Wenn er nicht schon verschwunden war. Er hatte sich gerade, mehr oder weniger, von einer ehemaligen Auftragsmörderin getrennt. Nicht die Art von Person, die man über seinen Aufenthaltsort informieren wollte.

Natürlich könnte ich Donovan verfolgen. Noch mal mit ihm reden, ihm meine Sicht der Dinge darlegen, ihn skrupellos verführen, bis er uns noch mal eine Chance geben musste. Bis er in Ashland blieb. Ich hatte auf der Heimfahrt über nichts anderes nachgedacht.

Aber das konnte ich nicht. Denn ich wollte immer noch, was ich immer wollte – dass Donovan mich begehrte, mit *mir* zusammen sein wollte. Mit Gin Blanco, der ehemaligen Auftragsmörderin, die sich selbst »die Spinne« nannte. Aber das tat er nicht, und das würde er auch nie tun. Sein Gerechtigkeitsempfinden ließ es nicht zu, genauso wenig wie mein Gewissen mich all die schlimmen Dinge vergessen ließ, die ich in meinem Leben getan hatte; all die Leute, die ich getötet hatte. Und ich konnte auch nicht vorgeben, dass ich nicht dieselben Entscheidungen wieder treffen würde, falls es nötig wurde.

»Warren, du alter Kauz, du hattest recht.« Ich hob mein Glas zu einem stillen Gruß, dann nippte ich wieder an dem Gin. Danach stellte ich mein Glas auf den abgenutzten Couchtisch, und mein Blick landete auf dem Ordner – dem, in dem sich alle Informationen über meine ermordete Familie befanden. Das war noch etwas, worüber ich in den letzten Wochen viel nachgedacht hatte. Zum ersten Mal verstand ich, warum Fletcher mir diesen Ordner hinterlassen hatte. Er hatte den

Streit mit Warren T. Fox bereut, bedauert, dass er sich nicht mit seinem alten Freund versöhnt hatte. Fletcher hatte mehr als fünfzig Jahre Zeit gehabt, und trotzdem war er nie dazu gekommen, eine Brücke zu bauen und den Kontakt zu Warren wieder aufzunehmen. Er hatte nicht gewollt, dass ich dieselbe Reue empfand, also hatte der alte Mann mir die Wahl gelassen und mir Informationen an die Hand gegeben, die eine Wahl ermöglichten. Und ich wusste, was ich tun wollte. Ich wusste es seit der Nacht von Mab Monroes Party.

Seitdem ich verstanden hatte, dass sie die Feuermagierin war, die meine Familie ermordet hatte.

Vielleicht war es ihr Geruch gewesen – Jasmin vermischt mit Rauch. Vielleicht war es ihre seidige Stimme gewesen. Oder sogar ihr kurzes Lachen, als sie über mir gestanden und mit Dawson meinen bevorstehenden Tod diskutiert hatte. Auf jeden Fall waren alle Erinnerungen an diese Nacht wieder an die Oberfläche gestiegen. Ich hatte das Gesicht der Feuermagierin, die mich gefoltert hatte, nicht gesehen. Aber ich hatte ihre Stimme gehört, ihr Lachen.

Und das hatte so geklungen wie Mabs.

Ich war mir jetzt sicher. Oder vielleicht hatte ich es auch die ganze Zeit über schon gewusst, hatte es mir aber nicht eingestehen wollen. Deswegen hatte Fletcher Mabs Namen auf ein Blatt geschrieben und in den Ordner gesteckt. Um mich dazu zu zwingen, mich für den Feuerelementar zu interessieren und es selbst herauszufinden.

Ich kannte das *Wer*, jetzt wollte ich das *Warum* erfahren. Warum hatte Mab meine Mutter und meine ältere Schwester getötet? Warum hatte sie mich gefoltert? Warum hatte sie wissen wollen, wo Bria war? Sobald ich das aufgeklärt hatte, befand ich mich im Besitz des letzten Puzzleteilchens.

Und dann würde ich das Miststück umbringen.

Oh, ich wusste, dass es nicht einfach werden würde. Dass

ich dabei sterben konnte. Dass ich wahrscheinlich sterben würde. Aber Mab Monroe hatte meine Liebsten ermordet, hatte mich siebzehn Jahre lang glauben lassen, dass ich meine kleine Schwester getötet hätte. Ihretwegen hatte ich auf der Straße gelebt und Abfall gegessen. Hatte mich vor Junkies, Vampirzuhältern und dem restlichen Abschaum von Southtown versteckt. Ihretwegen war ich verängstigt und schwach gewesen. Aber das war vorbei. Und sie hatte über die Jahre garantiert nicht nur mein Leben zerstört. Die Snow-Familie war bei all den schrecklichen Taten, die Mab Monroe über die Jahre begangen hatte, nur eine Fußnote.

Und dann war da noch Bria. Meine Augen huschten über das Foto meiner kleinen Schwester. Blonde Haare, kornblumenblaue Augen, die Schlüsselblumen-Rune um ihren Hals. Sie war irgendwo da draußen und wartete auf mich.

»Ich werde dich finden, kleine Schwester«, flüsterte ich. »So oder so.«

Meine Augen glitten zu den Zeichnungen der Runen auf dem Kaminsims. Ich starrte auf das Logo des Pork Pit. In meinen Augen war das Fletchers Rune. Ich hob mein Glas zu einem weiteren Toast.

»Auf dich, Fletcher Lane«, sagte ich. »Ich hoffe, ich mache dich stolz.«

Nur das Ticken der Standuhr im Flur störte die Stille. Ich kippte den Gin herunter und stellte das Glas ab. Dann nahm ich mir den Ordner, bereit, alle Informationen ein weiteres Mal durchzugehen. Und wieder und wieder, falls es nötig war. Bis ich die Antworten fand, nach denen ich suchte.

Donovan Caine hatte mit einer Sache recht gehabt. Ein Teil von mir würde immer die Spinne sein – und es war Zeit, meine Fähigkeiten für etwas Nützliches einzusetzen. Dinge zu tun, die getan werden mussten.

Bria finden.

Herausfinden, warum Mab Monroe meine Familie ermordet hatte.

Mab töten.

»Die gute alte Zeit ist zurück«, sagte ich.

Dann machte ich mich an die Arbeit.

Leseprobe zu »Spinnenjagd« von Jennifer Estep

Die Mistkerle wären nie auch nur an mich herangekommen, hätte ich nicht die Grippe gehabt. Husten, Schnupfen, Kopf- und Gliederschmerzen. Das war ich. Gin Blanco. Restaurantbesitzerin. Stein- und Eiselementar. Ehemalige Auftragsmörderin. Eine insgesamt eher harte Type. In die Knie gezwungen von Mikroben. Bäh.

Es hatte vor drei Tagen als kleines Kratzen in meinem Hals angefangen. Und jetzt … nun, es war nicht schön anzusehen. Tränende Augen. Bleiches Gesicht. Und eine Nase, die so hellrot leuchtete, dass selbst Rudolph eifersüchtig gewesen wäre. Widerlich.

Ich war heute Abend nur deswegen aus dem Bett gekrochen, weil ich zum Ashland Community College musste, um die Abschlussprüfung in meinem Kurs über Klassische Literatur abzulegen. Meinen Aufsatz über Symbolismus in der *Odyssee* hatte ich vor zehn Minuten abgegeben. Jetzt schlurfte ich über die grasbewachsenen Plätze des Campus, träumte fiebrig von meinem Bett und davon, mindestens eine Woche nicht mehr aufzustehen.

Es war kurz nach sieben an einem klaren kalten Dezemberabend und der letzte Prüfungstag des Semesters. Der Campus war fast menschenleer. In den efeubewachsenen Backsteingebäuden um mich herum brannten nur vereinzelt Lichter. Die

Steine flüsterten von Formeln, Theorien und Wissen. Ein altes, sonores, ein wenig überhebliches Geräusch, das überhaupt nicht zu den unheimlichen Schatten des Hofes passte. Außer mir war niemand zu sehen. Was wahrscheinlich der Grund war, warum die Mistkerle beschlossen hatten, mir hier aufzulauern. Das zum einen und zum anderen die Tatsache, dass es wahrscheinlich einfach zu *mühsam* gewesen wäre, mich zu entführen.

In der einen Sekunde hatte ich mein Gesicht noch in einem Taschentuch vergraben, um mir zum hundertsten Mal am heutigen Tag die wunde Nase zu putzen, im nächsten Moment sah ich auf und stellte fest, dass ich von drei Riesen umzingelt war.

O verdammt.

Ich hielt an. Sofort rückten sie zusammen und formten ein loses Dreieck der Bedrohung um mich. Die Riesen maßen alle ungefähr zwei Meter mit gigantischen, hervorquellenden Augen und Fäusten, die fast so groß waren wie mein Kopf. Einer von ihnen grinste und ließ seine Knöchel knacken. Da war jemand scharf drauf, zur Sache zu kommen und mich richtig zu vermöbeln.

Meine grauen Augen huschten zu dem Anführer der Gruppe, der sich direkt vor mir aufgebaut hatte – Elliot Slater. Slater war der größte der Riesen. Neben seinen zwei Meter zehn wirkten sogar seine Lakaien klein. Slater war fast so breit wie hoch und sehr muskulös. Granit wäre einfacher zu brechen als seine Rippen. Slater war so bleich, dass er schon fast ein Albino war, und schien im dämmrigen Licht förmlich zu leuchten. Seine haselnussbraunen Augen bildeten den einzigen Farbtupfer in seinem kreidebleichen Gesicht, und seine dünnen, zerzausten blonden Haare schafften es kaum, seinen gigantischen Schädel zu bedecken. An dem Ring, den er am kleinen Finger trug, blitzte ein Diamant wie ein Stern in der Nacht.

Bis ich vor ein paar Monaten in den Ruhestand gegangen war, hatte ich unter dem Namen »die Spinne« eine gehcime Zweitidentität als Auftragsmörderin gehabt. Ich hatte jede Menge Beziehungen zu der dunklen Seite des Lebens, also kannte ich Slaters Ruf und hatte ihn schon öfter gesehen. Auf dem Papier war Elliot Slater ein angesehener Sicherheitsfachmann mit einem eigenen Aufgebot an Riesen-Bodyguards. In Wahrheit arbeitete er als oberster Vollstrecker von Mab Monroe, der Feuermagierin, die die Südstaaten-Metropole Ashland befehligte, als wäre es ihre persönliche Grafschaft. Slater schaltete sich ein und kümmerte sich um jegliche lästigen Probleme, mit denen Mab sich nicht persönlich beschäftigen wollte, indem er die betroffenen Personen verstümmelte oder dauerhaft verschwinden ließ.

Und es hatte den Anschein, als wäre heute Abend ich das Problem.

Nicht überraschend. Vor ein paar Wochen hatte ich jemanden auf einer Party in Mab Monroes Herrenhaus kaltgemacht. Man musste wohl kaum erwähnen, dass die Feuermagierin nicht begeistert gewesen war, dass einer ihrer Gäste auf ihrer eigenen Party ermordet worden war, während sie mehrere Hundert ihrer engsten Geschäftskontakte unterhielt. Bis jetzt war ich damit durchgekommen, aber ich wusste, dass Mab alles in ihrer Macht Stehende tat, um den Killer zu finden.

Um *mich* zu finden.

Ich schnäuzte mich erneut in mein Taschentuch, während ich mich fragte, ob Mab herausgefunden hatte, wer ich wirklich war. Ob das der Grund war, dass Slater heute hier auftauchte …

Elliot Slater sah über seine breite Schulter zurück. »Ist sie das?«

Slater glitt ein Stück zur Seite, damit sich ein anderer Mann – ein viel kleinerer Mensch – dem Kreis aus Riesen um mich herum anschließen konnte. Unter seinem klassischen Trenchcoat trug er einen perfekt sitzenden schwarzen Anzug, und seine polierten Lederschuhe glänzten im Halbdunkel wie feuchte Tinte. Seine dichte Mähne stahlgrauen Haares erinnerte an einen schweren Silbermantel, der sich irgendwie um seinen Kopf gelegt hatte. Zu dumm, dass der Hass in seinen Augen so heiß brannte, dass die braunen Augen in seinem glatten Gesicht eher wie geronnene Klumpen Blut wirkten.

Auch ihn erkannte ich sofort. Jonah McAllister. Auf dem Papier war McAllister der beste Anwalt der Stadt, ein charmanter, angriffslustiger Strafverteidiger, der fähig war, selbst den grausamsten Killer freisprechen zu lassen, vorausgesetzt, er zahlte die richtige Summe. Tatsächlich gehörte er ebenfalls zu den Handlangern von Mab Monroe, genau wie Elliot Slater. Jonah McAllister war Mabs hauseigener Winkeladvokat und dafür verantwortlich, ihre Feinde in möglichst viel rechtlichem Papierkram zu begraben statt im Boden, wie Slater es tat.

McAllisters Sohn Jake war derjenige gewesen, den ich auf Mabs Party umgebracht hatte. Der vierschrötige Dämlack hatte mir unter anderem damit gedroht, mich zu vergewaltigen und dann zu ermorden. Ich hatte den Mord ehrlich gesagt mehr als Ungeziefervernichtung betrachtet.

Elliot Slater und Jonah McAllister als Team. Die Nacht wurde immer besser. Wieder schniefte ich. Ich hätte wirklich zu Hause und im Bett bleiben sollen.

Jonah McAllister musterte mich mit kalten Augen. »O ja. Das ist sie. Die wunderbare Miss Gin Blanco. Das Miststück, das meinem Jungen solche Schwierigkeiten gemacht hat.«

Schwierigkeiten? Wahrscheinlich schon, wenn man es als Schwierigkeit betrachtete, dass ich Jake McAllister wegen versuchten Raubes bei der Polizei angezeigt, ihm einen Teller voller Essen ins Gesicht geklatscht und ihn in einer Badewanne erstochen hatte. Aber mir fiel auf, dass Jonah McAllister kein

Wort darüber verlor, dass ich seinen Sohn tatsächlich *getötet* hätte. Er sprach nur von »Schwierigkeiten«. Hmm. Sah aus, als würden die Herrschaften eine Art Angelausflug unternehmen, um Informationen zu sammeln. Ich entschied mich, mitzuspielen – für den Moment.

»Was soll das hier?« Meine Stimme war eine Mischung aus weinerlichem Jammern und rasselndem Keuchen. »Haben Sie Jakes schlechte Angewohnheit übernommen, unschuldige Leute anzugreifen?«

Jonah McAllisters Miene versteinerte bei meiner Beleidigung. So sehr es möglich war zumindest. Trotz der Tatsache, dass er über sechzig war, waren McAllisters Gesichtszüge dank ständigen Behandlungen durch Luftelementare so glatt wie Marmor.

»Ich würde Sie kaum als unschuldig bezeichnen, Miss Blanco. Und Sie sind diejenige, die meinen kostbaren Jungen zuerst angegriffen hat.«

»Ihr *kostbarer Junge* kam in mein Restaurant, hat versucht mich auszurauben und hätte fast zwei meiner Gäste mit seiner Feuermagie getötet!« Ich spuckte ihm die Worte förmlich entgegen, zusammen mit etwas Schleim. »Ich habe mich nur verteidigt. Und was spielt das denn jetzt noch für eine Rolle? Ihr Junge ist an irgendeinem seltsamen Herzfehler gestorben. Zumindest stand das in der Zeitung.«

Jonah McAllister starrte mich an. Offensichtlich versuchte er zu erkennen, ob ich mehr über den verfrühten Tod seines Sohnes wusste. Ich nutzte die Gesprächspause, um mich zu schnäuzen – mal wieder. Verdammte Mikroben.

McAllister verzog angewidert den Mund, als er die Geräusche meiner Krankheit hörte. Zugegebenermaßen hatte ich schon attraktiver ausgesehen. Er nickte Elliot Slater zu, der die Geste erwiderte.

»Also, Miss Blanco«, sagte Slater gedehnt. »Der Grund für

dieses Treffen ist, dass Mr. McAllister glaubt, Sie könnten vielleicht ein paar Informationen über den Tod seines Sohnes besitzen. Jake hatte einen leichten Herzfehler, aber sein Tod wurde auch von einigen verdächtigen Umständen begleitet. Vor ein paar Wochen.«

Verdächtige Umstände? Das war eine sehr höfliche Umschreibung für eine riesige Messerwunde in der Brust. Aber ich guckte weiterhin nichtssagend und ahnungslos und ließ mir nichts anmerken.

»Warum sollte ich irgendetwas über Jakes Tod wissen?«, fragte ich. »Ich habe den kleinen Mistkerl an dem Tag zuletzt gesehen, an dem er seinen Vater ins Pork Pit gebracht hat, um mich unter Druck zu setzen, damit ich die Anzeige gegen ihn zurückziehe.«

Das war natürlich gelogen. Ich war Jake McAllister noch mal begegnet – auf Mab Monroes Party. Obwohl ich mich als Nutte verkleidet hatte, hatte der Dreckskerl mich erkannt. Da ich dort gewesen war, um jemand anderen umzubringen, hatte ich den lieben kleinen Jakie in ein Badezimmer gelockt, ihn erstochen und seine Leiche in der Wanne versteckt, bevor ich mir sein Blut vom Kleid gewaschen hatte und zurück auf die Party gegangen war. Nichts, was ich in meinem Leben als »die Spinne« nicht Hunderte Male getan hatte. Ich hatte deswegen sicherlich keine Seelenqualen ausgestanden.

Doch im Moment sah es aus, als würde ich gleich doch noch die Quittung für meine Taten erhalten.

»Wissen Sie, genau das ist das Problem. Mein guter Freund Jonah glaubt Ihnen nicht. Also hat er mich und ein paar meiner Jungs gebeten, herzukommen und herauszufinden, ob wir Ihrem Gedächtnis vielleicht ein wenig auf die Sprünge helfen können.« Slater lächelte. Seine Lippen hoben sich und gaben den Blick auf sein hellrosa Zahnfleisch frei. Das Grinsen des Riesen ließ mich an das aufgerissene Maul einer Kürbislaterne an Halloween denken – vollkommen leer. »Wir statten jedem so einen Besuch ab, mit dem Jake vielleicht ein Problem hatte. Und Ihr Name stand ganz oben auf der Liste.«

Natürlich. Ich war wahrscheinlich die einzige Person in Ashland, die es je gewagt hatte, sich Jake McAllister entgegenzustellen. Und jetzt würde sein Daddy mich dafür zahlen lassen – und es gab nichts, was ich dagegen tun konnte.

Slater zog sein Jackett aus, gab es Jonah McAllister und fing an, seine Hemdsärmel aufzurollen.

Ich schniefte, schnäuzte mich noch mal und schätzte die Situation ab. Ein Verhältnis von vier zu eins war nie gut, besonders, wenn drei meiner Gegner Riesen waren. Die übergroßen Schläger waren schwer zu erledigen, selbst für einen ehemaligen Profikiller wie mich. Keiner der Riesen zeigte eine offensichtliche Begabung für Elementarmagie. Es flackerten keine Flammen um ihre geballten Fäuste, und sie formten auch keine Eisdolche mit ihren Händen. Aber das bedeutete noch lange nicht, dass sie keine Magie besaßen. Was es noch schwerer machen würde, sie loszuwerden.

Trotzdem ... hätte ich nicht die Grippe gehabt, hätte ich darüber nachgedacht, sie umzubringen – oder zumindest ein oder zwei von ihnen genug zu verletzen, um fliehen zu können. Obwohl ich mich heute Abend nur mit Mühe aus dem Bett gestemmt hatte, hatte ich mir auf dem Weg zur Tür meine Steinsilber-Messer gegriffen. Fünf Messer. Zwei in meinen Ärmeln. Eines in meinem Hosenbund am Rücken. Zwei weitere in meinen Stiefeln. Ohne sie verließ ich niemals das Haus.

Weil ich selbst ein Elementar war, brauchte ich die Messer natürlich eigentlich gar nicht, um Leute umzubringen. Ich konnte meine Magie einsetzen, um die Mistkerle zu erledigen. Meine Steinmagie war so stark, dass ich mit dem Element so gut wie alles anstellen konnte. Wie zum Beispiel Ziegel aus den Wänden der umstehenden Gebäude zu reißen und sie durch die Luft fliegen zu lassen, um die wassermelonengroßen Köpfe der Riesen damit zu spalten. *Klatsch, klatsch, klatsch.* Es wäre einfacher, als ein Maschinengewehr zu bemühen. Zur Hölle, wenn ich wirklich angeben wollte, könnte ich einfach alle vier Gebäude, die den Hof umstanden, auf meine Angreifer fallen lassen.

Ich war außerdem einer der seltenen Elementare, die mehr als ein Element kontrollieren konnten. In meinem Fall Stein und Eis. Bis vor Kurzem war meine Eismagie um einiges schwächer gewesen als meine Steinmagie. Doch dank einer Folge von traumatischen Erlebnissen konnte ich inzwischen ein wenig mehr damit anstellen. Wie eine Wand aus Eismessern erschaffen, um sie auf die Männer zu werfen. Mit so etwas hatte ich vor ein paar Wochen erst die Haut eines Zwerges perforiert. Riesen waren nicht ganz so zäh wie Zwerge, zumindest, wenn es darum ging, Klingen in ihrem Körper zu versenken. Auch wenn aus ihnen deutlich mehr Blut floss als aus ihren kleineren Kumpeln.

Doch es war nicht das Kräfteverhältnis, das mich davon abhielt, die Riesen zu töten. Es waren die Konsequenzen, die garantiert folgen würden, sobald ihre Chefin sich einmischte.

Vor siebzehn Jahren hatte Mab Monroe ihre Feuermagie eingesetzt, um meine Mutter und meine ältere Schwester zu töten. Das hatte ich erst vor kurzer Zeit erfahren. Außerdem hatte sie mich gefoltert, indem sie mit ihrer Magie ein Spinnenrunen-Medaillon so überhitzt hatte, dass es sich in meine Handflächen einbrannte. Ich hatte vor, mich um Mab zu kümmern, sobald ich ein paar Dinge geklärt hatte – wie die Frage, warum sie meine Familie überhaupt ermordet hatte und wo sich meine verschollene kleine Schwester Bria jetzt aufhielt.

Sollte ich heute Abend Jonah McAllister und seine Handlanger erledigen, würde ich mich definitiv verraten und dafür sorgen, dass Mab sich für mich interessierte. Ich wollte nicht, dass sie und ihre Lakaien herausfanden, dass ich Elementarmagie besaß. Wollte nicht, dass sie vermuteten, dass ich mehr war als die einfache Restaurantbesitzerin, die Jonah McAllister tot sehen wollte, weil sie seinen Sohn an die Polizei verpfiffen hatte. Zumindest nicht, bevor ich das Miststück nicht für das umgebracht hatte, was sie mir angetan hatte.

Damit blieb mir für heute Abend nur eine Wahl: Ich würde zulassen müssen, dass die Mistkerle mich zusammenschlugen. Das war die einzige Möglichkeit, um meine Tarnidentität als Gin Blanco sicherzustellen, genauso wie die Person, die ich wirklich war: Genevieve Snow.

Verdammt. Das würde wehtun.

Elliot Slater war mit dem Aufrollen seiner Ärmel fertig. »Sind Sie sich sicher, dass Sie uns nichts zu erzählen haben, Miss Blanco?«

Ich seufzte und schüttelte den Kopf. »Ich habe es schon gesagt. Ich weiß nicht mehr über Jakes Tod als das, was ich in der Zeitung gelesen habe.«

»Es tut mir leid, das zu hören«, murmelte Slater.

Damit trat der Riese vor und bewegte die Finger, bereit, die Sache anzugehen. Es war an der Zeit, dass ich ein wenig Theater spielte. Ich riss die Augen auf, als hätte ich mit meinem fieberverwirrten Hirn erst jetzt verstanden, was Slater mir antun wollte. Dann schrie ich rasselnd und drehte mich zur Flucht um, als hätte ich die zwei Riesen hinter mir vergessen. Natürlich rannte ich direkt gegen sie, und sie packten mich. Obwohl ich nicht ernsthaft vorhatte, mich aus ihrem Griff zu befreien, wand ich mich trotzdem, um den Schein zu wahren. Schrie, fuchtelte mit den Armen und trat mit den Füßen um mich.

Während ich gegen die größeren, schwereren Männer kämpfte, schaffte ich es, unauffällig die zwei Steinsilber-Messer aus meinen Ärmeln in meine Jackentaschen gleiten zu lassen. Ich wollte nicht, dass die Riesen die Waffen fühlten, sobald sie mich einmal richtig anfassten. Die meisten unschuldigen Frauen rannten nicht mit fünf Messern am Körper durch die Gegend. Und soweit es Jonah McAllister betraf, wäre eine solche Bewaffnung der letzte Hinweis auf meine Beteiligung am Tod seines Sohnes – und damit mein Sargnagel.

Die zwei Riesen lachten über mich und meine lächerliche Gegenwehr. Dann griffen sie mit ihren Pranken um meine Oberarme und drehten mich wieder zu Elliot Slater um.

Dann fing der Spaß richtig an. Elliot Slater hob die Fäuste und rammte mir als Erstes seine Linke ins Gesicht. Der Drecksack war schnell, das musste ich ihm lassen. Ich hatte noch nicht mit dem Schlag gerechnet und wurde in den Armen der Riesen nach hinten geworfen. Slater hatte hart genug zugeschlagen, dass sie fast den Halt an meinen Armen verloren hatten. Schmerzen explodierten in meinem Kinn wie Sprengstoff.

Doch damit war Slater noch lange nicht fertig. Er verbrachte die nächsten zwei Minuten damit, mich zusammenzuschlagen. Ein Schlag brach mir die tropfende Nase. Ein anderer knackste zwei meiner Rippen an. Und ich wollte nicht mal über innere Blutungen nachdenken oder darüber, wie mein Gesicht wohl inzwischen aussah. *Wumm, wumm, wumm.* Ich hätte genauso gut ein Stück Fleisch sein können, das sich der Riese für sein Abendessen weich klopfte. Jeder Teil meines Körpers brannte, pulsierte und verkrampfte sich vor Schmerz.

Und der Riese lachte die ganze Zeit. Ein leises sanftes, glucksendes Lachen, das mir kalte Schauder über den Rücken jagte. Elliot Slater genoss es, Leuten wehzutun. Es gefiel ihm so richtig. Ich konnte sehen, dass ein Ständer den Reißverschluss des Mistkerls ausbeulte.

Slater schlug mich noch einmal, dann trat er zurück. Inzwischen hing ich schlapp zwischen den beiden Riesen. Ich hatte den Versuch, tough und stark auszusehen, schon vor einer Weile aufgegeben. Ich wollte einfach nur noch, dass es vorbei war.

Eine Hand griff grob nach meinem Kinn und hob mein Gesicht an. Ich starrte in Elliot Slaters haselnussbraune Augen. Zumindest versuchte ich es. Weiße Sterne tanzten vor meinem Gesicht, und ich konnte meinen Blick kaum scharfstellen. Die Lichtshow war besser als das Feuerwerk am vierten Juli.

»Also«, brummte Elliot. »Möchten Sie noch einmal darüber nachdenken, was Sie über Jake McAllisters Tod wissen? Vielleicht ist Ihnen noch etwas eingefallen?«

»Ich weiß gar nichts über Jakes Tod«, murmelte ich durch meine inzwischen locker sitzenden Zähne. Blut floss aus meiner aufgeplatzten Lippe und ergoss sich auf meine blaue Fleecejacke. »Ich schwöre es.« Ich bemühte mich, so verloren, schwach und eingeschüchtert wie möglich zu klingen.

Jonah McAllister trat vor und musterte mich genau. In seinen Augen glitzerte bösartige Freude. »Schlag sie weiter. Ich will, dass das Miststück leidet.«

Elliot Slater nickte und trat wieder zurück.

Dann verbrachte der Riese noch einmal zwei Minuten damit, auf mich einzuprügeln. Mehr Schmerzen, mehr Blut, noch mehr angebrochene Rippen. Als ich Blut hustete, dämmerte mir langsam, dass Slater mich zu Tode prügeln könnte, direkt hier, mitten auf dem Campus. Jonah McAllister würde sicherlich nicht protestieren. Verdammt. Sah aus, als würde ich doch meine Tarnung auffliegen lassen müssen, indem ich versuchte, an meine Messer heranzukommen oder sie mit meiner Elementarmagie beschoss. Wenn ich dafür nicht schon zu schwach war …

»Genug.«

Eine leise Stimme erklang irgendwo aus der Dunkelheit. Eine weiche, hauchige Stimme, die mich an aneinanderreibende Seide erinnerte. Ich kannte diesen Tonfall, diesen sinnlichen Klang. Ich wusste genau, wer da sprach. Genau wie mein Unterbewusstsein. *Feind, Feind, Feind*, flüsterte eine kleine Stimme in meinem Hinterkopf. Ein seltsam primitiver Drang breitete sich in mir aus und erfüllte mich mit dem Verlangen, meine Stein- und Eismagie einzusetzen, um jeden zu töten, der sich in Reichweite befand.

Elliot Slater ignorierte den Befehl und schlug mich noch mal, sodass weitere Schmerzen meinen Körper überschwemmten.

»Ich sagte, *es reicht.*« Diesmal war es ein heiseres Zischen voller Macht, Drohung und dem Versprechen auf Tod.

Elliot erstarrte, die Hände schon halb zum nächsten Schlag erhoben.

»Lasst sie los. Sofort.«

Die zwei Riesen, die meine Oberarme umklammerten, ließen mich fallen, als hätte ich die Pest. Ich knallte auf den Boden, während mein Blut den raureifüberzogenen Rasen befleckte. Trotz meiner Schmerzen rollte ich mich zu einem kleinen verängstigten Ball zusammen. Außerdem griff ich nach einem meiner Steinsilber-Messer. Die Waffe lag kalt und beruhigend an der Narbe auf meiner Handfläche.

Etwas raschelte, und Mab Monroe trat aus den Schatten zu meiner Linken. Die Feuermagierin trug einen langen Wollmantel in dunklem Waldgrün. Ihre roten Haare glänzten wie poliertes Kupfer, aber ihre Augen waren schwärzer als der Nachthimmel. Etwas Goldenes blitzte an ihrer bleichen Kehle zwischen den Falten ihres teuren Mantels.

Ich konnte sie nicht besonders gut sehen, weil vor meinen Augen immer noch Punkte tanzten, aber ich wusste, was das Goldene war. Mab Monroe ging ohne ihre unverkennbare

Kette niemals irgendwohin. Ein großer runder Rubin umgeben von mehreren Dutzend wogender goldener Strahlen. Aus meiner bisherigen Erfahrung wusste ich, dass kleine Diamanten auf dem Gold jedes noch so schwache Licht einfingen und dafür sorgten, dass es aussah, als würden die Strahlen tatsächlich flackern. Im Moment allerdings flackerte fast alles vor meinen Augen.

Trotzdem wusste ich, was die Rune war. Eine Sonne. Das Symbol für Feuer. Mab Monroes persönliche Rune, die niemand außer ihr je benutzte.

Bei dem Anblick fing das Steinsilber in meinen Handflächen zu brennen und zu kribbeln an. Mab war nicht die Einzige mit einer Rune hier. Ich hatte ebenfalls eine. Ein kleiner Kreis umgeben von acht dünnen Strahlen. Eine Spinnenrune. Das Symbol für Geduld. Die Rune war einst ein Medaillon gewesen, das ich an einer Kette um den Hals getragen hatte. Bis Mab ihre Feuermagie einsetzte, um das Metall zu erhitzen und es sich wie ein Brandzeichen in meine Hände sengte. So hatte sie mich in der Nacht gefoltert, in der sie auch meine Familie ermordet hatte. Ich freute mich darauf, mich zu revanchieren – schon bald.

Feind, Feind, Feind, flüsterte die kleine Stimme in meinem Hinterkopf ohne Unterlass.

Mab Monroe kam herüber und stellte sich neben Elliot Slater und Jonah McAllister. Sie sah mit dem Interesse auf mich hinunter, das sie wahrscheinlich einer Kakerlake entgegenbringen würde, bevor sie sie unter dem Stiefelabsatz zermalmte. Ihre schwarzen Augen schluckten alles Licht wie ein schwarzes Loch. Ich lag vollkommen still und versuchte auszusehen, als wäre ich schon fast tot. Kostete mich heute Abend keine besondere Mühe.

»Ich habe gesagt, es reicht, Jonah«, sagte Mab. »Oder hast du vergessen, dass du und Elliot für mich arbeiten?«

Einen Moment später trat Slater zurück und senkte den Kopf. Die anderen zwei Riesen folgten seinem Beispiel. Aber Jonah McAllister war offenbar zu wütend, um den harten Unterton in Mabs sanfter Stimme zu hören.

»Dieses Miststück hat meinem Sohn Probleme bereitet, und ich glaube, dass sie etwas über seinen Tod weiß«, bellte McAllister. »Ich will, dass sie dafür zahlt. Ich will, dass sie dafür *stirbt.*«

Mab starrte wieder auf mich herunter. »Du lässt zu, dass deine Gefühle dein Urteilsvermögen beeinflussen, Jonah. Ignorierst die Fakten. Das ist deiner unwürdig.«

»Und was sind die Fakten?«, drängte McAllister.

»Dass Miss Blanco eine Frau ist. Eine normale, schwache Frau ohne Elementarmagie oder andere besondere Fähigkeiten. Anderenfalls hätte sie all ihre Kraft eingesetzt, um sich heute Abend vor dieser schrecklichen Tracht Prügel zu bewahren. Sie ist nicht diejenige, nach der du suchst, Jonah. Und noch wichtiger: Sie ist nicht die Frau, nach der ich suche.«

McAllisters Augen glitzerten. »Du und deine Besessenheit von dieser blonden Hure! Warum kannst du nicht einfach akzeptieren, dass sie tot ist? Und irgendwo in dieser Kohlemine begraben liegt, genau wie es bei Dawson und seinen zwei Männern der Fall war?«

Mabs Augen wurden sogar noch schwärzer. Sie griff nach der Feuermagie und hielt ihre Macht zärtlich, wie man einen Liebhaber hält. Da ich selbst ein Elementar war, konnte ich ihre Magie spüren, besonders da Mab sie so bewusst umarmte. Genau wie Mab meine Stein- und Eismagie gespürt hätte, wäre ich dämlich genug gewesen, tatsächlich danach zu greifen.

Natürlich hätte ich Mabs Magie so oder so gespürt, denn sie war einer der Elementare, die ständig Wellen von Macht aussandten. Aus der Feuermagierin floss die Kraft geradezu heraus, wie Wasser aus einem Wasserhahn tropfte. Anders als bei mir. Solange ich meine eigene Elementarkraft nicht rief, sie nicht bewusst einsetzte, konnte sie niemand spüren. Das war eine Eigenschaft, die mich über die Jahre mehr als einmal gerettet hatte.

Aber Mabs Magie kribbelte auf meiner Haut wie heiße unsichtbare Nadeln und verstärkte damit noch meine Qualen. Trotzdem hielt ich mich bewegungslos und ließ mir nicht anmerken, dass ich sie spüren konnte – oder eine Ahnung hatte, worüber sie gerade sprachen.

»Ich bezweifle, dass diese Nutte eine echte Nutte war, und sie haben ihre Leiche nicht im Geröll der eingestürzten Mine gefunden«, antwortete Mab kalt. »Bevor ich nicht ihren toten Körper gesehen habe, ist sie auch nicht tot. Ich werde sie finden, Jonah, und dann können wir beide Rache nehmen. Sie hat Dawson umgebracht, und sie ist diejenige, die deinen Sohn getötet hat. Nicht Miss Blanco.«

Sie sprachen über die Nacht von Mabs Party, in der ich mich als Prostituierte verkleidet hatte, um mich Tobias Dawson zu nähern, einem gierigen Minenbesitzer, der ein paar unschuldige Leute bedrohte. Dawson war derjenige, den ich an diesem Abend hatte umbringen wollen, aber Jake McAllister hatte mich entdeckt, bevor ich die Chance bekam, den Zwerg kaltzumachen. Mab hatte mich ein paar Minuten, nachdem ich Jake McAllister erstochen hatte, im Bad erwischt. Anscheinend hatte die Feuermagierin in der Zwischenzeit eins und eins zusammengezählt und verstanden, dass ich Jake ermordet hatte, um kurz darauf Dawson dasselbe in seiner Mine anzutun. Nicht gut.

»Ich habe diesem kleinen Test unter der Bedingung zugestimmt, dass Miss Blanco die Nacht überlebt, sollte sie sich als unschuldig entpuppen«, fuhr Mab fort. »Und das hat sie getan, zumindest in meinen Augen. Niemand würde sich freiwillig so zusammenschlagen lassen.«

Demnach verstand Mab Monroe das Konzept von Aufopferung nicht. Das war kaum überraschend. Ich hätte vielleicht gelacht, wenn ich nicht solche Schmerzen gehabt hätte. Im Moment hätte ich sogar weitere Prügel eingesteckt, nur damit sie mich endlich allein in der Dunkelheit liegen ließen. Trotzdem, inzwischen war ich sehr glücklich darüber, dass ich mich von Elliot Slater hatte verprügeln lassen. Sonst wäre ich inzwischen schon tot, weil Mab Monroe mich aus dem Hinterhalt mit ihrer Feuermagie angegriffen hätte.

»Wen interessiert, ob das Miststück lebt oder stirbt?«, höhnte McAllister. »Sie ist ein Niemand.«

»Das mag stimmen, aber unglücklicherweise besitzt Miss Blanco durchaus Freunde«, antwortete Mab. »Vor allem die Deveraux-Schwestern.«

»Diese Zwergen-Miststücke sind mir egal«, blaffte Jonah. »Du könntest sie mühelos beide töten.«

Mab zuckte elegant mit den Schultern. »Vielleicht. Aber Jo-Jo Deveraux ist sehr beliebt. Es könnte unterhaltsam sein, aber sie zu töten würde mir keine Freunde einbringen. Außerdem habe ich im Moment andere Sorgen, besonders Coolidge.«

Mein benommenes Hirn klammerte sich an dem seltsamen Namen fest. Coolidge? Wer zur Hölle war Coolidge? Und was hatte er getan, um Mab Monroe zu verärgern?«

»Du hattest deinen Spaß, Jonah. Akzeptier endlich, dass Miss Blanco nicht diejenige ist, die Jake umgebracht hat. Und für ihre vorherigen Missetaten hat sie heute Abend reichlich gebüßt. Also, wirst du ruhig mitkommen, damit wir uns übers Geschäft unterhalten können? Oder soll ich anfangen, mich nach einem neuen Anwalt umzusehen?« Die Worte waren so beißend wie ein Säureregen.

Endlich ging Jonah McAllister auf, dass er diese Diskussion nicht gewinnen würde. Und dass seine Chefin, wenn er ihr weiterhin widersprach, wahrscheinlich ihre Elementarmagie einsetzen würde, um ihn an Ort und Stelle zu verbrennen. Also presste der Anwalt die Lippen aufeinander und nickte einmal kurz. Er beugte sich dem Willen seiner Chefin. Zumindest für heute Abend.

Dann drehte sich der silberhaarige Mistkerl um und trat mir so fest wie nur möglich in den Bauch.

Der Tritt kam nicht ganz unerwartet, doch ich erbrach trotzdem noch einmal Blut. Harter, heißer Schmerz sammelte sich in meinem Bauch. Ich musste so bald wie möglich zu Jo-Jo Deveraux, damit sie mich heilen konnte. Sonst würde ich nicht mehr lange atmen.

»Schön. Dann suchen wir den Nächsten.« Jonah McAllister lehnte sich vor, umfasste meinen braunen Pferdeschwanz und zog mein Gesicht daran nach oben. »Wenn du darüber mit der Polizei redest, Miststück, wirst du sterben. Verstanden?«

Polizei? Oh, ich hatte nicht vor, mich an den korruptesten Verein ganz Ashlands zu wenden. Auf keinen Fall. Ich würde mich ganz allein um diese Angelegenheit kümmern. Aber um in meiner Rolle zu bleiben, stöhnte ich leise und nickte. Zufrieden damit, dass ich diesmal ordentlich eingeschüchtert war, ließ McAllister los. Ich fiel wieder auf den Boden.

»Lasst uns hier verschwinden«, knurrte der Anwalt. »Das Blut des Miststücks hat meinen Mantel dreckig gemacht.«

Jonah McAllister trat über meinen zusammengekauerten Körper hinweg und verschwand in der Dunkelheit. Elliot Slater und die zwei anderen Riesen folgten ihm. Aber Mab Monroe blieb, wo sie war, und musterte mich mit ihrem dunklen Blick. Wieder glitt ihre Macht über mich, und die heißen unsichtbaren Nadeln gruben sich in meine blutige Haut. Ich unterdrückte ein weiteres Stöhnen.

»Ich hoffe wirklich, dass Sie diesmal Ihre Lektion gelernt

haben, Miss Blanco«, meinte Mab ruhig. »Denn Jonah hat recht. Wenn Sie noch mal einem von uns in die Quere kommen – egal wem –, werden Sie sterben. Und ich verspreche Ihnen, dass es um einiges schmerzhafter sein wird als alles, was Sie heute Abend erlebt haben.«

In ihren Augen flackerte Feuer auf, wie um ihr tödliches Versprechen zu betonen. Mab Monroe lächelte noch einen Moment auf mich herunter, dann drehte sie sich auf dem Absatz um und verschwand in der kalten Nacht.